著

生死十二年

▲ 海天出版社（中国·深圳）

图书在版编目（CIP）数据

生死十二年／文昕著．—深圳：海天出版社，2017.1
（蜂巢文库·大地文丛）
ISBN 978-7-5507-1887-6

I.①生…　II.①文…　III.①纪实文学－中国－当代　IV.① I25

中国版本图书馆 CIP 数据核字 (2017) 第 009972 号

生死十二年
SHENG SI SHI ER NIAN

出　版　人：聂雄前
出　品　人：刘明清
责任编辑：岑　红
特约编辑：荣挺进
责任印制：李冬梅
封面设计：后声文化

出版发行：海天出版社
地　　址：深圳市彩田南路海天综合大厦（518033）
经　　销：全国新华书店
印　　刷：北京新华印刷有限公司
开　　本：889 毫米 ×1194 毫米　1/32
字　　数：260 千
印　　张：12.75
版　　次：2017 年 1 月第 1 版第 1 次印刷
定　　价：48.00 元

策　　划：大道行思文化传媒有限公司
地　　址：北京市海淀区蓝靛厂南路 55 号金威大厦 707—708 室（100097）
电　　话：编辑部（010-51505075）　　发行部（010-51505079）
网　　址：www.ompbj.com　　邮箱：ompbj@ompbj.com
新浪微博：@ 大道行思传媒　　微信：大道行思传媒（ID：ompbj01）

目 录

I

写在前面

常有人说，我的经历可以写一本好书，因为很真实却又很传奇。虽然文学一直是我事业的一部分，但写自己的经历，却需要有对自己足够的欣赏。我没有对自己的这种欣赏，而且不想因为自我欣赏去描写我的经历——把这件事当成一个文学传奇故事。这是我总觉得做这件事缺少真正动力的原因。

十多年前我得了乳腺癌，十多年间，病情反复发作，并逐渐发展到全身骨转移、直到双肺转移、肝脏点状多发性大面积暴发性转移，已经发展到癌症的最晚期。这期间，我历经了多次放、化疗和两次手术，最严重时，大夫对我的家人说，我的生命可能只有几天了。家人和朋友们都觉得我活不过2014年的春节，与我最好的大夫朋友也觉得我的生命已经走到了尽头。

然而，我的生命之火却没有熄灭，令所有人意外，令我自己也不解的是，我再一次走过了生死，重回人间。

尽管如此，这也并没有唤起我想写一写自己经历的热情。何况，生与死在我来说，只不过是一件平常事，是我一向不那么看重的事。人能生就能死，每一个生命都会有尽头。每一个人都不喜欢死亡，我也一样。但是，就算你很努力地想活、活很长，活过了 100 岁，最终还是要面对死亡，没有人可以永生。既然这是一件必然的事，就没有什么害怕了，坦然处之。更何况，一个人如果活在世上不能给社会带来帮助，反而给家人和社会增加负荷，那就没有什么意义，不如早一点儿离开，给地球减负。所以，我不以为我能走过十二年生死是什么值得夸耀的大事，可以拿来大书特书。

但是几天前，我无意间进入到了一个给我手术治疗过的专家于胜吉大夫的微信朋友圈，看到了一篇他转载于医学网站的文章，看后感慨万端，心情有些沉重。那篇文章的题目是《当了医生才知道的 N 件事》，文章说：

当了医生才知道永远没有时间照顾家人孝顺父母的

当了医生才知道彻夜不归那是可以被允许的

当了医生才知道半夜出门是能够接受的

当了医生才知道下班时间是一定延迟的

当了医生才知道工作是经常要加班加点的

当了医生才知道手机是要 24 小时开机的

当了医生才知道就是饿肚子也不能手机欠费的

当了医生才知道假期是随时都可以取消的

当了医生才知道再无负担工作这句话是忽悠人的

当了医生才知道所有大场合都是要医生在的

当了医生才知道每天都要面对无数条规定法规

当了医生才知道钱是需要用生命健康换来的

当了医生才知道多干活少拿钱是正常的

当了医生才知道电脑是用来写病例的

当了医生才知道工资是想扣就扣的

当了医生才知道方便面有那么多种品牌

当了医生才知道一年工作 300 多天是正常的

当了医生才知道这个职业那么容易被百姓不理解的

当了医生才知道团圆饭、春节联欢晚会不是每个人都能拥有的

当了医生才知道顾客是上帝这句话的真正含义，原来上帝是相当不好惹的

当了医生才知道晚上经常有那么一群人集体"失眠"

当了医生才知道说话是不能有错的

当了医生才知道老百姓是说不得的

当了医生才知道爹妈给予的笑容是用来被践踏的

当了医生才知道原来翻脸比翻书还快

当了医生才知道打是不能还手的，骂也不能还口的

当了医生才知道跟人说话是要拟定谈话单并签字画押的

当了医生才知道一定要讲究证据的

当了医生才知道只要有人不舒服你是必须去到位的

当了医生才知道检查跟米粒一般多

当了医生才知道低声下气那是理所应当的

当了医生才知道人格是不需要被尊重的

当了医生才知道救死扶伤是要进法院的

当了医生才知道自己从神经到肠子都是青的

当了医生才知道这行是进去了不能出的

当了医生才知道吃饭是不按时间的

当了医生才知道是没有时间约会的

当了医生才知道大小会议是不断的

当了医生才知道自己很容易被男女朋友甩的

当了医生才知道一月五千工资是很多的

当了医生才知道什么是特别守纪律、特别能吃苦、特别

能战斗、特别能奉献

　　我本想删节部分，将主要的内容放上来，但文章中的每一句，
都让我无法略去，因为每一句，都是重要的，是医生们的无奈和困
惑最真实的写照。我在转载了这篇文章到自己的朋友圈里之后，写
了下面这段话：

　　　　这篇文章，是我在给我治病、做手术的于胜吉大夫的
　　微信朋友圈里看到的，看了心很沉重。我曾眼见他就像这篇
　　文字所说的那样，一天连续几台手术，天都黑了他还没有下
　　班回家，手术工服都没有脱却来看望他的病人。于胜吉大夫
　　是很棒的医生，他是中国医学科学院肿瘤医院的骨科主任医
　　师、专家、带研究生的教授，他那么有学识却平易近人。每
　　天都在拼力救助病人，他那么敬业，没有更多一点儿的时间
　　留给自己和家人，他的每一天都是在透支自己、医治病人。
　　是于胜吉大夫给我做了脊柱加固手术，三个多小时的手术，
　　他精心地完成，让我远离了高位截瘫的风险，重新做个健康

快乐的人。真的，想到是他用高超的医术给了我新生，想到他那样平常心却很伟大的做人，无法不被深深的感动。还有另外两位医生朋友王维虎、董梅，更是与我有着十年的友情，他们救我于生死，是我无法报答的大恩。他们是好医生、伟大的人！

这篇文章、这件事，让我想起了很多往事，十年了，我活着，是我应该就这么一直好好地活着的吗？是我多么努力吗？都不是。我想起，这十几年，几位好大夫真情相救，他们给了我很多、却仿佛风过雨过不留痕迹。真的不留痕迹吗？透过记忆，我清楚地知道，是因为有了他们，我还活着，还重新拥有阳光、原野和辽阔的生活。我是不是应该写一写他们？重回人间，是他们的付出。如果说我做了什么、值得借鉴，那是我的坦然面对。也许我的故事真的可以给病中的人们一些启示；更应该的是，我要用回忆的方式，感恩救助过我的好大夫们。

在这本书中，我还想写一写我的家人、我曾经的丈夫和爱人，还有给过我生命支撑力的朋友们，写一写最真实的感受，如果说，我还活着是一个奇迹，那是因为有这么多的好人给了我依然活着的美好感受，帮助我走过最艰难困苦的人生路，是我活下来的理由。

我还想写一写我的病友们的故事，让还活在病痛中的人们多少从我这里得到一些安慰。我总是惊奇地发现，好多的病友特别喜欢和我相识，他们都在说一句话：认识你真幸运，你给了我们力量。第一次听人这么说，我有点儿羞愧，听得多了，就发现，在恐惧中挣扎的人们，是多么需要安慰，人们需要用心的力量去战胜死亡的威胁与恐惧。我的快乐无忧，给了他们一抹亮色，他们那样渴望得救。我不能做什么，但我想，我可以安慰他们的是，我的病可能比谁都重，却可以重回生命的彼岸。

　　我不是传说中的抗癌明星，特别努力地活、天天研究自己的病，把活下去当成下半辈子唯一的事业和使命，我一点儿都不是。很惭愧地说，我从来也没有用什么"坚强的毅力、坚定的信念去战胜疾病"，相反的，我一直在抵抗治疗、很不努力。最怕大夫询问我的病情，因为我什么也不关心，化验结果我看都不看，一直在吃什么药，我说都说不清，我做的每一种治疗，都是我的大夫、我的亲人苦口婆心反复地说明、劝导，甚至是在怕他们失望的情况下才勉强完成的。

　　我看到给我治病的大夫们每天那么辛苦地治疗来自全国各地的病人，他们几乎都是在透支的状态下工作着。当我倚在病床上休息、用手机看新闻的时候，他们却在脚不停步忙碌、在永远看不完的病人们围绕下解答每一个人的问题。他们自己生病的时候，也是很少得到休息，稍等症状减轻，就马上回到工作岗位。

　　常常看见他们的脸色可能还不如病人的好。我曾经三期因化疗住在董梅医生的内科病房，从来没有看见她有时间哪怕是稍微地休息，所以我几乎不愿意让她多在我身上花一点儿时间，不管我多么不喜欢化疗这件事，我都只能无言接受，甚至于我这十几年中后来发生的事，让我从此失去了放弃自己生命的权利。如果我放弃，我如何对得起他们！这份压力太过沉重，是他们太好了，他们的心像太阳和月亮一样，给病人带来生命的希望与光明。我之所以活着，是因为有了他们。

如果说生命中有奇迹，那是因为爱、真情和友情，愿人间真情直到永远。

上 篇

（写作于 2014 年 6 月至 7 月）

圣洁（文昕 2010 年 3 月 7 日摄于张北）

一、花在一夜风雨过后静静飘落

收到死神签发的契约

2004 年 10 月的一天夜里，侧身时忽然感觉到右侧胸肋间有种压痛，一种闷疼的感觉从未有过。用手一摸，发现右乳上有一个鸽蛋大小的肿块，当时我就明白，出问题了！从小长在医生世家，我的母亲是内科主治医师，大姨父曾是北京人民医院很棒的医生，他们都喜欢跟我谈论医学上的事，我也喜欢了解医学方面的知识，所以早就知道，这个部位出问题意味着什么。什么都明白，可是却忽略了自己的身体，在自以为强壮的年华里，却忽然发现，一切在不知什么时候就已经全都不对了。

那种感觉很奇怪，你一直以为自己很健康，身体仿佛好好的、也没有什么预感，你还在减肥，觉得自己很正常，却忽然一夜间发现，你成了癌症患者！任何人都可以想象，这种时刻，就仿佛忽然收到了死神签发的契约，你的一切从这一刻起，完全改变了！

我安静地躺着、一动不动，眼睛睁得大大的，脑子里一片空白。过了很久，我才推醒了身边熟睡中的丈夫，他问我："什么事？"

我小声说："哥，我身上长了个……东西……"

他一下就醒了，他和我一样，当时就知道这件事意味着什么，知道我们平静的生活从此刻结束，因为这个家庭中的一个人凭空里忽然收到了死神的邀请信！

我们都没有做好准备，这一切来得很突然，仿佛一夜风雨过后，所有花突然全谢了。我听到丈夫绝望的哭声，那是从不流泪的男人苍凉的哭声。我没有哭，忽然变得很平静，只是微微的有点儿困惑，对从那天开始自己的生活状态有点儿糊涂。

我们只有相拥着无言，等待天亮。

那一夜好长，那一夜我仿佛听到花落雨打的声音响彻耳畔。从那天起，我的一切都会不一样了。不管我有没有准备好，我都得面对一个很大的麻烦。忽然间，觉得丈夫好无辜、好可怜，这是我自己的事，但他的平静生活却跟着我一起被粉碎了。我从一开始就觉得这是我不好。我很想安慰他，我曾答应过他，要是有一天我们老了，不管他什么样，我都会照顾他。要是有一天他病了，我一定不离开他，送他到最后，这是我们的约定、我的承诺。我是个母性很强的女人，我一直说，男人的一半是孩子，男人应该一直有母性保护着，好女人就是一个家。可是，任何人都知道，我现在还能安慰他什么？他的女人得了绝症。他从此以后与人不同了，那么好强的他，忽然间就要成了孤雁，他的母雁一夜之间折断了翅膀。我没有办法、也没有机会表现软弱，更没有可能为自己伤心，我只有尽量表现得很平静，让这个家显得和过去尽可能差不多。至少，我要自己表现得很镇定。

天亮后我们默默起床，然后就去了离家最近的四季青医院，本来就知道的事，也没有什么悬念可言。大夫说，住院吧，下午就来。

　　那晚，我一个人留在了医院里。我不知道他是如何度过了我病后这十多年中的第一个夜晚。我想，他肯定很愁苦、很孤单、很困惑，不知道接下来的生活会是什么样，他也需要努力适应这塌天的大事，他不会比我的感觉更好多少。这是我跟别人不一样的地方，我会更多地为亲人着想。是这个好习惯帮助了我，让我不会像有些得了癌症的病人一样随意释放自己的恐惧和委屈。

　　我后来这十年间遇到过不少病友，她们因为恐惧而日夜难眠，对自己的亲人哭闹和发脾气，家人因为她们得了重病，只有忍气吞声，倍感凄苦的可能更是这些病人的家人。我后来一直跟每一位遇到的病友说，得癌症并不可怕，可怕的是你自己被恐惧心理吓死，并不是你的病真的有多严重。很多的人，就那样闹着闹着，糊里糊涂地走了。我后来想，如果他们不是那么惊慌失措、乱了方寸，甚至于怨天尤人，不是那么恐惧和悲观，可能他们会有机会延续他们的生活，至少，不应该比我情况更糟。

　　我望着丈夫离开的背影，总会想，他真可怜，他怎么办啊？真是对不起他，不能再给他增加压力了，我得表现得乐观起来。那种时候，我的心在他的身上。如果我流过眼泪，是为他。虽然我不会说，但我能做的，就是这十年间，我始终保持让自己尽可能地像个正常人。我有多想依赖他、多软弱，就有多想推远他、独自承担。不好的事情，有一个人去顶着就够了，为什么要牵连自己的亲人一起受苦？能让这种坏事的影响小一些，就不要扩大它。这么想的时候，我忽然觉得自己很强大，可以担当这个意外，不管行不行，我要求自己平静地面对。十年间，无论是遇到什么情况，我都一直尽力做到用正常人的心态去面对自己的麻烦、尽量不影响家人。我已经给我的家庭带来了塌天大事，如果继续扩大它的阴影，就会伤及我的亲人。能笑，就尽量笑吧，反正哭也没用。

得了癌症，人们要过的第一关就是战胜恐惧，怕死的人就会死得很快，越怕越快。这是我后来十年得到的经验。我的病友中，有人甚至怕闭上眼睛睡觉，最开始，我有没有过呢？真的有过。我也想，以后就要死了，多睁着眼睛醒在人间吧，闭上眼睛，人的一生是不是就这么过去了？所以第一个夜晚我没有睡好，可能就没有睡着。

我不要残缺不全地活着

天一亮，丈夫就来了，我注意到他的眼圈儿也黑黑的，很憔悴，我的心里全是心疼和抱歉，我很想安慰他，但对我们来说，安慰的话对谁都没有用。

8点，大夫来病房跟我们谈手术治疗方案，大夫是一个解放军医院的专家，被特别聘请来这个地区医院主刀的，他很认真地跟我们说手术安排，他说，一定要做得干净、不留后患，是需要做右乳全切术的；而且，病理切片化验这个医院做不了，他已经联系好专门的救护车，将活体切片第一时间送到他所在的部队医院做化验；其间，病人要在全麻状态下等化验结果，如果肿瘤恶性程度比较高，清扫和切除的部位将会扩大，如果不是严重的情况，可以考虑部分保乳。

我一听就不能接受，我说："我不要全切术，要是做这样的手术，我不治了。大夫你告诉我，我还有多长的时间吧，我要好好地过完这个时间，我不要手术。"

我先生一听就急了，说："你这是什么态度？有病不治，却说这种话！"

那一刻我极端坚决，我说我自己的事我自己能决定，死，我不怕，但我不要为了活着去做这样的手术，如果残缺到如此程度、却可能于事无补、最后还是要去死，那有什么意义？不做手术，我照样高高兴兴地活剩下的日子。有几天算几天！我们暴发了第一次争执。

大夫看我如此，只好对我先生说，你们再商量一下吧。

大夫走后，我跟丈夫说："哥，给我办出院吧。真的，我不能做这种手术。死，我不在乎，我不要残缺不全地活着。"

我后来看到了电视剧《红楼梦》中"永远的林妹妹"陈晓旭，就是抱定着和我当时同样的想法和信念选择了让自己躯体完整，走完自己的人生之路，不接受手术、更不接受放化疗，我深深地理解她！

我不知道，她是对的，还是我是对的——我在后来的十年里，多次都在做放疗、化疗。与我患病的时候相比，岁月已经将我的美丽全部带走，比之"林妹妹"，真的如同她心爱的角色一样，做到了"质本洁来还洁去"，我是不是正确的？岁月和病魔妖魔化了我曾经美好的容颜，我只有透过自己陌生的形象去看到自己的灵魂，依然故我、依然美丽。

有关陈晓旭，一个干净美丽的人间精灵，那样美好，她所创作、表现的人物形象光彩夺目、让人难忘，可是这么美好、鲜活的一个生命，却让乳腺癌带走了，这件事，她做对了吗？或者，我若当初坚持到底和她一样，我就对了吗？我永远在问自己、也问后来和我成为朋友的中国医学科学院肿瘤医院的专家大夫董梅和王维虎，他们是一对夫妻，董梅大夫是化疗科正教授、专家，王维虎是放疗科的专家、主任医师、部门负责人，他们在给我治病的过程中，成为我最好的、最尊敬的朋友。后面的文中我会专门写到他们，他们的故事是我心中十年无法放下的感动。

我曾经问过他们，陈晓旭如果和我一样，手术、放化疗，她会活着吗？他们痛心和遗憾地说，是的，她会活着。

然而，那是一个完美的灵魂，她义无反顾，选择了一夜花落、离开人间……

10年前，我就处在这样一个生死抉择的关口，不接受手术、放化疗，我打算和"林妹妹"一样，放下生命、放弃生存的机会，离开自己的亲人，平静地去另一个世界。反之，虽然历经磨难，直到今天，我还可以让我的灵魂如同凤凰涅槃、浴火重生。

什么是对和错呢？我一直在反复地问自己。

2004 年，查出癌症时，我 45 岁，身高 1.67 米，显得比同龄人年轻漂亮，为了追求当今人们普遍认同的苗条身材，我一年内"减肥成功"，体重从 132 斤减到了 119 斤，是从青年时代开始算起，历史上出现的最低的体重。少女时代，我最轻的体重记录是 127 斤，能够减到 119，我当时觉得很意外、也挺高兴。

　　其实，减肥这件事打破了生理的正常规律，使人自身的抵抗力、免疫力下降，最是容易发生癌变问题。那时的我也曾知道，有些依靠喝减肥茶和服用减肥药"减肥成功"的人，很快地出现各种癌症，媒体上对此早有报道，但我误以为那是减肥茶（药品）中可能隐含不安全的化学元素，导致人体受到了毒害从而患病。其实，不论你是用什么方法，只要是违反正常生理规律性的，就全是错误的！都可能会直接导致癌症！

　　2003 年到 2004 年间，为了减肥，我对自己的身体都做过一些什么——是什么导致最终出现的癌症发生？十年后，这份总结，是十分有必要的。至少，我应该通过反思找出问题的所在，也许能够帮助后来的人们避免发生同样问题，不要像我们这些不幸得上了癌症的人一样，对自己的身体犯下各种错误！知道我们的"所犯错误"的原因，这对目前还待在健康群体中的人们或许会有帮助。

生命因为透支而亮起红灯

　　十年间，我遇到的癌症患者们其实都在找自己得病的原因，大部分的人（我接触到的女性患者居多，就说女性吧），都会认为是家里的什么人不好——因为跟配偶生气、或者是跟公婆和家人生气，闷在心里，从而日久生病。这当然也是一个主要原因，得癌症的人，肯定地说，多数人都有过心气过高、忧郁、精神紧张、忍耐长期压力不得缓解等问题。这也提醒我们，如果没有健康的生活方式，包括心理健康保障，癌症，就离我们很近。

我先说一说我都干了些什么吧，首先是减肥，我上学的时候体育不好，不喜欢运动。长大以后，也不喜欢运动。而减肥这件事，无非是以下几个方法：

（1）节食

（2）运动

（3）减肥药

（4）素食

因为运动是我不喜欢的，于是偷懒略过；再拿掉自认为不安全的减肥茶（药类）；剩下了节食和素食。那时候，我一天只吃很少的东西，或者一天只吃一顿饭。最坏的是，我大部分时间趴在电脑前。这是我和我丈夫当年最大的矛盾焦点。他只要看到我在网上忙碌，他就脸色难看、对我大发脾气，甚至于要把我的电脑扔出去。所以当我成了癌症患者，他总是悲愤地说："我早就知道你得得一场大病！我那么想阻止，可是我管不了你，你到底把我和你自己、咱们这个家给毁了！"

早在得病的几年以前，我就开始上网。最初的原因是我要为我的一位诗人朋友顾城"做辩护律师"，顾城，是中国朦胧诗派代表诗人，在中国曾经很有影响力，他和妻子谢烨，是我的好朋友。

顾、谢在海外发生了震惊中外的"杀妻自缢"事件之后，顾城留下了一部遗作《英儿》，他们两人一起从我的生活里消失了，顾城走前曾经给我写了4封绝命的信件，寄来了背面写有绝笔文字的照片。而这些信件，都早已收入在他的遗作《英儿》书中，那是最后的顾城向我呼救。而书中的英儿，一个当年毕业于北大分校的女孩子，曾因自己对诗人的执迷之恋，径直闯进顾、谢的家庭，直接造成了这一悲剧的发生。

我总觉得，这个叫李英的女孩子是我带去顾城家中，虽然我也阻止过，但终究事件的发展不受我的控制，悲剧终于还是发生了。

痛心之余，我更觉得这件事我有责任。而且，我因为是这一事件唯一的知情人，为了帮助我的朋友顾城申明他当时所面临的复杂历史原因，我曾写过一本书《顾城绝命之谜》（1994年3月华艺出版社出版），以前从不上网的我有一天无意中发现网上对我的书和此事件热议不断，而当年毁灭了顾、谢家庭的女孩儿李英写了很多文章，发在各网站，很多都是不实之词，对已故的顾、谢及其他们的家人多有伤害。

于是，我开始上网，为的是澄清历史、对真实负责。

在这件事告一段落之后，我开始远离文学。当初，为了申张正义，我用"清醒"这个网名在网上发表了一些文章，朋友的事情忙完了，这个网名就保留了下来。我不再写作，而是选择了自己多年前的爱好——摄影——为自己新的人生目标。不久，我被任命为北京广播网摄影版版主。摄影是我从25岁就开始从事的事业和一生的爱好，和文学一样，一直都是我生命中不可缺少的一部分。于是，我做得很投入。

为了制作摄影作品，也为了活跃网上气氛；做一个热情、负责的版主，我开始没日没夜地上网和趴在电脑前，简直就是废寝忘食。网上的日发帖量直破千帖纪录、两千帖、三千帖纪录，网友们热烈地拥护我，我觉得那是我的责任，所以很是认真。

在网上，我是大家的知心大姐，因为我本身就是作家出身，有文学功底，所以我这个版主就做得有点儿风生水起，为北广网聚集起了较大的人气。那是官网，能成为这个网站的版主，我当时觉得十分荣耀，也就倍加努力和珍惜。丈夫是在这时开始和我发生争执的，可我当时完全陷入一种状态和责任心之下，无法停止这种网上的生活，因为，那么多网友在等着我。

丈夫见我如此不分日夜地上网大为光火："你这样折腾，活不了多久！"他越是气得急不择言，我就越是和他产生距离。他怒目横眉，对我说："我娶的是老婆，不是什么文学家、什么版主，你这么下去，是要把这个家给毁了吗？你要不想活了就给我滚，是不是网上有你爱上的什么人啦？你这么大的瘾！"……我们的婚姻有了触礁的状态。他的目光如芒在背，只要发现我在网上，他就大发脾气。

我又害怕、又生气，还不能放下我的"责任"、还想追求我摄影艺术的完美，心情因此紧张不安。"偷到"的那点儿上网时间，就更加觉得不易。胆战心惊地上网、觉睡得很少，却一直在激情燃烧着生命。我后来想，真的是怪自己，那样的生活加上减肥带来的厌食症，加上不休息，加上心情紧张，加上和丈夫的矛盾，我已经是内外交困了。不得癌症还等什么？

我不知道，生命是可以因为透支突然间亮起红灯的。2004年，那一年的日子，真的很无奈。丈夫其实也没有错，是我自己太过分了。

后来发生了一件事，对丈夫的打击非常大，丈夫曾经有过一次婚姻，还有一个儿子同母亲生活在一起。他的前妻突然因心脏猝死、毫无预兆地倒下了，就再也没有抢救回来。在她生前，我们已经是无话不谈、心换心的好姐妹，两个儿子一个是她生的、一个是我生的，两个孩子相差8岁，但兄弟的感情非常好。

丈夫和姐姐是北大的同班同学，两个人个性都很强，姐姐喜欢独立、独掌自己的命运。但婚姻不在了还有同学情、亲情。为了孩子不缺失父爱，我们相处得很好。姐姐文化很深，心地善良，和我真心相待。在我和丈夫发生问题的时候，姐姐总是站在我的一边，劝丈夫不要再因为脾气坏拆掉好不容易搭起的另一个家。姐总说："文昕很不错了，要是我，肯定做不到……你改改你的脾气吧！"

2004年的10月，姐姐突然走了，我接到丈夫的电话，他说："帆帆的妈妈摔倒了，可能人不行了，我正往那儿赶，你马上过来！"我惊得说不出话，好好的，才49岁，平时看着那么健康，一点预感都没有，怎么可能倒下去就走了呢？！我真不愿意相信！开车赶往她的住处，离我家不远，15分钟的车程。我冲进去时医生们已经抢救了半个小时，没有了自主呼吸，但还有每分钟60下心跳，姐在等我。

我拉着她的手，趴在她耳边喊她，她的心脏慢慢地不再跳动，就在我的眼前，她走了。我知道，她一直在等我、等着我来，把大儿子交给我。

我从此以后就应该是两个儿子的母亲了，我应该担起这个责任、好好地爱他们。姐姐在的时候，我们如果有事情或要开车去外地，小儿子常常放在姐姐家，姐姐背着胖胖的小儿子，去公园玩儿，给他做饭吃、给他买衣服和玩具。孩子叫他大姨，和姐姐可亲了。如今姐姐走了，还在读大学的大儿子没有了家，虽然从小我也带过他、他和我也很亲，但姐姐真的不在了，对大儿子来说，生活肯定是完全不同了。妈妈走了，他忽然变得沉默寡言，他是姐姐的儿子啊！我得带走他。

风雨飘摇，2004年的10月，我们在满山红叶的墓园安葬了姐姐，从此我家就是4口之家了，我那时忽然有所醒悟，我从此应该改变自己，多关心家人，因为，生命无常，家人才是最该珍惜的，否则可能追悔莫及——但是，我醒悟得已经晚了！在我很想好好的当个妻子、支撑起这个家的时候，意外再一次降临——送姐姐下葬回来那天的夜晚，我发现自己得了乳腺癌。

这一年，对我们家、我先生来说，究竟是怎么了？……

得了癌症的女人，只是噩梦

我不愿意接受手术、选择等待自然结局的做法是在丈夫的心伤上洒盐。可是，让我从此变成一个缺失半边的女人，那对我来说，是宁死不能接受的。我宁愿只要几个月的生命，也不愿让我的身体变得重残不全。丈夫见说不服我，只好紧急联系我的表姐，表姐是华北地区著名汽车经销企业总裁，做事果断、有威信，而且从小我最听她的话，她是丈夫搬来的救兵。好在表姐也是女人，理解我的想法，她立即找到位于京西定惠寺的北京肿瘤医院一位专家大夫，得到了肯定的答复：可以做保乳手术。于是当天我就转往了这家专科医院。

然而，事情并没有像大家想象的那样顺利，因为当我住进这个医院的病房，我才发现，这里同样是我不能接受的！这下，可把我先生惹火了，他情绪激动，对我的痛恨不可遏止，的确是啊，大家这么为我忙、为我着急，只有我，这么不懂事、不配合。

问题出在治疗方案上。

当时，西肿瘤医院[1]在采取先化疗、后手术的方法，住进去的病人，先要接受6个疗程以上的化疗，一个疗程是21天，21天后再打第二个，以此类推，全部做完，至少要近4个月以上，

---

[1] 北京肿瘤医院，位于北京西三环外，和位于北京东南二环边的中国医学科学院肿瘤医院，各在北京城西边和东边，被病友称为"西肿"和"东肿"。——编者注

6

然后，视肿瘤缩小达标情况，决定是否手术。换句话说，如果不达标、肿瘤没有明显缩小，可能需要再增加新的疗程。

我哪有那么多的时间和耐心在这儿干这个？！我当时就是想不明白，为什么要先化疗？觉得，化疗让人身体的抵抗力降到最低，刚化疗完的病人红白细胞、血小板也是最低，然后再去承受一个大手术？半懂不懂的我，理论上实在想不通，所以当时怎么也不能接受。

当然这可能是我内心为自己找的借口，我实际上不接受的，还是化疗给人带来的改变、和对这种改变说不清的恐惧。而西肿瘤医院的治疗方式当时就是这么一种情况，不化疗，就不能得到手术治疗，住进来者别无选择。

那是一间 8 个床位的大病房，中间的空地上还有几个临时打化疗的床位，供白天不住院的病人使用，就算每一位患者只有一位陪护人员，这间病房里热闹的程度都可以想象。而且这都可以不论，在中国这个人口大国，得病能住进医院，都是不那么容易的事，要等床位，条件就是这样的，不适应，只能说明我娇气。可是，让我实在不能接受的是，刚刚我还是一个正常人，住进去之后，马上就能看到下面我将变成的模样——这，实实在在的，是太可怕了！

一屋子里的女人，没有人有头发！

化疗，会脱光头发，现在这种事，在我癌患十多年后，早已习以为常、司空见惯，虽然至今落发对我也不是一件太没压力的事，至少我已经不像当初那样对此反应强烈和极大地抵触。但对于一个初次癌患的人来说，忽然看到一屋子的人脸呈黄绿色的病容、个个都是光秃秃的脑袋，真的吓住了！天，这是为了什么？为了活着吗？先要将自己如此的妖魔化！——我边上的病床上躺着一个秃头的"黑胖男人"，我吓住了：难道还是男女混住？！结果，她转过身来跟我说了一句话："新来的？"原来是个女的，我松了口气、又倒吸了一口冷气："怎么会变成这样？"

　　她说："打化疗，里面都得加激素，人没力气、还长胖。"她伸出手给我看，手都是黑的，像在碘酒里泡过。

　　我正愣神儿的工夫，从外面进来了一个"漂亮女人"，穿着红色、带花边的衣服、脸上浓重的彩妆也盖不住她灰黄的脸色，她用夸张的快乐声音对大家喊："病友们，我回来啦！告诉大家一个好消息，大夫说我可以手术啦，你们要努力啊！"认识她的病友都向她表示祝贺，有人说自己还有一个疗程，但愿能达标；有人说还早呢，刚打了三个疗程，实在顶不住了……还有的人夸奖她假发真漂亮。她高兴极了，从外面叫进来她的丈夫，一个一脸无奈地微笑着的男人，递给她一把粉红色荷叶边的舞扇，她于是在病房的空地上翩翩起舞，大家都夸她跳得真好，她兴奋地向大家说："咱们就得这么活！高兴！以后就是要天天高兴！"大家纷纷赞同，于是她又鼓励了大家一番，才离开。

　　她走了，我还呆呆地缩在床上出神，这，就是努力地和癌症抗争吗？我真的要在这里度过4个月到半年的时光，只为了变得不正常、变成难看的女怪？女人如花花似梦，可是得了癌症的女人，只是恶梦？……

　　如果真的是这样，我想陈晓旭无疑是英明的。

　　我当时想，要是活着要先过这样的关口，我宁愿选择去死。

二、生命窗前不落的红叶

在这一节里，我想写一写曾经拯救过我生命的友情。友情，在平时的岁月里可能是看不见、摸不着的，尽管生活里一向热闹非凡、迎来送往。而在你真正到了生死存亡之际，才能看见那个上天给你派来的朋友，在你最危难的时候，他的身影如同干涸的沙漠中一道明亮的闪电，瞬间照亮你的生命、带来生命雨水的信息。

朋友情，这三个字有多重？多年来，重到我无法承受、无法用语言表达。在我最危难的时候，总是仿佛会有上天派来的使者赶来拯救我，在我走投无路的时候，将我从绝望的境地带回。

牛小谦和我一向"犯冲"

这天，在我陷入绝望的时候，来了一个人，他叫牛小谦。

这是一个从青年时代我就相识的人，但却和我一向"犯冲"，他就喜欢和我"打架"。算起来，他应该是我先生的朋友，不能算我的。但要细论，我认识他却早我先生好几年，25岁，我们俩同一批加入的北京作家协会，但我却不记得他。他说，当时我坐在你对面，你不记得了吗？我点点头说有印象，其实我没敢说实话，我是真的没记得他。他却十分敏感，用鼻子哼道："哼，美女作家，眼睛里没人、忘性总比记性好！我当时还跟你说话了呢，说咱们都在石景山文联呆过，这你也忘了！"

他和我的友好态度，也就保持到他第一次来我家结束。那天的他温文尔雅，和我回忆起我们一同加入作协的发展会，以及可能共同认识的什么作者和编辑，还有当时有影响力的文学作品、我们各自的创作，谈得好像还不错。以至于还是我男朋友的丈夫当时都有点儿小不开心，我和他都是写作出身，太有共同语言了。

但没有多久，他就"原形毕露"成了我的对头，从那以后我们"军阀开战"，一打就是十几年。这可把我先生高兴坏了。他总能带回"小谦说你什么了"这种小道消息，估计，也能传达给小谦我对他都有哪些重点评价，丈夫的工作做就是到家，总能激起下一次我们见面的时候，两个人谁看谁都讨厌。

还比如，我先生先给我一张名家字画让我拿着，说很贵，这是给你的，可别给别人。然后，就是不一小会儿，小谦笑眯眯地来了，说："文昕，晋象征（我先生）让你把那张字画给我看看。"我回头一看，当时还是我男朋友的老晋一脸平静地望着我们这边儿，行吧，我给了他。他立刻转身就走，说："这画是我的了！"

气急败坏的我去找我先生理论，他说："我没让你给他啊，不是告诉你了，很贵，别给人吗？这下没办法，让他骗走了，没事儿，以后我再给你找。"

这种事一多，我看小谦就全是仇恨。于是，我和他之间的战争不可避免地升级。其实至今我都怀疑，也许是丈夫最喜欢看我们打架，我们打架他就很开心。

要命的是，我们准备结婚，丈夫从小谦那里带回来的消息是，他说的："我告诉你晋象征，你要是敢娶了文婆儿当老婆，你从此一个朋友都没有！什么人你都敢要，那是我们北京作家协会谈剩下的！"我气晕了，"什么叫北京作协谈剩下啊？北京作协是谁啊，那是个组织好吗，太可恨的了！"我先生说："就是，谁听他的。"可我怎么看他那样子，都感觉他有点儿幸灾乐祸。

对了，还想起来一件事，小谦这么讨厌，他带来的动物也不是什么省油的灯！先是有一天，老晋带回家一只名狗，比格狗，两个长长的耳朵，样子特别温顺，说是给小谦找的，"他不在家，先得在家里养几天，你要实在喜欢就给你了也行。"跟他沾边儿，就没有好事儿：在我房间里养了一晚，早上起来满地的排泄物，我大怒，说："赶快让他搞走！我可不要这东西！"

狗是给了他，他却顺手给了我们一只猫，一只波斯猫和中国猫的混血儿，一只眼睛蓝、一只眼睛黄，长毛儿，取名叫雪球，看着挺可爱的。这个雪球，可把我们给害惨了，简直就是替小谦来找我们麻烦的！这雪球没有一时的老实，上蹿下跳，家里的桌子上什么东西都不能摆，闹钟、水杯甚至于凉瓶，它都能当玩具；早上起来，你肯定找不到拖鞋，需要从很深的床底下费好大劲给弄出来；还有你就别想在家里放纸张，小到我写的稿子、报纸杂志，大到墙上的名家字画，它全能撕成小碎片，出门回来，家里像下了一场雪，碎纸花到处都是。

这也就算了，家里以后不放这些东西也就是了，可是，它不让我们睡觉，这就太过分了！它总是在我们刚刚睡着，它就窜到床上，四脚跳着从我们身上跑过，顺便在我先生的手上咬了一口，这可把我先生气坏了。于是，睁一只眼闭一只眼，等了好长时间，终于它又来故技重演时被老晋一把抓住，于是新仇旧恨一齐涌上心头，按在地板上，大半夜的上演武松打猫的闹剧，打得咚咚直响，我都害怕会给打死了；一松手，它哗哗地跑了，无声无息。

我们躺下刚刚睡着，它又来了，还是四脚跳着，从我们身上跑过，真是可恨！这是猫吗？是小谦派来专门害我的怪物吧？可它总是个小性命儿，也不能打死了啊。

我就回娘家求助，我爸说："拿到咱们家来吧，我给养着，别打死了啊。"于是，我终于摆脱了雪球过上了正常的生活，但我爸爸可倒霉了，雪球不让我爸睡觉，天天折腾他，抓他的脑门儿、拍他的脑袋，于是我家也上演了"家庭暴力"，可是这个雪球却并没有因此改变，而且大有越战越勇的意思，大家都发愁，这雪球可怎么好？想退还给小谦，他说："我可不要，好不容易送出去的。你就养下去吧！"看他高兴得乐不可支，我恨死他了！后来还是家里来了新疆的大哥，把雪球带去了新疆，噩梦才结束。

终于有了一天，我和小谦"真刀真枪"、面对面打了一架。起因其实原本和我没关系，倒是和我先生老晋同志有关系——他有一个"长发飘飘"的美眉崇拜者，总来家里找他，意思是看看是否可以有希望和我"竞争上岗"。后来她在我大气友善的态度感召下"知难而退"，还差不多和我成了朋友。有一天，她正来我家，牛小谦也来了，不记得他们因为什么斗嘴急了，小谦就说人家很不礼貌的话、带脏字儿，我看不过去，就说小谦："你跟女人说话就这么不礼貌啊？什么修养！"

他气得脸红脖子粗："跟你有关系吗？你给我出去！"

"这是我家，要出去也是你出去！我家不欢迎你！快走。"

"我就不走！你走！"

"那你不走我们走，家交给你了，少了东西晋象征跟你说去！"

他气得坐在沙发上呼呼地喘气，一下站起来，气冲冲地走了——于是少不得跑到我先生那里把我大骂一顿："你家文婆儿和你情人站一个立场和我吵架，真傻假傻啊？婆娘没好东西！"我先生又有笑话可看了，以后逢人就说：她把牛小谦气得要把她从自己家里轰出去，真有本事！

其实到后来有一阶段牛小谦显得还不错了，是因为他调到北京刑侦总队，当上了刑警。当了警察的他有所"收敛"，总算走上正道儿了，至少不会再像原来似的，公开欺负人了。甚至，还组织拍摄了一部公安题材的电视连续剧《京城缉捕队》，参与了创作并在其中扮演了警察的角色。我比较敬佩警察，也欣赏他的才气，所以渐渐地也就忘了跟他记仇儿。我们后来还一起参加过《人生》杂志社赴银川、厦门举办的两个笔会活动，一路同行，架是不当面吵了，但怎么说我跟他也不能算是太好的朋友。

这个牛小谦，样子确实是有点儿凶恶、吓人，一米八几的大高个子，熊腰虎背，声如牛吼，说脏话能说出文才、花样儿，骂人骂到入木三分好似贼咬入骨，让人又恨又想笑。我喜欢躲在一边儿听他骂别人（骂我就算了），特别好笑，语言的艺术、作家的逻辑、下流社会的俚语脏话，到他嘴里，全能成为段子，酣畅淋漓、峰回路转、奇思妙想、令人捧腹、回味无穷。他这个人好的时候也能挺好，但要凶恶起来，谁也不愿惹他，我压根儿就不想惹他！大家都不愿意招惹麻烦。就是这回我说要写他，还有原来的朋友不开心，反对我写这个人。

可是，我真的不能忘记他，我得尊重这段真实的经历，十年前，是他来了，把我从那个医院里接走，给我安排了新的生命轨迹，在我上天无路、入地无门的时候……

瞬间照亮你的生命

人的一生，不到最最关键的时候，你不知道有朋友的存在，他的到来会改变了你的命运，让你走出生命的低谷，对于这样的朋友，你如何能忘！

小谦和丈夫一起来到我的病房时，正是我拒绝治疗、闹着出院、和丈夫搞得很僵的时候。我打定了主意，宁可选择放弃生命，也不会接受命运这样的安排。小谦一来，就让我快换好衣服，跟他去见一个人，他说，那是中国医学科学院肿瘤医院的一位外科专家，蔡建强教授，他说他是很好的大夫，一定可以救你。他把一切都已经联系好了，马上就带我去见大夫。

坐在小谦新买的越野车上，听他用尽可能快乐的语调跟我说话，那些安慰的话说得仿佛轻描淡写，却显示着他的好心哄劝，那般的精制、巧妙，生怕触动我什么不愿意说起的话题。被他忽然如此关心着，我是老大的不习惯。多年来，早就习以为常了跟他吵嘴、跟他生气，甚至跟他打架，真的一点儿都不习惯他用这样的语气亲切地跟我说话，心里倒多了一些惶恐和不适应。我说："小谦你还不如跟我打架呢，我倒感觉还好些。"

他说："是啊，我也想和你继续打架啊，不是先得把你治好了吗，那样才可以打得长久，对不对？等你好了，我这新车借给你，你不是喜欢越野吗，这车让你随便开！但你得治病，你知道吗？"

我将头掉转向窗外，我不习惯自己对他的这种感动，来得那么猛烈。

终于见到了蔡建强教授，一个沉着、稳重如山的专家大夫，让人一见之下，就从心里信任。他话语不多，但说出来就如金石坠地、轰然有声。他的每一句话都让病中的人立即接受，并心悦诚服地同意接受他的治疗。这是一种直觉，人会相信自己的直觉。

他看了我们带去的一些检查病历，然后肯定地说，可以马上手术，而且是可以做保乳手术。多少天来，我第一次感觉到心里积压的、厚重到无法排解的烦闷，瞬间烟消云散、天空晴朗，仿佛重回快乐的人间。

应该也是缘分，在另外两个医院，我全力在抵抗着、不接受治疗，甚至于决绝地选择放弃生命，但蔡大夫就是不一样，我再没有了那么多想法、顾虑和挣扎，直觉就让我相信这个大夫，可以拯救我的生命，那么无条件地信任他。只要跟着他，我就能走向光明。

那一天，我的世界重新洒满阳光，快乐重新回来。如今回想起来，那天是我的新生，如果不是小谦把我从绝望的牢笼里解放出来，如果不是见到了蔡建强教授，可能我早已经生命不再，就像陈晓旭一样，我义无反顾地选择去另一个世界。

对于蔡教授来说，可能他根本不记得他曾经给一个人做过一个在他来说很普通的手术，在那样一个对他来说平常极了的一天里，他跟一个病人有过那样一个简单的谈话，因为这样的病人在他来说，可能实在是太多了！他不知道，他在人的心里从此种下了一个深深的记忆，他瞬间拯救了一个生命，让这个人重新活了下去……

一切很快地就改变了，我不再是一只关在笼子里的困兽，心情也放松下来。第二天，小谦再次开车接我们，为我办好了住院手续。在医院拥挤的交费大厅，他刚花 5000 元新买的手机竟然被贼给偷走了。要是过去，他不定要怎么怪我、骂我，但他什么都没说，只说"当警察的，让贼偷了还不能跟人说，太丢人！玩儿鹰的让鹰啄了眼，晦气！"

东肿瘤医院，是患者习惯的叫法，因为它位于北京的东边，华威路潘家园。患者说，这里有盼头儿，盼家园。只要盼着，就有希望回家。这里，就是后来我与之结缘十余年的医院，我在这里认识了王维虎和董梅大夫，我何其幸运！后来竟然会和他们成了特别好的朋友。说来根本也许没人信，大夫怎么可能和患者成好朋友？仅仅是因为彼此欣赏？这份友谊，竟然会延续了十多个年头。

我在这个医院，认识的第一个大夫是蔡建强教授，他给我做了一个非常完美、成功的手术，那个手术，与其说是医学上的完美、不如说更是患者心理健康上的完美——因为，有更多的女性要求的不仅仅是生命的延续，还有生命的品质。陈晓旭是这样的、我也是这样的。相信很多女性患者都是这样的。

在国外，保乳手术早已普遍得到女性的接受，是成熟的医疗解决方案。在中国，保护患者心理健康的手术方法，也在被更多的女性主动的选择。我庆幸我遇到了蔡建强教授，并得到了他完美的手术治疗。是因为遇到了这个大夫，我的生命才得以延续。后来的这十多年，是在这个手术基础上存在的，没有蔡教授，也就没有我的今天，和这本书。

"猪皮"顽童般的无理要求

来到这家医院，我放松了心情，决定接受治疗。

在这一时期，我生命中，另外还有一个朋友，给过我很大的精神支持，是我在这本书中必须说到的。和牛小谦一样，也是我的一份需要用心感激的记忆。我能够平静和若无其事地走过患病后的岁月，是因为有了他。

那一份来自精神层面的正常人心态，是他带给我的。正因为我有了这样的一份朋友带给我的自信，使我的内心极为充实，我从来没有害怕过死亡。因为我的精神始终保持正常人状态，好像死亡离我很远，从不用为此恐惧，更不用为自己忧伤——因为我根本没有这个时间。

他给我的，是一种另类的帮助，别人可能无法遇到这样的"帮助"，因为那帮助的方式让人怎么看都不像是一种帮助——他用不停地"麻烦"我，来使我没有时间去为自己伤心和恐惧。他只要打来电话，一定是一大堆正常人要干的事，而且，非得有我参加不可。

他是一个英气、而且很有男人味儿的帅气小伙儿，叫威子。威子的性格里有一种亦正亦邪的顽皮，他给自己取的网名叫"猪皮"。从他这个网名就不难看出他和别人的不一样，时而敢为别人所不为，时而又天真得像个孩子，有时还是"特坏"的男孩子、自鸣得意属猪的男孩子。

说起来根本没有人信，他在我住院的时候，还在打电话跟我争论得急赤白脸，他似乎每一次都是特别的无理，观点不同、看法也不能一致，所以三句话没说完就争了起来。争到后来，两个人都很生气。然后，第二天还得商量，于是周而复始。因为当时他把我拉进一个越野车俱乐部，让我负责摄影活动、摄影扫盲等内容。

他是我们那群人的"头儿"，精力充沛，特别有号召力，能发明各种越野路线，召集有同样爱好的朋友一起去越野，亲近大自然。平时里我叫他"弟"，不仅因为他年龄比我小，更多的是我们在生活中像姐弟一样亲，在人性里我们有更多相同的认知和共鸣。我老说"听你的"，而他经常挂在嘴边的一句话就是"我这个'头儿'只能决定咱俩吃什么，其他的你要是能听我的才怪。"

我先生最恨我跟他一起弄这些事儿，我先生希望我老实地待在家里，当他的老婆。所以有一个时期，我先生一说到他，一定当成反面儿的人物加以负面评价。说，我的病全是因为跟他一起做一个广播媒体网站的摄影论坛折腾出来的。

当初，广播网摄影版的版主，是他推荐，由网站任命我去做的，有正式的聘任书。他本人在那个媒体工作，他把我拉去跟他一起当这个版的版主，但我负责操作，他只给我一些资源和支持。所以，还是我的头儿。但我们"性格不合"，天生意见就不统一，MSN、QQ上，经常就闹得谁也不理谁，好几天各自生闷气。但好像又谁也离不开谁，还得往一块儿凑。

也有好的时候，不定哪天，谁知道他是不是忽然身上"天使"的一面灵光闪现？他会性情非常好。给我一首歌，一起听，一起说个自小时候的经历。一个晚上，都沉醉在某种艺术的情绪里。可能就是因为这样，我们其实很有共同的感悟和另外一部分跟别人所不可能共有的相互理解。

本性上，我们可能是一种人。都爱文学，都有幻想，都喜欢摄影和美丽的色彩，都喜欢差不多的音乐，都不喜欢刻意表现，不喜欢做作、不自然的东西。他还会翻译一些国外音乐人的作品，告诉我那里面的故事。给我讲电影，甚至是他最喜欢的动画片。于是，那一天，就会像是充满着神话般的意境。他喜欢老舍，喜欢白描的写作手法，他拍摄了很多世界各地的风光作品，色彩总是大胆得惊人，作品散发着浓烈的主观情绪，极具视觉冲击力。然后，他会配以流畅无痕的文字说明，淡淡如流泉，看似毫无写作动机，却又处处机巧，看得我醉入美文，爱不释手，顺便还有点儿脸红，好像他是搞文学的，我不是。

估计就是这种相互的文化接近、感悟接近、相互理解和欣赏，是我们做了朋友的基础。我很醉心于和他一起干这些事儿，比如做网站论坛。他后来带着越野车队，我也跟着他们一起去过很多人迹罕至的美丽地方，内蒙古大草原春、夏、秋、冬四季的穿越活动，都是他带领大家一起去的。

我们还穿越了山东半岛、北方的海岸线，到过很多的地方，拍摄了大量别人很难拍摄到的风光、人像作品。因为是越野车队，走的全是没路、或牛车路，所以能够看到完全不同的景色，没有被人类过分开发过的土地、丘陵、山水、森林、牧场和沙漠。跟他们一起露宿风餐，在草原上安营扎寨，一圈越野车围起的营地，红红的篝火、搭建起来的帐篷，以天为庐，以地为家。车队经常穿过大片的湿地和流沙地区，穿越野鸟群飞的绿洲，车队前后救援，将陷入泥沼、沙漠队友的车拉出来，继续前行。

没经历过的人，不会有这种惊心动魄的体验。其实，还是相当冒险的，就是因为远离人类群集的文明，这种体验才尤为宝贵，一经有过，终生难忘。

患病的十多年里，只要我从放化疗中恢复过来，他就跟我说，走吧，跟我去组织活动。我就会跟上朋友们的车队、在他的带领下去下一个神奇的地方、经历新的冒险、新的快乐。

　　要是在过去，丈夫是不会让我跟着越野车队去那么遥远的地方的，在我得了癌症以后，他可能觉得过去对我太过干涉了，让我不快乐。所以他开始同意我去做我想做的事，有生之年至少可以开心一些。于是，我就跟着威子弟弟的越野车队走了，一次又一次的，去那些美丽的地方，真的，这一生经历了这么多、看到了这么多美丽的风景，值了！我后来一直在想，他真的是必须要有我参与他的事吗？我真的对他来说很重要吗？他的好心，掩盖在他顽童般的无理要求里，充满着我的生活，连不快乐的时间都没有。他时不时地会派给我很多事情，永远做不完。

　　威子有很多奇思妙想，都太聪明、太智慧，但他其实就是一个长不大的孩子，本性难移的是坏孩子般的天真。我非常幸灾乐祸地看他和别人“玩儿不长”，就盼着他出点儿什么麻烦，我好说：“你看，我早知道是这样。”一副先知先觉的得意。他最恨我这样，于是我更加乐此不疲。

　　其实，他是我“玩儿得最长的”朋友，从我们认识的 2003年，有十多个年头了，他始终是我最好的朋友。就算有时见面少了，但什么时候一个电话、一条微信，我们都知道那种踏实的感觉，什么都不会变。他说，我们是今生、可能还是来世的朋友。这话是前不久在微信上说的，那是在我又一次真正地历经死亡重新回来的时候。他很少跟我很感性地说话，都是我跟他说，所以他的这些话还是让我狠狠地感动了一下。

　　他有组织能力、独特的创意能力，但就是没常性。什么事都是他开头儿干，振臂一呼，就能聚集起一大群人。但他自己的兴趣却是飘移的，在我认识他的这十多年里，他从摄影改到越野，又从越野改钓鱼了，不是一般的钓鱼，是开着越野车、带着照相机，在人迹罕至的密林溪流里挥舞着鱼竿野钓。我无语。前不久他又跟我说，让我跟他一起改钓鱼，我没敢说我不想钓。钓就钓吧，他还弄了个现代化的鱼缸，里面养起了好多奇怪的野鱼，手机连通了摄像头，走到哪儿都能监视那一缸里的鱼在干什么！不是吃饱了撑的、没事干吗！可他为这点儿事儿，乐得像个孩子，还非要亲自给我弄一缸，我没同意，谁和他似的！

就是这个威子，我住院得了绝症，他却仿佛毫不在意，我第二天就要接受蔡教授的手术了，本来应该心里是会有些异样的，可是他来电话了，他在电话里跟我说的是："你快点啊！快做完赶快回来帮我，俱乐部好多事儿呢！真是的。做完出来了告诉我一声儿啊。"

——哪有这种人啊？！

我又可气、又想笑，还有点儿感动。因为要"快点做完手术好回去帮他"，所以手术这种事好像也不是什么大事了，只要快点儿去做完就好。

都是让他闹的，我没工夫伤心、想什么死呀、活的，哪有时间啊，都是他的事儿！一堆，天天商量、天天没完。

"谁让你把我那儿放下就走的"

我并非是一直和威子一起做他喜欢做的事，中间我们分开过一个时期，因为我们总是意见不合。俱乐部的论坛主要是推行越野理念的，主张在现今这种高速、快节奏的生活里，人的精神需要放松，以越野这种方式给人们提供一个情绪宣泄的出口，让人们可以走近大自然，并且，在越野远足的过程中重塑人的价值观、友情观和高尚的协作品格——道理真是非常好的。摄影版只是很次要的一种点缀，我如果做得太好、太专业、发帖量过大、特别吸引眼球，就夺了其他主版的色，网站的方向就因此成为问题。

我很来气："你到底什么意思？让不让我做啊？噢，我认真了不行，不认真，还不行。我的版不好看了不行，太好看了，还不行！还，不能主打人像摄影，我做不了，你另请高明。"

他也特别来气："我说得不对吗？这是越野论坛，你得配合默契点儿啊，别只顾你自己的摄影版；专业技术版你也得回帖互动啊？怎么只顾自己的版呢？如果全站上下没有配合，怎么能够是一个主题和整体呢？再说，给你的是超级版主权限，你想想，全站有几个超版？有吗？你就不能别的版一起管理？那我给你超版做什么用呢？"

"行，您还别给我超版，别这么抬举我，我不可能全管理啊，再说，专业越野这一块也不是我的强项，一个外行人硬要为了回帖而回帖，我做不来。你让我说什么呢？给别人讲专业课？我没这知识；让我去问越野问题？由我来答、别的版主来答，不无聊吗？我们自己人互动也叫互动？"

他说："你别偷换概念好不好？跟你说话怎么这么费劲呢？我是让你别总是贴那么多的美女照、纯摄影，多上些越野宣传主题的片子……"

"你这么说就太奇怪了，我没上吗？我上传的大部分都是越野车和美眉的作品，再就是风光作品，那也不是纯人像摄影啊？每次活动，如果没模特参加，大家就全说怎么没美眉啊？这活动搞得！有了模特参加，再说也是你的意思啊，怎么就怪我搞偏了方向？我真的做不了了，你重新别找人来做吧。"

于是，讨论转向、变成我们互相之间对对方的性格、为人等各方面的全盘否定。他一不留神就带出一两个脏字儿："我跟你TMD真是说不清楚！"这回更完了，我说他不尊重人、修养很差、哪像个国家干部！还，共产党员？！然后就关机、下线或电话挂机。一两天，我们都不理对方。然后，谁让他是头儿呢，通知开会、吃饭什么的，还得忍气吞声来通知我。还好，我并不真的跟他没完，吵架的事情就算过去。

我不知道是我气他有瘾、还是我们性格真的不合，反正我们意见一致的时候几乎没有。他一看见我，就像公鸡一样，毛全竖了起来，随时准备战斗。能多咬一口、绝对不会少咬一口。我呢，看见他来了，就时刻准备好了反击、什么赶劲儿就说他什么，反正不能让他胜利。这哪能一起工作啊？问题是，他就不放我自由，鼻子不是鼻子脸不是脸的，还要非不许我不干。两个人其实都是真生气，但都不长远，一会儿又说话了，各让半步。

终于地，有一天，我们分开了。

起因肯定是因为什么事情不和，或者说不和的感觉已经很久了，双方都有点儿烦恼。正赶上他对一个我们共同的朋友也意见相左，那个人网名叫 GLIFF，摄影技术极好、是我敬佩的朋友。我们都想越野之外做专业摄影网站。为了维护那个叫 GLIFF 的朋友、也是我自己的想法，我和威子更加地互相不能调和，三个人的问题成了大问题，我就在版主论坛上了个帖子，挂职而去。

　　我走后，就和那个叫 GLIFF 的朋友一起做了当时红极一时的专业摄影网站"EX 摄影网"，由于 GLIFF 在摄影圈内的名气，加上我的网上人气，这个网站一经在网上空间里打开，就迅速蹿红。而我走后半年，威子就改变了他的兴趣爱好，玩钓鱼去了，叫什么"路亚"。把一个好好的越野网站关了，那个网站，是我们都努力付出大量心血的网站啊！里面有我很多不曾复制就再也不能重现的文字、图片作品！同样，他也是，很多游记、美文、大量摄影作品、那些我十分喜欢的他的作品集，全没有了！真恨死他了！这就是我说的他的没常性，我总觉得，他的创意从来一流，但他就是不能坚持到底。

　　当然此是后话，后话中还包括我有一天还是回去了，再次选择跟威子一起。

　　但是，做 EX 摄影网的时候，我是真的决定离开他、去跟GLIFF 一起做专业的摄影网站。而我参与过正式启动的网站，包括后来我自己创建的、成功运行了七年、至今还在的"靓点视觉摄影网"在内，我最喜欢的，是 EX 摄影网。因为，那个网站的合作者 GLIFF 不仅仅是我的朋友，而且是我的师傅，他教会了我全部数码暗房制作技术，在 EX 的一年时间里，是我的摄影水平突破性发展的一年。

我非常怀念跟 GLIFF 一起工作的感觉，他是人像高手，他创建的"EX——专家摄影人"理念非常专业化，他的作品一直是我心里的一盏灯，照亮我人生的记忆和我的摄影之路。

GLIFF，他的真名知道的人甚少，叫张海翔，但 GLIFF 这个网名却非常有名气，只要随便的在网络搜索工具上打出这个名字，你就会看到有无数的信息指向他，有无数的他的作品可以看到。这个名字，在当代摄影圈内非常有影响力，从著名的蜂鸟网人像版初创，他就是这个版的版主，他毕业于北京大学电子专业，摄影却成了他一生最爱。（非常让人痛惜的是，他在 2013 年 11 月 6 日自己生日的那天早上，在住所因突发脑血管意外而去世，年仅 38 岁。关于他，请参阅 P048《外一篇 GLIFF 一年祭》。）

2005 年，我在 EX，也仅仅待了一年多的时间，其间，我还是非常顾及威子的感受，我没有同意做主版（人像版）版主，只在 GLIFF 的强烈要求下，自报了个文学版版主，我也没怎么敢卖力地做那个网站，但是 GLIFF 念及我在他逆境的时候和他一起出来、跟他一起做网站，虽然明知我是因为威子而不努力，但还是待我非常好。

而威子那时候就像个捣蛋的孩子似的不停地给我们捣乱。他只要知道 EX 网站在哪个餐厅吃饭、开会，他就一定推门就进。他认识我和 GLIFF 的汽车，只要他看见我们的车，他就一定会进来。或者是听什么人说 EX 春节年会、节日聚会，他就不请自到，仗着是他介绍我们认识，带我们走出专业摄影这条路，并是我们的"头儿"的历史背景，根本不把我们的态度放在他心上。就装得大大方方地来了，拉把椅子坐我边上。那感觉就像我请他来的，我根本解释不清。他知道他一来，就能让我惊慌失措，我受不了他这么折腾。而且 GLIFF 肯定怀疑我立场不坚定（而我真的，就是有点儿立场不坚定！）他一进门就会说："我找清醒。"众人和 GLIFF 就一起朝我看。

"你出来，我跟你说句话。"在大家的注视里，我一点儿没脾气地跟他出来，全是无奈。我说："你要干吗呀？折腾什么呀，这是？"

"没别的，我要你从 EX 出来，你能从我这儿辞职，你就能从 EX 辞职。"

他穿着单薄的衣服，站在冬天的冷风里，身后是他的高大的越野车，我们开着这辆越野车一起去过很多的地方，那是我熟悉的车。他就是不走。我无可奈何地只好求他："你快走吧！我谢谢你了！"

"你别谢我，你辞职出来。谁让你把我那儿放下就走的？我没同意呢！你回来，咱们完事儿。"

"赖皮呀你？……行行，你快走，我出来。"

"你说的你出来，那我可等着了。"

"我说了吗？"

"你说了。"

"好好，我说了。你给我点儿时间行吧，小祖宗？你赶快回家吧，一会儿感冒了！"

他说："行，你别忘了，你可答应我了，说话算数。"

从外面回来，一屋子的人全看着我，在GLIFF的注视里，我脸上发烧。我在外面说了我不该说的话，我想他用他的心都能猜到。

"你什么时候回来给我当版主啊？"

被威子搞得焦头烂额的，不只是这一次，太多了！

最惨的一次，是我们EX网站做拍摄活动，在北京雕塑公园，那天，仅是模特，就来了七八个，网友得有一百多人。活动上，版主们每两个人带一个模特、一组网友。我和"阿兔兔"算一个组，她既是模特、也是EX的模特版版主，她18岁来到广播网，还只是一个小女孩儿，是我拍出来的模特，所以跟着我一起来了EX。

那是一个秋天，地面上积起一层金黄色的落叶，风一吹，高大的树木就洒下新的落叶，又美丽、又伤感的气氛。威子来了，远远地看见他带着他家的小阿姨，推着儿童车，他带着一岁多的女儿小云云来了，我当时就晕了。

虽然秋天的白天，在阳光充足的地方不太冷，但那毕竟是秋冬交替的季节啊，他带了孩子来、我还能不理他？这不是要我命吗？！我无语地迎过去，他从儿童车里抱起女儿云云站在我对面，云云像是知道她的存在非常重要，她张开小手让我抱她。

这个小女孩长得非常漂亮，直到今天，我都觉得她是我最喜欢的小女孩儿，因为她不仅仅是好看，从小到大就跟我特别亲。威子知道，一个是他爱人、一个是他女儿小云云，我只要见到这两个中的一个，我就无声了，她们都是特别好的、最好的，我能拒绝威子，却不能拒绝她们俩。所以每次我们吵完架，他就会带上她们中的一个来，只要她们在，我就什么也会再不说了。她们温和、美丽、善良，像和煦的风，清洁人的心灵和感官。云云一让我抱，我就完了。我跟网友说："我来了朋友，你们先去拍别的模特吧，这组休息。"

兔兔和我一样，无语。我们原来都在威子的论坛里，现在，都是 EX 的人。EX 的人全在忙着带网友拍摄，我和兔兔不看威子，但全假装在陪孩子玩儿。那感觉，太难受了。我知道，远远的，GLIFF 能看到我们，或者他不看、我心里觉得他在看，也顾不上那么多了。不知不觉中天色暗了下来，冷风习习。我赶快跟威子说，你快带孩子回家吧，别把孩子冻病了！他什么也没说，就那么沉默地看了看我们，推着儿童车走了。我和兔兔互相看了一眼，俩人全都神情凄楚和无奈。

然而，也就是他从公园出去、进到汽车里的时间，我的电话响了，他说："晚上我没饭，你请我吃饭。我把孩子送回家，你来我家接我。"然后就挂机了。真是聪明，他要是说他请我、我可以说不去，他说让我请他，我该怎么说？不请？我看看兔兔，兔兔看看我，我说："完了，白天活动我们溜号儿，晚上 EX 和网友聚餐，怎么办啊？"

兔兔说："我跟着你。"

我忽然很泄气，我说："兔兔，我们去跟他吃饭吧。真受不了。"

兔兔说："是，我也是。"

于是我跟 GLIFF 撒了谎，说家里有点儿事，得回去。

接上威子请他吃饭。大家都很沉默，当着兔兔，他倒是没多说什么，但是，那感觉，比说了什么还让人难受。

就这么，折腾了一年，我也没有好好帮 GLIFF 做什么事。因为论坛技术孙教授是我的好朋友，我带他一起去了 EX，他带领他大学里的研究生团队免费帮 GLIFF 做起了 EX 摄影网，并负责网站的技术支持，所以论坛才得以运行。我对 EX、对 GLIFF也就是这个贡献了。GLIFF 知道我的心思，他表面上没怪过我，但我自己的感觉非常不好。

最糟的是，如果威子过去的论坛正常运行，我也就算了，安心待在我喜欢的 EX。可是，偏偏他半年就没有了心情坚持下去，人气也降低到了最低点，那个论坛也就关闭了。这下，我感觉我欠他的了。不光是欠他的、还有点儿心疼，我也尽过心力的，就这么没了。

这一时期，我基本上有些"身在曹营心在汉"，GLIFF 就算不说什么，他也知道我是怎么回事。我们的关系也因此变得有点儿奇怪，或者是我自己闹腾、怀疑 GLIFF 不信任我。总之，客气的关系里少了过去的亲切，我很苦恼，这也促成了我"破罐子破摔"、最终找借口真的从 EX 辞职了。而让我不能预料的是，我走后也是半年左右的时间，EX 摄影网也关闭了服务器，GLIFF 没有继续做下去。这下，我真的完了，我对不起我师傅，他的网站我真的没有好好帮过他。

而正是在这时，我离开 EX 半年，我竟然会糊涂透了地跟威子走了。其实，是我某天一念之间就答应了他、再一次把我的网名挂成了他摄影版的版主。我成什么事儿了，我？

为此，一晃近八九年，一直到 GLIFF 去世，我都没办法跟GLIFF 解释。解释其实是一直想解释的，但怎么说得清呢？事情并没有他想象中的那样，是我打定主意要跟威子走。那件事其实非常偶然。

记得有一天的晚上，我在电脑上听了一首歌，这首歌是过去威子给我的，旋律很美、很忧伤，忽然那一刻，想起了威子的好，他曾经那样帮助过我。心里就浮起了一种感动。那么巧的是，就在这时，他从 MSN 上跳上来，问了我一句："你什么时候回来给我当版主啊？"——这话他一直跟我说了近一年时间，我都不理他。他其实说这话根本就是为了给我捣乱，他知道我也不可能答应他，这么说就是为了找我点儿麻烦。结果我正在怀旧的情绪里，就回了他两个字："好的。"他一下就呆住了，半天，MSN 上一个字都没有。好半天，他才问："真的假的？"我回："真的。"

又是过了好久，他才说："那我可加了，你别再变。"

我说："好的。"……

当时，为什么会这么做？为什么只要威子说让我干什么、我就一定的要去干什么？是有原因的、很重的原因。威子于我有恩。

那个恩，我受用终生、却难于报答。

"我和你一起承担这件事"

那是在我认识威子的第一年。第一年，不仅仅是他给了我成为广播网摄影版版主的机会（当然那也是一份恩德），重要的是，他在我一夜之间从健康人改变为癌症患者的第一天里，他用他的善良拯救过我的灵魂。是他让我成了一个生死无惧的人。

我认识威子，算起来要有近12年多了，从我确认为癌症患者以后的十多年间，从他那里，我从来没有听到他说过特别安慰我的话，他好像从来不认为我得了癌症一样。所以，我在他面前就觉得如果我说我有病、还很当一回事，我就很奇怪、很丢人。因为那在他看来，仿佛根本就不是什么大事儿。

关于我的病，他相当认真的只跟我说过一次，那以后的十年中再谈到病情进展了，他就会说："我知道你没事，你要相信我，就放心，你活的时间长着呢！"说得轻描淡写。

"这不是活长活短的问题，是又得去医院折腾好长时间，太烦了！"

他说："这有什么啊，不就是化疗没头发吗？戴上假发，好人一样！你又不是第一回了。这能有多大事儿。"

在我刚刚确认乳腺癌、住在四季青医院的那天晚上，当我一个人留在病房里的时候，我给他打了一个电话，我说："弟，抱歉，我不能帮你了，网站的事情你另找别的人吧。"

他一听就急了，以为我和平时我们争论急了的时候一样，是在跟他闹事儿："你又怎么了？怎么老是这样？说不干就不干？"

"别误会，是因我检查出来得了乳腺癌，现在正在住院。"

他听了很吃惊，直说："你没跟我开玩笑吧？你看上去哪像有病啊？"我有点儿泄气地说："有病还用像吗？谁愿意是的。"

他说："你别着急，这病是可以治好的，你要信我的我就告诉你，你肯定死不了，你那样子就是不短命的人。而且，我亲姐姐十几岁时得了骨癌，她化疗完头发全都没了，她光着头，我们还高兴地一起在厨房里做饭，一边做饭她还跟我一起唱歌，就像小时候一样，好像什么事也没发生、还特别开心的样子。本来她应该截肢的，但化疗完肿瘤全消失了，现在这么多年过去了，她还活得好好的，我真的不骗你。这就我家的事啊，真实的。所以，你不要有负担，你肯定能过去。我这个人是很能承受事情的，我和你一起承担这件事。你什么都不用想，好好治，一切都会过去。"

那一刻，说真的，威子给了我力量，在我最初遇到这个人生巨大的变故的时候，一个朋友把他的手伸给我说：你不用害怕，你有朋友的支持——真的，在我人生的关键时刻，我有威子这个朋友。

是朋友的话让我瞬间放松下来，他让我镇定如常，并且从此不再惧怕死亡。他给我讲了他的姐姐，他姐姐遇到同样人生变故的态度给了我极强劲的心理支撑，让我保持了一颗平常心。我知道，在离我很近的地方，也有同样不幸癌患的人，她可以保持镇定和常态、不惧生死，那么，我为什么不可以做到？！我觉得我要是再跟威子说我很不开心、我有点儿害怕，我会觉得，我有这样的心思都会很丢人，让朋友把我看成一个软弱的人，是我不愿意的事情。

自从他跟我讲了他的姐姐，我的眼前就一直出现他们姐弟俩人一边做饭、一边唱歌的情景，一个仅仅只有十几岁的女孩子，和弟弟一起快乐地唱歌、说着平常的话、争议着，好像什么也没有发生一样。我能够体会这种感觉，真的好强大！

是他们的故事教会我用快乐和放松的状态去面对一切，他们家里的那幅图画，美好、感人，在这幅图画的对照下，我如果有了一丝不安和恐惧，我都会觉得那是不应该的。我想像他说的那样，绝不再表现得软弱和不快乐，更不会把自己的不幸当成天大的事，用一种坏情绪影响到自己身边的亲人和朋友。做一个坦然自若的人，成为我的理想。

从此以后的十多年间，我再没有敢在威子那里说泄气的话。有了这样的第一次，后来发生的每一次病变和转移，我都没有再表现出过惊慌和软弱，出现什么样的情况，我都要求自己做到镇定自若。我做到了，是威子让我做到了。后来好多的人都很"佩服"我，说你怎么可以这样淡定、生死无惧？其实很简单，如果面对同样的情况，只要你和我想得一样，你也可以做到。

多年过去，我只要回忆起第一次获得支撑力的那个原因，我就感激我有一个朋友叫威子。要是没有他的话、他的故事，没有这个朋友的目光在看着我看，我可能还在怨天尤人、自艾自怜、惊慌失措、忧心忡忡，那么，可以肯定地说，我活不到今天。我没有成为一个像"祥林嫂"一样，只要见到一个人就抓住他，叨唠自己的不幸和自己病痛的人，是因为威子姐姐的故事告诉我，人生的不幸是一件很平常和普通的事，你不快乐、你恐惧、你埋怨世界、抱怨命运，都是没用的，如果你很放松、你很坦然，又有什么事情是重大到时刻需要你很紧张的呢？

生死十二年，有威子在，好像时刻提醒着我，不可以把自己当成一个病人！要有一个健康的灵魂。这十余年中，不管别人怎么想，我自己却从来没有把"我是癌症患者"这样的概念放在心里，否则，让朋友看不起、自己更看不起自己。我后来一直因此活得挺好，每一天都和常人一样，心态超级正常。相反，我特别不喜欢有人用怜悯的眼光看着我，和我一直在讨论病、养生、药、治疗，我会很讨厌这个话题。

癌症对于我其实成了一件好事，对比从前，我得癌症之后的心态反而变得平和，甚至是坚韧而强大，远比我以前更能承受人间各种各样的压力。在癌患这件事情上，意想不到的是，我竟然会获得了全面的正能量。这份强大的力量不仅支持我坦然面对每一次变故，还使我的人生从此也变得豁达开朗。

还有什么事情会比和生死面对面更严峻的情况呢？既然生死无惧，你还会惧怕别的什么？这成为我劝导自己看开所有人生负面事件的信条。遇到不顺利的情况，我都能冷静下来，这使我获得了个性上的根本转变，和过去的自己简直是判若两人，坏事成了天大的好事。

此后，威子就没有再和我聊过我的病，就是说起，也是淡淡地，跟说别人的事儿一样。他继续让我跟他一起做网站，在我住院期间，我始终在随身携带的笔记本电脑上无线上网、管理着网站的摄影版。这么一来，我哪有时间想生病一类的事情？只要没有治疗，我所有的时间都是用来做事，心情因此非常好。只要他来电话，就从来没问过"你的病怎么样了？"这一类的话，而是一大堆的事情要"商量"，或者是通知我晚上开会，让我一定得到，"因为没你不行，大家都在等着你，好多事儿得商量"，这类的原因。在我放化疗期间，都是如此。因为有了他姐姐的故事，我头发都脱光了、也承受了，戴假发、也承受了。就怕给威子看到我有什么情绪波动，让他以为我胆小怕死。他见了我还赞许地说："你看，你戴假发很好啊，有什么不一样吗？"我于是很得意。

网上天天在线，MSN、QQ上，随时都"见面"，每天聊的事情，全是正常人的，要命的是，他随时会发给我一大堆单位活动的群拍照片，需要帮他用Photoshop处理。逼得我人像处理技术大幅提高、什么样的人脸都能"修理"，全是给他一次就得处理的几百张人像练出来的。

当别人在为自己得了癌症愁眉苦脸的时候，我"没心没肺"什么都不想，在病房里管理我的网站、制作我的图片。看到别的病友在哭，我总是心态特别正常地去劝导，所以，和我同病房的人都觉得碰到我真好。

我却知道，我碰到威子，真好。

记得在我手术醒来的时候，我用一只手吃力地发出的第一条信息，是给他的，只有三个字："我活着。"

他只回了一个字："好。"

关于病，在他、在我之间，就这么简单。这影响到我整个的状态，先还是装出来的镇定，后来习以为常，变成我十多年中坦然自若的生存状态，也是我不服输的性格使然。

还有一件事值得一说，就是威子的妻子和女儿，她们带给我的，是另一种精神支持。那是在我手术后出院的当天，他和妻子抱着仅有周岁的女儿云云，提着一些营养品来我家看我，云云从小就好看得像是一朵小花儿，她看见我就对我笑，好看极了！我忍不住想要抱抱她。那时我刚手术完还没拆线，只有一只手臂，她张开小手要我抱她，弟妹把怀里的女儿给了我。我就用一只手抱紧云云，她的小手环绕着我，我闻到她身上发出花朵般的芳香，那种感觉很温暖、很醉人。我永远记着那一刻我心底的感动，小小的人儿，她的微笑真有感动天地的力量。

老人们说，小孩子的眼睛干净，他们能看见美好的人和事物，看到不好的人和事物，他们就会哭。如果小孩子对着你笑，你就一定可以活下去。虽然这是迷信的说法，但一朵小花的微笑，还是具有神奇的力量，仿佛阳光般温暖，真的可以直达人心。

我是在威子一家走后才忽然想起的，我一个刚出院的病人，为什么要去抱人家干干净净的小女儿？那一刻忽然好惭愧，哪一个母亲不是最在意自己的宝贝呢？弟妹竟然会把她最重的一份爱放在我的手上。弟妹真好，我感觉到了她的善良、她的真纯，这成为我难忘的记忆和永远的感动。

还有小云云，她从小就喜欢让我抱她，跟她在一起的时候，我永远都在体会着一种温暖和幸福。她总是带来春天的气息、带来平和、美好。她从来不会大哭、大闹，即使是在她还不会说话的时候，她也会把最美丽的微笑送给周围的人。跟云云在一起玩儿，是我最喜欢的事，我的眼光会不舍得离开她，她大而黑的眸子里，是笑的光影。那种轻柔的美好会熄灭一切阴霾的心情。因为她在微笑，所有跟她在一起的人都会下意识地感染这种纯美的微笑。估计聪明的威子是知道的，所以，只要是我跟他有了不快，他就会把这个小人儿放到我的面前。

他们是很美好的一家人，他们的心底里是一种善良、温厚的天性。

有一天，在 MSN 上，我们说起了当时特别流行的一个一分钟小说，威子看了、我也看了，很多人都看过。那个故事是这样的：

一个得了重病卧床不起的女孩，觉得自己生命将会渐渐消逝，她每天只能看到窗口挂下的一枝秋天的红叶，她想，如果有一天，这枝红叶的最后一片落下，那就是我的生命走到了尽头。她每天都在看这枝红叶，叶片确实在一片片落下，但有那么一片红叶尽管颜色由艳丽转成旧色，但始终顽强的挂在窗前。她的病竟然奇迹般地好转，能够下地活动了。她第一件事，就是打开窗户、看一看那片支撑着她走过生命极地的红叶，是它顽强不落的挂在她的窗前，支撑着她的精神走出绝境、重回人间。……

MSN上我跟威子说："弟，在我的生命里，是你把那样一枝不落的红叶挂在了我的窗口、我的生命里。你知道吗？"

他只打了一个字："噢。"

外一篇　GLIFF 一年祭

GLIFF，你在天堂好吗？朋友们没有忘记你，就在前几天，劳伦斯从老家取回了当年 EX 工作室的论坛数据，想要重起 EX 的想法全在大家心里。数据库已交给当年一起做网站的技术孙教授，他正带他的研究生帮我们恢复那些数据，工程很大，不能赶在今天完成。

不过，这些数据依然使我们充满希望，看到我们的当年、看到我们的过去。我期待着，我会专心地为你做一个专版，收入网上我能找到的所有你的作品。

G，真的想念你。我们在一起说到你，我们的心里全是关于你的回忆。劳伦斯说，离开了你，他都不知道做什么，有你在，一切都是那么自然而充满快乐，你给大家带来各种有趣的活动，让和你在一起的朋友们得到完全不同的生活内容，每一个周末都是快乐的，哪怕只是一起吃饭，也是大家的节日。

G，真的想念你，一同走过的岁月，风光旖旎。

在心里，永远地为你保留一个地方，装着对你的回忆。

我们的心为你流泪，我们的回忆为你闪耀友情的光芒。不觉得你真的走了，一年，时光的流水没有冲洗掉朋友们的思念，你还和我们的心在一起。仿佛，你就在电话的另一边，只要拨通那个号码，就会传来你熟悉的声音。

我有很久没有打过你的那个电话号码，但它会一直地保存在我的手机里，只要号码还在，你就在另一端，友谊就没有停止。

我想为你重起 EX 网站，我想看到我们一同走过的过去，那些曾经一同拍过的美丽瞬间。现在，对我们来说，何等珍惜！最起码，我们还能和你一起笑、一起说话，就像你从未走远，一切都和过去一样，只要想到你，就能去网站见到你。好想见到你。

一年了，我的 MSN 和 QQ 的签名档一直在挂着对你的悼念；一年了，我直到今天仍然不舍得删去。怪我不好，你在的时候，我不管心里对你有多少怀念、多少友谊，却始终没有过多的表示。我们只有春节的问候，显示着彼此的友情里依然保留着一片蓝天。虽然我只会给你打一句最简单的话：CLIFF 节日快乐。但我知道，那句话，是从心里说出的，相信你能够听懂。

我知道你和我一样，是一个好面子的人，从不勉强朋友，所以，让那么多时光空流，而不能重新找回过去。现在我好后悔，我没有珍惜好我们可能在一起的每一天时光，让你走远了我才知道，原来所有的一切都值得用心珍惜。你还希望我参加你组织的蜂鸟人像活动，我没有参加，现在想起，都是悔恨。本来你走前我有机会见到你。

记得那年，我们一起去海边吗？你开的车。坐你的车去北戴河，一路同行。我体会到你的儒雅、你的教养确实无愧于北大读书的经历；你看到前面有车往窗外丢垃圾，你说中国人什么时候才能不再这样？你说得那样平静，却痛心。

我们有很多共同的感受，一起说过的话，仿佛还留存在记忆里、从不曾消散。2004 年的秋天，你来找我，你开的车，我们一起去的潭柘寺，一路上你的车开得很灵活、反应巨快，很有你喜欢的方程式赛车的味道。这不像你，平时的你，那么慢慢腾腾的，说话也是。可是你却生来喜欢赛车，你对国际赛车运动极为关注，只要有赛事，你必清空所有杂事专心观看。

然后第二天，你就会兴致勃勃地和朋友们分享你的感受。我说，跑道上飞快地跑过，连谁是谁都看不到，只看到车在一圈一圈地飞驰，然后也没有什么变化，就结束了，有什么好看？我更喜欢越野赛。你说，"你不懂吧！只有这种瞬间即逝的高速度，才是赛车的魅力。"……虽然我一直还是不能体会你如此热心的跑道车赛的快乐，但受你的影响，却也有时间会偶然看一看你喜欢的节目，果然还是很好看。

你说得不错，速度，真的很迷人。

G，眼前，你的笑、你快乐的样子栩栩如生，你真的还在，从未消失。和劳伦斯一起说到你，从他低下头的瞬间，我看到他和我一样的思念，心同此心。朋友们都是记着你呢，G。

你如果还和我们在一起，我当会好好珍惜！你走了一年了，思念的泪水依然苦涩，我在心里纪念着你。如果有来生，还会一起做好朋友，和你在一起的快乐，一定还会延续。

人生真的不长，可是，曾经一同走过友情岁月的身影却深刻留痕。

在安静的时刻里，回忆有如泉水，缓缓流过心底，像一首歌、一缕难忘的旋律，静静地回响。我们记着你，可能是习惯使然，因为你曾经和我们的心从未分离。

G，愿你在天堂快乐无忧，朋友们会把你的回忆放在心里。

因为今天约定的事情，我要下线出发了，悼文不长，但回忆很长，心里的友情也是长长的，不会因为时光流逝而改变。G，好想念你！

三、医生和病人，站在天秤的两边

手术，医生精心完成的作品

2004年的冬天，我住进了中国医学科学院肿瘤医院的外科大楼，很快，就接受了蔡建强教授的手术治疗。那是一个完美的手术，直到今天我都知道，蔡建强教授为我做的手术不仅仅是一个救命的手术，还是一个具有整形外科技术水平的完美手术。

遇到这样的医生无疑是我的幸运。十年前，乳腺癌的手术在大多数的医生那里，都是建议患者全切的，当然这是为了尽量做到要根治和延长患者的生命，但全切术对身体的毁坏程度大、影响着女性的自信，世界上很多国家已经把保护女性患者心理健康等同于拯救生命一样重要。一个完美的手术，可能给一个生命完全不同的生存质量。人，有时候不仅仅是活命这么简单，其实病人的心理健康，可能远比活着还要重要得多。曾经有一位做了全切术的病友跟我说，自从做了这个手术，都不愿意面对自己的爱人，她说，真不知道这样的日子还有什么活着的意义。

对于蔡建强教授，我的内心里只有更加地充满着感激。

医生这个职业的伟大之处在于，他们其实是无名英雄，他们尽心尽力书写的作品，其实是保存在一个又一个生命之中的，这些鲜活的生命，闪烁着他们作品的美丽光辉。

说到医生的作品，我就想说，前不久在东肿瘤医院，我有幸还接触到了一位骨科专家于胜吉教授，并且由他为我成功地进行了脊柱加固的手术。在这次手术的前后，我跟于教授有过很多的探讨，都是给我治病以外的内容。特别是我术后出院以后，我们保持了联系，在下面还有过一些交流，正是由他引发了我想写这本书的冲动，并立即付诸行动。

于胜吉教授是中国医学科学院肿瘤医院骨科主任医师，他做的骨科手术接轨国际先进水平，除了可以做很多高难度的骨关节修复、置换手术，还包括能够精确完成目前国内最高端的脊椎骨置换手术[1]，这些，都是于胜吉教授的强项。而脊椎骨置换手术是目前国内外最先进的、达到了国际骨科医学最高的技术水平。

于胜吉教授是 2005 年从协和医院骨科调到肿瘤医院的，那时候肿瘤医院的骨科还是一个空白，9 年来，他从初创骨科，直到现在，以年 300 台手术的规模救治了大量骨肿瘤患者，很多因肿瘤发展到脊柱和骨骼、甚至是已经瘫痪了的病人经过他的手术重新站了起来。他技艺精湛、才学过人、温暖亲切、思维敏捷，而且他还是一个性情中人，喜欢文学艺术。他很多的人生观点，都让我觉得深刻和独到。他跟我说过，他为病人所做的每一次手

1　把患病的脊椎骨整节切除，然后换上人工脊骨并将其固定在脊柱上，这项技术的精湛之处在于手术必须完整地保护人体精细人微的神经系统，使之不受任何破坏，术后，病人可以恢复正常行走能力。

术，都是他精心完成的作品，他之所以只要站在手术台上，就一定会全神贯注，那是因为，他把他的每一次手术，都当成是他精心制作完成的一个作品。而他是一个完美主义者，他要求自己的作品每一个都必须精彩和完美。

我想，这就是好医生吧？好医生和普通医生的区别是什么呢，就是他们始终能够保持一份融贯始终的追求，是他们的优秀品质和不懈努力，成就了他们成为行业中的佼佼者、成为专家和学者。他们无论在什么样的情况下，都在保持着这种全神贯注。在当今中国，医生这个行业真的说不上是多么幸福美好的一个职业，相反，他们承受着巨大的、甚至是很不合理的精神压力。一个病人，病入膏肓地来了，医生当全力以赴救治他们的生命，抢救回来，似乎是天经地义、无须表彰；可是，一旦发生意外，或是治疗效果暂时不够显著，病人和患者家属就可能情绪失控，将救命于他们的大夫当成罪人。告上法庭者有之；拳脚相加、恶语相向者亦有之；更有甚者，刀兵相向、索人性命。

患者，为何仇视救人性命的医生

前一时期，媒体上伤医、杀医事件频发，而且此风在一个时期内大有愈演愈烈之势。中国大陆上出现的这一奇怪现象，震惊了中外，而打开网上这类案件发生后的评论页，我惊愕地看到，90% 的回帖，是指责医院和医生的。患者群体中对医患关系的消极态度、对医护人员和医院的不信任甚至是指责、谩骂，似乎形成了很强大的声浪。甚至无视死伤了的医护人员、无视事件的非法性，而去指责医生和医院、并竟然为犯罪者叫好。评论这样说："活该！应该打死他们！如果你们没问题，患者干吗要你们命？"

面对网络上众多叫好声，我愕然。什么时候开始，人的心灵变成了这样？什么原因，让患者开始仇视起救人性命的医生了呢？网评中，很多人在说自己在医院遇到的情况，有些看了也是相当无语。我理解那些实际遇到问题的病人，他们遇到过的情况，可能我也遇到过。但我当然不会同意那些高喊杀死医生的支持者！那完全是两回事！

比如有人说："自己的工资一个月只有三四千元，可随便一个小病去趟医院各种检查费就好几百，随便拿点儿药，就动辄就上千元，钱花了，病没好。小病住院、大病不给治，一堆检查做完，就说治不了，去大医院吧！治不了你查什么啊？就是骗钱！"

这种情况在一些地方医院是存在的。我有认识的外地朋友，也跟我说到过他们在家乡的医院遇到过的情况，和这个说法真的是差不多。记得有一次他们回山东老家，他的儿子得了普通的感冒，难得回家一次的朋友觉得亏欠孩子，就带孩子去他们当地最大的县城医院，到了那里，先是检查费花了好几百，并没有确诊说得的是什么病，也不是肺炎等大病，然后竟然说，住院吧。于是住院，每天打各种点滴，上千毫升的药液，一共 5 种之多，而且不让出院。孩子怕父亲走，也谎称病没好，结果住院了 10 天，还没出来。

他打电话给我，问我怎么办，说大夫说还不能出院，我说，孩子普通感冒住什么院啊？每天打那么多药，不光是钱的事儿，对孩子身体并不好！我告诉他，你就说，没钱了。他去说，果然当天放他们出院回家。

这种情况真的让人很难评说。但这毕竟不是每家医院、每位医生都这样吧，或许这只是某些地方医院、某个大夫的个人问题，不能代表大多数。特别是在正规的大医院，更多大夫是尽心尽力、真心为患者好的。检查也是必要的，不检查，随便给你开点儿药，不管是否对症？任何国家、任何医院的任何医生，都不会这样做！这不是骂骂中国医院就有理的事。

当然，也有人在评论中说："你们有病可以不去医院啊？为什么找了医生、治好了觉得理所当然、治不好就要恨上医生？"但是，更多的人在说："我们花了很多钱、费尽力气排队挂号，而我们看病，医生只用5分钟时间就把我们打发出来了，甚至根本不解答我们的问题，见谁全是开一堆检查单子、花了许多检查费、吃药打针做手术，花穷了家，却没有治好，医院就是骗钱的……"

我的一个好朋友，知道我在写这本书，特意来见我，她说："文昕，我知道你说的医生里好人多、讲医德的人多，我也知道、我也相信，我也尊敬医生、了解他们的不易，我也遇到过好医生、人和人不都是一样的，就像这世界上好人多于坏人。可是你有没有想过，如果一件事发生在你自己的身上、一个医疗事故，给你造成的损失和破坏，就是100%！不可逆的100%！你还能这样心平气和吗？不瞒你说，我告过医院、告过一个大夫。"

——她给我讲述了她的经历。

几年前她发现腿上长了一个肉瘤，就去北京的某大医院去看，大夫做过各种检查后告诉她说，不是恶性的，但鉴于它在长大，所以建议她还是手术做掉，说这是个很小的手术，在门诊做就可以，她同意了。手术的过程中，在切除肿瘤的时候，突然出现了一阵剧痛，正常情况下是不应该有的，因为已经打了麻药，虽然是局麻，但就算麻药没有完全起效，也不应该发生这样的剧痛，让她疼得大叫、并且跳了起来！她当时并不知道发生了什么，她告诉我，后来才知道那一瞬间，大夫失手切断了她的大腿神经，而大夫并没有告诉她，自己出现了失误，只是继续做完了那个手术，就让她回家了。

伤口长好后她发现她的这条腿完全没有知觉，是麻木的。因为不懂，以为是可以恢复的，虽然心里也有疑虑，但总是尽量往好处想。直到有一次她回家发现自己的腿上全是鲜血！而这条腿什么时候、在什么地方碰破了、并且伤到如此严重、出了这么多的血，自己竟然完全不知道、也没有知觉！

她说："文昕你知道这有多可怕吗？如果这条腿自己不懂疼，路过锋利的东西它也不知道，它只会直接划过去！"而大夫当时不可能不知道她做错了什么，却并没有告诉患者，而我的朋友是问过明白人，才知道在她的身上发生了医疗事故，于是去找那个大夫，而那个大夫非但不承认自己的失误，而且态度非常不好，后来竟然拒绝回答她、帮她解决问题。

多次交涉未果，她于是愤而将这个大医院和这名医生告上了法庭，只要求对方道歉和一元钱的赔偿，她说，她只为了一份公道，她花了两年的时间去打赢这场一元钱的官司，她对我说了如下的话："你知道我不是个不讲理的人，我恨的就是不讲理。你错了，没关系，你得承认啊！不承认，还态度恶劣、还理所应当，怎么能这样！"

……对于患者遇到的实际问题，有很多类似的情况，患者是没有过错的。他们并不是打定主意要和医院及医生过不去，他们对医生和医院的要求，也是正常合理的，就像我的朋友，她遇到的情况很能说明问题！可以明确地说，如果是我遇到同样的情况，我的反应可能和她是一样的！如果我们的亲人遇到类似的问题，告状，为自己讨还公道，没有什么不可理解，这和医闹是有区别的。

医疗纠纷，不可一概而论，发生诉诸法律，最初可能并非他们所愿，如果处理得好，至少人文关怀到位，而不是否定错误、掩盖错误，可能大家都不至于走到法院判决这一步。患者来到医院，是把信任和期望交给医生的，但并不是每一个人都能有满意的结果。有些怨言，是因为他们并无过错，而他们的确没有得到基本的尊重。

在这种情况下，医患矛盾也不能全都看成患者不讲道理。医院也应该理解和尊重他们，特别是不能看作每一个申诉的对象，都是无理取闹、都是为了钱。

比如，我自己也遇到过极个别医护，那件事当时真的挺生气的。

那是我在一次化疗期间遇到的事。打化疗的很多人都会因为血管不好而需要在身体里埋管，而埋管是需要每周一到两次到医院消毒、换药膜的。化疗期间，人的身体状况很弱，我为了早点儿换膜，很早就去站队，排在了最前面，但因为实在身体弱，就蹲在地上等，后面渐渐来了很多病人，换药时间到了，门从里面打开，等我站起来，人就全围上去了，也不按号叫，手快的，先于我递上了挂号单，那位医护就对我很不耐烦地说，后面排队去！我急忙说我排着，本来排在最前面。她说，我没看见，你们谁看见啦？这个人排队了吗？病人们本来都想快点儿换药，就说没看见。她对我说："你没排就是没排，不服也没用，我就是不给你换，等着吧！"我当时真的气晕了，就和她理论，说我真的排队了，把号递给她，她不接，说给我点儿教训，就是不给你换！我只好说："你不讲理，我去找你们的领导。"她说："你去啊，去也白费，今天就是不给你换！"

我真的是无奈，可我不能生气就走啊，她不给我换药，我从南四环一个人打车到东二环，一个病人，多么不容易，真的是眼泪在眼圈儿里转，再说，我不能回去，不换药也不行，无论如何得换药啊！我被逼得没办法，就只好去找这个部门的领导办公室告状，后来领导带我去换药室，好不容易才换了这次药……

我说这件事是为了证明，不是我仅仅因为自己遇到了好大夫，所以偏心，一定要说大夫全都是好人、医院里所有的情况都是公道有理的。说到底我也是病人，走进医院的大门，我也有自己的无奈和忍耐，和每一个患者都是一样的。

我们真的有时候很不容易，很希望得到好的服务、公正地对待，希望医生都是神仙，能让我们起死回生。我们花出去的钱，能为我们换回来生命和健康，能让我们远离病痛是每一个病人共同的期待，而当我们没有达到自己希望的时候、当我们遇到个别不顺心的事件和损害的时候、特别是当我们遇到有些事真的很不公道甚而事关生死的时候，还有偶然遇到了不会做事、说话有缺陷的人，我们就十分不能容忍、真的很气愤。

可是，这样的人在各行各业都会有，医护群体只是社会群体当中的一个，当然不能保证每一个个体都是完美、最佳的，有个别人不理想，也是正常现象。

但我们得承认，更多的时候、我们遇到的更多的医生和护士，他们是救人于水火的，他们帮助过我们、至少，他们中的更多人是敬业的，而且努力付出着、想要帮助更多的人重新获得健康。为此，他们没日没夜地工作，他们救助了许许多多的病人，包括我们的亲人或我们自己，让无数人获得新生，不可否认，他们中的很多人具有高贵的品德。

医生，"赔本"买卖谁愿意做？

患者觉得自己很委屈、觉得看病难，而我们想过没有，医生们，也同样感到伤心和委屈。

面对民众的仇医心态，这一切对他们来说，难道是公道的吗？看网上对杀死医护的案件叫好的留言者，就没有想过，我们的留言，伤害着中国的未来！现在，还有谁愿意去做医生呢？还有哪一个医生愿意自己的孩子去学医、和自己一样，把一生贡献给医学事业呢？我们是否可以放下我们的偏执，为这个国家想一想、为我们的未来想一想、为我们的子孙想一想，我们中国，真的可以不发展医学、我们真的可以说自己不需要医院和医生了吗？答案无疑是否定的。

看着网上偏激到几乎一边倒的网评，我庆幸大夫们太忙，他们没有时间上网看那些为犯罪叫好的帖子，如果他们看了，会怎么想？……

我们静下心来看医生群体，不能否认，医生中很多人都是伟大、平凡而优秀的。比如，蔡建强教授，还有王维虎、于胜吉教授，还有很多帮助过我们的医生们，可能他们并不记得，自己每天看过多少病人、这一辈子救过多少人。他们只做着自己分内的工作。但他们的恩情是写在我们的生命中的，我们每一个经他们救治重获健康的人，都是他们的作品。

我用心感受着他们心灵里的那份温暖，他们默默无言地在做着他们的工作，不管别人如何对待，他们还在坚持着自己心里的完美追求。想想真的很不公道，如果在国外，一个外科医生的月收入水平会是几十万元，专家的月收入甚至可达上百万元，而我们国家的专家们工资收入最多只有一万一两千元（还是税前）。在中国最大的这家肿瘤医院里，像于胜吉、王维虎、董梅这三位我认识的专家学者工资收入，都是这样一种水平。

然而，他们依然这么辛苦、早出晚归，完全是在一种透支状态下工作，加班加点是家常事、周末更是经常无法休息，留给自己和家人的时间少得可怜。说到工资收入，这恐怕是他们谁都不愿提及的话题，特别是当他们面对国外的同行的时候，他们更是不愿意谈到自己的收入。他们是国家最高级别医院里的专家啊！可是在国外同行面前，真的是脸红无言、不愿和人谈及这个敏感的话题。

现在我们国家的现状是，当年，高考状元齐聚医科大学、全国的优秀人才都流向医学专业的日子，似乎一去不复返了。如今，医科大招生困难、已经是尽人皆知的事实。医生从业资格起点高，是一个原因；成为医生后，收入水平相对较低、责任却重大，是另一个原因；还不能算上杀医、医闹事件所带来的诸多负面影响。

一个医生的成长是从本科生开始的，本科毕业后，要再读三年硕士、三年博士、甚至再读三年博士后，然后，你要想出人头地、专业有成，只在国内发展还远远不够，还要再去国外深造，把国外最先进的技术学成带回来，全部算下来，至少要有十五六年的求学过程。我国的医疗界，北、上、广一流大医院的职位要求是博士以上学历，而真正要想成为一名好医生，除了自身的努力之外，超长的学成过程、再加上出国深造的全部经济投入和时间投入，全是由个人承担的。

就是说，在你四十岁左右，才可能学有所成。而这时你会发现，当你花光了自己和家庭的所有积蓄、包括你父母的所有积蓄，终于成了一名医生，你就进入了一个生活高速运转、收入却相对来说偏低、体力精力超额付出的工作环境。

试想，这样"赔本"的买卖谁会愿意做？目前中国医学界的现状值得担忧，医务人员后续严重短缺、人才水平下降，已经是不争的事实。

我认识的几位中国医学科学院肿瘤医院的专家，应该说，他们年富力强、正是顶起重梁的时候，这些专家学者真的是我们国家医学界的宝贝了！可是，又有什么措施对他们加以保护了呢？一点儿都没有！甚至，了解他们的人会知道，他们有多么辛苦和疲惫，什么风光、名誉，都与他们没有相干，他们甚至于都不知道自己的名气有多大。他们对这些全没时间关心，每天他们高速运转、早出晚归、没有休息日，身边永远的围绕着看不完的病人，不厌其烦地解答各种问题，忙得连喝水、吃饭、上卫生间的时间都没有。仅有的一点儿休息时间，还要扎进图书馆看最新的国际医学动态、给自己充电。谁会心关心自己工作之外的生活内容？

但是，就算他们每天不吃饭、不睡觉、不休息，他们也看不完那么多的病人。他们每一个人都非常明白这一点。但他们还是会用尽自己最后的一点儿精力，在自己的岗位和病人身上。

而当今中国，怪事很多，不知道是谁率先发明的，中国患者只要认为自己的病没有治好，就可以到法院去告医生，不是有人说吗："要想富，告大夫"。这真是中国独有的特产了！我指的是那些动机有问题的医疗纠纷，有些人在一个时期内甚至把到医院闹事当成一种创收的方法，社会上一些不法之人成立了医闹公司，专门去找死亡病患的家属，以帮助他们打官司要钱为名，煽动患者组成亲友团，到医院抬尸闹事，砸东西打人，弄得医生人人自危；也弄得医院因惧怕各种有名、无名的责任而不得不想方设法以求自保。

这是一种无奈的选择，因为泥沙俱下、而公道难求。其实有关生死，很难一概而论，大部分情况下，医生是尽力的。无力回天，过错并非在医生。医疗事故当然有，也非医院医生本心所愿。如果说，人非圣人难免过错，可能很多人都是不接受的，放我自己头上，也不愿意1%或0.1%落在自己头上。反过来呢？我做医生、我拿手术刀、我抢救病人，我的判断保证一定是100%正确吗？我下刀，100%都是成功的完美手术吗？换你呢？你敢答你就行？

在国际上，几乎没有哪个国家会让医生站在被告席上，仅仅因为患者和患者家属不满意治疗效果、或者是医生没有能够把他们的亲人从死亡线上救回来，就要让医生去承担沉重的法律责任、甚至巨大数额的经济赔偿。

最奇怪的是，法律还规定谁否定谁举证（举证责任倒置），医生如果一旦成为被告，要自己证明自己无罪就难上加难。换句话说，只要你当了医生、从事了这项以救人为职业的工作，你就立刻成为候补被告，随时可能触犯法律，你愿意吗？且不说生死之间原本无常，很多情况下岂是医生一己之力可以回天？而就说很多生命走到生死边缘的原因，原本就与医生毫无相干，恰恰相反，医生是生命的拯救者，而在中国竟然会成为人们心目中的罪犯——怎么世界上会有这么一种不平等的关系和危险职业呢？

有了这样的危险性，谁还敢去从事这种风险远远大于收益的职业呢？难道说医生真的从一开始就已经被先行定罪？只要胆敢从事这一职业，就是冒着头上时刻高悬沉重的法律灭顶之灾的风险、成为戴罪之身？涉及医疗纠纷，患者一方自然成为"弱者"，受到同情甚至纵容。如果法律面前真正做到人人平等、严明公正，何来"弱者""强者"之分？

造成医患关系紧张的原因中，值得一说的是，媒体对医疗行业长期以来的某些报道，将患者的"弱者"形象无限夸大，并将"看病难、看病贵"这一社会综合原因形成的问题，简单地归结于医生的道德败坏和唯利是图，使医生百口莫辩。

他们是拯救人的生命来的，他们选择了这一行，并将自己毕生的精力投入其中，而中国医生，真的是付出和回报完全不成正比。甚至于就不谈回报了吧，作为他们的家人，只要他们平安无事，就太好了！感天谢地！——在我们中国，怎么会成了这样？

干这行，危险、还挣钱不多、责任重大，医护人员大量离职，人才流失严重，一边是铺天盖地的病人等待医治，一边是人才短缺、水土流失、后继无人。还不算上像于胜吉、王维虎、董梅这样的中年专家们长期的超负荷工作，给他们的身体带来的严重隐患，我们用我们的良知之心，能够看到吗？——中国医疗，真的堪忧！

走进他们的生活和内心世界，他们那么好、那么善良，不是他们不想救人啊！不想救人谁会选择这样一个吃力不讨好的职业，让自己透支健康和生命的时间？他们是太爱医生这个职业了，爱到舍生忘死的地步，而他们自己并不觉得。

当危险降临的时候，只有医生是冲在前面的，人们都还记得"非典"吧？有多少好医生倒在了自己的岗位上？病人好了，他们却和家人永别……虽然说，救助他人，是医生的天职，可是，有没有人想过，那，也正是这个群体的天性。他们如果有一分力气，一定是拿出来、奉献给别人的。否则，一个自私的人根本不会选择这样的行业并为之奋斗一生。

说到这点，我很心痛。是真的从心底里为他们而痛！我把我亲眼看到和知道的真实情况写在这里，是真心觉得这事情不公啊！骂医生、说要杀死他们的人，你真的用自己的心在说话吗？用嘴而不是用心，你负责任吗？什么都怕换位思考，如果你自己是医生，当如何？

王维虎大夫说过，他每天下班回家都可能是晚 8 点以后了，回家的时候，感觉腿沉重得像灌了铅，都快不会走路了……而一天三台手术、晚上弄不好得在手术室过夜的于胜吉教授，就更不用说了，每天无偿加班加点是家常便饭，工作餐是在手术室里跟助手一起吃盒饭。在楼里装修设施的工人都说，你们这些大夫不下班啊？每天给你们多少加班费啊？——哪有加班费，大夫们没人用枪逼着、更没有人拿到巨额薪金，在当今中国，还有这样的大夫将个人生死、利益得失完全置之度外，真可谓是"冒死当医生"，中国大夫，真的苦！而这苦，是他们自觉自愿、忍辱负重给自己找来的……

就说我认识的这位于胜吉教授，他从早到晚大部分的时间是在医院里度过的，早上 7 点半就到了医院，晚上 7 点半都不可能回到家。到了冬天，他几乎天天就是顶着星星出门、踏着月色回家。作为骨科手术医生，一台手术，少则三五个小时，多则十几个小时，一天最多要做三台手术，这样的工作量，日复一日、年复一年，他就那样一直站在手术台上。

有没有人替这样的大夫想一想？有没有人设身处地想过，如果站在一个地方全神贯注地工作十几个小时，会是一种什么样的体会？如果这个医生就是自己，当会如何？如果这个站在手术台前的，是我们的丈夫、子女、兄弟和亲人，我们又当如何？！

是谁教会我们的不思感恩？中国原本是一个礼仪之邦，人心善良，从什么时候开始，我们的心被蒙上了大片的阴云，温暖的阳光无法照射到我们心灵的阴暗角落；我们随便猜疑他人品德，更加随便地加罪于人，想当然地觉得自己总是弱者、一不留神就会吃了天大的亏；我们还把自己当成一件大事、却视他人的努力付出为无物，我们就真的自甘成为这样一个自私甚至没有仁爱之心的国度吗？

我，心为谁伤？泪为谁流？

昨晚，由于写作进行到这里，我跟于胜吉教授通了一个长长的电话，我将我的想法和写作内容告诉了于教授。结果，不可避免地，他心情激动，我正在进行的这部分内容触动了他作为大夫最隐深的一些痛苦记忆，早上我一开机，微信上就进来了一大片文字，他说：

我突然失眠了，想起了很久以前发生在头颈放疗病房的一个病人，时隔多年后，突然对当年为他治疗的、已经退休了的老教授投诉和索赔案件，很感慨！也不得不说说。因为也有类似的情况我本人碰到过。

　　十多年前，一位口腔癌的患者在当地医院接受放疗和化疗后肿瘤复发，慕名来到我们肿瘤医院，找到当时在国内很有权威的一位放疗科老教授求治。老教授当时就告知病人，鉴于他已进行过放疗，如再加大放疗剂量照射，会出现严重的并发症。这个病人感觉到了专家的犹豫，他担心会被拒之门外，得不到救治，在众人面前跪倒在老专家的脚下不起，祈求救他一命！这位菩萨般心肠的老专家把这个病人从地上扶起来，答应给他治疗。

　　经过放疗，患者的肿瘤治愈了，没有复发。但是一年后正如专家所言，患者出现了严重的放疗并发症，放射性的骨坏死。于是，这个人先是多次到病房找这位亲自收治过他的老教授，要求赔偿。这位在全国放疗界德高望重的老专家被骚扰多次后，非常气愤地对他说："你是否不记得当年给我下跪祈求我的时候了，现在又翻脸不认人！"由于多次纠缠、所求无果，这个病人就开始到法院起诉这位教授，由于放疗给他带来的身体损坏和精神打击，要求巨额赔偿。在这个"同情弱者""讲究和谐"的年代，往往把病人视为弱势群体，所以，法院判决的天平选择了偏向病人。对此，不仅医院控制不了局面，连医生也很无奈！

比较常见的社会现象是：只要病人告大夫，法庭都会把病人视为弱者，都会判定院方多少赔点。从而助长了一部分人"要想富，告大夫"的畸形心态！尤其是对医疗纠纷引起的赔偿，虽然医院承担大头，主治医师个人还要承担一部分（为8万元）。去年这个案子终审结束时，当年的这位老专家早已退休；由于这个历时10年的案子给他带来了沉重的打击，身心过度焦虑的老专家，积劳成疾，身患癌症。而且，老专家一生清贫、并无巨额资产以供法院执行，因而这份判决至今还悬而未决！

这件事让人寒心，病人的命保住了，现在却为了钱，可以告救他性命老专家，而老专家如何拿得出这么巨额的钱来给他？

这让我想起多年前我曾经遇到的一个类似案件（有了纠纷和被告上法庭，就称之为案件）。当时，来自外地农村的一个父亲领着他的二十多岁的儿子来到我的门诊，这个小伙子肚皮上长了一个被确诊为高度恶性的肉瘤。需要我会诊共同参与手术，孩子的父亲当时也给我下跪，要求救救他孩子，我说："请你不要这样，我肯定会尽力的！"说来也巧了，当时蔡教授把他收住在了他所负责的腹部病房，我也收到了邀请我共同参与手术的通知。手术前日，患者的父亲去病房找我，给我送红包，我给谢绝了！我记得很清楚，当时共有三个专业的外科专家同时上台，腹部外科蔡教授、胸科教授和我，共同把牵涉到胸、腹部和肋骨的肿瘤成功切掉了。术后，让病人马上去我们医院内科做了化疗；但是一年后由于多发转移还是没能留住这个小伙子。

等这个父亲回家料理完后事，回过头来就把蔡教授，还有共同上台的胸科教授和我共同告上法庭，要求赔偿。我作为参与者，也一起去跟患者家属对簿公堂。

当然，还好最后判决我们手术没有任何失误，我们也无须丝毫赔偿。但当时很令我气愤！从此后，我就非常反感病人或家属给我下跪，或者围追堵截的情况。病人和家属的求助心情可以理解，但是这种过激的行为往往映射这部分人的不正常心理或存在过高的期望值；一旦发生没有达到他们的期望值或要求，就会无理取闹甚至把大夫告上法庭。为此，对这种人医务界有个说法，就是："他求你的时候，他宁愿当孙子；但当他告你的时候，你就成孙子了！"以上是真实故事，仅作参考。

看完于胜吉教授发给我的这些文字，心情久久不能平静。这两个案件，前一个我似有耳闻，我记得曾经听王维虎教授说过，他有一个时期因为科里的一个告医案，去法院出庭（因为他是放疗科负责人，代表院方成了被告）。当时，王维虎还曾说过，那个案件耽误了他很多的宝贵时间、消耗了他很多的精力，"非常耗神"。看了于胜吉教授发给我的微信，我把这两件事对上了号。

这两个事件中，最让我受到震动的，是那位老专家的命运，看得我心情压抑、沉重，从心底里涌出的，是深深的苦涩。什么是"弱势群体"啊？他们才是啊！他的一生中救治了多少病人、而他本是应该得到我们全社会敬重和爱戴的老专家啊！为医学事业奋斗了一生的老人，拯救过无数的生命，然而晚年竟然会遭遇到如此厄运！我们有一颗热血之心的人，真的能够对此泰然处之、毫无所动吗？！

心为谁伤？泪为谁流？听了这个故事，我不相信会有哪颗心灵可以做到麻木不仁、冷漠无情。

显而易见，这类告医案的不公道之处，实在应该引起我们全社会的重视，我们的法律总有一天会修正这一荒谬的错误，还社会以道德规范、还人间以正义！

说到告医案，让人不禁想起前一时期法律上纠正过的一种社会现象——子女告父母案件。曾经有一个时期，子女状告父亲、强行索要"大学培养费""生活费"现象一度盛行，一些风烛残年的老父亲被告得身无分文、流落街头，并被子女唾骂为"不负责任的人"，给了钱也得不到他们的同情。想想此类案件，对比之下，很有"异曲同工之妙"！什么是弱势群体？我们的良知告诉我们，并不是一个一成不变的概念。法律的公正应该体现在其严肃性、严谨性、正确性上，而不是想当然地偏重于哪一方。一旦有失公允、错杀好人，法律的尊严又如何体现？！

四、一道生命的阳光、温暖而明亮

我不是一个听话、配合的病人

我想写这本书，是因为有很多的故事压在心底，不仅仅是于胜吉教授，还有王维虎、董梅教授，十年生死的人生经历，让我走近了他们，我看到了他们金子般闪光的心灵和他们普普通通、却真纯善良的天性。多年来，一直有一份感动，有时候会让心都感到很疼。

此生，认识王维虎和董梅两位医生，并在后来的十年中，和他们成了朋友，是我任何时候想起来都为之感动的事。当然不仅仅是因为他们是医生、能给我治病这么简单的事，更不是认识了医生看病就方便这么低级的人生需求，从而促使我把他们认作是自己的朋友，完全不是。

正好相反，要是我不认识他们，他们可能不会这么累。有了我的存在，他们因此承担了好多原本和他们无关的责任。这是一种在当今社会很难找到的人与人的关系，想让患者得到治疗成了医生的事，患者反而自己相当地不认同更不配合。王维虎和董梅医生，为了救我于生死，十年了，他们花费了多少心力！所以，

甚至于现在，我一想到要写他们，就会眼眶湿润、感叹无穷。他

们的好心、他们的认可，让他们觉得救助我，是他们的责任，他们最不愿意看到的是我放弃治疗、不肯吃药、不肯继续治病。是他们一直在艰难地说服我，去接受治疗。而面对我顽强的抵抗，他们只有更加耐心地劝导，现在想想，我都替他们累。

我不是一个听话、配合的病人，更不是一个"求生欲极强"的患者，正好相反，我极有"主见"，自己想定的事情，根本不听别人的。医生的话跟我说了，我也是不会完全接受；而且我崇尚自然生死论，前面一章中说过，我对生死存亡早已经习以为常，这当然是好事，心态放松，但问题是，放在治疗上，就完全不一样了。十年了，他们总在关注着我，而我一旦"逃出"他们的视线，我就继续我的忙碌、我的爱好、甚至是我的不良生活方式。不吃药、不复查，我甚至于在"躲着"他们。我不怕死、倒怕给他们抓到弄去做化疗。

他们最麻烦的事，就是遇到了我。

因为"爱才"、因为欣赏，他们想让我从他们的治疗中得到最佳效果，远离复发和转移的风险。他们努力了十年、我抵抗了他们十年。每一次复发和转移，他们都比我更痛心。但现在想想，他们甚至都没有埋怨过我，只是说："太可惜了！你看你，为什么不吃药？如果好好吃药，就不会这么快转移啊！"

人生得一知己足矣！他们超出了做一个大夫所有的责任范畴，甚至都不能用知己来形容，他们远在这些之上——他们是我的亲人。朋友之间可以有多好？好到要为你承担生死重责吗？王维虎正是这样的人，董梅也是！包括后来我给王维虎大夫找来的巨大麻烦，我将在本书中后面部分写到、我把我的罪错放到全书的后面，那种惊心动魄，在前面，我先忍着，不说……

　　我认识王维虎大夫是在 2004 年底，蔡建强教授给我做完手术，很快我就出院了。出院时，蔡教授让我去放疗科找一个叫王维虎的大夫，联系对手术部位的放疗，以巩固手术成果。蔡教授跟我的家人说，我的手术做得很成功，只要是做完放疗和化疗，可以保证她十年不出问题。

　　结果是，我做完了放疗，却没做完规定的化疗，只做了两个疗程（应该做 6 个疗程），一开始掉头发，我就自作主张地跑了，既没有再去医院，也没有服用大夫给开的药。一晃三年，就发生了腰 3 椎体的骨转移，我就这么把蔡建强教授的作品差不多快给毁了。

　　于是，虽然在我的心底一直不敢有忘他的大恩，但从那以后，我再也没有见到过这个最初挽救了我的人。我在心里一直非常歉疚，特别是当我认识了于胜吉教授以后，他的很多教诲让我回忆和反思自己，他的关于"患者生命是大夫精心完成的作品"这一说法更让我非常惭愧。这十年之间，我的很多做法实在是对不起给我精心治疗过的大夫们，除了蔡建强教授之外，还有王维虎和董梅大夫。

　　那年，王维虎大夫还在放疗科的住院部工作，他将我收进了他的病房，我因此有幸成了他的病人。和别的病友没有什么不同，我每天至少一次，可以在大夫查房的时候，见到我们的大夫王维虎。他带领他的研究生和助手走进病房的时候，那是病人们一天最盼望的时刻。当时，我不知道这个人将来会对我的一生产生怎么样的影响，我只是他的病人中的一个，不比别人多出什么特别的地方。

我和病友们每天7点多就整理好床铺，并让自己尽量洁净一些，以迎接我们的大夫。然后我们中的某一个就会不时地跑到病房门口张望，看看我们的大夫们来了没有，好把喜讯告诉大家。当王维虎带着他的医生团队出现在病区的时候，仿佛病区的楼道有一道生命的阳光、温暖而明亮地照射进来，以我一个摄影、文学家的眼光，我可能比别人更了解那份美。直到今天，我都在忍着不用"亭亭玉立"这样形容美丽女性的词去形容他——王维虎。但是那时候，他真的很年轻，高挑俊朗的身材，阳光、明亮、帅气。他语音清澈，整个人充满活力，他永远保持着那样一种快乐的工作状态，很少会有人能够在这么紧张的工作重压下，依然能够保持这种活力。他的快乐和明亮瞬间感染了周围的每一个人。

我记得，如果我们病友中的哪一个人由于早上大夫查房的时候恰巧给安排了去做身体检查，从而错过了大夫查房，这个人一天都会不停地说：今天真倒霉！偏偏早上安排检查，连大夫查房都没赶上！然后，一天都不开心。

我对王维虎的了解和欣赏是从两件事情上开始的。第一件，是在我刚到他的病房住院当天，不是大夫查房的时间，王大夫却来了。我当时和一个外地农村的老人同病室，老人第二天就要出院了，王大夫是来看望她的，向她询问了一些身体反应、有无异常等问题。老人得的是脑瘤，她的头上没有头发，划着深紫色的定位线，我那时没经过放疗，也不懂。只知道那些画线触目惊心，反衬得那颗头颅也是又老又难看。

王大夫捧着老人的头，像是捧着他的作品，那么欣赏。认真检查完了对我说："你要相信大夫，按我们说的去做，就能获得长期的很好效果。你看看这位老人，她来的时候，多发性的脑瘤，病人头痛剧烈，呃吐，癫痫发作，连床都下不了，你看看现在，放疗完效果多么显著。完全恢复了正常的生活。这些定位是我做的，看看，收效很好的。"

我现在知道了，那是他的作品。当时的感觉，除了敬佩、还有感动。一个大夫，哪怕是面对一个来自外地农村的老人，都能这样认真和负责。素昧平生，他没有半点儿嫌弃，而是真诚用心地为他们治病。这样的大夫，上哪儿去找啊？

第二件事，是有一天，楼道里传来喧闹的人声，在护士站那边。我正好去做检查，路过时随便看了一下。是有一个女病人在对王维虎大夫哭诉，她说："王大夫您救救我吧！我不想死，我刚刚做完了左边的一侧，现在又转移到右边来了，外科大夫说不能手术了，让我来放疗科看，您就把我收住进来吧，我求求您了！"

我惊讶地看到王维虎教授正在陪着病人流泪。他一边擦拭着眼泪一边安慰患者："你看你看，我就受不了这个……不是我今天不收你啊，是我今天真的没有床位，你别着急，你容我个时间行吗？只要有床位，我第一个就收你。"

——这就是王维虎大夫。

在我还没有和他成为朋友的时候，我就了解了这个人的品德。一个如此难得的好人、好大夫。

我现在想，可能就是因为王维虎大夫总是会接受这样跪地求救的病人吧？他的好心，可能并不能很好地保护他自己。正像于胜吉教授说的那样，这样的病人往往期望值很高、求生欲过强，结果是一旦治疗效果达不到、或暂时没达到他们的理想，他们的情绪转变也会非常快，甚至于将求救失败后的失望转化成对医生个人的仇恨。这其实是一件真正不公道的事，治病这件事，对于医生来说，他们都是努力想要达到最佳的效果，但是，并不是每一次的治疗都会收到理想的效果。有更多的情况下，医生尽力了、却无力回天。这不是医生的错，生命的存在并非个人意志所能完全控制，医生的职责是尽自己的最大努力减轻病人的痛苦，却不可能抢救回每一个即将逝去的生命。

打个比方说，医生也有亲人，当他们自己的亲人同样患病的时候，他们不想救吗？他们没尽力吗？他们自己的亲人也没能抢救回来。比如我知道的董梅医生，她的父亲，就是在她自己的病房里走的，她如果可以做到100%地救回每一个人，她不愿意救回亲人吗？！看着自己生身之父在病痛中、身为医生的女儿她不想救吗？然而，无力回天……所以说，所有的生命，并非医生个人的意愿所能挽救的，他们是在尽全部的力量，在跟死神抢救生命，我们凭什么认为他们没有尽力、尽心？……

我忍了好半天没有说的一件事，现在可以说了：前不久，王大夫给我打电话，问我现在的身体情况，正好我也想跟他说，我前一次见到他的爱人董梅医生，觉得她的脸色真是不太好，都可能还不如病人的好。我就跟王维虎说："我好担心，你对她关心点儿、好点儿成不？她是不是太累了？特别担心她。"

谁知王大夫有点儿委屈地跟我说："她比我还好点儿吧，我比她还累，感冒两个多月了，就没好过……前天，有一个病人，我都给他治好了，可他要揍我……唉，算了不管他了，反正这种人也少，我们也不能跟这种人计较，该怎么还怎么吧……"

这明显的是两件事儿，头一件，他的工作太累、身体状况因此很差；而后一件，更加严重得多！他声音里的那种困惑、迷惘、委屈和伤感让我不忍说什么、也不知说什么，只是忽然心底里涌出一种伤和痛的感觉，非常强烈、非常无奈、非常压迫。仿佛有一只手将我的心抓紧。我知道，他此时正处在身体和情绪的双重低谷，而我却什么也不能帮到他……

后来，事隔多日，我再一次见到他的一天，在我告诉他我要写这本书的时候，我跟他说，这两天我正在采访于胜吉教授，我们在谈论有关伤医、杀医事件的话题，王维虎的眼光有些缭乱，我看到他眼光中的那种痛楚，深深地还在。尽管他用尽量轻松的语调跟我说话，我还是能看到他的那分难过，深深地压在他的心底、又时时泛起。他又一次下意识地说到那件事，他说："唉，那天我碰到的那个病人，他踢了我一脚……"

我心里吃惊不小：这是上次他没有跟我明说的事，那一定是他心底的一个噩梦、一个让他永远想忘、却又永远忘不了的一刻……

知道此刻我的感觉吗？我真的被一种深深的痛给伤到了，我都不敢去问那件事，我怕那件事一经问出，伤到的不仅是王维虎，可能更可怕的是伤到我自己——因为那太可怕了！我想我承受不了。

他们是我心里最明亮的阳光，我知道他们的美好，而这美好真的有时会很脆弱、像玻璃，我没有能力呵护这份美好，却是他们十年中一直呵护着我。真的，别以为他们永远那么强大，他们不是，他们其实就是普通的人，可能比我们过得更累、更没有自己的生活。凭什么要伤害他们？！

患者会和大夫成为朋友吗？

我知道王维虎是一个多么追求完美的人，他生活中的每一分钟都是不可以用来浪费的。在生活中的他，可不像是在医院里那么的明亮，他把自己的时间卡得很紧，生活中几乎没有什么机会去享受人生乐趣，甚至于他还有点儿"刻板"和"不近人情"。

比如，他不让家人喝任何饮料，"不健康的零食"就更不能允许享用了。他家的小公主纤纤更是不许食用这些东西。好在他的女儿这点倒是很理解和接受，而且长得健康朴素，活泼懂事。我曾说偶尔地喝点儿饮料很快乐、很享受、也很有情调。而那却是他无论如何也不放纵自己和家人的事情。

由于他们很爱女儿，他们会愿意接受我的提议，找一个周末的时间，一起开车去郊外，我就能给可爱、漂亮的小公主纤纤拍摄一些照片，几年来真的拍摄出一些很好看的照片，只有这个，是他们一家人喜欢的，也是我唯一可以为他们做的事。

　　和他们一家人在一起的时候，会觉得那像一幅有趣的画，很温暖、却又很有生机。生活中的他们可能是"互不相让"的，经常看到他和妻子董梅医生争一个说法，俩人就像认真地在玩儿"过家家"的孩子。不管讨论的议题有多重大，而且每次都是王大夫气势如虹地表明自己的观点有多么正确，然后争到后来，女儿跟妈妈一头儿，于是忽然地，他就没声儿了，样子有点儿可怜，像个孩子，特孤单的感觉。然后，董梅医生就会用特别温柔的声音说起他的一些好，用这样的方式不留痕迹地安慰他。

　　我不需要说话，我只静静地看着他们，我想，我好喜欢他们。

　　自从王大夫被"提升"为部门领导之后，他更忙了，每天都在想办法，改善患者的挂号难、复诊难等等问题。我自己就在挂号的时候，无意间发现了他的"业绩"，在门诊挂号处，忽然增加了一个号种：复诊号，这是过去没有的。这个号的意义，我很快地就悟到了！那是为了方便看过病的病人，做完全部首诊检查以后，再来见大夫的通行证！过去，不管你首诊如何，再来医院，你需要重新加入挂号大军，如果你挂不到号，就算你做了全套检查，依然不能得到大夫的诊治。而现在，病人可以挂到复诊号了，大大方便了病人及时就医。

　　我发现了这个好东西，就问王维虎，这是你推行的吧？他说："啊，是。"

那一刻，我为他高兴，觉得他好棒！

……不能不又想起前面那个患者的所作所为，真的伤到了善良人的心里最脆弱的一部分。我不管他有什么道理，你得了病是你自己的问题，不好好反思你对自己的身体究竟都做错了什么？是什么原因让你今天重病缠身？你身体走到今天这一步，原因并不是因为大夫；而现在你感觉身体坏了、很难受，甚至于让你看见了死神，你就以为全世界上的所有人全欠你的，哪有这种道理？！

大夫救助了你，而你不思感恩、却以怨报德，这是什么奇怪的做人方式呢？不是你成了病人你就有理、就可以违背道德和做人的基本法则。是谁告诉你的，成了病人就可以张口骂人、抬手打人，就可以理直气壮地变得没有人性和良知？你为什么要让自己变成这样一个只顾自己、不顾他人的自私之人，甚至成为人们眼中的恶魔？

我就不明白，是中国人的从众心理作怪？还是做坏人坏事比当个好人来得容易？为什么会在我们周围不断出现这么一群无理、残暴甚至是毫无人性的人呢？

我痛恨这样的人！

这件事之后，我曾满心苦涩地问过王大夫："是不是你忘了提前告诉那个病人，放疗的效果需要等待一个相当长的时间；你不记得你告诉过我，放疗后的骨骼要想效果达到最佳值，需要三年时间？而且会有一个相对来说比较疼痛的恢复期？是不是他不知道自体的不良感受需要时间来恢复呢？"

他没有说话。

我知道那件可怕的事情对他伤害得有多么深。

在我没有告诉读者王维虎大夫是一个什么样的人之前，我没办法说这件事。不是我偏心自己的大夫朋友，一点儿都不是。是因为十年间我对他们的了解足够深透，我知道他们的品格和为人。所以我知道他不会做错什么。以这样一个好人、好大夫，都可以招来这样的伤害，我真的感觉可怕！人心的可怕。

什么时候这个社会变得这样如此地不可理喻了呢？

我想，我应该说一说我是怎么认识了王维虎大夫，并和他们一家人成为朋友的过程。很多人都奇怪过，患者会和大夫成为朋友吗？我曾只用"运气好"来回答。其实，那个过程很简单，不仅简单，而且没有任何附加条件，和大家想象中的完全不一样。不是说，认识了大夫就可以方便看病，恰恰相反，是因为我从来没有想过要利用这样的关系。正因为如此，我们才可以成为朋友。

一般来说，患者认可、甚至敬仰大夫是一件容易的事，因为大夫有时就那么一两个，在大家的眼前。大家都要去想办法、找机会多和他说几句话，说说自己的病情甚至心情；大夫每天上班就是处理病人的这些事，每天都会不停地被患者围绕着、倾听患者的诉说。同样的话不知道要反复说多少遍。而让大夫有空闲时间注意到一个病人，好像不容易。

病人和大夫之间的联系一般都是看病需求决定的，拿掉这个需求，就是正常世界的事了。而在王维虎大夫的病区，我就是一个没有需求的人。

病人天天焦虑地去找大夫，无外乎是对自己的病心里困惑，或者希求改善，我根本没有这些需求。

前面一章中说了，我不怕死。所以什么时候看见我，都是坦然自若地待在病房里，在电脑上做我那些做不完的图片、忙不完的网站管理。别人全在那儿跟病较劲，我根本心里就没有病这回事儿。大夫每天查房的时候，肯定要问到有什么问题吗？我永远的想不出什么问题，只会说："没事儿，我挺好、谢谢大夫。"要是王大夫看见我去找他，肯定的是去请假，因为晚上有网站的会。然后就立即焕然一新，脱下病号服穿上好看的衣服，提着笔记本电脑，满面春风地跑掉了。

像我这种人，少。所以，王大夫就注意到我了。

他有时候会来问问我在做什么？于是我们就说一些跟病离十万八千里的正常人话题。这样对我来说挺好，我不爱说什么病不病的事情；而这样对大夫也挺好，可以换换脑子放松心情，并可以正常地说话、休息一下。我也开心，他本来就是一个阳光般明亮的大夫，能和他说话，说摄影、说文学，说任何轻松美好的话题，就是没有看病这件事儿。所以两个人都快乐，下次见到，就更喜欢多说几句了。我也愿意有点儿时间看见王大夫，就是见到一个朋友一样亲切的感觉。

我没有什么事想去麻烦他，这反而让他更加关心我的病情，倒会多问几句。温暖，是会传递的，也会因为传递而增加。于是，常听见王大夫夸奖我，文昕是个好同志。我就开心地对他笑笑，特别领情。

因为有一件事，让我特别感激他。原来的放疗病房是和现在的化疗病房在一起的，忽然有一天，放疗科全体病人要搬家到旧诊断楼里去，搬家后，病人由一间住两个人变成一间住三到四个人。我因为带着电脑，就特别希望能在去放疗的时间电脑有个安全的地方放置。

要是有一个单间就好了。这么想了，就顺口说了。

王大夫愣了一下，说，单间倒是有一个……不过，已经有人定了。

然后他就说，别管他，你的工作需要它，单间对你比别人有用，我就把这个单间给你了。

我后来才知道，他真的是太不容易了，因为整个病区，放疗科也只有这一个单间。我住在单间里，有卫生间、可以洗澡，有电话，有写字台，放上电脑，哈！我的日子实在是太好了！有点儿惭愧，就是觉得给王大夫添了麻烦。

认识董梅医生，是因为王大夫的介绍，但那时候我还不是她的病人，只因为王大夫看见我做图片，就说他爱人也在这个医院是大夫，她的论文中要用到一些医学病理图片做插图，需要制作图片，问我能不能教一下她怎么简单地制作图片。我说这太容易啦！没问题。

晚上下班后，董大夫就来了，那是我第一次看见她，她说话的声音很柔，修养特别好，虽然那短暂接触说不上有多深的印象，但毕竟是我们认识了的第一天。我后来都不知道怎么形容她了，她的那种美是从心底里映出来的、是性情的美，本质里有一种优雅，是我最喜欢的感觉。她和王维虎大夫一样，是优秀的医生，后来我十年中两次给他们"抓"到，放到董大夫的病房完成了化疗。对我这种人，真是不逼不行的。我知道我不好，真的是让人费心费力。

我和王维虎大夫的友谊，在我出院后竟然停止了近三年的时间。这让王大夫本人会觉得有点儿意外，因为后来他还给我打过电话，问过我的身体情况。本来是挺好的朋友了，怎么会出院后就不再来往了呢？

其实，我好多次想去医院看看他，他给我一个单间，还对我关怀照顾，这个恩情，我怎么会忘了呢？他是多好的一个人呢！可是，心里却一直有一个障碍，觉得我要去找他，肯定地让人觉得我是想和大夫拉关系、目的不纯。一想到这个，我就顿时泄气。

我把认识这个大夫朋友的记忆存在心里了。就像对蔡建强教授一样，他救过我，我永远记着，可是，我什么理由还去再找这个大夫呢？

我其实是有点儿笨的，有什么感恩的话，也只有在心里说了。

写到这里，忽然觉得这次认识了于胜吉教授，我就"进步多了"，——我居然要了他的电话、加了他的微信！真的是学聪明了！如果不是加了于教授的微信，我就不会看见他朋友圈里的文章；没有那些文章，就不会引发和触动这本书的写作。

当然，另有一些不一样的地方，于教授是一个文学爱好者，他的文字水平、语言能力很高强，见解远在我之上，可尊为师。早在医院他给我做手术期间，我们就很谈得来，就有了很多关于写作方面深入的交流。有了这个基础，当我说出我的写作打算和采访要求的时候，他就欣然同意了。于是我们有了再次深入细致的探讨，有了近7万字的录音整理文稿，整个采访内容深刻、丰富，大家可以在"后篇"读到。

……再说当年，我在王大夫的病房住了2个月的时间，我因为不喜欢麻烦大夫，不喜欢研究自己病情，反而使王大夫对我更多照顾，他带给我深深地感动。

放疗病人在放疗前，会由大夫在加速器上先行做定位，然后在身体上画上紫色的定位线。定位线基本上不怕水洗，但如果太长时间不去找大夫描画、加深，也会慢慢变浅。王大夫特别忙，我就不愿意为这种小事去找他，结果定位线浅到放疗大夫不给我放的程度我才去找他。让他好好地把我给说了一顿，他说："你这个同志啊（这是王大夫的口头语），你这是给我省事吗？如果这线一点儿痕迹都没有了，我还得带你上机器重新定位。你得随时随地来找我，你知道吗？"

我说："噢，这回知道了。我就是怕给你添麻烦，看你真是太忙了。"

后来，每次给王大夫遇到，都是他主动地问我定位线怎么样了，然后"抓"去描画、加深，还顺便批评我几句。那感觉，真

的是很亲切，他真是一个好大夫，心地特别善良，对病人永远那
么好。

生病了，是不是可以去麻烦别人

估计王大夫也会奇怪，怎么会有病人不关心自己的病呢？

其实是我从小长在医生家里，母亲就是大夫。大夫在家里和
在医院里是不一样的。在医院，他们对病人亲切关怀，那是他们
的工作，而回到家里，他们最受不了的，就是家里有人说自己有
病了。

我记得我家的一个抽屉里永远有一些常用的药，我们三姐妹
都是有什么不舒服的时候自己去找胃药、感冒药，生病全是我们
自己的事。除非是高烧不退之类，才敢去跟母亲说。而母亲从来
不让我们因为生病不去学校上课。她总是写一个假条，告诉老师，
只有在我们上完主课，才可以回家。所以，我从小到大就没有概
念：生病了，就可以去麻烦别人。

我们家有一个笑话，三个姐妹全知道，特别是我二姐，更是
跟我"心领神会"，那是表演、模仿小时候我们生病了如果告诉母
亲，就会发生下面的对话：

"妈妈我今天感冒了，不舒服。"

"你不舒服跟我说干吗？自己吃药！"

"吃什么药啊？"

（我和我二姐会一起大声地喊）："穿心莲！"

然后我们就笑成一团。这节目在我们家盛行不衰。直到妈妈

晚年，她还在看我和二姐表演的这个小节目。

　　小时候，同学们都说，你妈妈是大夫，真不错，看病方便，什么病全在家里治了。我就笑笑，心说，你们换过来试试？

　　我大姨夫也是特别棒的大夫，他对我最好，走到哪里都带着我。我长大了以后，他最喜欢的事情就是给我讲他的医学研究成果，他研究顽固的皮肤病、内外结合治疗，在当时是特别有名气的大夫，我小时候，他是北京人民医院的医生，后来调去前门居民医院任院长。他对我是极好的（当然我也没敢有什么生病的事去找他）。据我观察，他也是不可以听到家里有人说生病的。如果我大姨或表哥、表姐说哪里不舒服，肯定给没好气儿地说一顿。

　　医生们在家里是这样的，在医院，他们却是最好的大夫，他们把亲切的关怀全都给了病人，对家人反而会缺少耐心和关心。

　　在医生家里长大，我知道医生天天听人说病、研究病，是很累的事情，他们希望放松自己，就像人需要新鲜的空气一样。可能是因为我从根儿上就不愿意找人说生病吧，我和大夫之间就比较轻松快乐，是因为我从心里很理解他们。

　　其实，在放疗接近结束的时候，我是有话想问我的大夫的：我不想化疗，行吗？

　　然而一直没有机会（我不会像别的病人似的，拿找大夫说病情当成天经地义的事），所以，就是想找大夫问问，也不愿去医生办公室敲门。

　　一天，做完当天的放疗，我没有回病房，就坐在放疗大厅的椅子上，满心愁闷地看着来来往往的人们。那边的椅子上，坐着几个化疗完没有了头发的病人，她们面色灰黄、形容枯老，就像秋风里几片枯黄的树叶，看得我真是忧郁伤心。可能是我从来没有当着别人的面表现出过这样的神态吧，正好路过放疗大厅的王大夫忽然站到了我的面前。

我抬起头看见他的一瞬间，有一份惊喜，但随之很快地熄灭了，我接着我的思路说："王大夫，我不想化疗。"

"啊，你在这儿想这个啊？"

"嗯。"

"这可不像文昕同志啊！"他还有心开玩笑，"不化疗是不行的。"

我目光忧郁、很委屈地看着王大夫，"你确定你希望我变成她们那样吗？"

他认真亲切地坐到我边上跟我说："这些都是暂时的，会很快地恢复。然后生活还会和原来一样。头发也会长出来、长出来比原来还好。这只是一段时间的事。可是，如果你不化疗，就不能保证癌细胞全部消灭，就可能死灰复燃。所以，你一定要听我们的，做完放疗就去做化疗。"

这么好、这么善良的大夫的话一定不会错，我只好点点头，同意了。

完成了放疗后就要出院了。临走的时候，王大夫亲自把我带到了乳腺门诊，找到一个大夫介绍了我的情况，然后交代我说：

"你一定要好好完成 6 个疗程的化疗，然后听大夫的，让你做什么就做什么。记住了吗？"

我说："记住了。不过，我不做化疗真的不行吗？"

"不行！"那位大夫和王大夫一起坚定不移地回答说。

十年前的化疗，感觉和现在的还是有点儿不一样，好像反应要大很多。我记得，我是自己开车去打化疗，十年前年轻、体力好，加上我也真没把癌症当成一回事。从西四环开车到南二环的肿瘤医院，单程一小时左右的时间，打完药立即就开车往回走，还没到家，药力就上来了。那种感觉真是说不出来，全身说不清的难受，好像血液里灌进了迷幻药。

现在想，那种状态下开车，其实挺危险的。可能这也是我没有能够完成6个疗程化疗的原因。我不愿意麻烦别人，如果是别的病人，肯定折腾一家人跟自己忙活，我觉得只要我自己能做的事，就尽量不去打扰别人。加上我也不愿意跟家里的人说我很难受、自己去不行。那时候，我先生自己不爱开车，我们一家人都是坐我的车，他虽然一直有本儿，但他常年不开，让他带我去这么远程，我也不放心。坐他车上，还不如自己开省心。就这么，我什么时候都是自己管自己。

化疗完两个疗程，我就打定主意不再去了。化疗期间，因为过程实在是太辛苦了，我也没再去找过王大夫，而且打完两疗程化疗就不再去了这件事，怎么说让他知道了也不是好事，肯定挨说，我就更不敢去见他了。后来王大夫就出国学习去了，一走就是两年。他走前给我打过电话，一是问我化疗做得怎么样了，二是告诉我他要出国两年的时间。

病人和大夫的关系怎么会变成朋友，要让我说，我也说不出什么，就像我和王维虎教授，朋友真地做到了十年，其中包括两个家庭后来都走得很近，哪里是因为治病呢？

我最怕他们一起说我。本来大家在一起好好的，忽然就又有人说到我："你是不是该体检了？"我立即委屈地大叫："不是吧？！怎么又有这种事儿了？"

差不多每次都是董大夫开头儿，于是，大家一分析，说："最保险的，你还是去做一次彻底的化疗吧，你要让我们大家放心才行！另外，内分泌治疗药必须按时吃上，为什么你就不听呢？真要复发了怎么办？"

每到这种时候，我就一脸不开心、愁眉苦脸、死求活磨、一副无奈的表情，说："咱们不说这事儿行吗？"

于是，全体人员一起上，摆厉害、讲道理，好好的聚会成了批斗会战场。

终于有一天，我还是给"抓"去了董大夫的内科化疗病房做了5个疗程的化疗（本来应该是6个疗程，到底让我死求活磨，董大夫一心软，最后一个疗程没做，又把我给放了），这事情才算暂时告一段落。

但内分泌治疗药的事情还没完，董大夫只要见到我，就会没完没了苦口婆心我跟地讲："你看我挺忙的，这段时间也忘了问你，给你开的药吃了没有？"

"没……"

"你看你看，怎么能这样儿呢？那药你必须吃，你不吃真的很危险，你知道不知道？真要是复发了，你后悔都来不及。"

"那药一吃上，人特别没力气，全身骨头都疼，还精神忧郁……真的不想吃。"

"那点儿反映你慢慢适应就过去了，别人都在吃，也没听谁说有什么问题，一吃好几年，控制得很好。怎么就你不行呢？"

"她们是她们……她们可能以为不是药物的副作用，是她们自己的病闹的呢，她们不是全特听话吗。"

那感觉，董大夫是幼儿园大班的老师，我却像是班里最不听话的孩子。为了吃不吃药这种事，总在跟董大夫讨价还价。这些年，她就为我多费了不知道多少口舌。而我每次都是，说着说着就趁她不注意溜走了。

当然这些全是后来的事，要不是真的又一次转移复发的出现，可能我跟王大夫和董大夫，就失之交臂、天各一方了。

王大夫从国外回来后，给我打了一个电话，虽然时隔两年，我还是第一时间就听出来了他的声音，心里一阵高兴。他问了一下我的身体情况，我说挺好。他说他从国外回来了，我就顺着他话的意思说："真的啊，太好了，哪天去看您。"

然而，我还是没有去看他。说真的，我觉得他天天忙成那样儿，我是太知道了！让我真的去找他，说什么呀？我说："王大夫，今天我没事儿闲的，来找您聊会儿天儿。"——我能这么干吗？肯定不行啊！怎么想，都别扭。在心里折腾很久，我还没有找到去看他的理由。

谢谢有今天这写书的机会，否则，我这么多年还真没机会跟王大夫解释过，怎么我这么无情无义呢？大夫对你这么好、你治完病就跑了，还得让大夫给你打电话？打了电话你倒是去主动地看看人家啊？然后还说了不算……别想了，再想我都想找个地缝儿钻进去了。

　　十二年了，王大夫先后四次给我做过放疗，除了乳腺手术之后的那一次例行规定的放疗，其余后三次，全是因为骨转移而所做的高难度的治疗。王大夫精心设计的定位方案，哪一次都没有失误过，在我每次面临着截瘫风险、甚至癌症开始危及我的生命的时候，都是他，用他的智慧最终拯救了我。后7年，我的整个脊柱几乎布满了转移灶，王大夫就一次、一次地救我……我的生命里写满了他细心智慧的篇章，那些看不见的生命音符，是他写进我的生命中的，在我的身体里回响。我的生命是他的作品，当然还有蔡建强教授以及后来的于胜吉教授，他们一起重新书写我了生命新的程序，让我生命的航船没有沉没于癌症的汪洋大海，而是一次又一次重新升起高悬的巨帆，继续前行。

　　我的记忆，是为他们存在的。在我的记忆深处，全是他们留下的足迹，闪烁生命的光焰，我想我是幸运的，不是幸运我还活着，而是幸运地保存了这一切人间真情。

　　如果不是发生了那次转移，我还真没有理由去再次见到王大夫，而且，也不是我要去见到他的，那真的全是命运的安排。这对我来说是幸运，但对王大夫、甚至是董大夫来说，就不一定是什么幸运的事了，我给他们带来了长达7年的麻烦……

在我乳腺手术后的第三年，我的病情突然进展，发生了腰3、4椎体的骨转移。

恶魔的阴影再一次回到我们的生活

2007年，由于我的情况发生了变化，我不得不再一次加入到肿瘤医院滚滚如洪流的病人大军中。由于我没有做完6个疗程的化疗，而且三年中，我也没有再去医院检查过身体，更没有去找大夫开过什么药。可能是这些原因，造成了骨转移的发生。

怎么发现的呢？非常偶然。

其实，骨转移的具体发生时间我也不很清楚，只是知道，腰痛得已经有了好长一段时间了，时轻时重，感觉就像是夜里受风了。因为有时会自行缓解，我也没有怎么当成重要的事，还和威子弟弟的车队去内蒙古大草原穿越沙漠。后来想起来，我没在越野路途中折断腰椎，也是上天的恩惠。

曾经发生过一个情况，我没敢跟任何人说起过，要是让威子弟弟知道，他肯定后怕，然后再也不会带我去越野了。就是在去内蒙古的途中，车队在一个加油站加油，顺便让车上的人下来活动一下。威子弟弟他们全在远处给车加油，我一个人走到加油站的外边，蹲在路边看小花，然后无论如何也站不起来了。周围也没有可以用手抓到的东西，那感觉非常可怕。我用手撑着地，腿部完全失去了知觉，腰部完全用不上力量，用尽努力却真的站不起来。边上也没有同行的伙伴，没有人能够帮我。

那段时间好像很长，因为情形的可怕而变得很长，我几乎快绝望了。可能是绝境中人的本能吧，我还是艰难地爬起来了。回到车上，我才发现全身湿透、一直在发抖。

后来知道那就是骨转移造成的，我想，要是突然间瘫痪，就是那种样子。毫无预感、突然一刻，人的命运就完全改写了。上天待我真的不错了。

从内蒙古大草原上回到北京，因为腰痛减轻，我也没当事儿。跟家人朋友说起经常腰疼这件事，就有人向我推荐一种中成药，是活血化瘀的，说是对受风的腰疼疗效显著。我已经吃了一袋了，大姐忽然给我打来电话，她说她单位的小赵很懂中医，小赵说，让我先别吃那药，先去医院拍一张片子，他跟我大姐说："你妹妹得的是癌症，如果她那要是转移到骨头了，就不能吃这种药，这种药强力活血，会加速癌症扩散。"大姐吞吞吐吐地说完，我也将信将疑，但还是决定去医院看看。

要是没有这个电话，要是大姐单位的小赵没有为我想到这一层，我肯定不会去医院；而不去医院，可能我会在某一天突然瘫痪后才会知道我已经发生了骨转移。而且，一切都可能是太晚了。

幸好，家门口就有四季青医院；幸好，我去挂了个中医骨科，想着那药也是中药，正好问问大夫可不可以吃。要是没这次检查，我可能迟早会出大事的。

大夫是个快乐的人，我也是，跟说别人的事儿一样，我就说了为什么要来看病。大夫看我很好的样子就安慰我说，X 光片可以给你拍一张，拍完回来找我，不会有事的，还可以给你按摩解决疼痛问题。我就去拍片了。

片子是拍完了，结果——拍片的大夫迟迟不把片子和检查结果给我，反而出来看了我两回，问我：

"就你一个人来的？"

我说是。大夫就又进去了，半天才出来，对我说，你去找大夫，跟他说，再给你开一个CT，机器有问题，X光片看不清楚。

我就又回去跟大夫说，大夫就不笑了，很严肃，给我开了CT。CT也做完了，还是不给我结果。还是那个大夫出来跟我说：

"你就自己来的吗？"

我说是啊，我自己来的，是不是有问题啊？他犹豫着，然后说："我技术不行，看不好，这样吧，你先回去，我找专家给看看，然后你明早再来取片子。最好叫上家人。"

他不是看不好、技术不行，也不是X光机器坏了，他是不想直接跟患者本人说。那个大夫的心真好。其实我是不在意的，我可以承担所有事情。从我得上癌症那天起，我已经把生死全想明白了。

回到家，我跟丈夫说了去医院检查的事，他特别敏感，抱住我很久，我们都知道，那个癌症恶魔的阴影再一次回到我们的生活中来了。因为我不想让他为我难过，所以我还是决定自己去面对这件事。

第二天一早，我还是自己去的医院，见还是我自己来的，昨天那个大夫无奈何地把片子和检查结果给了我。上面写着腰3、4

椎体病变，疑似骨转移。那个大夫跟我说，你去肿瘤医院吧，这种情况，我们医院处理不了，得去专科医院。我谢过大夫就去了肿瘤医院。

再一次站到中国医学科学院肿瘤医院的大厅里，我很困惑、迷惘。说真的，我甚至不知道我应该是挂什么科。理论上，我应该是挂乳腺门诊，因为按照专业性分类，原发癌是哪个科，就应该挂哪个科。可是，骨转移，还应该是挂这个科吗？或者，我应该是挂一个骨科？

如果当年我挂了骨科，肯定先见到的就是于胜吉教授，他那时已经到这个医院两年时间了，他的骨科也已经正式挂牌。当年去了他那里会怎么样？还真的跟于教授探讨过，正是前几天我整理对于胜吉教授的采访录音时，忽然想起了这个问题。如果当年不是迎面地碰到了王维虎大夫，我那天肯定是会挂骨科号的！

说来挺好笑的，于教授已经知道我特别不喜欢化疗，所以让他回答我今天的问题，就好像有点儿为难他。事实是，如果我去见到的是于教授，就算他最终会用他现在给我做的手术同样方法来解决我的脊柱问题，肯定的会被他先抓去做我最不喜欢的化疗。或者是把我转回乳腺门诊先去排除是否合并其他脏器的转移，然后还是要先做化疗。——我的大夫无论是谁，我都要必须最终去做完化疗，毫无疑问。

化疗真的很不好吗？我和很多的人都这样抵触这件事，真的有道理吗？答案是否定的。

特别是跟于胜吉教授有过了深入细致的访谈之后，我了解了化疗的真正意义，那确实是提高大部分患者生存率的一个有效的方法。而对于发生在脊柱上的骨转移情况，选择放疗和骨科手术，都可以解决问题。

我也回忆了我自己的情况，在我了解了于胜吉教授的骨科手术解决方案以后，我确实感觉到那是一个伟大的突破。骨科手术可以改善肿瘤破坏了的骨骼组织，并可以通过加注骨水泥、骨骼移植或再生、置换等方法加强受损部位骨骼的支撑力度，改善或消除患者由于神经压迫而产生的疼痛；而且，对放疗过后的骨转移病人，也是一个可以更快地度过不适期的解决方案，更能保证骨癌患者相对长期的生存质量。

放疗，无疑是最快速、最准确、最直接的对病灶进行封杀的最有效方法。现在放疗技术已较十年前有了更大的提升，由于医疗设备的进步，放疗的范围与精确度都大幅提升，在封杀肿瘤的同时，更小地减少对正常组织的破坏性，其优势已经更加明显。但很多时候，放疗过后的病人，要恢复身体的正常状态，比如骨癌患者需要相对来说比较长的一个阶段性时期，可能最初会出现由于患病部位的压缩性改变引起的不适。

王大夫曾经告诉我，放疗后的骨骼要在三年时间才显现出其最佳效果，我个人的体会是，刚放疗完成后的一个时期，可能还会伴有局部软组织的硬化、骨骼变形等原因带来的一些不适。但到两三年后，人体会修复这些不适。对于一些比较轻的骨癌病人，放疗过后，慢慢等待身体恢复，就完全没有问题。对于比较重的情况，配合骨科手术治疗，应该是更好的选择。

他是上天派来的神仙吗？

还是回到 2007 年的那个上午吧，我站在人流涌动的挂号楼里，好像足下是一座孤岛，边上的人声、脚步声忽然瞬间缥缈遥远，我不知道身在何方、要去哪里。那一刻，真的很孤独、很无助。

忽然间，迎面，我看见了王维虎大夫明亮、亲切、熟悉的身影，就在楼道的前方出现在我的视线里！

这个医院好大、人好多啊！要想在这个医院里去专门找一个人，都是非常难的事情，怎么可能会在这样的时间、地点、场合，可以迎面地撞到那个可以救你的人呢？！当时，我甚至都不知道上天让我在此时此刻遇到他是有原因的，他就是上天派来救助我的那个神仙。我还仅仅只是为这一刻的相遇高兴。他见到我也很高兴，问我："你怎么在这儿？"

我恍然大悟、遇到救星了，可以问问我这种情况下，要挂什么科、什么号？我跟王大夫说，我出了问题，好像是骨转移了，我正在犹豫，不知道要挂什么号、去哪里看病。我把手上的 CT 片举起来给他看了一下，王大夫说："给我。"

他就在人流滚滚的楼道里锁紧双眉一张一张地看了那些片子。然后问我：

"你打算怎么办啊？"

我说："我不知道啊，我正想问您呢，我应该怎么办呢？"我期待的眼光看着王大夫，他大概是想起来我这个人做的那些

"成问题"的事情，也不好直接说他可以救我，他欲言又止，然后叹了口气，最后还是无可奈何地说：

"今天下午 1 点正好我出门诊，你如果愿意，可以挂我的号。"

然后他把片子插入口袋还给我。

我说那好，我去挂号。然后王大夫就汇入人流走远了。

那天我的运气真的很好，排队虽然等候了很久，但还是如愿以偿地挂到了王维虎大夫的专家号。下午，我就去放疗大厅王大夫的诊室找他，他看见我，就笑了，好像是松了口气。然后他说："这就对了。"

我现在想，王大夫可能是知道我这种人，一念之差，就不定干什么，而且看病也不积极，可能我那天让他有点儿担心了：说不定他一走，我就改了主意，万一挂不上号，直接回家了也不一定。别说这事儿我还真可能干得出来，要是那天我没挂上他的号，说不定我也不愿意去找他、麻烦他，很可能真的挂能挂上的科了。

唉，也是，像我这种人，真是太不靠谱儿了。遇到我这种人，王大夫真是太倒霉了，什么事情全等着大夫来管，却仿佛那些事情不是我自己的事，是王大夫拉着我在去治病。他是一个好大夫、最主要的是他是一个好人。本来是他救我的，可我却好像浑然无觉一般。

其实我心里全知道，只是我不知道怎么也能够让他知道，我没有真的笨到什么也不懂的程度，我不说，是因为放在心里的感动说不得，一说，就可能变了，成了别的。珍贵的记忆还是放在心里最好，永远不会丢。直到今天有这个机会，能一点一滴写出来。

王大夫在我心里是最棒的，我知道他的放疗定位技术非常厉害，我亲眼看到的那个农村老人，多发性的脑瘤，全是王大夫给做的定位，我眼看着她就那么和好人一样出院回家了。

而我先生的一个朋友、他的大学同学，就在另一个医院治的，也是多发性脑瘤，开颅后发现做不了，又给合上了。结果也就没几个月，人就没有了。我就一直说，要是王大夫给看，就不至于，说不定现在他还会活得好好的。上次两家人在一起的时候我又说到这件事，董大夫说："知道知道，你是王维虎的粉丝。"不过她也说，三个以上的脑瘤是不适合手术的。反正不管怎么说，王大夫就是棒！运气好的人才会遇到这样的大夫。

那是第一次，王大夫救了我，让我和瘫痪的命运擦肩而过。后来，我的事情就全成了他的事情。

7 年间每隔两三年，就会出现一次转移，从骨头到内脏，有些还很凶险，可我从来没有担心过，因为我有王大夫救我，他是上天派来的神仙吗？总能救我的生命于水火。

五、同在蓝天下

从死神那里赎回生的权利

肿瘤医院，永远的，人满为患。

来自全国各地的癌症患者，都将求生的希望寄托在北京，寄托在这家亚洲最大的肿瘤专科医院。走进这个医院的诊疗大厅，里面永远地挤满焦虑的人群，大多是在别的地区医院确诊了的癌症患者和他们的家属。和普通的医院相比，这里最大的不同就人出奇地多，情绪压抑感最强的病人和家属都聚集在这里，因为来这里看病的病人都是生死线上求生的人。

早上，不到 8 点，诊疗大厅的大门前已经排起了长长的队伍，在广场上要绕好几圈儿。这种情形在普通医院是很少见的，大家都说，如今怎么得癌症的人这么多？人们都盼望哪怕早进去一分一秒，可以抢到挂号、看病的机会。

能看上病，实在说，是太难了。很多的人，整夜地坐在挂号室门口，排队一整夜才能挂上号。更多的人，来了好多天，可能根本挂不上号。没办法的人们只好花几百元钱买号贩子手上的高价号。

患者是这样的难、这样的焦急，千里迢迢举家带口的人们凑借了有数的钱，把家中亲人生命的希望全压在了看上最好的大夫、救回亲人的性命上。所以，人们的心情是可想而知的。他们想跟死神抗争、夺回生命、夺回他们不愿失去的亲人。

然而，漫漫求医路，挂上号、见到医生，也仅仅是刚刚开始。

我在这里遇到过很多的病友，说到自己的病，没几句话，眼泪就流了下来。得了病的人，除了惊恐、就是委屈。他们中的大部分人会很失重，多数人不喜欢和正常人在一起，觉得自己和别人不一样了，别人可能活多久都是未知数，但得了癌症的人，却会觉得自己的生命似乎已经可以预先知道，至少是不会太长了。人们很难不这么想。

所以，就算是和我差不多的开朗型病人，也知道自己的不一样，因为癌症是死神颁发给人们的一个明确的通告，让你时刻知道，生命的红灯已经对你亮起。其实，这一想法也不是完全正确的，我以后的一些经历让我知道，得了癌症，仍然是会有相当多的一部分人、甚至于是绝大部分人，能够从死神那里赎回生的权利。

在患者中，像我这种治病不努力的应该是极少数，大多数人都是急切的、而且心情焦虑。特别是外地赶来北京的病人和病人家属，他们人生地不熟，甚至于在北京连个落脚的地方都没有，对他们来说，要想看上病，简直就是难上加难。

最让人看了揪心的是，他们舍不得吃舍不得喝，他们要把仅有的一点儿钱省下来，用到治病上。

在我住院的期间，经常看见邻床或相邻病房的病友很省钱地不吃医院里的定餐（医院的定餐也不是很贵），或者是买最便宜的饭菜，特别是他们的家人，更是能凑合就凑合，因为在北京看病，实在是太花钱了。

他们说北京什么都贵，带的钱很快地就见底了。有的病友，是拿了借的钱来的，一期化疗没打完，钱就没了。我看到他们那焦急的脸色，总感觉心很疼。

就说最近的这一次住院吧，我住在骨科病房，对面病房的病友中人有一对小夫妻，他们来自河北丰宁。妻子左臂刚做完手术不到两个月，和我一样，是于胜吉教授的病人；丈夫陪着妻子在医院打化疗。这是她的第一期化疗，但就是这一期，也快没钱治下去了。在楼道里遇到病友聊天儿，我见到那个丈夫神情焦虑，一直在跟别的病人家属说：

"真是没钱了，这一期都打不下来。怎么办？"

他那表情十分困惑，我忍不住问他：你们看病全是自费吗？他说是啊，全是自费，没人给报销。我问他钱是哪里来的？他说借的。家里的钱，做完手术就全没有了、花光了。这回是从亲戚那里借的。我问他，你以后怎么还这借的钱呢？家里有牛羊吗？他说没有牛羊，我们住县城。还不知道怎么去还这个钱，只能打工去还了。我当即无语，他在守着得病的妻子，怎么去打工啊！他说，昨天刚去找大夫说，我们不打化疗了，真的是没钱了。他说，打完这期就先回去了，没办法，实在没钱，只好不治了……

他低下头，表情那么苦涩。

打饭的时候，我看见那个丈夫只买妻子的饭，妻子剩下了，他才吃那很少的一点儿。于是我开始多定一两份饭菜，然后跟他们说我定了家人或朋友的饭而他们没有来，帮帮忙打回去吃吧，别浪费了。

我出院那天，因为住院不需要什么钱，我只带了一千，我把没用完的饭卡和这一千块钱留给了那对小夫妻，说真的，我是想多给他们一些钱的，我也不知道他们是不是还会回来北京，更不知道后续的治疗他们是否继续。我告诉他们，遇到难处随时找我，我能帮多少就帮多少。

而我却知道他们不会来找我，因为就那一千块钱，他们也不肯要，夫妻两个人双双流着泪，说什么也不收，倒是让我好难过，我没有帮上他们什么。而且在我走的那天，那个丈夫一直在楼道里，我以为他在散步。可是当我出院、走到电梯间的时候，那个丈夫就等在那里，他手里拿着一个特别好看的礼盒。

我后来才知道，那里面是稻香村的粽子，那东西一定很贵，因为里面有好多粽子。他们正没有钱，我看见那个丈夫每天只吃很少的东西，却花了可能得几百块钱买了粽子送我。说真的，我要粽子干吗呀！我希望他们哪怕多吃一口东西、能过得稍微好一点儿。可我说不要那个礼盒，那个丈夫就快哭了，他说这个我们没用，你如不要就浪费了。我只好带回家，到家才知道里面是那么多包装精美的粽子。我心好疼。

我看到我的病友中，好多的病人全是在自费治病，一个家庭里有一个人生病，就会把全家拖进无底的深渊。这就是残酷的治病"人生三部曲"：先是花光家里仅有的积蓄；然后是债台高筑；再后来就是变卖家产……

让他们这样不计后果的全心投入，就是因为他们不想失去自己的亲人。一个家中的一个成员确诊了癌症，真的是塌天大祸，整个家庭必将面临两难的选择：要不要给亲人治病？不治病，眼看着亲人到另一个世界，是任何人都无法承受的；可是，就算你花光全部积蓄、借遍亲戚朋友，然后卖掉全部家当，也不一定就能够将自己的亲人抢救回来。

这就是传说中的"人财两空"的治疗结果。

不管这些家庭有多困难，他们还是会艰难地选择哪怕是全家一起走进深渊，也不放弃来北京看病的努力。

而他们来到北京、找到了这家最大的肿瘤专科医院，把全部的希望寄托在看上最好的大夫、救回亲人的生命上。但到了北京才会知道，能挂上号、见到大夫，都不是一件容易的事，很多人就连这第一步，都难以实现。能挂上号的，已经相对来说是幸运的，更别说历尽千难万难地等到了床位、住进了这个医院，那简直就可以说是幸运的人了！

就是这些幸运地住进来的人们，也不是一定就可以实现消灾祛病的理想，更多的痛苦和艰难都在等待着他们。

我记得我住在王维虎大夫的病房，每天放疗的时候，都会遇到一对老年夫妇。丈夫推着轮椅，每天坐三环医院（一家私立医院，和东肿瘤医院有协作关系，补充解决总医院床位紧张的难题）的班车过来放疗；轮椅上坐着的老伴儿基本上已经瘫痪了，甚至于连手臂也不能抬起，生活不能自理。

这一天，两位老人又来做放疗，丈夫在推车的时候，忽然腰扭伤，一下就不能动了。他眼光绝望地望着周围的人，说："我不能动了，我怎么办？我怎么办？"于是我走过去，拉住他的两只手，让他跟我慢慢地移动到墙边上，让他的双手扶住墙壁，跟他说："您别害怕，我可以让您好起来，相信我，我专业学过按摩。"

于是我就给他做了腰部的按摩，也就5分钟不到，里面就叫我进去放疗了。我跟老人说，您别动，我马上出来，然后再给您做。他说好的。我就进去放疗，也就是10分钟的时间，我就出来了，这时老人正站在门口等我，他眼睛放光，高兴地说，真神了，全好了！我也笑了，特开心，真的。

从那以后，我每天都带着我的两个病友，专门在那个时间等着他们，好帮他扶老伴上放疗床、帮他推车。放疗大夫批评我们说，你们也是病人，不能用力，这事情不用你们管。可是，我们真的不管，他们就确实很难做到。

那两位老人住在三环医院，丈夫天天睡地铺，吃得又很差，有点儿钱买了好吃的，全要紧着老伴儿，自己却什么都舍不得吃。人老了，怎么经得起这样的艰苦？但他们不离不弃、生死相依，那情景，只有让我暗自流泪，我知道这样的日子对他们来说，也是一种幸福，至少，他们还在一起，可以四目相对、可以在说话的时候有人回应；如果这一切全没有了，另一个活着的人生活会变成为一片无边的苦寂……

那些在生死线上的病人们，有时候真的让我心情跟随着他们的命运走。我不在意我自己的生死，却始终不能接受别人的悲惨命运，我为他们心痛不已。

走在医院里，总会有什么机会，让病人和病人之间发生哪怕是很短的交流，然后这个人就消失在人流里。可能仅仅是等待检查的一点儿时间里，都会发生很短暂的病人间的友情，大家同病相怜，心最相通。

有时候会说到看病难的话题，大家感叹，真的是太难了！你历尽千辛万苦挂上了号，见到了大夫、专家，可是，大夫周围却永远地围着不散的人群。

十年前的肿瘤医院更是这样（现在好多了，是电子显示屏叫号，一目了然，但还是会一个人看病跟进去一家人），而早年大夫的工作环境就更是恶劣，病人和病人家属一大堆人全挤在很小的诊室里，空气的恶劣程度可想而知。直到今天，没叫到号的病人和病人家属，因为心急如火，也会冲破保安的阻挡，想方设法地挤进医生的诊室，或者堵在门前。

终于到了可以看病的时候了，大夫先是询问一下病情、看看病人拿来的别的地区医院的检查结果和病历，然后让助手开出一些补充的专项检查单据，就让病人离开了。从里面出来的病人就会说：这也太简单了，没 5 分钟，就出来了。我们是多远来的啊！我们为了看病花了多少钱、多少力，为了这个专家号，用去了多少时间，怎么只有 5 分钟就把我们给打发了？

可是，最难的不光是病人，还有医生。就说董梅医生吧，她的专家门诊一周两次，她除了在内科化疗病房每天做不完的工作，还要迎接许多挂专家号找她看病的病人。她心好，什么人找她、她都可能给人家补个号，结果是除去正常挂上号的几十个病人外，还有好多找到她加号的半熟病人。正常挂号的病人能够看完，都属不易，再加上额外求助的病人，她就更看不完了，而且她给病人看病，总是特别细心，比别的大夫多问好多、多讲好多，这样一来，累的就只有她自己了，经常弄得中午饭都吃不上、晚上班都下不了。

就是这样，还是有很多的病人无法看上病。有天我在医院的挂号窗口看见一个病人，趴在窗口跟挂号员求情，说，我想挂董梅医生的专家号，我怎么才能挂上啊？窗口里答："没有号，早就没了。"

我的心那一刻好沉重，我为病人想找的这个医生是我的好朋友，而我没办法帮上他们而难受（我好想帮上他们，帮他们去找董梅大夫，让他们看上病）。可是，我更心疼董梅，她每天都忙得连喝口水的时间都没有，天下的病人永远多得看不完，她这么累，我哪敢给她找事儿。我自己都是有事儿不愿意找她。每一个月要去医院开药，我都是让她的助手开了药一分钟就跑掉，她在后面喊："你是不是该体检了？多长时间了？"我说："我没事，早呢！"赶快就出来，不和她说更多的话。有时候看见她脸色不好，会问一句，你看着好像瘦多了，别太累了。她会说，天天这么累，没办法。叹口气，她继续叫下一个病人。

不是医生不想好好给病人看病啊，如果一个病人看别说是半小时，就是 10 分、20 分钟也不行啊。换谁谁都不行！就是这么打冲锋似的节奏下，不吃不喝干到下班，病人也看不完。哪有可能跟咨询顾问似的和每一个病人聊天儿呢？

于胜吉教授跟我说过，他说他宁可在手术台上站一天，也不愿意在门诊坐半天。如潮的病人、各种各样完全不同的病症，再加上病人焦虑的问题天天围绕着大夫们，他们也有疲惫的时候，他们也有不堪重负的时候；而病人有时候更希望大夫跟他们说一说他们的病，告诉他们应该怎么治疗。这却不是随口就能说的，如果大夫能够有三头六臂，也一定无法满足所有病人的要求。

我们的钱花到哪里去了

看病难、看病贵，为什么在中国看病又难又贵呢？

仅以这家全国最大的肿瘤专科医院为例，有人说，肿瘤医院每天巨大的现金、转账吞吐量，就能证明这家医院收入颇丰。每天来交住院费的人更是知道，钱就像流水一样从自己的口袋里流出，连个声响都没有就消失在医院的交费处了。

比如说化疗，如果说按基本的 6 个疗程计算，一般约需要 20 万元以上（各病种不同，化疗药不同，价格也会略有不同。而国产药和进口药价格也有差异）。一个人就交这么多钱，全花在医院了，全放进了医院的窗口里了。

先不说医保的病人，要说就先说最难的自费病人，家越穷、越花钱多的阶层，他们的钱大多是全家倾家荡产凑出来的，全交给医院了！全打成那种很大反应的药了！如果病人好了还行，万一病情来势汹汹、医生无力回天，这些花出去的钱，就永远回不来了。

亲人消失了、全家人还要让沉重的债务压得爬不起来，他们会怎么想？

他们会说，全是医院的大夫害了我们，我们家的钱花光了、人也没救回来！

真的是这样吗？

钱让医院和大夫挣走了，病人却不能得到应有的治疗。这就是医闹事件能够产生出来的根本原因。也是当今一些媒体所说的，病人永远是弱势群体。从表面上看，是。

但是，钱，并没有进入到大夫的腰包。正相反，医护人员的收入较他们的付出，是明显偏低的。我在"医生，赔本的买卖谁愿意做？"中就说到了，他们的收入和他们的付出完全不成正比。而且这种恶性循环的行业负面影响，已经开始造成医护人员短缺、医科大学招生困难、医生行业后继无人的令人忧心的后果和局面。

目前年龄约在 40~50 岁的中年专家们，每天高强度的超负荷工作量，正在严重伤害着他们的身体。试想，如果这批宝贵的医学人才由于种种原因没有保护好，总有一天，我们将无法找到像他们这样经验丰富、学识渊博的专业医生，那么对我们国家的医学事业来说，会是多么堪忧的局面！

当那些失去亲人、或者钱花了、病没有治好的病人转而将仇恨转向辛苦的工作了一生的大夫们的时候，就形成了天下最大的悲剧——救人性命的医生成了悲剧的主角，他们真的是该杀的罪人吗？！

答案无疑是否定的。

在全国各地不断发生伤医、杀医、告医事件的时候，这个群体尽管委屈、无奈、困惑、不解，但他们还在忍辱负重地工作着，不管病人多么误解他们，他们只有默默无声地吞下这杯人生的苦酒。每天，他们还是同样地早出晚归，挣着为数并不多的钱，继续从事他们为自己选定的毕生事业。他们的心里真的只有事业、只有他们的病人。

仅以在北京工作的医生们为例，他们的住房要靠自己解决，在北京买商品房贵到什么程度，不用在这里说了，每一个人心里都是明了的。他们所挣的钱一大部分要流入还房贷，所剩下用于生活的费用，真不能说多么富裕。他们每天高强度的工作，休息和营养都成问题。怎么没有人看看我们中国的医务工作者，他们的生活真的无须我们关心吗？是谁想当然地把他们当成不能信任的对象？凭空认为他们挣走了我们的血汗钱？他们才是在用他们的血汗救助天下苍生的人！

人们都在问，我们的钱花到哪里去了？

是的，钱到了哪里？这确实是一个大家需要明白知道的问题。

我们先来说说医保的病人吧，这部分的病人有国家医保报销了大部分费用，和贫困地区来北京治病的病人相比，这些人无疑是幸运的。但是，如果说自费患者全套做下来的化疗所需费用约为 20 万元左右，那么医保的病人在做完治疗后约需个人出资 6 万元左右。

6 万元，好像是便宜了很多了。大家应该满意了吧？但是，6 万元对于一个工薪阶层的家庭来说，也不是一笔随便就可以拿出来的小数目。而这，还仅仅是化疗这一项的花费。要是加上十几万、几十万元的各种药费、手术费、放疗费、住院费，也远非每一个家庭可以轻松应对的容易事，举债、变卖家产也不是不可能发生。

如此算来，在中国，能够看得起重病的（尤其是能看得起癌症的），也不会是太多的人，大部分病人的家庭都会被一场重病拖进万劫不复的贫困境地。

看不起病、病不起的人，实在是太多了。

怎么会在中国看个病就这么贵呢？感受下来，真的很贵，难以承受。但是，这一切的原因是大夫造成的吗？是他们让我们花了这么多的钱吗？

还是要说到那个问题：钱，花到哪里去了。

我们每一次住院都要先交纳足够数量的住院押金，几万不等。而且，随着后续的治疗，可能这些钱是远远不够的。大夫会征求我们的意见，另外开出自费药物的交费单。

这种感觉让人总有疑惑，为什么有些药物是不能报销的呢？

不能报销为什么要给我们开呢？？比如说，保心、保肝的药物，就是病人自费的。但是，并不表明这些钱就成了医生的提成，药品的来源是有成本的，医院不可能躲开监管私自无限加价用于患者，特别是像中国医学科学院肿瘤医院这种国家级别的大医院，更不可能由医生参与为患者使用非处方的药物。

而有一些临床效果显著的药物（例如靶向药）并不在医保报销范围内，但却是患者需要的，这种情况下医生会征求患者的意见，如果同意才会使用。那些药物不在报销之列，并非医生的原因。而且有一些原本不在医保范围内的药物，后来被扩大进报销的情况，也有很多，那当然是患者的福音。就是说，有自费药，并不是医生因提成而产生的，是这部分药品虽然有效、但暂时未纳入医保。你要认为你需要用，可以自费使用，仅此而已。

再要说的，就是我们交进医院收费处的钱，都干了什么——钱花到哪里去了。

出过国的人都知道，我们国家的钱跟别的发达国家的钱一兑换，就出现了极大落差。比如我个人就深有体会。

有一年，我报了一个豪华旅游团到澳大利亚和新西兰去旅游了一圈儿，体会最深的，就是我们的人民币兑换成澳币为6点几，人家的钱，我们要用6~7倍于人的代价兑换。到了那边，这个豪华团的人们，连一瓶汽水都舍不得买，因为同样的3块钱（贵点儿的3.5）一瓶水，在人家就是3块的概念，而折合成人民币就成了十几块、二十几块。还是豪华团呢，都不穷，可是就这一瓶水，全团的人全不买了。后来导游因为大家要求买点儿纪念品，带我们去了一个购物中心，那里面什么东西全有，比如 T 恤衫，澳币也是 50 元一件，和中国的商店里标价是一样的，但一折合人民币，就不是了。那些 300~500 澳币的衣服，在当地属于物美价廉的，和我们中国商店里那些中低档的服装品质相似，你想买吧，一算账，到我们手里一件合了两三千人民币。就不说当地售价在两三千元（或更贵些）的正装了，到我们手里，不上万元根本不可能，所以还是不想买。后来转到了一个当地的药品柜台，导游就告诉我们，那里摆放的一些药物、保健品，都非常好，看了一下价格，比如标价 100 元的，我们其实要用 600 多买下，要是人家的两三千的药物，到我们手上就成了好几千、上万元，这还是没加关税的当地价格。

其实看一看我们北京的大商城里那些名牌衣服、名包，随便一个就是上万元、几万元，怎么来的？人民币同美元、国际货币比值兑换出来的，也没见到卖不出去；而且还是很有人认这个、消费这个。所以，就是这个道理。

大家为了救命，都会愿意选用进口药，这些药品通过海关进到国内，除了关税，还有中间环节（比如代理商）都会令费用成倍增加。除非我们不与国际最新研究成果接轨、不使用先进的药物，否则，这些药物进到国内，成本代价就是这么高。钱，大部分全让药费给吸走了。

是不是我们用了国产的药物就便宜多了呢？也不一定。

就说胸腺肽，提高人体免疫力，对放化疗期间的病人很有好处。这药的成本我就不说了，从药厂出来，计算进去的费用核算是怎么来的，不得而知，但到医院用到患者身上，是几百元一支。而钱的大头儿，也没留在医院。让药厂和中间商挣走了。

再说到医院的赢利，要说没有，也没人信。多的没有，但还是会有一些。这些钱都装到医生的腰包里吗？根本没有。要知道我们国家的公立医院虽然是事业单位，但并不是国家全额拨款，医院工作人员的大部分津贴和奖金收入，还是来自医院的运营收入，但这只占医院收入的一小部分，大部分钱需要投入医院的基本建设和仪器设备的更新换代之中，这样才会跟上世界医学发展的步伐。

看看东肿瘤医院的硬件吧，门诊楼和放疗楼都是80年代的"古老"建筑了，一座看上去还算新的外科大楼，还是十多年前建的，进行化疗的内科病房"畏缩"在外科大楼的背后，看上去更像是"工棚或防震棚"，与国家级的医院极不协调。即使在当今的乡镇卫生院，也很难见到这样的病房了。

谁能想到这里就是一直领军中国肿瘤内科的航母停泊地，也就是在个"犄角旮旯"里，竟然造就了中国医学界的泰斗、我国肿瘤内科的唯一院士——孙燕教授。

从我第一次踏进肿瘤医院大门、治病的十年前，就听说他们一心想盖一座现代化的内科和放疗科住院大楼，可至今还没见到踪影。除了审批的原因，钱也是原因。盖楼的钱虽然国家负责拨款，但需要排队等候，国家需要投入钱的地方多得很，要拨到一个医院头上，需要无数次地"过关斩将"，忙了多年最后也很可能落个"竹篮子打水一场空"。无奈的情况下就需要医院节衣缩食、贷款、找合作机构等自己筹备；而医院的运行和发展都需要一定的设备更新、设施维护，每年用于这些项目的费用，都是数额巨大、都是没钱不行的。

就比如说放疗科原来使用的加速器，和现在使用的一台新的先进加速器，就完全不是一个水平的概念，新机器可将人的神经血管精细入微地全屏放大，在电脑上可以设计出精确度最高的放疗方案。这设备，不需要钱吗？目前东肿瘤医院也仅有一台，宝贝得跟什么似的，别的医院都没有这么先进的仪器。多进几台全换成新的，不行吗？——能这样当然好，可是，钱从哪里来呢？

留心的患者可能会在医院的大厅空地上看到过那些打着医疗设备进口报关单、或编号，最先进的医疗设备包装箱，从国外进口的这些昂贵的设备，都是国际最先进的，进口的目的当然是应用于患者。说到底，医院挣到的钱，最终也是用于扩大、发展、更新和换代，医院并不是很富有，用钱的地方实在是太多了、谁当领导都会因为没钱而着急。

我们习惯了坐飞机交纳机场建设费，虽然说，医院没有让患者交纳建设费，但医院要更新和发展，就算有些赢利最终也还是用在了患者身上。

我们是协作伙伴，我们是亲人

这笔账算下来，是不是会让人可以有些心平气和了呢？
当然仅仅心平气和是远远无法解决患者看病难、看不起病这个重大难题的。我们中国就是这个现状，全世界最大的人口大国，人口问题，是所有产生医患关系矛盾的根本土壤和原因。国外无论是哪一个国家，都没有像中国这样多的人口，所以也没有病人多到看不上病的问题。

这么大的国家、贫困地区多于城镇，由此带来的诸多问题甚至都不是国家高层主管部门可以轻松解决的。

没有人愿意发生这么多不平衡的状况。很多有识之士也在致力于解决我们目前所共同面临着的困难局面，很多民间组织和个人，都在努力通过建立慈善团体、慈善基金等方式，力图救助到一些在贫困线上挣扎着的病人和家庭；新闻、电视媒体也在关注弱势群体确实所面临着的生存困难；社会上的好心人也在加入到救助伤病者的行列中来。

但是，面对中国如此众多的人口，每天增长的贫病特困家庭，社会力量无疑是不够的。我们可以注意到，我们国家正在努力地推动社保、医保政策向农村地区发展。

国家在努力中，问题的解决虽然不会一蹴而就，但我们可以期待和等待……

同在一片蓝天下，我们医患双方，是否可以多一份相互的理解？

其实，真正委屈的人真的还不全是患者。

这几天，由于要写到这一部分内容，我给于胜吉教授发了一个信息，我想让他把他自己在医院所做的大小手术具体收费给我一份。谁知，他竟然会不知道这些情况。这么多年他只管救治病人，而没有关心过他的一个手术究竟收费多少这件事。因为医生的收入并不和他做了多少手术紧密挂钩（如果真的是市场经济行为，多做一个手术对医生有好处，他们的收入状况就会因此有所改善，但正好相反，情况并不是这样的，收费是按照国家统一规定的标准），医生们的工资是一个相对固定的数字，即使有点儿提成和奖金，也不是数额巨大。医生从早到晚被无休止的临床工作纠缠得喘不过气来，还要挤出时间去申请课题、搞科研、写标书、带学生、写论文，连自己的身心健康和亲人都无暇顾及，哪还有时间去关心自己的那点入不敷出的收入。以至于外面的楼市何时暴涨、股市如何涨停他们一概不知，错过买房、换房者大有人在，听别人谈论股市就像雾里看花，他们几乎成了与世隔绝的"空人"，但仍然还要像背负沉重负担的蜗牛一样不停地在漫长又坎坷的从医道路上前进、前进、向前进。

中国的事情历史渊源很深，"大锅饭"是最简单的解释，这种状况在中国医学科学院肿瘤医院这种国家级的大医院，还在延续着；所以医生只管做他的手术、看他的病人，而不会关心收费定价的情况。这也从另一个侧面印证了目前患者经历的手术和治疗，其实和医生并没有什么实际意义上的经济联系，他们并不能够因为多收治几个病人而给自己大幅度创收。所以，他们也没有必要有意让患者多花钱。

因为我要了解收费定价情况，于胜吉教授于是过问了一下，然后我们通了电话。

我了解到的情况让我相当吃惊。

当然我想，于胜吉教授因为我的原因才关注到了他这么多年来从来没有刻意关心过的这件事，我不知道这对他来说是不是一个伤害，至少会让他有些受到震动。我想如果我是他，当我了解到我的最尖端、达到国际水平的手术技术，其实只体现了这么一点儿利润价值，我会感到心理失衡……

情况是这样的：根据医院的统一收费标准，一个软组织肉瘤切除术，无论肿瘤大小，手术难易度和手术时间长短，都是只能收749元手术费。即使做难度和危险度最大的脊椎骨肿瘤切除术，也只有2371元，并且也是所有骨科手术中收费最高的了。

而于教授和他的团队，要完成上述复杂的手术，少则需要3~5个小时，多则达到十几个小时。一台手术至少需要2~3位大夫、1个麻醉师、2个护士参与。还不包括台下的手术准备人员，以及病理和检验大夫等。即使把所有的手术费全部分配给参加手术人员，也远远比不上一个汽车修理工的工时费。

何况医院只是拿出其中的一小部分，提成给科室所有人员。国家始终在严格控制医院乱收费，东肿瘤医院更是严格执行国家的物价规定，而真正让人不解的是北京物价指定的收费标准从1999年直到物价飞涨的今天，就从来没有变过！

一个国际最尖端的脊椎骨置换手术，一台需要花费近十个人力（并耗时十几个小时）的手术，按照现行的收费标准，纯手术一项的费用，最高仅只是2371元人民币。而同样一台手术，在国外，23710美元（再加上一个零），也是没有医院会做的！这样的手术在国外是几十万美元的手术价格、专家级别的手术甚至更高。

我们中国最顶尖级的专家，做一台最尖端、国际最先进水平的手术，就是这么点儿钱！！

什么感觉？……

因为有了我的一问，于胜吉教授才注意到，他上周的一台手术更是不知如何评说：那是一个相对来说比较简单的手术，而病人再三要求一定要专家大夫于胜吉教授亲自上台，这个手术历时近 3 个小时，参加上台手术工作的有 3 个大夫、2 个麻醉师、2 个护士（还不包括幕后为手术进行准备工作和化验工作的工作人员），大家忙了半天。结果这个手术的纯手术费用竟然还不到 300 块钱，平均一小时不到 100 块钱，想想都是个笑话。

我曾就于胜吉教授亲历的手术中，最艰苦一个的手术是哪一个发问。结果他的回忆和讲述让我心情沉重，每一想起，都很忧心、很心疼。

他跟我说："那是我做过的脊椎骨肿瘤切除手术中最艰难的一个，因为病人很胖，所以手术刀口很深，暴露困难，骨头长瘤子又容易出血，还不好止，我从早上 9 点半一直做到第二天凌晨 3 点半，一共 18 个小时。从台上下来时，腿都迈不开步了，才感到手脚发麻，全身酥软。回到家已是早上 5 点，刚躺下还没睡着，就到起床上班的时间了，接着还要做当天的手术。手术室的护士见了我这么快就回来了，都很吃惊，说：'我的天呀，你是钢做的啊，不要命了！'那是早就安排好的手术，不能因为我一夜没睡，就给病人停手术啊，所以还得继续。"……

因为这个谈话，我好几天心情压抑。说实话，很难受，不知道能安慰？还是能同情？还是能理解？这些都有用吗？帮不上忙，从此心里只有担心……

要是不认识他们，就不知道他们的生活和工作是这样的，都说他们是专家，是中国最顶尖医院里最棒的专家，走进他们的世界，既没有鲜花、也没有掌声，甚至于还充满着误解、猜疑、诋毁和仇视，他们这是为了什么？我都不敢想象，要是哪一天有一个患者把他告上了法庭，当该如何？这样的设想虽然可怕，但不是没有可能、而是极大的可能。在医院，最容易出现风险的就是外科手术，手术台上瞬息万变，尽管严格防范，也不是万无一失。我曾问过于教授，有没有从来没有失败过的外科医生？他明确地告诉我：没有。

他也一再跟我讲到，他之所以如此拼命，就是每一分每一秒都在严防失败。我理解，他之所以能够成为骨外科高端技术的专家、教授，正是因为他这种专注到每一分每一秒的认真努力，永远在要求自己做到最好的医学态度，让他的手术的成功率得到了保证。

但是，当他成为我熟悉的朋友、良师益友，我就不能做到了，用一种仅只是欣赏的目光去看他，而是，更多的，担心。

有人说，在中国看病难、看病贵。其实，在中国，真的不难也不贵！欧美也好，中国的台港也罢，没有谁可以不经过预约就能够看到医生，急诊也不是想看就可以去看的，因为你要真的是急症才行！而在中国，你随时可以去医院看病，不是急症照样可以看急诊。

现在一级社区医院挂号费10元，二级中心医院挂号费12元，专家费14元或者17元，在三级医院的挂号费也不过是12元，专家费不过是20元。可是，如今，给宠物狗洗一次澡也要70元！如果给宠物狗组织一次会诊，收费可达1000~2000元！人命不如狗，何其可悲。

在国外，看一次病的费用高得惊人，很多人都因此选择了回国看病。在中国能够享受最好、最快捷的医疗，费用非常便宜。就拿磁共振来说，都是一样的机器，中国购买还要贵一些，因为运费和关税，但检查费却是天壤之别。在美国做一个磁共振费用是2000美元左右，在上海只有500元，在北京也不到1000元人民币，算起来不过一百多美元。在美国，还要另外支付医生的诊断费几百美元，而中国医生的诊断费是包含在检查费之中的。真的是白菜价。

中国大陆医生拿着欧美医生1/40、中国台湾医生1/14、中国香港医生1/22的收入，照顾着比他们多出4~8倍的患者人群。加班在医院是比不加班更正常的事，而且从未听说过哪个医院有过一毛钱加班费。而就这样，还有人把仇恨转向这些疲惫、忍辱负重的医生们，是世上真的没有天理吗？

对比之下，如果你是医生、你的亲人在当医生，你会怎么想？

　　还是要说，同在一片蓝天下，无论是医生还是患者，我们本来就是一起努力从病魔的掌控下杀出一条生路的协作伙伴，为什么不能相互理解、相互信任、相互关怀、相互爱护，成为像亲人一样的关系呢？

　　特别是患者，为什么就是不能看到，医生为了拯救我们的生命，他们在付出不懈的努力、他们那忙碌认真的身影，就不能感动我们哪怕一点一滴的良知之心吗？是我们真的麻木不仁？还是我们的心因为误解的充塞而失去了感知力？他们，这些医生，是我们的亲人，他们是从我们中间走出去的，是我们的兄弟、姐妹、丈夫、妻子、父亲和母亲，就是我们的家人啊。

　　穿上白色的衣服，他们就是人间天使、救助世间苍生。可是，他们真的过得很好吗？他们不累吗？他们生活得怎么样？我们是不是也静下心来，看一看，他们每天的一切，这样的时候，真的，你可以不心疼吗？……

　　我用我的心默默地说：同在一片蓝天下，我们是亲人。

如果救人成了一件可怕的事

　　在上述文字写完几天后，我从网上搜索到了电视剧《心术》，用了两天时间"补课"看完了这部于胜吉教授一再跟我提到过的片子。因为一个医学专家如此钟爱这个片子，肯定是有他的道理，而于教授一再说，这是一部现实版的发生在医院里的故事，是医患矛盾的具体体现。

于是我把这次看片当成了补课，结果真是看得触目惊心、心情压抑。电视剧真实再现了医闹事件的很多现实场景，更展现了医生们痛苦、委屈、复杂的行医心境，以及在良心、职责和现实残酷的压力下困惑无奈的选择。

看这部片子，就能看到目前在现实中产生的大量的医疗纠纷、打人伤人事件、医疗官司，使医生们不得不人人自保、人人自危，而且没有法律可以依靠的尴尬局面。而他们就是这样谨小慎微地行医，还是处处风险、处处暗礁。

在剧中，医生们尽管生活工作在新的社会环境下，遇到诸多法律尚未完善的现实问题，但他们依然本着医者的良心，顶着随时随地可能遇到的风险，始终如一地救助病人。非常真实地反映出了医生这一行业从业人的基本素质，他们是为生命服务的，这是这个群体的本质。

当他们遇到患者的生命处于死亡危境的时候，他们尽管知道拿不到签字的抢救是费力不讨好，甚至于会给医生个人带来人身安全的危机、法律上败诉的风险；一旦发生患者家属的质疑和索赔，甚至是职业医闹公司的纠缠，他们不仅是面临着财产损失赔偿的风险，甚至于还会丢失自己的名誉和行医资格。

救了人，却给自己带来如此可怕的恶果，真的非常不公道！然而，医生们还在坚持，他们尊重每一个生命，在生命面前，任何自己的个人得失，都最终让路给患者的生死存亡，他们是大义者、真正的人。

这个片子并没有刻意拔高医生的道德境界，而是真实地再现了他们作为人、作为选择医生行业这个群体本身所具有的人性特点。虽然他们也有自己的小私，但当他们面对患者生死存亡的一刻，他们就会出于本能而忘记自己的风险，再次把自己押给危险的命运。

　　这是不是一个很高的道德境界呢？其实，这更是我们这个社会应该具有的人的基本人性。但是，我们的社会真的要永远地牺牲人类善良的本能、而让路给冰冷的现实吗？我们的法律真的只能教条到保护所谓的"弱势群体"，而忘记法律更主要的职责是维护正义、公道，和社会本质上的道德人生观？

　　我们急需医疗立法，法律应该保护行医群体的人身安全，解除捆束医生手脚的那些不平等、更不合理的法律绳索。如果救人者得不到社会的承认和保护，那么，谁还会出手救人？！

　　当人们津津乐道讨论在路途遇到老人倒地是否相救的话题时，我们的社会空间，已经充满着人人自危的恐惧感，乐于助人的品德已经成为"错误"、必须纠正，否则就会凭空给自己招来灭顶之灾。作为当今社会群体中的每一个人，如果都面临着这样的风险，人类道德已经面临着现实的全面挑战。

　　试想，在老人倒地不能扶的今天，再谈什么雷锋精神是多么过时！如果雷锋还在，他是不是也有可能成为被告、被人推上法庭？我们的法律应该如何进化？不仅仅是保护所谓"弱势群体"这种一般性的概念水平，而是同时堵住一些道德品质存在缺陷的人轻而易举地就可以钻好人空子的法律漏洞，体现一个社会、一个国家、一个法律所必须具备的道德标准。

否则，做正确的事，还要防范法律的制裁；做一个好人，还要面临百口莫辩、倾家荡产的风险。那么试问，谁还会去行医？谁还会去救助他人？甚至，谁还会愿意去做一个好人？

当做一个好人都成为风险的时候，说到底，我们的社会、法律、道德观已经发生了全面的改变！

一个社会，当人们不能放松心情地去做一个好人的时候，当你做了好人而得到不公正待遇的时候，当正确成了说不清道不明的"错误"的时候，当我们付出了生命都得不到回报、甚至得不到承认的时候，我们的这个社会上一定有什么不合理的法则横空出世，一种有毒的空气污染了我们的精神世界。

如果还不去加以纠正、不去保护我们应该保护的正义感、道德规范、做人标准，而是留下很多漏洞，让那些不劳而获、自私自利、品质败坏、图谋不轨者有机可乘，甚至本末倒置，维护了非正义，我们的生活、我们的社会，我们的法律会走向何处？

一部电视剧发出的困惑声音，没有引起社会和法律的关注，更没有推动立法的改变。是我们的法律很不敏感？还是我们全社会的思维出现了障碍？

近年来发生的很多怪事，说到底是在挑战我们全社会的道德准则。一些被救的人反而将恩人告上法庭，甚至有的恩人被自己舍身救助的人告到轻生自杀，以此证明自己的清白。

这是多么可悲的情形？！

而这一切发生在我们的生活中，成为人人自危的氛围、充斥着我们的生活。当街杀人、临危呼救，也不再有人敢于"见义勇为"。救人，成了一件可怕的事。

人们都在说，你下次再碰到有人遇险、有人倒地这类事情的时候，你就别出手了。掏出手机报警，就可以了。千万可别当个好人，出手相救。好人，如今的概念就是打手机报警。做到这点，你就可以躲在法律和道德的背后，心安理得地推诿掉属于人类本能的责任和善良助人的品质，让我们可以心安理得地活在冷漠、自私的心理支撑之下，漠视他人的生命。

这样一来，看似我们保住了我们个人的安危，不遇到恶人敲诈的厄运和法律风险，保护了我们自己。但是！当有一天，我们自己同样面临生命危险的时候，我们全社会的善良人群体早已不在，人人缩着脖子躲在手机的后面，不会有人出来相救；而接到报警的医院，在没有拿到患者家属签字的情况下，依然不能将患者收治、抢救，否则谁救助他人谁会死得很难看、谁做好事谁就倒霉败家，甚至于不管你是职业、还是非职业，只要你救助他人，你都是被告，拿回医药费、抢救费就别想了，赔多还是赔少吧，看你的运气——这全是谁规定的呢？

我们的法律究竟怎么了？当法律不是保护正义的工具，而其本身成为一种风险的时候，法律，成为了什么？

128 深思之下，不寒而栗，这个社会局面，多么可怕！

说到底，甚至于这全不是一个医生群体所面临的尴尬局面，而是我们所有人共同所面临着的严肃问题，应该引起全社会的关注。

不要说，全社会的道德缺失、道德沦丧与己无关，这和我们每一个人的生命是息息相关的！

看一看《心术》这部电视剧吧，这部片子中对诸多社会现象的思索，虽然没有一个明确的答案，但片子所反映出的现实情况，足以发人深省。

我们的法律应该做到公正、完善，保护正义，否则，法律就不再成为道德准绳、社会行为标准，而成为被非正义者绑架的工具。

我们的社会应该是时候发出强烈的报警和强烈的呼喊了！正义回归、道德回归、善良回归，否则，我们会活在一个没有正确、也没有错误标准的世界，在这样的世界上活着，每一个生命都没有安全。

六、盼家园，生命极地的阳光

期待枯木逢春的一刻

我曾经跟不少病友和病友家属说过同样的一些观点，他们都很愿意相信我的话。

得了癌症真的不是绝对的一定会去死，有两点是必须的：一是，要相信现代医疗技术的发展，大多数病人是可以起死回生的，当然包括放、化疗；二是，改变自己的生存状态，找出自己患病的根本原因，然后，坚决加以改正。

我给我的那些病友打过一个比方，他们也觉得很形像，我觉得，癌症好比是生命里燃起来的一蓬毒火，造成这毒火的原因就是下面的干柴；而当我们经历了放疗和化疗，好比是用凉水将毒火暂时熄灭了。但是，如果我们不能够找出我们对自己身体所犯的错误，相当于火虽熄灭、但柴还在，当药物的作用消失，相当于风干物燥，一旦风起，干柴可能死灰复燃。癌症可能再次回来。

所以，找到我们对身体所做的那些错事、并加以改正，相当于从根本上清除掉那些干柴，没有了干柴，毒火就不会被再次点燃。

问题是，你要找对了根源所在，而且是一定要坚决改正。这，就不是每一个人可以很容易地做得到了。就算是我自己也很难做到，所以我也是在不断地出问题。

比如说，一个脾气很坏的人，让他不发脾气；也比如，让一个小心眼想不开的人变成心宽容人的人；还比如，让那些有不良生活习惯、不良嗜好的人改变那些错误的生活方式，这些，都是极难的事情。

癌症，是一个灾难，它不仅仅是可以带走人的生命，它还可以让你和你的家庭一贫如洗。而要治疗这种疾病，花钱如流水还仅仅是小事，患者在治疗的过程中所历经的痛苦、以及所承受的心理压力，都是巨大的。所以，当你健康的时候，你不会知道这一切发生在自己身上之后，是多么麻烦的事。

这就是我后来一向劝导那些恶性减肥人的原因：不要对自己的身体做错误的事。当然还有很多的错误，一些不正常的、违反自然规律的生活方式，一些心理性格的原因，都可能给我们带来不良的后果。我也是在成为癌症患者以后，才学会让自己变得开朗忍让。不是假的、是真的做到，想开所有事、原谅所有人，特别是自己的亲人。

我特别要说明的是，我也曾经极端地抵触过化疗，我做过三次的化疗，都是因为王大夫和董大夫的苦心相劝、怕他们失望才勉强去做的。而前两次，可以说我是相当不以为然，因为那不过是局部手术或者骨骼部位放疗后的补充形式，非但没有能立即看到它的疗效，相反的，带来了一系列的生理和心理不适。

可能像我这种情况的女性患者都多少有同样的感受，主要是让女性患者普遍不愿接受的脱发、衰老，对大家是一个心理上的打击。多数人不承受的，可能都不是化疗本身带来的身体不适，而心理上的痛苦，更多的是来自于对自己形象改变的不适应。

我就是因为这些原因而始终不愿意接受化疗。化疗在身体上留下的烙印是那么明显，当你在镜子中看到自己日渐衰落的形象时，你会怀疑这些治疗的价值。并不是不会有枯木逢春的一刻，但是过程相当长，承受起来，相当沉重。

我第一次在门诊所做的化疗给我留下的印象非常深刻，也许是十年前的药物不如后来董大夫给我用的药更先进？那时候的药物反应非常大，几小时后就会出现很强烈的身体不适，头晕得人站不住。

不适来得非常快，我打完化疗药立即开车就走，接近40分钟后，在我来不及到家的时候，那种反应就开始了，我每次都是到家就一头扑到床上，至少三四天时间都处在那种强烈的身体不适过程中。可是后来董大夫给我做的两次化疗，都是打完当天、甚至是第二天都没有什么反应，吃饭也很正常，第三天开始，会有一些不适，但只要吃一粒"芬必得"就可以减轻症状。

虽然这样，我还是一直从心里很不愿做这件事。一直把化疗当成洪水猛兽。

而关于化疗，我后来跟于胜吉教授探讨过，他的一些解释，让我了解到化疗的重要意义。他说，我一向特别反对的化疗，其最大的好处就是它可以封杀那些我们肉眼看不到的、躲藏在很多我们不能及时发现的角落里、已经在悄悄形成和发展的微小病灶，这些隐藏在暗处的敌人如果不及时消灭，它们迟早会跳出来危及我们的生命。

我理解了这个过程，那相当于化疗是一场"杀敌三千、自损八百"的战争，虽然有很多正常的好细胞也会在化疗药物作用下同时被杀死，但好细胞的再生能力强，也因为人体相当于一个好的社会环境，好人总比坏人多，坏人一旦被杀死，就会比较长时间不会产生；如果我们可以保持这样不产生坏人（坏细胞）的状况，我们的社会（身体），就相对来说进入到良性的生活状态，健康就会重新回来。

净化心灵，来获取平衡力

得了癌症这种病，原因可能是多种多样的。

当然有一些情况是我们作为个人之力所不能避免的，比如说环境污染、水源污染、空气污染、食品安全等。虽然我们很想避免有害物质对我们人类肌体的伤害，但很可能这是我们躲闪不开的。

除了这些环境问题的原因，我们自身也会有一些原因，甚至于还是主要原因，造成各种癌症入侵我们的生命。那就需要我们改变自己的一些不良生活习惯，保持开朗、坦然的心境。

有些患者真的是求生欲极强的，而他们整天都沉浸于自己患病的恐惧之中，反而将自己卷入到生死的旋涡。俗话说，病没病死，却让病给吓死了。这就真是太可惜了。有的人检查出患了癌症，还没怎么样，人的精神就垮了，一夜之间瘦得脱形。病还没有治，人早就缴械投降、败下阵来。本来也不用这么快去死的，快快乐乐地，且活呢！但就是胆小怕死。

死真的有多可怕呢？我经历过了，真的没什么，就和平时睡着了没什么两样。我很平常心，反而没有什么不开心，也曾真想去死，结果上天都不要我。

记得第一次我在董梅医生的内科化疗病房住院的时候，遇到过一个病友。她年龄也就50多岁，我们住同病房，她得的是肺癌。那时候她已经化疗了8个疗程，但是她自己说，效果不好，肿瘤没有明显缩小，于是她陷入一种极度的焦虑之中。

白天的时候还好，跟我说一说她的家人、她的生活；她用小电锅煮她自己家在院子里种的红薯给我吃，那红薯很甜，她见我说好，就给我留着，自己舍不得吃。那时候她的性情也很好。可是到了晚上就不行了，她基本上就不能入睡，而且心情也变得很坏。

晚上刚到8点多，她就烦躁不安地催我：你别弄电脑了，快睡吧。我说好的，马上收起电脑、下线关机，上床躺着。因为同病房的人要互相迁就些，我也很注意这一点。可我这人没心没肺，什么也不想，躺下没一会儿，就睡着了。

忽然听到她在对面的床上一拍床铺骂了一句脏话，然后说：凭什么让我得了这么个病！我急忙问她，你又怎么想不开了？又

134

不是你一个人，你看看在这儿住的，不全是得这病了吗？你干吗跟这事儿较劲？她就说：

"我想不开，我一辈子要强，拼死拼活地干，一家子全靠我，也挣到钱了，可我还没老呢，就得了这么个病、就快死了，我不甘心。"

我说："谁说的你快死了？自己总是瞎想，对身体多不好。你看我，都骨转移了，我也没跟你似的啊？别想那么多，该怎么吃饭睡觉，就吃饭睡觉，能有什么！"

她说："我睡不了觉，一闭上眼就觉得黑乎乎的，害怕。我不敢闭眼睛，怕以后睁眼的时候也没多长了。"

"你这真的是自己吓自己，大家全是同样的情况啊，干吗你觉得这么悲观？想想你的家、你的儿子，想想让自己高兴的事，多好啊。你儿子还是警察，多棒啊。为什么不想想让自己开心的事情呢？再说，谁会不死啊？就是活到 100 岁，也不会永生啊，为什么拿死这么当回事？人活一天就放松心情好好活，别想那么悲观的事情，你要不习惯黑着灯，咱们就开着灯吧，这样你就不害怕了。"

她说好。于是我们就开着。有我跟她说话，她就好多了，恢复了平静。可是只要我一睡着了，她就又不行了，还是拍床，说害怕。我就耐心地陪着她，差不多天就亮了。

天亮的时候，她就恢复正常了，直跟我说抱歉。然后她就到门口去看董大夫是不是来查房了，样子特别焦急。我看了看时间，说还早呢，她就回来了，一会儿又跑过去看。董大夫终于带着她的研究生、助手来到我们病房查房的时候，只见她焦急地跟董大夫说："大夫，您看我都打了 8 个疗程了，还没好啊，求求您了，再给我加两个疗程吧？"

我当时就晕了，还有这样的病人呢！我这儿打 6 个疗程都坚持不下去呢，怎么还有人打了 8 个还强烈要求加两个呢？！对比之下，实在惭愧。

可是，她这样焦虑、恐惧，打多少个疗程也没用啊？自己的状态不好，打了药又能收到什么效果呢？她和我同病房住了两天就出院了，我再也没有见过她。几个月后听别的病友说，她已经走了……

我不知道她是被自己吓死的呢？还是真的病情就是那么严重。不过，如果我是她（事实上，后来比她情况坏得多的时刻我都经过了），我也没有那么恐惧过。关于生死，我其实真是理解不了他们为什么会那么紧张的，有很多的女病友，会说着说着就哭起来，越劝越糟。碰到那样的病友，我也感觉十分的无奈。

得了癌症就怨天尤人的大有人在，特别是有些人得病后对家人十分的苛求、自己的性情也越来越坏，除了委屈、哭闹、埋怨，就是心态极度紧张，更加上猜疑和想不开。凡此种种，都是对身体雪上加霜。

我真的是幸运！先是遇到威子弟弟，他告诉我，人要正常地活着。他带我去看大自然，他带我去看美丽的色彩，他跟我只说正常人的话，他不把我当病人。他来和我吵架，他来跟我说，有好多的事情得你来做，我们大家都离不开你，你很有用。

就是这些，让我没有觉得被生活抛弃，而我有那么多的朋友！有朋友，多好啊，朋友们让你觉得很亲切、很正常，生活没有因为癌症而改变，有快乐在等待着你。就算明天面对着什么为难的事情，我有朋友啊！朋友说，你快处理好你自己的事，快回来，我们等着你。于是，我一直自信、一直快乐，有什么难处也会过去。

我想，这是有朋友的好。

当然，我更幸运的是，我遇到了董梅、王维虎这样的好大夫，因为信任自己的大夫，我甚至于都根本不关心那些治疗的具体内容。有时候病友问我在用什么药，那时候就看出了平时那么爱说的我，忽然就安静了，因为我根本就不知道我在打什么药、吃的药叫什么药名。

我的性格看上去很不安分，喜欢越野、喜欢摄影、喜欢做网站、喜欢写作、喜欢有好多的朋友，但其实只要让我待在一个房间里，我可以变得很宅，安静地待多久都可以。前提是让我做我喜欢的事，有一台电脑、有一些美丽的事情，我就不会寂寞。

心态好，是我能活到今天的原因。遇到不开心的事，我也会在心里折腾一些时间，但我会尽量让自己净化心灵，用净化来获取平衡力。我总能在我的生活里找到快乐和希望。比如欣赏，我总能欣赏到别人的美好，不管这个人是病友、医生还是我的家人、朋友，所以，大多数时间我都会是尽可能过得开心、不麻烦别人。

我喜欢报恩，只要是对我有恩的人和事，我就存在心里。所以，生活中我的朋友就会很长久地保持下去。

跟生机勃勃的生命力保持节律

　　董梅医生真和王维虎大夫是一家人啊！她在病区工作的时候，那种感觉很神圣，天使般美丽的天性、永远轻柔的语音、从来没有失去过耐心、对任何病人都是一样的好。成为他们的病人、住在他们的病房，会觉得他们就是春天的气息、生命的阳光。她和王维虎大夫特别像、很多地方都和王大夫一模一样。

　　我最喜欢他们查房的时候，从楼道里走来，一大群助手、研究生跟着他们，他们沉静、智慧、认真。病人都说，只要大夫查房的时候见过了他们，一天的日子就变得很踏实，心里就很安慰。

　　在医院里看见他们穿着白色的衣服，会觉得他们好美，生活里看见他们不穿白大褂，就总觉得不如在医院里看见他们的时候更好看。我老说，给他们拍一些工作照，可是，我知道他们没有时间，他们在医院的时候，很少有时间做别的事，病人太多、事情太多，他们的上班时间都是紧张的，下班也没有准点。

　　在医院住院的时候，王大夫有时会来看我，那感觉真的是好高兴，一看见他、或者是接到他的电话，我就很开心，我心里一直很想报答他、对他也有点儿用。我就和王大夫说，我得帮你干点儿什么！要不，我心里太不踏实了！

　　正好，他下班后有时候要去建国门的一个电化教学馆学习，他作为大夫对自己学习一向很抓紧，他说只有这样才能最快地掌握世界医学动态，才不会落伍。我就说，我给你当司机好不好？

我送你去。

因为我经常晚上出去开会，所以我把汽车停在医院，这样，我就找到了一个小活儿，可以报答王大夫。路上，我们还可以聊天儿，这让我很开心。于是，又可以是王大夫的好朋友了，我们不是医生和病人，我们只是朋友。

路上听王大夫讲他的求学之路。他总说自己是农民的儿子，小时候很苦，上学更是需要努力。他和董大夫都是西安医科大毕业的，老家在陕西，能够来到北京、进到中国医学科学院肿瘤医院，从基层工作做起，直到成为正教授，完全都是不懈努力的结果。他们的生活其实很简单，因为没有时间享受多彩的生活而变得很简单。

我有时候会觉得，世界上会有活得这么单纯的人，真的是很不解的事。他们的生活里没有更多的内容，相对来说很封闭。如果你在生活里接触他们，会觉得完全不像是在医院里的样子，可能还会感觉这不是你见过的那个大夫。他们在他们的职业里的那种神秘和神奇消失以后，你会看到一个疲惫的苦行者，每天的所有时间都不是自己的，每一分钟都是不能休闲浪费的。

跟他们在一起，会让我感觉到自己很困惑，想到我不很努力、而且很享受，就会觉得心发慌。我会感觉我在这里生病、让这么好的大夫花费心血地救我，我可以用大把的时间过我的人生、而他们却不能。我始终都会有一种压迫感，觉得他们救助的这么多人都可能过得比他们还好；而他们自己，却每天都在为别人忙碌、为事业辛苦奋斗，我的心就很沉重。

在肿瘤医院住院的日子，其实还是挺好的，可以看到董大夫和王大夫，近距离地了解到他们。从神奇的白衣天使、到最普通的人，他们的距离缩到很短，或者说，基本上就没有多少区别，因为他们在大部分的时间里都是医生。在他们的劳碌中，他们不知疲倦，职业让他们扮演着救助者的角色，都以为他们是强者、他们自己也这么定义着自己的生活。

　　他们每天紧张地工作着，而我却安静地在这里养病，我有时候会感觉很惭愧。

　　在我住的病房窗口真的有一枝红叶，是爬山虎在秋天变成红色的叶子，很好看。我每天在看那枝红叶，想象着用我的镜头把它拍下来。

　　植物也有自己的身姿，在阳光里，叶脉和触丝都显出生命的质感，静下心来，就能看到它们的美丽。我就静静地看，心里也会有了一种宁静的感觉。我不怕死，真的很好。

　　记得小时候我也怕死，只要让我知道了小区里谁家死了人，我就吓得一两个月不敢出门；最怕的时候，要躲到爸爸妈妈中间，才可以睡觉。

　　后来怎么就不怕了呢？是因为家里的亲人走了，自己的好朋友走了，我才知道，爱，才是第一的。你那么在意的人走了，你时刻思念着他们，好盼望再一次见到他们，如果真的有魂灵，让他再一次地站在你的面前，你除了惊喜交集、还能有什么呢？

　　在爱里，人就没有了恐惧，心里都是爱的时候，你就不知道什么是怕了。而一旦不怕了，可能人也就成熟了，有了一颗坚强的心，生死也就成了平常事。

从生命的世界获取能量，是我的另一个让心灵得到力量和支撑的方法。

安静地去体会细微的美好，无论是植物、还是人，生命的力量都是生机勃勃的。你如果让自己可以跟生机勃勃的生命力保持同样的节律，你就会很快乐、平常心，不把自己当成病人。所以，我也不喜欢接触那些特别关心我病的人，最怕那些特别关心我的人，不停地说有关病情、治病这类的话题。我觉得我的心和智力都是正常的，不需要同情。

可能是我的运气就是这么好，我摄影圈儿里的朋友，好像没有什么人特别拿我的病当成一回事。当年，除了威子弟弟，别的人也一样，没有人和我说生病的事，GLIFF 也是，我一直非常珍惜我有他们。是因为这些朋友本身就是一个阳光明媚的世界，他们把自己的快乐跟我共享；没有人因为听说我得了癌症而远离我，或者，因同情而改变他们对我的态度。他们给我的，是正常的世界、正常的友情。他们和我一起去拍摄风光旖旎的大自然、拍摄美丽可爱的女孩子，这一切色彩鲜艳的生活，是我心里最踏实的支撑点，有这些，我就很平静、很正常。

心里有一种回家的感觉

当然，我可以是这样地活在自己的世界，但我却无法让我的家人也能这样。

比如我的丈夫。他在得知自己的妻子得了癌症以后，他的生活就全乱了。原来，他一直以为，我可以跟他白头到老、会有人不离不弃，一起走到底，可是，忽然一夜之间，什么全变了。他当时只有不到 50 岁，妻子可能就要走了，后面的人生该怎么办呢？

病在我身上，却伤害的是家人。这一点恐怕很多患者都是不知道的、也想不到。就算我自己这么不在意，但对我的家庭，这份影响，却是空前的，冲击着我们的生活。

十年，说到我，人们会觉得一个得病的人很坚强，可是，作为病人的家人呢？每时每刻可能都是无望的、困惑的，生活一片混乱。

经常听到有人说，这是结婚了的人彼此之间必须承担的责任，没有什么麻烦不麻烦的，很多人都是这么想的。如果自己的另一半在自己得病的时候不能够好好地尽责尽力地照顾，那个病了的人就会觉得对方对不起自己，然后委屈得不行、痛恨得不行。我有没有过呢？我肯定也有过。

我用了十年终于想明白了，生命都是短暂的，如果我让自己成为一条绳索、一直捆束着我的家人，那我生存的每一天就成了别人的麻烦，我甚至于就成了别人的灾难。我会愿意我一直当别人的麻烦吗？！我肯定地，不愿意！

就算是我的家人愿意、我也不愿意。

以一个正常人的心态，谁会愿意成为一条绳索，捆住自己爱过的人呢?

婚姻这件事,世上没有人是不在意的,为了寻找到一个爱人,付出过很多。世间如此、人人如此。爱、然后结合,一起共有一个家、一起养大共同的孩子。

谁也没有防备,有一天忽然这个家中有一个人提前收到了死亡的邀请信,会怎么样呢?如果是悲观地想:我开始在这里等我的死;那他呢?他在那里对自己未来的生活只有困惑、还能有什么?

男人和女人是不一样的,男人可能更依赖一种安全感,他渴望有一个家,家里的灯光是明亮的,他可以去外面奋斗,无论走出多远,当他累了的时候,他就想回家了。家,是温暖的,有一个人守在那里,男人进门的时候,会有人迎出来,有一个微笑、有一碗热饭,男人的心就踏实了。可是,忽然间,什么全要没有了!有没有人想过,病了的人不快乐,难道说继续活着的人,就好吗?

我丈夫长得很帅气,也很强壮有力。当过侦察兵,还是特种兵,我认识他的时候,我 27 岁、他 32 岁,他可以一口气连续把体重 127 斤的我高举 10 下,气都不喘。在北大上学的时候,他拿过全国高校运动会跳远、投掷、短跑前三名以内的成绩。最喜欢看他从地面平地起跳、一下就轻巧无声地跳上一米高的台子,像猫一样轻巧。

有一次,墙上有一根离地面约一米高的钢管,我和几个朋友说,我先生可以跳过去,他们不信,还说,他只要能跳过去,跳一下给他 100 块钱。于是他就平地起跳，连续跳了 10 多下，说给钱的人赶快溜走了，我心里很甜，觉得自己眼光不错，特美。

丈夫和我很有夫妻相，我一直叫他哥，我们长得真的很像一母所生的兄妹。结果当年有一个加拿大籍华人，一直对我很有好感，他多次接近我，却发现我总和我"哥"在一起。他跟我说，中国的哥哥就这么讨厌吗？为什么总是看着你？我笑晕了，说，我妈让他看着我的。他说，为什么你们不姓一个姓？我说，这种情况中国很多啊，兄妹不姓一个姓。

如果真的一直只是当哥就好了，不嫁给他。

如果一直躲在梦幻里，爱情就会很美丽。可是，人还是想要的太多；想要的太多，就会丢失掉很多东西。因为现实总是残酷的，走得太近了，就会发现彼此之间还会有很多的不同。

我们也会经常地发生问题。恋爱的时候，他显得温文尔雅、话很少，都是我在那里滔滔不绝、自以为是地展示自己的所谓才华。

谁知道，结婚了，整个倒过来！他从早上就开始历数我的 100 大罪状，把我批得体无完肤。最奇怪的是，竟然记性好得可恨，我做错了的什么事情，他永远都记着，每天都能翻出来教导我。

愁死我了！我本来就是一个一件事没做好、就不喜欢提的人，偏偏遇到了一个丈夫，天天提起我的错事，年年讲、月月讲、天天讲，只给少数人讲还不行，还要让广大人民群众都知道！我就别想从他那儿捞到点儿自信，别说自信了，就是想高兴点儿，也不可能！这下，我可惨了。

谁出的坏主意？好好的两个人，让他们去结婚？！

最倒霉的是，我原来对中共党史特别感兴趣，对中国领导人的生活、思想历程特别求真，总是具有自己独特的看法；我不喜欢一些概念性的表述当年党内人际关系的文章、影视剧，把他们都写成神，好像那是一个群像的整体；我喜欢感觉真实的人和人的本性、知道真实的历史。

这个爱好，因为结婚彻底地被封杀！——我丈夫比我更热衷于研究党史，不仅仅是党史了，连同国民党党史他一起研究！

从我认识他，他就蹲在地摊儿上翻腾野史，花好多钱买回来一堆破烂书，印刷巨粗糙、显然全是地下印刷出来的。他还从香港、国外弄回来一些繁体字版本，通读。

然后，我们家就别想一家人吃顿自己的饭了，餐桌上一同就座的不是共产党领导人、就是国民党的，全是他们的事情，你想不听？门儿都没有！他能如数家珍，倒背如流，全是那些领导人的生活和历史。说真的，我都不能分辨真实性到底是多少，只知道不听也得听、还不能反驳。痛苦啊！

后来大儿子就来家里了，这下，可把我给救了，我可以稍微地解脱了，有大儿子坐在那儿，我就可以随时随地溜走。乐死我了！

结婚 30 年，我每天都要聆听丈夫的教诲，脸上一定不能有不想听的表情，更不能有太多的异议。就算这样，演讲也会越来越激烈、气氛也会越来越紧张，因为丈夫看出来了我阳奉阴违、态度暧昧，结果是他很愤慨。我总是小声地说："你也不用这么激愤啊？那不过是他们的事情啊。"

这下，可完了！他勃然大怒、拍案而起、怒发冲冠，说："谁激愤了？跟你讲半天、你不尊重我？！"于是，说别人的故事到此结束、改说我的，我的前800年、后800辈子犯的错误，全来了。

后悔药有木有啊？！早知道要说我了，还不如一直说别人的事呢！管他哪个党的党史呢。

我的"痛苦"生活，一般在回家的时候跟妈妈和姐姐们讲，到我讲的时候，就成了好玩儿的笑话，听的人全都巨高兴，我也高兴，打着滚儿的笑，总得发泄一下啊！他要在，也坐在一边儿笑，全家人都当那是一件好玩儿的事情，谁知道当时我身在其中的时候处境是多么悲惨！

丈夫对我的管理措施是，不能让我自信心膨胀。他以为，他觉得挺好的东西，别人一定会也觉得还不错。于是，为了防范我跟假想的什么男人跑掉，他就得一辈子压着我，不让我得意。好吧，我认了，女强人就不当了，给他当老婆。谁让结婚、有了孩子呢！

丈夫心地其实很好，从我认识他的那天，他就给我父母钱、尽做儿女的义务；后来我父亲走了，他就一直补贴我妈妈。从一开始每月给700元（30年前的700元，是不小的数），到后来跟着物价涨，直到每月 2000 元；不管家里什么情况下，这个钱都没有停止过。母亲过生日，他都是包下很高级的饭店包间，请母亲和亲戚们吃饭，然后给母亲 6600 元，说是六六顺。没有几个儿子可以做到这样，何况是女婿。一直到我母亲去世，就连坟墓都是丈夫出钱给做的，医院的住院费，全是他结清。人在人走，他对母亲都是一样的，真正做到了善始善终，这种品质，当今几人能有？

我母亲在世的时候就玩笑地说："还是儿子好、媳妇不好！"（母亲说我是媳妇、他是儿子）。母亲的墓碑上刻的就是：子晋象征，率女文军、文颖、文昕敬立。

世上没有十全十美的人，何况一起生活了几十年，又是在中国。中国这地方，人和人要是结了婚，就变成一条绳子捆在一起的"冤家"，你是我的、我是你的，这观念，要人命。所以很多的时候，人们是相互仇视的，一不留神，每一个人都会成为怨妇、怨夫。

真的别以为怨的只有女人，其实，男人也抱怨，而且，是更深的抱怨。我感觉，我算是好的，因为我不想当个怨妇，所以我一般不怎么抱怨别人，抱怨也就一小会儿，想生气也生不长，因为我很快地就忘记了，我不爱记仇。

而且，就算丈夫对我一向多有抱怨、天天不满意，我也能够自得其乐、把他的痛恶当成是一件好玩儿的事儿，过几天再嘻嘻哈哈地讲给他听。我不喜欢打架过后没完没了，小心眼儿、记小仇，有了不开心的事，我总能用一种乐观的态度幽默地化解，谁让我属猪呢！快乐的猪、傻傻的猪、有吃的就高兴的猪，挺好。

丈夫是个认真的人，娶了我，算他走了眼！他原来看我挺好的，一本正经、言谈举止落落大方，是作家、是记者、能诗能文能摄影，很有才气的样子；而且会疼人、会做饭，想象中，是上得厅堂、下得厨房的好女人。

谁知娶到家里才发现，这人没心没肺、随心所欲，你有千条妙计她有一定之规，完全不可教！

丈夫天生好为人师、喜欢教导人，可是我却最怕有人碎叨地说我，对丈夫的谆谆教导、循循善诱、苦口婆心、金玉良言全是这耳朵进、那耳朵出，完全不往脑子里进。而且"上级"一旦开讲，就希望下级毕恭毕敬、洗耳恭听，最好有本子拿出来记记；可是，我装模作样时间不长，就得露馅儿，虽然表面配合、点头表示同意，但其实随时准备着找个借口溜走。严重影响了丈夫的演讲热情。这种老婆，没法儿让人不恼火！

其实，他要是有这种教育别人的爱好，最好的是娶一个文化水平不在一个层面的，这样演讲起来容易收到好的视听效果。可是，他却是"明知山有虎偏向虎山行"，非要找到我这种自以为是、自命不凡、自尊自负、自作主张的刺猬，一辈子他都想顺溜儿的剃掉我那一身的刺儿。

可是，没有了刺儿，我就不是刺猬了。所以，不能让他给剃了！平时我就尽量忍着、顺着我的刺儿，实在不行就竖起来、扎他一下就跑。他气得要命、在心里打定主意恨上我的时候，我没事儿人一样买了一堆蔬菜水果，大包小包地回来了，笑呵呵地说：

"老哥，咱们今天吃什么？要不，我给你包饺子吧！"

他那张脸本来黑虎着，此时也不好继续僵硬得像是铁板一样、再表现不快，否则太没风度啦！他含混不清地哼一声："不吃，我睡觉去了，一会儿出去。"

我也不理他，就去做饭。他躲在他的房间里，估摸着饭差不多了，就出来了。我又跟个好女人似地喊他吃饭、给他拿碗筷，他就顺坡儿下驴，教育我的事情暂时告一段落。

但他这个人比较要命的是也不反思，明明知道我不爱听别人的教育、却偏要不停地教育我，结果是我们就总是会发生完全一样的不愉快、永远的也不能有进步。

虽然我们有这么多的不同，但还是会向往着回到家。特别是住院的日子里，家就成了一个目标，想回到那里。丈夫也会一直不停地往我的医院跑，好远、好累，可还是要来。我有时候真的不愿意他总这么远的路还要来看我，可是，看着他来了、看着他的笑容，心里就有一种回家的感觉。

其实，亲人之间就是这样的，互相为家，另一个人在哪里，家就在那个地方。他是不知道的，其实我也每天都在盼望他的出现，只是越是如此，我便越不愿意他从北京的城西开车一个多小时到城东的医院来看我，我好心疼他，想着不能给他做饭吃了，他一个人吃什么呢？还要开车回去，我就会感觉心里沉重的负担，所以我宁愿他不来看我。

于是我一直装出很平淡的样子跟他说："不要来了，这么远，多累啊！打打电话就行了。我又没什么事，不想你这么跑，会担心的。"但是他还是会来，不打招呼就来了。有一次晚上他来了，可是我竟然没在医院的病房里，而是跑出去参加网站的会，他恨透了我。

我做出这类不可理喻的事，总是内心忐忑，更加懊悔那一次的和他见面竟然让我错过了。我从来也不会告诉他我真实的感觉，就算告诉他，他也不会信，更不会因为听了我的道歉就原谅我。他会把这种他对我的怨气记住，并当成是我这个人最可恨的地方。

亲人之间，其实就是这样，很难原谅某人做了某事，因为不愿意相信、所以也不会轻易地相信，本来是很简单的事情，就因此而变得百口难辩、十分复杂。我这种人很没有耐心，最怕解释，解释的过程，连自己也感觉更像是说谎的过程。更让人泄气的是，就算是我道歉得多么诚恳，他也绝对不会因此原谅我。

我总是很怕自己对他的盼望，因为盼望会是一件很麻烦的事，想家也是，不敢随便想家，因为想家就会给别人添麻烦、给自己找麻烦。

有一次我自己因为想家，就跑了回去，结果，他并没有高兴，而是显得很冷淡，并且一直给我的感觉是我突然的回家扰乱了他的生活或者什么安排。以后，就不敢轻易地往回跑了。这么想的时候，就觉得很孤单。

其实他可能和我是一样的，不愿意我乱跑、不好好休息。只是，他就是这种表达方式，一点儿也不煽情，反倒很生硬。

外一篇　养一个孩子 [1]

我天生就不是一个当妈的料儿，对"养一个孩子"这种技术性极强的工作也可能天生就能力低下，所以我这个妈当得就总是非常不顺利、不称职。如今我的儿子已经8岁半了，而我还是不能对做母亲这件事驾轻就熟，经常还是显得手足无措、气急败坏。

我的丈夫对儿子总是非常宠爱，而且像防贼一样防着我"对儿子不好"，因为我和儿子一不留神就会为一点儿小事打起来。

最可笑的是儿子上寄宿制小学一年级的时候，每次送儿子上学，丈夫总是亲自送他进校门，并和儿子搂搂抱抱、缠缠绵绵、没完没了，全学校都找不出第二对这样麻烦、丢人的父亲和儿子。看着他们爷儿俩又搂又抱拉不断扯不断，儿子在父亲没完没了的关爱之下，竟然哭成个"花猫脸"，全然没有半点儿"男子汉"的风度，我又恼又怒又无可奈何。

于是我就一脸不开心地站在他们身后，直到被丈夫气急败坏地赶走为止。我们这一对送孩子的父母在别人眼里的样子一定非常可笑，我的样子大概就更可笑，让丈夫比得我如同一个"后妈"一样。对这一点，我实在是哭笑不得、无能为力。

---

1 本文写作于14年前，那时候儿子还只有8岁大，现在的他已经长成了22岁的大人，每天上班回来，他会给我买回各种各样的饭，我们有说有笑地一起吃，那时候，我就可以开心地拿他开玩笑，那是我最喜欢的事情。有儿子，真的很好。

经常听丈夫恶声恶气地历数我如何不像别的好女人一样,是个天生的好妈妈,因而断定他们父子俩命运不好,碰上了我这种女人。说得久了,我也觉得惭愧,怀疑自己不该待在这么重要的位置而误了他们爷俩的大好前程。

其实,养这个孩子我付出的代价并不比别人少,十月怀胎的辛苦说起来倒不算什么;生娃娃是每个女人都会的,没什么特别、也不算什么!但是儿子生下的三天之后,我就洗尿布、煮牛奶、带孩子夜以继日,连别的女人坐月子必吃的母鸡汤也没有吃到过,更别提什么好吃的东西了。

这个孩子几乎是我一手带起来的,这总是事实吧?

当然这些事儿丈夫后来全不认账,他甚至说我没有像别的女人一样生完孩子就变成个肥婆儿,完全是他的功劳,还说外国女人生娃娃就没有坐月子那回事儿,所以个个身材苗条匀称正常——你现在不感激我吗?!我急忙点头说:"感激、感激不尽!"但孩子总是我带的、这不能说我不尽职吧?而且我儿子刚生下来就天生会惹我生气——刚刚给他喂完的奶,他装成很爱吃,但一转眼就全数吐出来,让我心里又赌气、又窝火,没有一天好日子,我不是也没敢揍他吗?

当妈这事儿说来容易、做来难,首先你还得学会面对各类"告状"的人群。小孩子、甚至是他的家长告状说:你的儿子对我们孩子如何、如何……这样的事还好办些,板起脸、讲一堆大道理,让儿子道个歉也就完了。

最怕的是老师告状！从幼儿园开始，直到上了小学，这类事总让人凭空找来无数烦恼。你不能怪老师认真吧？谁让你孩子他是个活物儿呢！他好动、好奇、坐不住，他作业会写不写，在座位上搞小动作外加说话，影响课堂纪律、影响别人……这种事也不能全怪我一听就火冒三丈吧？谁有本事常因为儿子的"错误"不断挨说、挨留而无动于衷？

丈夫比我冷静、比我伟大，我不得不承认，他总能不愠不火、平息事态。可他才接几次孩子、听几次告状？他能让他孩子从此不惹是生非吗？他不仅不能，还很得意他儿子的聪明才智，说他不是木头脑子，富于想象、富于创造力，并且从小就能看出他的思维定式与众不同……总之他从"告状"里居然能体味出无数乐趣，这的确是我万万想不到也做不到的。

他说，老师告状你不可不听也不可全听，老师要维持她的纪律，这是正常的；可你的孩子如果真成了手背后坐好的呆子，那他这辈子就算门门儿考第一，他也没用了，他成了被驯服的工具。只会听话的孩子长大后一定一无用处，而只有保有独立个性和创造性思维的人，才能够有所作为。

他的话大多可以说进小淘气的心里，儿子为此当然热衷与他父亲为伍，进而与我为"敌"。他们睡在一张床上，早上的时候可以蒙在被子里悄声讲我的坏话、一同讥笑我，"不好，她来了！"他们一同在被子下面发出叽叽咕咕的笑声。

这事他们一直乐此不疲。

开我的玩笑我可以装听不见，但丈夫从不许我染指对他儿子的教育并不断降低我的威信，这总是不太合适吧？——"儿子，千万可别听女人的，跟你妈学不出好儿来，女人全都没脑子，男人要是听女人的话，将来一辈子没出息！"

在他的教育之下，儿子果然不把我放在眼里。他们一同去爬山或者是去游戏厅，他们都不希望我和他们一起去。

儿子说："别带她，她就知道钱，老嫌咱们瞎花钱，带着她，玩儿不好！""爸，你这人嘴有点儿快，我和你说的话你总是告诉她，这回你嘴严点儿。"

当爹的连忙点头称是，挤眉弄眼地说："儿子，我早看她不对眼，不如我再给你找一个又年轻又漂亮的新妈妈，好不好？"

"那不行，你休想！"

每当丈夫向儿子诉苦说我的不是，儿子总是老成地指教他："凑合点儿吧，她这人，我有时候都挺讨厌她的，可她是我妈呀，她给咱们洗衣做饭，这点儿还挺好的。"

"听你的，那就还要她吧。"

他们是同一战壕的战友，又是苦大仇深、同病相怜的父子，好像我这个女人真是多么差劲一样。反正我也不是什么好妈妈，也用不着我以身作则当好榜样，我从此"破罐破摔"，跟儿子没大没小、没正经。只要丈夫看不见，我就和儿子追跑打闹、嘻嘻哈哈，把儿子气得到爹那里告状；我于是赶快藏起来，省得大难临头。或者儿子反而被丈夫骂一顿："一点儿没出息，跟女人混一起瞎胡闹！"我就躲藏着冲儿子幸灾乐祸挤眼睛。

在这样的家中长大，儿子倒是学会了宽容和忍让。唉，妈就是这么个妈，没办法。好在儿子是个好儿子，他的确是个小男子汉，他的双手常常张开来护持着我，他也常常告诉我，一切有他。

一起回家时，他总是负责给全家拿来拖鞋，关好大门。我们每回购物回家，儿子总是大包小包地帮我弄进门，累得直喘气。最让我感动的是送他上学，他临下我的汽车总是双手环抱着我："妈妈，我爱你！"然后匆匆地离去。

记得还是在他上幼儿园时，他睡在他的小床上，听见他的爸爸大声地在同我说话，他迷迷糊糊地光着脚跑过来，惊慌地冲着他爸爸说："你在干吗？是不是在和我妈妈吵架？不许你和她吵架！"……

我开车从寄宿学校接儿子回家，他会问我："他最近对你怎么样？"如果我告状说他爸爸欺负了我，儿子是一定会同他爸爸"谈谈"的，上学离家的时候还会叮嘱："你对她好点儿。"

丈夫常说："你这个女人一身的缺点，但你给我生了一个好儿子。"

儿子其实很爱我，他总把好吃的东西让给我，像个大人一样让着我，又宽厚、又善良。在我把一切事情都弄得乱七八糟的时候，他把他温暖的小手伸给我，他给我依靠、给我力量。有他的时候，我什么也不害怕，有他那双小小的手臂护着我，他那双大而明亮的眼睛在笑笑地看着我，我就会忘记所有的不快乐。

养一个孩子，是一件多么美好的事情！虽然我永远也当不好

155

一个称职的妈妈，可这并不妨碍我有一个好儿子，而我的儿子真心地爱我！他一点儿一点儿地教会我去静静地感觉着他的存在。

有时候，我在远离他的时候会忽然害怕起来，我怕我会失去我的儿子，我不能想象他会遇到麻烦而我不在他的身边，或者我在他的身边却不能帮助他……我是那么害怕。我从来不敢看日本侵略中国、杀害中国儿童这类的影视节目，那会让我从心里感到恐惧。我爱我的儿子，所以我也爱别人的孩子，是儿子教会我爱许多的人，让我痛恨战争。

儿子是个心地善良的孩子，他的老师们都说他心好。他给年纪大的老师拿东西、开门，跟老师说："老师您不用看着我写作业了，您这么大岁数在楼上歇会儿吧，我写完了给您送上去。"儿子仿佛天生就会关爱别人。

我走在路上时总要紧紧地握住儿子的手，我怕我松开手时儿子会丢失。上一个冬假结束时儿子去了学校，我想他要想疯了，在电话里我哭着跟儿子说："儿子，妈妈想你！你想家吗？过得好不好？"儿子像大人一样对我说："学校很好，我一点儿事也没有，你别着急，星期五很快就到，我就回家来了。"其实在初到学校的第一周里他是非常想家的。

儿子的确很"男人"。

也许正是因为我这个妈妈很差劲儿，我才有一个这么好的儿子。我们有一个有聚有散却回味无穷的家，我们在这个家里吵架、生气，也有很多快乐和幸福使我们向往它。我其实很高兴我不用装腔作势地去当一个没缺点的"大人"，我和儿子更像朋友和伙伴。我们在一起是因为爱和责任，所以我们可以互相帮助、互相关心。在儿子面前我可以犯很多错误，但因为他对我的爱，这一切都将不成为问题。

儿子是一个真正的男子汉，虽然我是一个最笨的妈妈。

真喜欢这样的生活！我知道，儿子长大以后也会在心里记住一家人在一起的感觉，而且他会一直地怀念这些亲切的日子。所有这一切回忆都会保存在他成年后的梦境之中……

下 篇

（口述于 2016 年 8 月至 10 月）

苏醒（文昕 2013 年 3 月 20 日摄于颐和园）

一、过去、今天和将来面对的误区

为什么说是误区呢？那是因为我们走了很多的错路，而这些错路使我们在很多的事情的判断上发生了偏差、走错了路口。

我觉得每一次上天让我去尝试和试验一些我觉得比较重大的，对于有知识、有脑子的人来说，可能会上当的一些这样、那样的治疗方式，民间传说，或名目繁多的中成药；去尝试这样的东西，我觉得也没准是给我的一个使命，它让我经历，和在这个过程当中痛苦和思考，历经生死而重新回来，让我的大脑去想这件事情，究竟因为什么、或者怎么才会出现这样的事情。

或许，这是老天给我的使命。

每一次复发之后，总是会让我悟到很多的东西，就包括误区、包括生与死，包括促使你去想哪种生活方式、养生方式更适合你，可以帮助你重回健康。你已经患癌了，那么适合你的生存方式，这是每一个患者都在寻找的。也是每一个收到过癌症判决书的人、被癌症吓过一次的人，都要做的事情。

我和大家一样也去找过、去思考过，就算你不想，也会有无数的信息，从你的亲人、朋友那里传递到眼前、耳边，有些人可能很有头脑，像高知的人群；现在网络发达，就有些网络信息源源不断地流向你，朋友圈也会有各种真真假假的新药、治疗方法，都可以传递到你面前，让你经常能够获得各种的奇怪的消息。

前几天，我的一个姐姐，儿童营养专家，得了癌症。她就常和我聊一些这方面的话题，也是每天都在想什么东西能吃、能帮助我们，或者癌症患者应该吃什么？包括我们为什么得癌等等的探讨。

她会经常给我发这样的信息，大部分是我早就听说过的旧话题，有些我否定过的、有些我也不信。因为，我得癌症十多年，这种传播的东西，大都是好多年前看到过、或者是我的朋友给过我的。这种信息太多了，大多不是新闻，而是旧闻。但是现在依然被当作新闻传播着。

恐惧：总想着我是癌症患者

为什么我要说说我们过去、今天和将来面对的误区？就是说，目前我们自己还没有走到、但在下一次在下一个路口，我们就可能会遇到的一个新的误区，会让我们在这个没见过的路口出错。

走错了路口最大的麻烦是什么呢？

比如说我们很惧怕癌症，患了癌症之后我们就会想尽办法、非常想让它从我们的身边走开。癌症这个东西它确实是人的生命中的一件坏事，它一旦来了，由于你曾经犯过的错误、你曾经长时间积累的错误，它因此有机会攻击你的生命，使我们受到严重的威胁。因此它给人的感觉是很恐惧的一件事。

而这恐惧的事，实际上每一个人都有可能遇到。在这个社会群体当中，忽然从健康的人群中分离出来，成为一名癌症患者，这当然是每一个人都不愿意的；但是当癌症选择了你，你却别无选择，这种时候你要调整自己的心态。你惧怕也好、伤心惊慌也罢，最终，你得面对这件事。

你不要觉得，这件事情很焦虑；你的焦虑可能会造成你更多的错误。比如对于家人来说，压力并不比作为患者的你小多少，相反他们可能更惊慌失措。我们可能顾不上考虑家人的感受，而尽情地释放给家人许多悲怆、恐惧，和不能承受的压力；我们只顾自己的时候，会让他们在这个灾难中跟着我们的节奏一起走。

很多的患者的家庭会出现这一个人挣扎中走完了自己一生的生命，而另一个人再一次陷入这种生命的挣扎之中。癌症传递给了这个家庭中另一个人！

这是我们愿意看到的吗？

说到底，癌症这件事，应该是自己的事儿，结果我们把全家人全部拉了进来，甚至很"作"，这就是我们的错误了。我见过有些患者，很爱对家人发脾气，或者说哭就哭，毫无节制。这样的情绪首先就不利于治疗和康复，而一个人的不幸很可能变成这个家庭未来的不幸，你真的愿意吗？

情绪失控，当为我们的第一个误区，其实这是人对于生死存亡的一种恐惧。但是要知道恐惧是不能解决问题的，这是生命中的负能量，一种正好和希望相反、非常消极的东西，完全把自己的生活带入歧路。而且你不冷静下来想一想，你怕有什么用？

说实话，得了癌症，还给了你时间恐惧、反思，怎么去改变自己的做法和生活态度、如何去寻找治疗的途径，很多的东西在这时候已经换不回来了。但你可以积极地去治疗。而且，现代医学已经很发达，一些癌症是可以治愈的，很多人带瘤生存多年，依然健在。这说明，只要我们有良好的心态，活着，很可能并不是什么大问题。

我曾经一起同屋的病友中，有的人就是非常"作"，把自己生病的事，怪到家人的头上。怎么说呢？她可能原来正是因为自己的个性太强，在家中也使小性子，平时就养成了随意释放自己个性的习惯，从来不考虑其他人的感受，一有不顺心，就会随性释放自己；何况是对生死的恐惧，更变成了她对家人苛刻的要求。自己的病，很可能就是她个性的结果。

这种爱"作"的，不仅仅是女人。

有一次我在海淀医院做胸片遇到过一位老人，这位老人是一个很壮硕的男人，他坐在轮椅里，双臂和下肢全部都不能动弹，语言功能也完全没有了。他不能说话，但这不影响他表达他愤怒的情绪。我不知道他得的是什么病，但是我觉得不管得的是什么病，反正他当时的状况已经非常不好了；但是，他是一个愤怒得就是像火山一样的老人，那种满脸的凶气、那种怒气，真是比一个健康人都有过之而无不及。

他轮椅的后面站着他的五六个子女，个个面无表情。不知什么原因，他一直很愤怒。他表达愤怒的、唯一可以做的，就是不停地往自己的胸前啐痰，一口接一口地啐，他脸上全是横肉，特别凶恶的样子。

我不是一个心地不善良的人，我应该是同情他的吧。他已经病成这个样子了，但他那样子就很难让我感觉同情。他的孩子们互相看看天、看看地，你看看我、我看看你，连话都不说，没有人有任何动作，就呆滞着。我能够感觉到，在这个家庭当中，他的虎威犹在，尽管他已经陷入这样的一种困顿里，但是他依然不拿自己善良的一面去对待家中的亲人，而随意释放自己的情绪。

后来大夫叫他进去拍 X 光片，家人推他进去了，出来的时候他那一脸的怒气依然没有缓解；他如果要是还能说话，肯定是把周围的人全部都骂一顿。

我看着他愣了很久，我就想，我绝不要做这样的人！这个社会不欠我的，就算我曾经为这个社会劳作过，或者说我对我的家庭有过非常突出的杰出贡献，而家中就算所有的人能有今天都全部仰仗于我的功劳、我也不会像这个样子。

这个人在他的人性里面本身就有一种缺陷，而有这样的缺陷的人并不少。得了病，脾气大变，整天眉头紧锁，不开心，一天两天可以，家人让着你，可是，时间长了，谁能忍受你带来的这种压抑的生活？生病并不是最坏的结局，最坏的，是你根本就没有平和冷静的内心。

最大的问题是，你要调整好心态，这是从所有不幸之中打开幸运之门的钥匙。它，就握在你自己的手中。你的命运、你家庭的命运，由你掌控。

我希望自己经历所得的一些经验、还有我曾经历过的一些人和事，能够说明坏的心态是最要不得的，太焦虑最起码是于事无补。

我们需要有一个认识癌症的过程。就像我们人生当中碰到了一个坏人，这个人像你的死对头一样，你碰到了他，而且你没有办法躲开他，他每天都在伤害你。但是，你除了跟他斗争之外，你没别的办法，因为他是一个坏人，天生就是你生命中的一个坏人；他到你的生活当中来了，破坏了你的生活，你想要让这种破坏停止，这并不容易。

因为他在你的生活里，他就待在这儿，只有你平和心态、改变自己，不让这个坏人有机会在你犯错误的时候乘虚而入。

说良心话，得了癌症，最好的方式是和癌症讲和。你要心态放平，不要把事情扩大化，觉得生命里来了好大的一个洪水和猛兽，你应该淡定一点。你乱了阵脚，高兴的只有敌人。

这个心态，我觉得我们可以做到，别一天到晚地神不守舍、觉得自己是癌症患者了就必然会死。其实，癌症是一种慢性病，只要相信医学积极治疗，改变过去的一些不良的生活习惯，纠正对身体犯下的一些错误，不给癌症留下更多可乘之机，健康可能重新回来。至少，你可以不让它拖着你走。

不要总想着我是癌症患者，这样想，心态上就已经输了。乐观、通达，就算是没有一个健康的身体，至少应该拥有一个健康的精神。

聊病：坏心情、坏环境、坏话题

患者的家人和朋友，不要对患者总是关心过重、嘘寒问暖，以为那是真正关心他们。这个做法是在不断提醒患者，使他自艾自怜、心情总是不能正常。

我就是这样，远离一些特别爱和我说病、说养生、对我关心过重的朋友，他给我的不是一个真正对我好的氛围。

我的家人和我的朋友，从来不把我当癌症患者，我更是不把自己当癌症患者，我的丈夫也是。我们一天到晚说说笑笑，全是健康的话题。我给他的，都是开朗、阳光，他给我的也是正常的生活气氛。

那一天，我丈夫特别逗，事后觉着很好笑：他临出门的时候跟我说，文昕你看我这衣服出了好多汗，全都湿了，你帮我投两把吧，你可别给我放洗衣机，这得用手洗。他吩咐完就走了，我一边手洗那衣服一边觉得好笑，你真是不把我当病人啊？

其实挺好，我们家平时根本不谈论癌症；我选择的朋友，也从来没有人跟我谈论癌症。我最怕人问我的一句话就是，你最近身体怎么样？愁死我了！

为了不去回答这个问题，我就在我的微信朋友圈里，隔一段时间就发一次美女照，或者隔一段时间发一组小花、风景一类的摄影作品。摄影作品是最有说服力的，一直在做摄影当然身体还不错！

我一直让大家觉得我生活得很好，而我就是生活得很好！这就省了亲朋好友的关心。包括我这次脑转移，再次住到医院，做新一轮的放化疗，想着我的生命应该是最后的时刻了吧？才对少数不给我带来负面影响的好友说真实的情况。

你要喜欢天天叨叨自己那点儿病，相当于你喜欢待在空气污染的地方、待在肮脏的环境里，对你根本没有好处。

我和人们一样，都知道脑瘤这件事，若在过去，只有等死一条路可走。上网查，脑瘤，0 生存率。但现代的医学进步，是会重新给我们更多一些时间的，至少可以谈 2 年生存率。我除了相信王维虎、董梅这些好医生，还有活生生的事实。

我认识一个女编辑，她才三十八九岁吧，很年轻，就得了乳腺癌，并发生了双肺、肝脏以及骨转移。查出来的时候，已经这样了。我曾觉得她好可怜，不知道自己是否可以帮到她，她的病已经很重了，当时已经跟我现在的情况一样，也已经转移到脑子。我把她介绍给王大夫，王大夫也曾经给她提出了一些建议，并安排她去三环医院；她很感激他们，但她后来选择了另外一家大医院去做了治疗，治疗的效果相当不错。她现在骑着自行车、坐公交上班，继续自己的编辑工作。2 年生存率，根本没有影响到她。

她认识我，是从我在网上连载我这本书的前半部分开始的，她看了，挺喜欢，本来想做我这本书的责任编辑，可是她当时病太重了。现在两年多过去，她恢复得很不错。

原来，是她从我的书稿里汲取了力量、战胜恐惧；现在，是她的治疗结果，反过来让我看到了希望。

　　所以从她的那个例子上边，我们也能看出来，不管是在哪个医院进行的科学治疗，都会同样帮到我们。还是要相信现代医学的进步，和自己的努力。

　　我非常为她高兴，她年轻，在治病的问题上比我努力，能够为自己找回很多生命的时间，这才是积极的人生态度。我还敬佩她，淡定的心态、阳光的心情，这可能比什么都重要。她有一个原本已经谈婚论嫁的男朋友，因为她得了重病，而这个婚姻对她来说，是不能如约完成了；他虽然并没有离开她，但显然，她自己后退了、不想拖累自己的男友。男友的母亲曾经是那么期盼他们快一点完婚，生一个孩子，而她，完成不了了……

　　换作别人，这会是多么大的伤痛？她选择放弃和退出那个位置，和我一样，她愿意自己爱的人过得更好。她淡定地活着，而她的那个男友，还和她在一起，并资助她治疗……

　　就活着这件事情本身，她男友说过一句话，我丈夫跟我也说过同样这句话：

　　"你活一天我就还有一天的生活。"

　　很多人是这样相依为命的，很多真心相爱的人或者亲人们，他们给你的回馈都是这样的。比如说，我对自己的生命真的不太在意，地球好拥挤，上面全都是人，那么多的人！上帝都会为此有点发愁了，这么多的人口待在地球上不想走，怎么去平衡呢？

于是，洪水来了、台风来了、地震来了、全球变暖来了……

我真是这样想的。如果上帝想给地球减负，我愿意举手报名，我不愿意一年一年地为活着而麻烦我的朋友和我的亲人。死亡听起来好像是不怎么样，人们都觉得到那个未知的世界是很恐怖的事情，但也说不定是个什么好去处！为什么都不去呢，我去。

我这一生很快乐，我想完成的事情、我喜欢的事情我都做了，这就非常好了。丈夫老晋说："为了我，你还是多活几天吧，陪陪我，只要你活着，我就有家，就正常地工作，心里踏实。"

为了爱我们的人，我们尽量快乐，而快乐平和、和家人在一起，胜过一切。保持我们的好心情吧，远离忧虑。

所以说，坏心情、坏环境、坏话题是我们的又一个误区。

外一篇　很多人生病是因为没有爱

最近，网络上有一篇文章中说到，一位美国的医生大卫·霍金斯博士，他医治了很多来自世界各地的病人。他说只要看到病人就知道这个人为什么会生病，因为从病人身上找不到任何一个"爱"字。

霍金斯博士说："很多人生病是因为没有爱，只有痛苦和沮丧，喜欢抱怨、指责、仇恨别人，其实，在不断指责别人的过程当中就消减自己很大的能量，所以这些人容易得很多不同的疾病。"

这个说法是很有道理的，应该引起人们的重视。总是有些人不明白为什么自己会被疾病"选中"，除去生活中一些客观上的原因，自己身上的正能量缺失，更是一个主要的原因！那就是大卫·霍金斯博士所说的"爱"，一个人不爱生活、不爱美好的事物、不爱自己的亲人和朋友，这种"不爱"其实就是一种负能量。一个人患病，是和这个人的不健康心理状态有直接的关系的，先有了爱的缺失，才会有了不好的个性，心窄、自私、计较，于是才有了非正常的生活态度，才有了不好的生活习惯，才有了焦虑的情绪、暴躁的性格，才有了一系列损害自己和他人的生活表现，这一切，必然会将一个原本健康的人带入非健康状态，于是，各种疾病就来了。

　　比如癌症，也比如心脑血管疾病等等，看似只是一些重病难以抗拒，其实，正是因为现今的很多人其实已经不会了爱。爱的缺失，才是现代人们面临的重大问题。

　　我们常听说有人患了绝症，已经被告知不可治，于是，这个人放下了生活中所有的压力和焦虑，到大自然里去，忘情于山水，过平静和自然的生活，与世无争、不再为名利所累；而且，他不仅发现了亲情的美好，还努力弥补了由于过去忙于竞争、忙于金钱、地位等事物而亏欠了亲人的爱，重新找回了生活中的快乐。结果，经过一段时间，绝症不治而愈。这样的例子其实就是最好的证明！

　　过去，我们忙于各种事物的时候，我们的心里的爱消失了。我们顾不上爱我们身边的人，忘记了自己的心里安静与美好的向往，我们每一天都不快乐，与人争、与朋友亲人争，计较所有小事，一颗心整个被怀疑、愤恨、不满、焦虑占据；我们没有了正常的睡眠，也没有了平和的心境，觉得周围谁都不好，生活也是，没有一点儿希望和快乐，只好用不良的生活方式填补精神的空白。

于是，有人靠酒精麻痹自己、有人甚至依赖各种药物……不再有爱，给人带来的先是我们常说的"亚健康状态"，后面自然会渐渐走向疾病的包围圈。

这里所说的爱，是指健康明亮的情绪、是一种积极向上的动力、是正能量。

所有灰色的心情、不良的忧郁状态，都是负能量，是我们应该远离和避免的。当我们发现自己忽然变得自私、计较、怀疑、焦虑的时候，就应该立即提醒自己，我出问题了！现在的我是病态的，要快些纠正！

于是我们就尽快地打开心灵的门窗，让阳光照射进来，换入新鲜的空气，感受到那样一种快乐，它，就是爱。

让爱重回我们的心底，爱，让我们健康，也让我们远离疾病、拥有美好的生命。

偏方：他们不信西医，只信中医

有一件事，我特别希望大家知道。

据说，有一种东西非常好，是美国人生产的（好怪，美国人弄个什么东西，都能影响到中国人），那个东西名字叫维生素B17。我有一个写作年代在一起很多年的好朋友，他长篇大论跟我讲这个事情，讲了很多很多次、很多很多天，像我这种冥顽不化的人，基本上不入脑子了。

我的朋友说，这个药太神奇了，治好了很多很多的人，很多人很入迷，觉得这个东西真不错。还说，这个东西万一有效呢？这也不费什么太大的事。比如说花个千把块钱先试试行不行？这也不算太贵，也负担得起。既然那么多人都有效，到我这儿怎么可能没效呢？对吧，我们可以试试。

于是，我花了些时间去调研这个在美国才能买到的维生素B17。我查了它的销售渠道。大概是从美国代购的形式，在中国有某个机构，有某些个人，他们有这个所谓美国生产的维生素B17。接着，我研究了一下这个维生素B17。

维生素B17到底是什么东西呢？我现在跟大家说，其实大家都知道，就是苦杏仁。苦杏仁里边有一种可以致人死命的东西，比如说小孩或者是大人，一次性口服生苦性仁50—100粒可能就把命赔送进去了。这种物质就是他们所说的维生素B17。

这个神乎其神的维生素B17，说了半天就是吃几颗苦杏仁。当然，人们没有办法把握吃苦杏仁的量，因此他们就把苦杏仁提纯，生产成一种药，告诉你一个服用量。但没有人讲到这个服用量的安全程度、科学程度。我在网上调查B17，大部分人都说这个东西是有效的，因为网络嘛，卖方的人或者就是枪手，他们会一直推销这个东西，网络上有很多关于维生素B17的、非常详尽的正面宣传，诱导你去买这个东西。

但是有一些文章非常有良心，会直接帮助你，告诉你这个维生素 B17 是什么东西，它只是苦杏仁中的毒素；至于疗效，没有经过反复的医学临床证实、更没有任何理论根据。而且，确定成分是提纯了的苦杏仁，是具有一定风险的。——你还要拿你自己去试验一下吗？

很简单，世界上根本就没有这种物质，这种物质是一个概念，是一个想要把这个药推销出去而发明的概念。有了概念，接下来故事就好讲了。

并不是我一个人遇到了这个东西，在很多年之后经过反复的传播、绕来绕去它又绕到我这儿，每次都当新闻出现。我也曾经受过这个维生素 B17 诱惑。还好我没有试。

中国的民间传说太多了，民间各种传说，能治愈各种疑难杂症、有起死回生之术等等，无数的东西听上去都非常诱人，使大家产生一种期待。本来有希望是好的，大家能有希望，我自己也曾有希望，有什么不好？！但是，我们的脑子要科学起来，不要听别人一阵风就下我们的急雨。

一旦相信当道的传说，一直期待一种急功近利的方法，各种骗局就有了走近我们的机会，上当的机会会增加很多。像我这样很用心、很用脑，而且也不是没知识、没文化，更不是听风就是雨的人，居然也尝试过许多奇怪的方法。

灵芝孢子粉是我尝试过的其中之一。我很认真地吃了一大礼盒以后，并没有任何感觉，当然也没有什么恶果，只是毫无作用。别人总是在问我，你吃灵芝孢子粉吗？听说那个很管用。我说，你要有钱就收着吧，我吃过，我不信那个东西。

几乎过不了多久，就会有人问我：你吃中药了吗？这是最难一句话回答的问题。我不吃中药，我为什么不吃中药呢？不是说我不信中医，恰恰相反，有很多中成药，比如说清火、治疗时疫杂症、包括治癌症的中成药，我还是常用的。当然我也没有把这个当成任务长期吃，有用时就吃。

我比较怕的是汤药了。我为什么从来不选择喝汤药？不是从来不吃，也不是说从来不信，我还是试过一次的。

那时，威子弟弟和他的爱人曾经带我一起去葫芦岛，看过一次中医。威子弟弟开着车，在当地找到了一个老中医，是他们特别信任的。他们俩都是有文化、有思想的人，也都是我的好朋友，弟妹说，那个老中医，她们电视台的人全来找他看病，可灵了。他们一直在跟我说中医还是有效的，咱们去试试吧。然后我们就去了葫芦岛。

在葫芦岛我们找到了老中医，我和弟妹都号了脉，开了药方，回到北京抓了药。那时候药店已经有代煎服务了，也还相对方便，不用在家里煮了。代煎好的中药，装在一个一个的塑料袋里的，大部分都放在冰箱里，是一个月的药量，早晨一包晚上一包，可以放在火上稍微加热一下。我吃了一个月之后就不行了。

为什么不行？首先，它和那个《水是最好的药》或者后面我要说到的"榨汁"，是基本上类似的一种事，我觉得是殊途同归吧。它们之间最大的特点就是，在你早晨或者在你最没有胃口、最需要胃口，去摄入营养的时候，喝进一碗清苦的中药，第一件事它就打垮你的饮食欲望。

　　中医其实有一个大家都不知道、或者可能都知道、却忽视了的理论，是什么呢？——"人无胃气则不生"；是什么道理呢？就是说如果一个人没有了胃气，也就是没有食欲了，那他就无法生存了。一早一晚，你必需要喝一碗真说不清好处多于坏处、还是坏处多于好处的苦药，长期下去，根本就不是一件好事！一个月坚持不下来，胃口全坏了，没有一点食欲。是不是留着胃气去养一养自体更好呢？

　　还有人不信西医，认为放化疗是在杀人。这理论曾经在网络上广为流传，很多人将信将疑、从而转而求助中医。当然我并不反对运用中医进行"调理"，但就肿瘤而言，更多的科学实例证明，选择放化疗对于更多的病人来说，依然是最为行之有效的主流治疗方法。我自己十多年的经历也证明了这一点。

　　我的一个朋友向我讲述过他老家山东一个邻居的故事，曾经有这样的一家人，母亲得了癌症，他们不信西医，只信中医。于是，他们为母亲寻医问药抓来无数据说可以治愈母亲重病的仙方，早晚各一碗，连劝带逼地给母亲吃下。他们并非为了省钱，那些中药并不便宜，但他们就是死不信西医！到母亲去世的时候，他们家的院子里，中药的药碴堆成一座山。

175

想一想那座山，孝子女们的心自然显现无疑，可他们想过那位患病的母亲没有？吃掉那么多苦药汤，一直到死，她不痛苦吗？！是药三分毒，而且中医药理讲究的就是以毒攻毒，这位母亲到离世的时候，很难说是毒重而不治？还是真的因为癌症？

人们走进误区，有时候是自己的选择。

我习惯于一个衡量治疗方法的判定标准，就是"人无胃气则不生"。我介绍给大家，希望可以帮到你。

无论什么治疗方法，只要这个治疗打垮的是你的食欲，请你千万慎重！无论人们跟你说这个治疗多么多么好，你也要坚决地拒绝！因为使你能够生存的第一要素，就是胃气。你不能吃了、不想吃了，你就活不长了。

人、无、胃、气、则、不、生！

"大师"：如蘑菇一样生长的神奇

我们会不停地在各种信息中寻找，选择一些补充的治疗方式，在这样的选择当中，就有很多的机会走进误区。

中国人比较容易相信一些传说中的东西，比如什么祖传老中医，或是什么散仙、游医、大师之类；而中国这块土壤里从来就如长蘑菇一样生长着像胡万林等等各种神奇的"大师"。名目繁多种类不同，但是总有一款骗到你。

这些大师为什么就能骗到你呢？因为你急于去摆脱已经走在

你生命当中的病痛，你走投无路了；他们看准了你，把你的痛苦当成了挣钱的机会。

文化不深的人被骗，还好理解；很多人文化很深的人，也会误入其中，就让人很是遗憾了。还有那些你听说过、没听说过的各种补品、补药，一些打着高科技新药名目的东西，不停地冒出来。

想想还真是挺生气的。

比如去医院，你坐在医院的大厅里候诊，就会有一些人给你发一些报纸、宣传材料。我一看见那个报纸、都用不看内容就知道那是什么东西，我根本就不信！可是，会有人信！病急乱投医的、想走捷径的人，想省钱的，那些东西就有可能骗到你。上面会有一些癌症被某种新药攻破的"重大消息"，一些穿着白大褂的"专家团队"，和一些国际人士参加的宣传场面、活动等等，总之神乎其神。

为什么他们这么猖獗地发这些东西呢？警方应该加强一下医院的安保。医院这地方，从来都是骗子、号贩子、小偷最喜欢待的地方，演个重病要钱的，顺理成章。近年来，也还是治理和整顿过，号贩子没有了，发小报的还在，还是有人会看、看了就难免上当。

尤其是那些农村来的病人家庭，在癌症的重压之下已经不堪重负了，他们也可说是被逼无奈；对全自费的农家来说药费实在是太贵了，真的是负担不起。他们为了看病，有些人家里的房子已经卖了，举家还在村子里借遍了债，这些债很多很多年以后，很可能是还不清的。

这时候如果有一个什么偏方、一个什么玩意儿冒出来，号称可以让患者的癌症治愈，这个时候、这些人就可能选择相信恰好发到手上的那张小报。你在困境里正好撞上了那些骗子，他的宣传实在研究透了病患家庭的心理，对很多家庭来说，是极大的诱惑。

幻想中的人们很可能把传说当成救命的稻草。

不少人联系了报纸上"医疗机构"，真的去了，最后的结果肯定会是一大堆、不少于几千块钱的药卖给了你。你回家去吃吧，放心，一定什么作用都不会有。

在"病鸭子"集中的地方，"黄鼠狼"总是会走来走去。

比如说，我曾经听说过的一些人们比较愿意选用的东西，我现在说几种。

有一本书，可能很多的患者都看过，或者是暂时没有看过，但是这东西早晚会通过网络传播到你，也可能亲人朋友口口相传，速度可能比较慢，传导到你这儿的时候，你会觉得是新闻，如获至宝。——其实这个东西早已经在无数过程当中被认定了的旧闻。

比如说《水是最好的药》这本书。我现在说的是我也曾经用我的大脑思维过、并且相信了的一种说法。这是一本由美国人编写的书，而据说《水是最好的药》的作者并不是为了赚钱推销什么药给你，而是发自真心地想要帮助世界上失去健康的人们。

书中说，人们可以不用做任何的治疗，只去喝水，就可以长久将身体里的毒素排除干净，从而获得健康。听上去好像好容易、很便宜的一件事对不对，我们中的很多人、包括我自己，就想，这个廉价的方式不难，可以不妨试试。

于是我看了这本书以后，自己就开始试了。我按书上的量开始喝水。后来发现，这根本就是一件完全不靠谱的事！关键先说，他的这个喝水是有一个量的，他要让你每天达到一定的饮水量、要通过这个饮水量去透出你体内的毒素；喝少了是没用的，这是它的原理。而比如说你按照要求早晨喝三大杯水，那可是三大杯啊！不是三小杯。在刚刚睡醒的时候你就被三大杯清水灌饱了，这个时候你的胃就会变得很呆滞，你的胃液已经被冲淡了。你还吃什么早餐呢？

别忘了他是有量的。到了 10 点钟，又是三大杯；而且中午晚上都是一样的，量要逐渐追加。在这个过程中，他告诉你要达到一个恒定的量、必须达到，而当你真的这么去做的时候，你发现这事情真的是不可能完成的。

因为什么呢？你的胃容量是有限的，你需要还有摄入营养的机会，而水把你吃食物、营养的空间全部给你封杀掉了。所以，这个所谓的《水是最好的药》真正是一个伪命题。

这种的方法我觉得不会有人继续得下去，但是不会没有人上当，还会有人走进来。因为想卖书嘛，对吧，我们需要创造一个听上去还不错的理论，于是这本书就卖的很好很好，不断再版。

"癌症治愈村"：喝溪水、吃青菜的

我们想通过一个最简单的方式，纠正我们多年对身体积存的错误，这件事情本身想想也没有什么不好。

比如说大家得了癌症之后才想，我应该养生了！因为我过去太不养生了，我是不是有好多的东西不懂？这时候人们开始去查网络、去书店找养生的书；而书店里的书，万一你买错了，带你进错了路口，结果也是未知的。也有亲人朋友的口口相传、各种渠道的信息传递等等，都会产生很多这样的机会；于是你得知道，很多东西是需要甄别的。

有一段时间，电视台推出了一个节目，这个节目里的主人公是一个癌症患者。一位大概 50 岁上下的男性，患了癌症、被医院判了死刑，他非常热爱大自然，于是他选择了放下压力、背着摄影机走进大山。我很赞赏这举动，因为我也爱摄影。当然人家是男的，而且有力气，他在大山里边拍摄一种稀有动物，角蛙。

角蛙就是一种体形很小的蛙类，大约有一粒大葡萄一样大小。它的头上边有两只红红的角。这个小动物在他拍摄到之前，大家是没有见过的。而在他的镜头里，这些小生物在森林和溪水边生活的景象很是好看。

由于它们的生存环境也受到严重的破坏，这个摄影的爱好者就一直在关注和呼吁这件事。每次他都拍摄了很多精彩珍贵的画面，为了拍摄，他长时间吃住在深山里，这样亲近大自然和专注于一件事情的过程，竟然治好了他的癌症。

我觉得这个故事是有积极意义的，这很好，但不好学，我们得学适合自己的养生方法。这么美好的事情不是一般人可以借鉴到的，虽然的确是我们认可的一种崇尚自然的心态。

这个故事之前，有一段时间大家都在讨论、关注一个广西巴马养生村，还有很多长寿村。传说中，不少癌症患者在那里重获健康，这就是所谓的"癌症治愈村"。网上更是喧嚣，一时间，人们纷纷效仿，打起行李、举家搬迁，奔赴巴马。

什么原因呢？河流上游，在云南的一个山里，山清水秀，溪水流经的深山里，遍地都是麦饭石，经过麦饭石浸泡的溪水，是含有机硒的重要成分。大家都知道含有硒的这种矿泉水是对癌症治疗有帮助的。那么这样一来，有很多人当得知自己患了癌症以后，他们就跑到那个地方去住着；因为传说中的有些人，在这里生活了一段时间，癌症就自己消失了。

神乎其神，人们又燃起了新的希望，各种消息通过各种渠道纷至沓来，不由你不想了解。

可是这件事情我不会动心。因为我根本就不会选择这个方式！虽然它听上去是非常好的，但是真选择了它，你就搭进了你所有的时间、你所有的精力，你的家人全部为你改变节奏——当然了，你如果很自私。你觉得这很好也没什么，家人陪我一起到山里面去过最后的日子，这个其实也不错，听起来也还行。

但是你想一想，一个人除非你已经退了休了，否则你还担负着社会责任，包括你的孩子、你的家庭、你的老人。您就这么走了，您就跑到山里边去喝溪水吃青菜，然后您吃农家饭住农家房，然后您从此就这么活着了……您在这儿喝溪水真的能治病吗？从此，您就这样只为活着而活着了，真的有意义吗？

我仔细调查、了解过这个所谓"治愈村"的情况，在这个事情传播得非常早的时候，事实上也没有绝对治愈这种事。而且这个村子形成的这种自然疗法，在中国很多其他的地方也有同样的这种村。只是没有巴马传得这样神乎其神，并形成规模，成为全国一些癌症患者心目中的天堂。

山里有麦饭石，有青青的溪流，世世代代相传的长寿村，北京郊区就有。长寿村从来都是让中国人非常非常羡慕的，那些老人可能活个一百多岁、甚至更长的都有。就因为山里有麦饭石，他们长年喝着山里的溪水因而获益，是一个长期的过程。

可那不是生我们养我们的地方，我们就因为自己得癌症、为活着而举家搬迁到那里，我们要租房子，我们要适应当地的环境。而且到了当地以后，你根本得不到任何真正医疗机构的帮助，你彻底远离了医疗科学。你有没有想过，你可能置身于危险当中。

当然有的人认为，我就不想沾医药，所以我才到这儿来，我就过几天高兴日子行吧？但是你别忘了，事实上科学的生活方式不可能是这样的。那个地方出现的问题已经引起很多媒体的关注，在那里生活的人群，也是各种堪忧：他们当地缺医少药，没有医生的指导、没有医院为癌症提供检查，也没有医疗机构提供救助，真出现问题，就只剩下一条路了，真的就是自生自灭。

当然你愿意这么选择也确实没有什么可说。但，很多人选择去过那样生活之前，要想清楚。

有自称好了的人，可能在精神信仰支撑之下就觉得自己是好了。但是每一天你的伙伴都可能在"减员"！你们每天敲锣打鼓一大群的朋友，一块儿去爬山锻炼，热闹非凡、积极的生活——当然积极的生活很好，很强大的一种生存的心态，我很欣赏这种生存的心态——不断在"减员"。

所以，我不选择这种生存的方式，这种方式从根本上就不可能调动我长时间的参与。我如果想活着，我也不用把生存当成我人生的第一使命；就算我想当第一使命，可它未必是我家人的第一使命。对吗？假如说我丈夫愿意陪我去，我们去十天半个月有可能，那就是旅游了。所以我不会选择。

而且据说是他们的伙伴当中也不断地有人走了，他们也非常伤心，但是他们依然坚持着跟癌症斗争着。他们心里有一个信念，他们是非常伟大的人。但是这个伟大的人是不是我可以做到？我做不到。

大家都可以想到，在这样的一种地方，有人绝望、就有人会把这种地方当成创收的天堂，可以销售自己各种理念、产品，也可以向你推销各种"神奇"的土方。所以那个地方隔一段路会出现一个比如算命的，或者是给你一些什么中医的健康指导，或者是关于癌症的培训班等等。我相信有些东西是不会免费的，特别是一些人打着中药旗号给你的产品，更是真伪难辨。

所以，那个地方也会是骗子很喜欢的地方。所以，我们如果要选择这样的生活方式，那么我们也要擦亮眼睛，不要轻信。

减肥："我骨感、我好看！"

还有一种误区，是每一个人都不陌生的：减肥。

我一直反复地在说这件事，因为一切祸事很可能都是从节食变化为厌食症开始的。厌食症为什么会要人的命呢？它是在你减肥一段时间以后，把你的胃逼着它承认了只要摄入这么点东西就能够维持你的生命。所以我们的身体误信了这个信号之后，就不再要求摄入食物；换句话说，就是不再给你机会了，现在你想吃也吃不进去了。

你看着那满街的大餐你都好恶心，然后你看见油就觉得很可怕，什么都不想吃，事实上你就得上了厌食症。这是违反健康规则的，跟着厌食症的后面，是内分泌紊乱。此时，身体的抵抗力渐渐丧失，这时候，癌症就来了。

我在前面说过，我怎么得的癌症，其中最重要的一个原因就是减肥成功；减肥成功的后边跟着癌症是因为内分泌紊乱、是因为抵抗力低下。当旺盛的食欲被打垮之后，实际上人的身体已经不正常了。

人的食欲在肥胖的人看来总觉得是很可怕的事情。但是你要记住，万一你的身体一旦有一天认可了食欲的死亡，那么你就很可能再也没有机会恢复过来。所以厌食症一旦存在，癌症，就不远了。

厌食症这件事，在中国演艺圈里发生得非常普遍，是因为俊男靓女对身材苦苦限制的结果。试想，多少美丽的生命，在她们最青壮年的时候，就如彗星般陨落了。你不按生理自然规律对身体做的每一件错事，都会毁坏你原本健康的生命。你还会问：我怎么这么年轻就得了癌症吗？

在欧美国家，他们也还是非常重视厌食症的，社会重视这种病的程度，远比中国要高。因此，欧美国家的人们更重视通过晨练、跑步、游泳、打球等等方式健康减肥。而在欧美国家，没有人会喜欢"骨感病态之美"，除非有一些特质身体的人、真是肥胖病的人，才进行治疗性减肥。

中国人本身身体底子就差一些，还不爱运动。减肥，只能通过节食、服用药物、少食少睡等等不正常的方式达到目的。而且中国审美对身体的"苗条"要求，几千年来从不变，中国是酷爱苗条女子这样的一个国家，"窈窕淑女，君子好逑"这样的一种观念根深蒂固。

因此很多美女到今天为止，在你看来她已经瘦得不像样了，却听到她在说："我不吃肉，这两天减肥呢，我不能吃这么肥的东西！主食也不要！"她们会有很多忌口。而就因为要苗条的身材，很多貌美如花的女孩子，她们事业最兴旺的时候，就被癌症拉走了，你会觉得好心疼、好心疼！怎么会是这样呢，是"红颜薄命"、她们美女命不长吗？真的不是。

185

另外一个让大家不可理解是，医学这么发达，正常人都可以治愈、延长生命，为什么这么年轻的生命反而救不回来？很简单，她们没有改变自己的生活方式，癌症也不能改变她们！只要治疗有效，她们是要"重回岗位"的；错误没有纠正、人力无法挽回。

人们视死如归般地热爱苗条、美丽，而忽视生命和健康。

我奉劝每一个美女，或者想成为美女的人，或者想在生活当中苗条地走在路上，回头率百分百类型的人们，想减肥，选用健康的方法多运动吧！一定不要因为你长时间违反自然规律的减肥让你患上厌食症，甚至于你已经瘦得像电线杆一样了、已经没有了食欲，还在继续不回头。你已经无法回到正常的身体状态，而你可能还觉得这挺好的嘛，我骨感、我好看！

你的生命已经被你严重损毁，只是你不知道而已。给你一道关于生命的议题，你来回答吧：

美丽和生命，你要哪一个？

很多人在往不应该走的地方走，因此我要告诉大家，我还是要强调：别恶性减肥，远离厌食症！这是我们最大最大的误区了。我们就是这样打开生命之门、请来了癌症！

而我们自己做错了的事情又从不去反思，我们怎么才能走出误区、珍爱生命？

自然食疗：喝一杯豆角汁治愈癌症

另有一本书我不知道大家有没有看过？这本书当时也流传非常广泛，我也受到了这个书的很多影响。因为这本书从它的理论看，特别特别地亲和我们，让我们很容易觉得，这是个还不错的理论，可能真能使我们摆脱癌症以及所有的疾病。于是我们就开始按照书上讲的方法试行了。

这书名叫《不一样的养生法实践 100 问》。

这书中的理论说的是什么呢？是各种榨汁。

其实，榨汁进入我们的生活，是一个普遍的社会现象，榨汁并没有什么不好，相反，用榨汁机榨一些果汁好喝又方便。比如说我们想喝点葡萄汁或者石榴汁，各种果汁，有了榨汁机就很容易得到。各种的西红柿汁、蔬菜汁，用于和面包饺子、做面条，也很好。

但这本书里说的不是这么一回事。是一种类似"水是最好的药"一样的逻辑。

他们告诉你，喝各种榨汁，就能治愈包括癌症在内的所有病症，将你身体中的毒素全部清除干净。

这也太简单太廉价了吧？这个理论是不是对生命也太不尊重了！

而且，他们要给你的是提纯成特别、特别浓的汁。如果只是果汁，还好。但最可怕的是还有别的，蔬菜；还有自然界里、从

187

来不曾进入人类食物链的一些东西，比如，小麦草、松针。小麦草至少还是个食物的坯芽生长出的嫩叶，而松针，想一想就很可疑了。

面对各种奇怪的物质，榨汁机显然已经无法完成使命了，于是，应运而出的"破壁机"就担负了这项工作。

这个破壁机说良心话让我深受其害，我最严重的一次肝转移全部都是因为我信了这个东西。

其实所谓破壁机，它可能对有一些东西是有用的，比如说用于打粉。所谓破壁，实际上我认为它和榨汁都是属于一个概念，就是说它能够给你磨细一点。但是他要给你一个概念才能够卖动他的那个产品。因此他会跟你说什么、什么东西要破壁才能完全吸收。

这个所谓"破壁"真的好可怕。它是在一个高速运转的环境里边，把一些原本不出汁的东西，比如小麦草、甚至松树针叶加水磨成浓汁，在它"破壁"的时候会由于速度超强劲而产生极大的能量、甚至一定的温度，把植物研磨得很细，它榨出的汁完全是绿色水状的东西，细腻之极。

但是我后来想，那就是毒素，真的是提纯了的毒素。

我们喝进去以后，根本就不知道，我们的生命是抵抗不了这种东西的。它太强大了！就像有人告诉你，喝一杯豆角汁就能治愈你的癌症，你敢试吗？你知道那是会死人的。

可能稍微聪明点的人都不会这么干，但是走进误区的人还是敢信。还有蔬菜汁，菠菜中的草酸，谁都知道不经焯水是不能直接食用的；但芹菜呢？带叶子的芹菜？其实，你榨出来的是什么？是生的叶绿素、是植物碱、是草酸、是不经高温长时间煮沸根本无法杀死的有毒物质！

而你就把这种不是人类食物链里应有的毒素，超大剂量地直接喝了进去！肝脏是不会跟你说什么的，它只是一个器官，它不会说话。如果它会，它一定痛苦地大叫：你在干什么？！

当时，中国有很多的人在宣传这些"自然食疗养生法"，还有一些民间组织，在底下做这种榨汁养生的高收费培训班，非常有噱头。因为他们"名额有限"，而且招收的都是老板、高级白领，一期一期，口口相传，影响很大。

这些"高级养生班"是怎么运作的呢？进入到这个班以后，要断绝同外界的一切联系，以保证不会有机会额外进食，他们选用一些偏远风景区的宾馆，进行全封闭办班；参加者进班以后就绝食了，就真的是绝食。

他们先要进行理论课，告诉你清除血液中的垃圾是多么重要，而靠自然界的植物，就可以做到永葆健康，等等，听上去非常有道理的理论，进行洗脑。

早晨起来给你两杯什么汁，然后十点钟给你两杯什么汁，中午再给你两杯什么汁，下午给你两杯什么汁，到了晚上再给你两杯什么汁。有各种的水果和蔬菜的榨汁，最隆重推出的，是小麦草、松针之类，花插着给你喝。这中间是不允许吃饭的。

很多的肥胖男士、喜欢减肥的女士，自己身体里积存的东西确实是营养物质超标，在短时间之内他们不会出现身体的不适反应。当然会感觉饥饿。但是他们有一种信念，在交了巨额费用之后，再加上这个班的理论鼓励和煽惑之下吧，这些人就非常有动力去做这件事。已经花费上万了嘛，无论如何要坚持到底。

这个东西当时是怎么被推荐到我这儿的呢？而且社会上能够那么一直流行，直到前些天我还听说关于喝果蔬汁如何治疗癌症的说法。

这又是有"出处"的：又是美国人写的一本书！这美国人我就搞不太清楚，他为什么经常要写一本书，这本书到了中国就变成很多人手里的法宝，和坚信不疑的、放置四海而皆准的理论。

因为是美国人说的，而他又信誓旦旦地说，写书的这个人，据说是一位曾经在美国打过越战的一个大兵，这个大兵在越战的时候他的身上被一些化学物质烧伤，使他在战后身体一直非常不好；然后他就开始想找到一种什么东西拯救自己，能够自然地把自己身体里的毒素排出去。他找到了这个方法、并且从中获益、重回了健康。所以他要把这个好方法告诉世界上的人们……

他的方法就是每天要喝大量的天然果蔬汁。这个说起来好像大家都会觉得：这可不是要来骗我的，人家说喝果蔬汁怎么了？对吧，谁都会喝一杯果蔬汁，这个太容易了；而且我们也爱好果汁，这方法又不难。但是当他把这个东西就像《水是最好的药》一样，以一个特别强大的量推给你的时候，对你的身体就是破坏性的了。

怎么我会信了的呢？这个东西是我亲姐姐他们公司的一个人，交了钱去那个班、亲身体验过之后，带回来的亲身感受。一星期，出来的时候他说身体完全不一样了，他说一点儿都不错，真的是身轻如燕，而且也不感到饥饿，身体变得很有力量。当然对方是个男性，而且很健康，喝完之后他非常信；大部分人据说喝完之后也非常好，精神大振。

当时我没有想到的是，那个班才一个星期，你一个平时营养过剩的人一星期是饿不死的，你就是不喝这些汁、改喝水你也是饿不死的。何况他们还给你的经常都是果汁，是有糖分和营养的，最起码能让你撑过这期办班的时间，不会出现问题。而他们就轻松地拿走了你很多的钱，你就得到了这个空头的骗局、就满意地回家了。而且你非常兴奋，你觉得我从此就获得健康了，我身轻如燕，带回一个清洁过了的身体！

身体，在一个月前后就垮掉了

当时，我也是受这本书影响，我觉得如果喝果蔬汁还不错的话可以试试。

我就去我大姐他们公司边上租了一套房子，他们那里各种榨汁机、破壁机一应俱全，就开始每天提供给我类似那个班里能榨的、整个程序里边的各种果蔬汁，还有这个书里面写着的，自然植物叶子的汁，是用破壁机榨出的松针。

后来才想明白，最可怕的就是这个破壁的效果。它能够迅速提纯所有的草酸、植物碱，都是有毒的物质。它所谓的破壁，在高速运转的这个过程当中，所有有毒的物质都被析出到液体里。而你是不知道的，你就当一个好东西喝进去了！让毒素直接毒害你的肝脏。在很短的时间内，你的肝脏不堪一击地垮了、你这整个人就垮了。

　　可当时，我们大家全都非常信奉这个东西，我只用了没超过半个多月，就发生了肝脏弥漫性转移、双肺转移，以及一些骨骼新的转移灶。是我十年生死路上，最大的一次危机。

　　那之前，我其实也断断续续地在听从这个理论的引导，我自己也买了榨汁机但是我没买破壁机。而且，不吃饭只喝果汁，一个人是很难坚持的，必须要有一个环境，半强迫。于是，就到我姐的公司里去了。除了果蔬汁以外，我喝得最多的，我后来反思这件事、觉得给我最大伤害的可能性的一种东西，是松针汁。

　　那本书里，有一个专门的理论说到松针的神奇和妙用。书中说有一个云游的和尚，他走到了一座大山里，从很远的地方走到这儿，很适合他修炼的地方。但这里什么吃的东西都没有，他饥肠辘辘。

　　结果他就吃山上青嫩的松树叶，松树汁能解渴，他把嫩针一束一束拔出来，放到嘴里咀嚼后咽下去。他不仅靠松针这种食粮在大山里生存了下来，而且还获得了特别特别强壮的身体和健康，就像大力水手一样很强劲。

这样的一个好东西，谁会怀疑它的真伪呢？所以当时我姐姐给我的量很大，虽然很难喝，但我也全喝下去了。她们公司的人就上最远、无污染的山里去采集大量松针回来，榨松汁给我喝，大家都肯定是先紧着我来治病。结果在破壁机的"破壁"之下，这些松针里完全是青绿色的毒素，全部都被提纯出来了，进入到身体里——这是不应该进入人的食物链的，却被一种传说带了进来。

我的身体大概在一个月前后的过程里，就彻彻底底地垮掉了。

当然除了松针，我也喝了别的东西，例如芹菜汁。现在想来也是不正确、不可生饮的东西。当时为了这些东西不至于太难喝，比如说蔬菜汁、松针汁过于青涩，他们会比较心疼我，给我加一个苹果，但是也非常难喝。

我早晨起来就要喝一个像炮弹一样大——大家都知道的那种塑料保温杯，很高、很大的杯——我要喝两杯，一杯松汁、一杯果汁，没有早饭。然后依此往下，10点钟再继续喝下一个汁，可能是苹果汁；再下一个汁是梨汁；再下一个汁可能是混合的什么蔬菜汁……到这时候，我已经后悔自己答应做这件事了。开始是会很饿，但他们只让我一天吃一顿中午饭，这已是"法外开恩"了。我反抗过，但没有效果，还弄得大家失望和不开心；我觉得大家都在为我忙、而我很不懂事。

但其实到了这时，已经晚了，就是给我东西吃我也吃不下去了，中午唯一的一顿饭也渐渐地没有了食欲。

我不知道的是，此时我的肝脏已经被毒素严重破坏，长满了大大小小的肿瘤。

其实，叶绿素、草酸、植物碱，在没有被消解之前，很多是不可食的。这原本是我们生活中一个最简单的常识。为什么这时候全忘了呢?

比如说豆角，大家都知道豆角如果不煮熟了吃进去会是什么结果，你可能很快地为这个事情付出自己的生命。所以大家从有豆角的那一天起，豆角是一定要炖熟了的，没有人不知道。要有人说，果汁里边要有一味汁是豆角，那么肯定没有人去模仿，也没有人信这个理论了。

但是换一个方式你就信了，比如说芹菜汁。大家想芹菜好像没什么事，我用破壁机去破壁，然后我再去尝试，它可能给我带来健康的保证。于是大家就去使用这个这一些天然的材料，认为它是安全的。大家听从书中的理论，想当然地认为自然界的植物，是可以治愈癌症的，然后就放心地喝进去。

可这是你的肝脏不能解的毒，而这个毒在一段的时间之内，你不断地摄入，身体本身已经很虚弱了，肝脏和别的脏器，都不同程度地遭到了不可逆的破坏。这些毒素到你的身体里，它非但不能治愈癌症，也不能抑制癌症，更不能帮助你减少癌症对你的威胁。相反，它加重了你肝脏解毒的负担，你的肝脏在一个月之内一直在解毒，而当你有一天因不堪重负突然垮掉的时候，你是不知道! 那才是真的非常可怕。

我大儿子后来告诉我，妈你可真天真了，这你也信！网上早说了，有人死在这种班里了，现在谁还信！

最后我在那儿大概待到也就不到半个月吧，我已经到了什么程度？刚开头我还可以很轻快地走路，还可以开着车这儿、那儿的去看外边的风景，后来我就真的是一步路都不愿意走了，整个的人就软下来了。

我丈夫在城里越呆越不放心，就隔几天跑过来看我。我当然不敢跟我丈夫说什么，他原本就很不支持我搞这些杂七杂八的事情，因为他是一个非常理智、而且很有见地的男人，他并不会相信这些的民间传说、一本书、一个小偏方什么的东西，他非常反感我去干这件事。

但是他没办法阻止我这么固执的一个人。我又没有试过，怎么能知道这个东西不好呢？我就会跟他去解释，我说你让我试试好不好？我去那儿没有半个月，他过来看我，每一次来都是脸色越来越凝重，因为我已经租了房子，他又说服不了我，又不能把我带走。而且，这是我们家人的事，换句话说就是姐妹之间的事，怎么好特别强硬地反对呢，说因为自己不同意所以就不能让我继续干这个事？

后来，最后一次他来看我的时候，我已经走三五步路就要蹲在地上了；他把我拉起来，总是说你多运动多运动；我又走一段路，也就十几步，我觉得太累了，就又想蹲下，人已经软得不能走路了。

我丈夫一看这样，就说："文昕你要出事了，你已经出事了，你必须听我的，今天晚上跟我走吧！"

我说："那我怎么跟我姐解释，大家都对我那么呵护、那么照顾，天天给我榨汁，你把我给领走了，她们会不会很生气？是不是怪我没努力坚持？结果让大家特别失望呢？"

他说："现在还管那些吗，你现在命都快没了！"他就把我拎着塞进他的车，打了个电话给我姐，说文昕状况不对，人我带走了。我说那我的车还放在停车场……他说："你不用管了，什么都跟你没关系，你赶紧上来吧！命都要没了，什么都没用！"就把直接就给拉走了。

拉回北京我家后，我就基本上陷入了昏迷……

二、你们带来一片的光明和希望

我认识的王大夫和董大夫

人们都说我很幸运，认识了那么多好医生。是的，我这辈子最幸运的就是认识了王维虎、董梅大夫。

他们是一对像孩子一样天真、真情的好夫妻，他们在一起，总是争个不休，而每一次，结局都是一样的，以王维虎的"失败无语"结束，小到女儿的教育问题，大到家里事务的处理，业务、医学更不在话下。王维虎看似每次都以"失败"而告终，其实是他对妻子的爱，又深又厚。

我有幸参加了董梅、王维虎的一期北京电视台的健康节目，董梅还生动地讲述了她和王维虎从相识、相知、相爱，到成为医学事业最佳拍档的过程。挺有喜感，王维虎最爱说一句话就是"我是农民的儿子"，可以想象，在医学奋斗之路上，他付出过比常人更多的代价。

当年，能够被医科大学录取的，都是尖子生，文理双科的状元，才有资格成为医学院的学生，王维虎成功地考取了西安医科大学，并在遇到小师妹董梅时"一见钟情"，董梅曾在电视的节目

197

中说到过。

然而，他们的婚姻最初受到董梅母亲的强烈反对，原因王维虎的长相，用现在的话说是颜值太高了，瘦高俊朗，长着一头卷发，爱女儿的老人觉得，这哪"靠得住"？不行！坚决不同意！

老人当然现在不这么想，但说到此，还是会傲娇地说："当时是我不同意，一头卷发，不相信他！"说了就笑。现在当然是100%同意了。老人拥有这么好的女儿女婿，并跟着他们一起生活，开心，放心，松心，日子自然是极好的。

而在董梅的回忆里，上西安医科大学的恋爱也相当有趣。她说：上学时，特别佩服这位大师哥，知道的特多，医学问题没有他不知道的，后来自己的课业也进行到那里时才发现，自己只是还没学到而已。

他们生活里是争强好胜的"对手"，但在医学领域却是"最佳拍档"，用董梅的话说，就是：他冲锋、我断后！王维虎补充说：她现在有时也冲锋在前由我断后。她独立了，更多的时候她独立也能冲锋陷阵，打赢一场战斗。

作为学者、专家、教授，他们经常被电视媒体请去做健康类节目的专家嘉宾，有一期内容我印象深刻，那是一期有关肝脏健康的电视节目。王维虎的专业医学讲解深刻独到，那种对肝脏保健建议对观众具有耳目一新的感觉。

现场观众提问：都说吃素对肝脏有帮助，得肝癌的机会就会小得多，此说是否正确？还有动物油，比如猪牛羊的油，是否不可食？

王维虎的回答是：否。

当时有三种选择：1.荤，2.素，3.荤素搭配，让现场观众选择哪种更好的时候，"荤"没人选，大家几乎都选了素饮食更健康。

在电视机前看节目的我也在心里疑惑的选了很久，觉得少数人支持的荤素搭配的饮食方法更好，结果，我选对了。

王维虎有点令人吃惊的大胆说法，果然振聋发聩！他讲了一项调查来证实荤素搭配、适量食用动物油给人的健康带来的好处。他说，选用一组普通社会人，和另一组寺庙和尚的肝脏健康普查，结果是寺庙组的和尚肝脏情况堪忧，癌患的比例比普通人群高。而且，两组对比的健康程度也有差别，纯吃素的一组是中至重度，而普通人群的只有轻至中度。

这结果令我震动！

随后，王维虎讲了其中的道理，他说，研究发现，动物油脂在进入人体后，它穿入了细胞核，但它却是"能进能出"的，可以"穿越"细胞核，并可以被身体代谢掉。而植物油进入人体细胞核之后，却"出不来"，不能穿越代谢掉，结果留存体内，造成肥胖，更容易损害健康。所以，荤素搭配，是正确的选择。

看过节目之后，我跟家里人、朋友，见人就说王维虎的荤素搭配理论，和他的"小故事"，大家都觉得受益匪浅。小时候家家户户都常吃的荤油，也偶有使用了，还试用 1:1 的混合油。也敢吃小时候最爱的油渣了，多了一个"美味"，又香，又不担心。小时候妈妈常做的以肥肉丁和红糖包馅制作的"糍油糖包"重新从记忆里冒了出来，带着浓浓的香甜回忆。

后来我还想起，现代人和老一辈人相比，死亡、发病时间好像是提前了。各种病，癌症只是其中之一，更多的是心脑血管疾病。我们这一代的人，现在在 40~50 岁左右就开始出现各种疾病，甚至死亡，而我们的父母辈，人轻轻松松就是七八十岁。再看比我们更小的、现在才三十多岁的年轻人，身体状况更为堪忧！我们摄影圈的朋友里，38 岁出现偏瘫甚至死亡的已有 2 位，都是心脑血管的疾病。这一切是否和低龄人所用油脂几乎全部弃用动物油脂、全部转换为各种植物油有点儿关系呢？

经过数十年的风风雨雨，他们已经是中国医学科学院肿瘤医院著名的专家、名副其实的事业联手配合、工作相互补台的最佳搭档。

有些经过王维虎的放疗的病是需要进行化疗巩固的，自然而然转到妻子的内六病房，于一切自然，董梅进行的"断后"就完整了整个治疗过程。

我认识董梅医生的最初，就是这样，所以，成功救助我十多年的医学奇迹，是他们夫妻共同创造的！包括现在，我发生了多发性脑瘤，在过去，只能等死、疼死，而经过王维虎的安排，经过 5 次全脑覆盖、20 多次精准放疗，我又一次成功地走出了死亡的陷阱；再转回董梅医生的化疗病房，化疗，以阻止肝脏上的癌细胞死灰复燃。真真正正的王维虎冲锋、董梅断后！

我非常相信他们,每一次都能够起死回生、带给我生命的春天,就是在我自己已经完全失去希望的时候,他们又把生命重新给了我。有这样的大夫,无疑是患者的福音。不仅是我,他们救治了很多病人,每天早出晚归,非常敬业,以至于,真是不发生大事,我便不忍心打扰他们。

电话里王大夫的声音总是亲切温暖的,他很关心我的病情,隔一时期,就会打来电话问一问情况。多年来他都是这样,真的很让人感动。

董大夫我倒是见到的多一些,而我却常常惹她生气。因为我跟董大夫做的事情都是很具体的,比如说她为我选定了这个化疗药、或者她让我吃的这些药,一些很具体的事情,都是董大夫在很细腻地去制定方案。

然而我不是一个特别听话的人,我还有我的想法;往好里说,是我有自己的头脑,有一些药,我总是按我的想法很是抵触。因为她是我熟悉的大夫,她又那么好,我会跟她特别矫情,表现得既不懂事又一知半解,董大夫就耐着性子跟我说,不行,一定要按照她的方案执行。

比如,董大夫让我吃内分泌治疗药,那个预防治疗在她看来是非常重要的,可以减缓转移的速度;但它是通过抑制雌激素、让机体迅速衰老来完成的,结果从理论上我就不喜欢这件事。

我就和她矫情,能不能不吃啊?……

还有一种化疗药希罗达,也是我心理上抵抗的药物,那个药吃完之后会出现神经微毒反映，手脚会出现发麻的现象，整个人发黑、手脚发黑。女人们都很不高兴，我也是，特别怕开这个药。但董大夫说，这个药效果还是不错的。她越是耐心跟我说，我就越跟她矫情，她真的是太生我气了！

董大夫的性情特别可爱，她看上去是一个性情很温柔的人。她说话的声音，就像个小姑娘一样，那么亲切那么真挚，她给别人开的药，别人没有人违抗，可她给我开的药我居然这也不行、那也不行，还讲价钱。真的是气死人了！我觉得我都替她很不喜欢我。

这样的事发生了无数次，是因为她心太好了，惯坏了我；其实她每次给我开的药，我最后还是按照了她的医嘱认真吃了的，我对抗了半天，还是听了她的话。只是，真的太不喜欢那些过程，那些药物。

董大夫或许会觉得，是不是她不信任我，所有我给她开的药她都不要？其实我不是，我是怕那些副作用。

每一种药它都有副作用，治疗的过程是很不舒服的过程。

也不是说任何一种药都能够在你的身上有作用，大夫决定这个药给你用上，并非必然有效，她也需要了解试用后的效果。而每一种药都是有它的副作用的，大夫能帮你找到有效的药物，却不能完全帮助你避免药物的副作用，她也不能确定这个药用在你身上就一定合适，发现不合适，医生们会重新选用其他药物。

药物的副作用是各有不同的，有的有神经毒素，服用后会出现手脚麻木，有的会出现全身骨痛、肌肉疼痛，还有严重的口腔溃疡。

"我能不能不干，或者咱换一个药行不？"我去跟董梅大夫这样磨，这不是一天的事，有时候是在一段时间内，或者半年的时间里，比如正在化疗的时间，我以一种不情愿接受的心态，一直阻挡她给我的东西。

当然，那时候我自己心里知道，我也觉得自己好坏，不应该那样对待像朋友一样关心我的人——他们是这个世界上最了不起的大夫。我遇到他们，已经是上天给的太大的恩惠。他们凭什么管你，你的生你的死那是你的事，这种时候我还去使性子、还去躲，还去讨价还价，换我是董大夫我会怎么想！可真的，我就是那样。

我一直在跟董大夫矫情

有一段时间，我觉得我真对不起董梅大夫。我今生最对不起的就是董大夫，对王大夫我都没觉得太对不起！——因为这些具体的、细节的事情到王大夫那儿也没有这么多，就是有，他会宽容我一点，忍让我一点；可能男人和女人是不一样的，总而言之会放过我。但董大夫不会放过我，她是太负责任的一个人了，让她的信念去接受一种歪理——在她来看肯定是歪理——她就觉得这个东西太不靠谱了，就太生气了，气的有时候都不想理我了。

我估计这也是董大夫的强迫症，她说：我从来没有遇见过你

203

这种患者，人家的药都吃得好好的，好多年活得好好的，也没有复发，又没什么反复，你为什么就不能坚持呢？这个药怎么就那么恐怖呢？

我就是不甘心，总是不如其他的病人那么省心听话。

这有两个原因，一个是人家的忍耐性可能比较好；另外人家也没有质疑的基础，不像我，一天到晚琢磨这东西哪儿不对。他们都听大夫说，大夫说这个药治你的病，那就这个药，没有其他选择，也没机会跟大夫矫情。

董大夫的性格给我提供了一个矫情的机会，从内分泌治疗药物这个事情，就能看出来。董大夫一直跟我说，内分泌治疗有非常重大的作用，它能够延长生命。我为什么会抵触内分泌治疗呢？内分泌治疗是一个概念，基于实实在在的一个原理：让身体不再产生雌激素，它可以有效地预防乳腺癌手术后的复发和转移。我是乳腺癌，它所有的转移都从乳腺、从雌激素开始。乳腺癌患者需要吃三苯氧胺，吃5年；这个我就没有做到，我连一瓶都没吃完，就放弃了。我后来发生转移，与此有关。

前几天看见董大夫，她还跟我说："文昕，你知道你错在哪儿吗？"我说："你是不是说我第一次化疗没做完？"她说："是，就是这件事，你要第一次把化疗都做完了、药好好吃5年，哪有今天这么多的转移，哪有这么多的事，你为什么就不听话，把这个做完呢。"

其实是因为我特别不愿意麻烦别人，我那时才四十岁出头，还蛮有活力，来看病都是自己开车——我丈夫不怎么开车，他一直有本但不爱开车，远途用车都是我做司机——化疗要把我丈夫抓来当司机，要他陪着我去化疗，还真别扭，我觉得这是我的事，我还是自己开车。

十多年前的化疗，副作用很大。我在东二环的医院打完化疗药，马上开车往西三环、西四环之间的家走，一赶上堵车，差个一二十分钟到家，那个药劲特强力地上来了，人就是懵的。那个时候开车，真是挺可怕，我只顶过了两个半疗程，就顶不下来了。没有人陪我化疗，我又认为那是我自己的事，不肯麻烦旁人。

其实，这也是个误区。如果换一个方式，跟我丈夫说，我现在不行，你给我找个司机；或者给我大姐打个电话，让她来帮帮我，她们公司有特别好的朋友，马上就会派车来带我去。可我不愿意麻烦人，只能我自己开车来去，自己给自己设了很多的障碍，不愿意迈过去。结果，我的化疗就没有打完。

没打完的结果，就在第三年出现腰3、4椎的转移，很吓人，当时面临截瘫了。我已经发生过阵发性截瘫，我前面讲过那次，跟威子弟弟他们一起去旅行的时候，蹲下就起不来了。那真的好可怕！一个搞摄影的人，不能蹲下！你要拍摄一些小花，或是拍摄一些人物，你的角度变换时，必须靠蹲下去啊！你不能永远站着拿着照相机用一个视角拍摄，可如果腰椎出了问题，就做不到了。这个真的很悲哀，也很恐怖。

而当你去服用那些别人全在认真服用有内分泌药物的时候，它的副作用去让你总是没有信心坚持到底，这是我的问题。首先是我看不到服药带来的好处、而却实实在在地感到它的副作用。这些都是我没解决的根本性思想问题，你会发现，身体里的力量在不断的流失，直到你自己都不认可的境况。

这是一件挺可怕的事，一个人是淡忘癌症也好，跟它讲和也好，它一直都在，每一天以这样那样、各种方式侵害你。

我当时特别抵触那个让人迅速衰老的内分泌的治疗药。还有那些化疗药，比如说里边有神经毒素，会造成腿部的运动神经受损、走路下坡失去平衡。我很苦恼，怀疑治疗的意义。我不是想要抗拒董大夫的药物治疗方案，是我在活着、与失去中难以取舍。我不知道哪一个是对的，我至今也无法告诉你们，究竟什么是对的。

比如，我一直在心里责怪那些内分泌治疗药，因为它造成骨骼严重的钙流失、会造成骨骼乏力和肌肉疼痛，理论上，它使人的肌体迅速衰老、不再产生雌激素，这件事怎么想也不能让人高兴起来。

我跟董大夫说：这有什么意思？迅速地变老，活着也没什么用啊？慢慢地，就软弱无力、什么也干不了了……我其实是对这样的结果心存顾虑、也不接受只是活着、越来越弱，那活着干吗呢？我想不明白。

董大夫说，人人都是一样，先要考虑生命，只要生命在，弱与强只是相对的，人老了，都要变得衰弱，这不是不能接受的，很多老人不是一样生存着吗？她认为，这样的交换是值得的。

说来，这件事也没有我想的那么极端，内分泌治疗药物也没有真的迅速将人的外貌变老，至少没有十分明显的变化。但是确实还需要经常吃一些钙片补充体内钙的流失；也确实无法避免渐渐地因肌体的衰退而越来越感觉失去力量。

或者，我有点儿过于敏感了。

我也不想因为自己的思想问题总是去和董大夫找麻烦，其实，我还是接受了她的观点的，只是多少总有点儿无奈和不情愿。人家很多乳腺癌的病人很听话，真的就吃了 5 年，确实是有效地降低了转移率，人家就是没有发生转移。我没吃，3 年后发生了腰椎的转移。说明什么？

当然，不吃三苯氧胺这个药，用手术去势替代，拿掉雌激素生产源，可以省去 5 年的服药。但是以后，还是要重新回到内分泌治疗药。为什么呢？人体是很精密的仪器，你的身体里，拿掉了产生雌激素的那个零件，它不产生了，但身体有一个代偿机制，它会自动分辨、筛查身体缺少的元素，会自动补上。一个器官不在，它会让另一个器官去负担这项使命，比如，身体就选中了骨头，让骨头产生雌激素。因此要阻断骨头产生雌激素、延缓雌激素的生产，癌的转移会进行得很缓慢，你会获得更长一点时间的生存期。

内分泌治疗药的原理就在于此。

但是，使雌激素不产生的机制，同时也让人迅速衰老。女人，谁也不想一下子就变成老太太，让我心甘情愿地吃这些药的时候，我的骨骼迅速变成 80 岁老太太的骨骼，我真是不喜欢这个结果，所以一直对内分泌药物很抵触。

其实，我吃不吃那药，与大夫有什么相干？但她的敬业、她的善良让她无论多累都要劝说病人，她给你的除了真诚还有大夫的责任心。所以那么长时间，我一直尝试多种内分泌治疗药，尽管我一直在跟董大夫矫情，我还是坚持下来了。

但是，它依然无法止住癌症向前走的步伐，我也还会不断地犯新的错误。

我犯过的错误太多了，比如减肥，比如发生癌症，比如不好好化疗，比如不好好吃药，比如不好好做身体检查，比如尝试民间土法……总而言之，太不重视生命。而且我太偷懒了，总想越简单越好。

有朋友说，我是抗癌明星，我坚决不承认，我从来不把努力治疗当成我的任务，是那些伟大的大夫们，他们每一分的努力使我的生命延长到了今天，延长到此刻。

所以我在想，尽量我也做得好一点吧，我也改变一点、或是妥协去干一些我不想干的事情。比如说，我第一次在实实在在的化疗中体会到，它可以救人性命，虽然我不喜欢化疗，到今天我也不喜欢，但我不那么抵触它。因为知道，它，真的可以延长我们的生命；事实证明，它也确实收到了非常大的效果。

像我这种晚期、再晚期的病人，居然多生存了这么多年，已经太奇迹了。

我曾经跟人说过，我再活着都有点没面子了，我怎么还这活着，还在麻烦我的朋友、麻烦我的家人、麻烦我丈夫？我真觉得太对不起他们了。但每一次，我都再一次被他们从死亡线上拉回来。

真正懂科学，研究科学，又运用科学的这些专家们，如王维虎教授、董梅教授，我后来遇到的于胜吉教授，他们都是非常伟大的人，在自己的岗位上，在他们的职业里，真的好辉煌。人们只以为那是他们的职业，而看不到这种辉煌。

当你静下心来体会这拯救生命的伟大事业的时候，他们的辉煌就照亮了你的生命、是他们给了你重生的机会。

我常常会替大夫们委屈，他们是为你好、而你又真的能懂多少？

小王护士的一个晚上

作为患者，得病多年，一直接受和得到护士们耐心细致的服务。但好像太匆忙了，注意大夫还没来得及，哪里有人去关注护士。对于护士对我们的照顾、关心，我们或许觉得那更是他们应该做的。

就在我们身边，护士们真是敬业极了。虽然她们大多都还是孩子，在父母身边，她们只是小女孩儿，可是，穿上白色的工装，她们就成了大人。她们却把无微不至的呵护无私地给了我们。

许多患者可能不注意这点，包括医闹者，他们对护士更加不尊重；对医生以刀相向，对护士随便挥拳动武，会更明显的轻视。

209

大家都听说过在儿童医院或医院的儿科输液门诊发生的真实故事，护士给哭闹不止的小孩子扎针，如果两针扎不上的话，就会有蛮不讲理的家人冲上去不由分说给护士"奖励"一个耳光。骂骂咧咧、甩脸子的还算留情面，即使如此，小护士也只能忍气吞声，悄悄把泪水咽下肚子，继续坚守自己的岗位，履行自己的职责。因为多少年来，就是这么要求的，对待讲理和不讲理的病人和家属，医护人员要做到"骂不还嘴、打不还手"。否则，你就要面临批评、检讨、给病人和家属赔礼道歉，重者遭受罚款、停职、开除。人家说，患者不是上帝么，你怎么能让上帝不高兴呢？服务不好上帝，就是你的错，没有地方去讲理。

即使，在一个很小的医院里，也能遇到很多美丽、善良的小护士，还特别单纯，她们的微笑，干净得一丝杂质都没有。你有时候心会焦急，替她们担忧，那么揪心那么疼，她们太不容易了！

要值夜班、要三班倒或是两班倒的值夜班，隔一两天，总有一个夜晚是不眠的。缺觉成为非常普遍的现象，她们还在长身体，这对她们的身体确实是一个很大的伤害。年复一年的长期生物钟紊乱，使她们身心疲惫不堪，甚至导致长期的月经不调，更有甚者出现不孕不育，年纪稍大就会提前停经、闭经，未老先衰在护士群体里表现得尤为明显。难怪越来越多的护士选择辞职或改行，离开她们曾经挚爱并宣誓为之奋斗终生的职业。可是那些自称是"上帝"的人，有人替她们想过吗？如果她们是你的孩子呢？

我因为长期打含有双磷酸盐的药物，造成下颌骨坏死，曾到北京的一个部队医院希望可以手术治疗。但因不适合手术，我在那个部队医院只住了一个晚上。

我在那里遇到了这样一件事。

部队医院和地方医院不一样，严格的半军事化管理方式，每天晚上当班的护士，必须保持清醒、认真巡视病区。

这天晚上，我回医院时天已全黑了，部队医院，门禁非常严，规定几点熄灯，几点整个病区就安静下来，不能影响周边的病人，这样的军队制度，当时我感觉很好，很严谨。

病区接待我的是一个姓王的小姑娘，我到了病区之后，先去病房里收拾东西，然后去护士站。我发现刚才还好好的小姑娘，趴在护士台黑暗一角，她肩头在耸动，在无声哭泣。

那情景，真让人感觉到好心碎，我过去摸摸她头发，说，怎么了姑娘？她说："我今天怎么办啊，有患者要投诉我。"我说："为什么投诉你啊？"

她很委屈地告诉我，今天病区里来了一个小女孩患者，大概五六岁，不愿住医院，一直哭。医院里有陪护制度，严格规定，患者住院，只许一个家属陪同。这小女孩呢，要妈妈陪同，就抱着爸爸的脖子不撒手；要爸爸陪同，她又抓着妈妈不放，而且不停地哭闹。

小王护士心眼特别好，就觉得小女孩害怕情有可原，她还是一个孩子，这一家人确实有困难。她让这一对夫妇加上小女孩，一起留在了医院的一个单间病房。小女孩入住之后还是闹，得病嘛，人也不舒服，她一直哭，父母两个也焦头烂额地一直哄；也不能好好睡啊，一家三口只一个病床，另外两个人连睡觉的希望都没有。小姑娘就不肯睡觉，要看动画片，大人是希望她看动画片就静下来了，不再哭闹了，不再提一些无理要求。于是，小孩子就一直看动画片。

但这又违反了医院另一项规定。本来这个病区到十点钟，是要完全静下来的，所有电视都要关闭，护士要一个房间、一个房间检查，这样才能保证病人安静休息。病区环境安静，这是制度要求的，当班护士执行不得力肯定是有责任的，而且责任还很重大，会影响她们整个值班组，被扣分，同组的护士都会受到牵连，甚至于影响到护士长，影响到收入——会扣工资。

因此，小王姑娘一次又一次去敲门，请他们把电视关掉，把灯也关掉，哄孩子早点睡。病区如果孩子一直在哭，或者电视在响，或者灯火通明，无论哪一条，都是制度不允许的，这也是护士职责所在。

大概有个几次交流之后，病人依然没法停止，女孩子很闹，父母又惯着她，也跟护士不断解释。

小王姑娘跟我说，你看，我真是好心极了，本来不应该两个人陪孩子，因为是小女孩，我挺同情他们，让两个人一起陪，可他们让我特别为难，一直在病房违反规定。她说，等我再一次去的时候，患者家人就急了，说什么态度啊！你知不知道小孩闹吗？我们也没有办法啊！怎么你一趟一趟地来说，你太不讲道理了！明天我第一件事就投诉你，我必须投诉你！

患者家属很激动，他要投诉这一句话，就把小王护士吓垮了。先不说她感情上不能承受，是她自己的一片好心，自己担着责任、让患者他们一家人违反规定住了进来；而更关键的是，他们明天还要投诉她！

投诉信一旦生成，她的护士组这一个月大家都受影响，奖金啊、业绩啊、包括什么流动红旗，还有大会小会的批评等等。

小王姑娘特别委屈，特别害怕，她没有别的办法，就趴在昏暗的角落，她只有哭。对于一个20来岁的小姑娘，她又能怎么样呢。

这个小王护士说来还只是一个小姑娘，在家里、父母面前，不也应该是撒娇的年龄吗？而她在工作岗位上的时候，她就要承担沉重的压力。我亲眼看见了她的焦虑、痛苦和无奈。我真的不知道怎么才能帮到她，那时候，我想她要是我的女儿，她是我们家的孩子，我会怎么样呢？

真的心好疼，揪着疼，替她们觉得艰难。

护士站，台子上一篮一篮的花

没有别的办法帮助她，我想我能不能做一下心理疏导，让她别那么伤心忧虑？我就跟她聊天，让她跟我倾诉一下。

我也是有心的，我正在写着这本书，护士也是我涉及的一个主题，我跟她聊聊天，也了解一下护士的心路和她们的生活。平时我根本没有更多的机会走近她们，看上去欢欢快快的一群小姑娘，她们的笑声真像小麻雀似的，在你身边一晃消失了，一晃又出现了。我觉得她们是好神奇的一群小姑娘、小天使，又漂亮，又可爱。在我这个年龄看去，真把她们当花看，我看见她们笑得甜甜的，那些笑好美。

有时候我也想，她们在父母面前也这样子吗？这样尽过一天的孝道吗？她们可能没机会给母亲端一碗吃药的水，或是照顾一天家人。她们太累了，回到家就该休息吧，休息完了再去应对新的工作，两班倒的工作、三班倒的工作。这样的生活对于她们来说，青春太缺点色彩了，跟花、跟春天似乎好远。

在很多医院的护士站，你都能看到台子上摆放着一篮一篮的花，有时候是一些盆花，都是看望患者的亲友们送给病人的。有的患者不太喜欢房间里摆放鲜花，探视的人送过来，就放到护士站去。小姑娘总是喜欢鲜花的，姑娘们都会很高兴地说谢谢，我们太喜欢了！她们就把那些美丽的花摆在了那里。

对她们来说，一年四季，只有这些花才算她们的春天。

她们很少有机会出去玩。我问小王姑娘，你经常出去玩吗？她说，没有时间，一点精力都没有，睡一天觉，然后洗洗衣服，休息休息，或者到外面买点东西，休息日就结束了。我就觉得这些小姑娘，有些才仅有 20 几岁的姑娘，这样成年累月忙碌，多不容易！

有很多人在护士岗位做了一辈子，做到很大的年龄，或成为护士长、成为被人尊敬的大护士。如小王姑娘说到的护士长，能支撑起整个的团队，能给团队以灵魂，这也是特别美好的事情。

护士自有她们的伟大之处，当她们能够在给你很不好的血管抽血的时候，一针见血，你会不会从心里边有种感激？我是常有的，我一定会说，你技术真好！好话一句三春暖，你愿意和我一样吗？可能你表达不出来，但你应该能够心存感激。

就缘于一次扎针，一点一滴的感受，可能就因为一次换药，一点一滴的美好，或是一次护士的查房，问：你有事吗？你好不好？只不过这样一句话，她就从你的生活里消失了，你该不该在你的心里留下对她们的感激呢？

这仿佛一个积累过程，慢慢地厚厚的积淀在心里，如果你有心，你不会忘记这种积淀。

当我看到像小王护士那样可爱善良的姑娘，瘦削的肩膀担起沉重责任的样子，我从心里有一种心疼的感觉。护士们把自己的美丽、自己的青春，甚至她的一生给了医院、给了患者。而患者还可能对此无知无觉，无视她们，这是我们多么不应该忽视的一件事。

护士们的压力很大，常人无法想象，她们的责任、技术、服务标准，都是严格、有规章的，比如小王姑娘说到的这样的事情，她们工作中是经常会遇到的，很多时候，很难避免。

我问她，我听说，护士这个群体流失得很厉害，在你们医院是不是也是这样？你们这里有没有人辞职呢？要说起来，部队医院蛮大的牌子，能在军队的第一医院里面做护士，应该是很骄傲的一件事吧。

她说是啊，我们就是这么想的，才努力在这千辛万苦的工作岗位留下来。严格遵守纪律和制度，真不是那么容易，有时候难免会出错误。前几天，有一个小姐妹就被迫辞职了，我们是口腔科，患者做完手术之后，出院要带止血棉球，止血棉球大概几块钱一袋，正常情况下，她应该只开两袋，但不知道她是手哆嗦了，还是脑子哆嗦了，她填成了20袋。

那个患者，于是就投诉到了医院领导那里。其实即便错开了数量，也就最多二三十块钱的事，可那个患者指责医院成心加价收费，说："你给我开20袋棉球干吗呀，我没办法带到火车上，这么一大包！你们什么意思，为什么要给我开这么多的棉球，我不需要！你们是不是缺钱缺到这个样子了，你们医院就这么对待患者？一个棉球都能开20袋给我们，你们还有什么东西是不乱开、不加价的？还有什么东西是可信的？我相信给我开的任何一味药，可能都是加价的，或者是我们不需要的，可这个钱我们却得花！"

这患者闹得特厉害，他投诉也很激烈。我感觉，那个患者恰恰是特别把自己当上帝的人，于是不依不饶。

医院无话可说，20包棉球确实是自己护士的错误，也没有办法袒护。牙科的小姐妹哭的都不行了，说这明显是笔误，我不是成心的，姑娘求告说，这个钱我自己出，出几倍都可以。但她的讲法和想法都不被接受，最后只带来一个结果，小姐妹受到很严厉的处罚，后来感觉太委屈，就辞职走了。

这样一个小小的事情，一个小姑娘20几岁，如果是患者的女儿出了这样的错误，你会怎么想？小姑娘回家告诉你说，妈妈爸爸，我今天被单位批评了，为这个事，还给整个护士组，所有同事带来了惩罚，流动红旗没有了，还扣发了全体的奖金。

小王说，我们的护士长是一个特别好的人，只要能扛的事，她都替护士去扛，替护士去争，能保护的她都挡在自己身后。她说，这些事我们护士长更无辜，明天要是患者去投诉我，我可怎么办？又给护士长找了麻烦，每一次都是，遇到了在患者那里受了委屈，护士长老是一直安慰我，她对我们特别好，跟我说，别把这事太当回事，你要太当回事你就得天天哭了！……

我想，这样的护士长真好。在医院、在小护士们的心里，她们的护士长就是她们的妈妈，身后保护着她们。

想想那个景象，你会怎样一种感受？我就觉得，为什么要去难为一个小护士呢，就算剩下的棉球都要了，也就是30块钱、50块钱，得理要让人，小姑娘跟你解释了，说是我写错了，我多少倍的钱赔你都行，可那个"上帝"不依不饶，一定要投诉这个护士，这上帝的观念也太强大了吧！现在想想，顾客是上帝，不是很混蛋的一个逻辑么？凭什么你就成了上帝，人家给你一个尊称，你认可得不要不要的？你不想想，真正的上帝应该不应该是最善良、善解人意的？爱别人甚于爱自己的？！这样的人真的是太自我了，所以，才觉得这是所有事情里，一件最不能够容忍的事，只要医院对我不公正，哪怕是几十块钱，我也一定要不依不饶，一直闹到底。医患矛盾，这也是其中之一吧。

那天夜里，我安慰小王姑娘，你不要想这么远这么多的事，人各有自己的错误，你不要用别人的错误来惩罚自己；人生是应

217

该很快乐的，要是你一直这么忧郁，需要看看心理医生，你的生活太不快乐了；你还这么小，就这么不快乐，那你一生怎么办？小护士好可怜，她就像小女孩一样跟在我后面，跟我回病室，眼睛里含着恐惧和无助，还有一点绝望，一些无奈。我想，那个时候，如果她的母亲在身边，她可能什么都不会说，她会自己去承担，一个姑娘承担这么沉重的压力，在 20 岁就开始了。我真替她的未来担忧。

　　我在 301 医院只住了一宿，第二天就走了，我唯一给她的帮助，就是请她加我的 QQ 好友，这样她能看到我的空间，看我写的这本书，书里我说到医患矛盾，说到护士。我说，我可能会说到你，你是多么可爱的一个姑娘，你一点错没有，有些错误是社会或者工作环境强加给你的，你要想办法排解它，要不然，会给自己的人生造成负面影响，会让身体不好。

　　我后来一直在为她担心。

　　大家回头想想、回头看看，哪家医院里的小护士，不是那么消瘦的肩膀？她们身材娇小，和同龄女孩比，她们往往瘦弱得多。她们把整个的青春放在了医院洁白的世界，给了你、给了我，给了所有生病的人。我们为什么不去爱护她们？在我这本书里，我要给她们留下一章一节，我只见了一面的小王姑娘，她让我看到了护士的艰辛、护士的美好，她已深深地记在了心里。

三、换一个角度也说医患关系

因为一个牙，就要杀人？

这本书前半部分，已经涉及了医患矛盾，我们的社会对医患矛盾也始终关注和热议，因为伤医杀医事件，长时间以来不断出现，似乎不会停止，更不能销声匿迹。而社会反映却依然是一边倒，对医生护士同情的声音少之又少，对医生护士的喊杀声不绝于耳。

前些天又有新闻说，一个患者，二十多年前在医生那儿治了个牙，觉得治得不好，几十年后去找主治大夫，并且把他杀了。这是太没有天理了！二十多年，什么牙也不一定会用这么久，仅仅因为一个牙，就要杀人？

居然网上还一片叫好声音，我们中国人现在这是怎么了？！结果说，那个人有点精神病。我觉得，是他精神不正常了，还是我们所有社会人失去了道德评判能力？

一颗牙，这么点儿事居然能记 20 年，怎么恩情记不住 20 年？有没有一个人不停地念叨别人对自己的好呢？

网民的反应更奇怪至极，居然觉得那个大夫太该杀了，必须把医生杀掉！

你们觉不觉得这样的社会好可怕、人心变得好险恶？为什么要这样呢？即使有天大的不满意，能够产生杀人的想法，也是十分奇怪的。

难道在网上为杀人者叫好的时候，你不觉得你的声音毁灭了别人吗？一人一句，就会让一些没有头脑、自私凶残的坏人受到了鼓励，以为可以为所欲为。那么这种杀人事件就不可能停止，下一个医生就可能倒在凶手的屠刀之下！

你不是在间接犯罪吗？

我们去看病，碰到了不满意的医生，或是那个医生正好那天遇到了不痛快的事，在他的心理低潮期，他可能不是针对你。让我们每天都拿灿烂的笑脸去对着这个世界上的所有人，我们能做得到吗？你先问问自己能不能做到，你才能说医护人员是不是可以理解！

即使他对我再不好，我也没道理拿一把刀去把他杀了！居然几乎90%的人都在支持这种伤医杀医的罪人！我真觉得这不是一个小问题。

是我们的观念出了问题、是我们的社会出了问题！

伤医杀医事件，反映出的是我们社会的思维方式发生了危险的改变，以自我为中心，已成为主流风尚。"我"字第一，当"自我"被提纯之后，所有事情就变了，"我"要摆在第一位。

从这个角度来看，医患矛盾，实际上是特别简单的一件事情，就因为我们中国的人口确实是太多了、病人也实在太多了，而大夫又确实是太少了，他们忙不过来，所以不可能让每一个病人都满意。而病人来看病，又是着急的，但凡急切的人，就总是不满意，觉得别人怠慢了自己。

人人都是没得病之前不拿自己身体当回事，坏习惯一大堆，抽烟喝酒、不爱惜身体，到真的生病了，就寄希望于大夫可以手到病除。这是不公道的。得病，不是大夫让你得的；治病，也不一定全能手到病除。

也能够理解，有些家庭倾家荡产，把钱、把希望全都寄托在医院和医生身上，而最终，他们没能治愈自己的病，他们的家人没有得到生存机会，让人感情上不能接受。

但这并不是失去了理智和人性的借口。

要从文化理性的角度上来说，或者是从亲情感情的角度上来说，很难去权衡或评判每一个具体病人的心态。但是，从法律法治的角度上来说，是有一个准绳和评判标准的。真出了问题，最起码有法律告诉我们，对与错，以及责任的判断。

但按照法律制度，在一些时候，比如说你不该犯错，你并没有过错的时候，也可能蒙受不白之冤。比如说，老人倒地扶不扶？

有一天我曾想过，如果雷锋在世，他会不会待在监狱里边呢，他是不是正在写检查呢？你去帮助老人，背老人，下雨天没背好，滑了一跤，把老人摔了，他儿子就跟你没完！

今天，我们人人自危，这个社会让你觉得恐惧，很多的事情一想就不能干，不敢干。

比如说有一天，我开车出门，看见路边有个满身是血的人，我没敢停车，而是尽快过去了。我能干吗？最多只能远远站到那个场面之外，拍了几张照片，上传到网上。这也算是小善吧，最起码不是恶。当然，我是女人，本来有点怕这种景象，但我依然看见了自己心里的阴暗面。我跟朋友开玩笑说，计算一下我的心理阴影面积吧。

像我这样的人，也有这种恐惧，当我在自我批判地看自己时，心里留下了人人自危的阴影。

其实，我也懂法律，在生活中最起码能够保护自己，那些条文，我记得很清楚；我曾经做过法制出版社一本书的特约责编，那是京城里一个特别伟大的警察写的书，我为这本书作序，写了完整的作者介绍。我跟法律是很近的，我写的一万多字的书评能得到警察界的认可，我不是法盲。

但我知道，我们每一个人都以自私为原则，把自我放在前面，这种自私渗透到社会各方面，就变成了看见别人倒地帮不扶，要不要做雷锋、要不要做好人！平常人这样的计较，有时候连做常人的勇气都没有了，大家都躲在手机后面，最好的表现，就是打一个电话报警了。大家心里的善念没有完全泯灭，还是很好的，但在一个人人自危的社会，它就造成了一个很让人恐惧的局面。

医生跟患者的关系已变了味

医院不是菩萨庙，不是说医生能给你生或死，大夫个人所能做到的只是尽力，运用他的医学知识帮助这个世界上的人。

在看病的过程当中，从一个病情到另一个病情，要出入多少回？每天，他要看一百多号病人，看病看到连喝水上厕所的时间都没有。谁也不可能所有事情都想得面面俱到，在一天时间里面对一百多号病人，试想一想，谁能够做得到全神贯注、判断准确全面、不出半分错误？

以我常去就诊看到的肿瘤医院来说，大夫在一个诊室里给看病，病人不停地涌入诊室，你在看前一个病人，后边站满了别的病人和他们的家属。

在日常生活里，一个人能有多少耐心，保证自己每天都以一颗特别完整的心去对待每一个人呢？你能做到吗？你做不到，为什么大夫就一定要做到呢？

我觉得，有一些说法跟医患矛盾没有任何关系，关键就在人的自私，这个自私太可怕了。

医患矛盾最根本的原因是自私造成的，你家着急，那别人家也着急；你想抢到别人前面去跟大夫聊病情，你占的时间长了，另外的人又想挤进来。大夫在这样环境当中疲于应对，医生能不恐惧吗？

像董梅大夫那么好的性格，也有顶不住的时候。她说，有一

223

天来了一个病人，已根本挂不上号了——董大夫的号是专家号，基本上是很难挂上的，一次出门诊要看一百多号病人，忙得头都抬不起来，就这样还可能看不完——结果，那个病人就扑通一下，直接跪在董医生诊室的门口，说求求你了大夫，我大老远赶来，太不容易了，我实在挂不上号，你给我看看吧，就耽搁你一两分钟。

先不说他没有号，电脑里就没有他的病案，大夫没法给他看病，即使大夫一时可怜或同情这样的病人，给他加号了，也不是像他说得那么简单，一两分钟就把他打发走了，大夫看病要负责任的。给他看完了，后面又冒出一个来怎么办？大夫就不用下班、吃饭了。实际北京各大医院错过下班时间和吃不上饭的专家多得很。就是这种不按制度冒出来，并且来了就要看的病人，甚者跪倒大夫面前，一把鼻涕一把泪的，如果你不给他加号，他出了门马上变脸骂人。好听点的就是北京大医院太没有人情味儿了，我们平头百姓看病难啊！转而恨医院、恨大夫。

这种想法的人一多，好像就很有道理了一样。可是，他们只为自己想了，从来不会留份理解给我们的大夫，他们的不满，实则完全没有道理。大夫们每天已经是在超负荷地工作了，如果你是他们，你能做到无休无止地诊病吗？就算是你不吃不喝全速运转，你能看完中国所有求助于你的病人吗？我想任何人都做不到。

王维虎大夫后来做了部门领导，他一直在想办法帮助患者解决初诊挂号难的问题，还解决了患者复诊难的问题。他一直致力于改善这种就诊环境。他曾很得意地跟我说，你看我们新出台这个方案怎么样，好吧？

他的好方案是：初诊由普通号接诊，开出需要查检的各种检验单，同时给出专家预约号；待所有检验结果都出来后，就可以见专家大夫、确诊、出治疗方案了。我觉得真的好棒，对患者肯定是个福音。

王维虎教授想出了挂复诊号这一办法，方便了患者。复诊都是主治大夫，患者信任的名医，过去中医说叫"遍访名医"，西医也是一样，大家都想找一个好大夫，找到他们心目中的专家。复诊和名医见面，我觉得这个办法真的很伟大。

有人总问我，文昕你不是认识几个专家大夫吗？你帮我去问问怎么样？我说我不会问的。大夫们累了一天了，连说句话的力气都没有，我是真的不愿意再给他们添麻烦。

医生有时候真的很无奈，他们拼命地工作，他们天天努力地救治病人，却成了有些人仇恨的对象，你们觉得这公道吗？不公道！

就觉得家里的房顶塌了

可是患者呢？他们满心虔诚地来，眼睛里全是生存的渴望，他们借遍了亲友的钱、卖掉了家产，一家子甚至十几口人，从很远地方、从他们的老家，黑龙江、内蒙古和全国各地，说着异乡的语言，涌到北京，就为亲人求一个生！他们真的也是不容易。

我们可不可以静下心来相互地理解呢？

我也必需排队看病，等待过程我也会觉得好烦，也遇到过自己很着急的时候。但还是会告诉自己，大家都一样在等待，耐心些吧。

很多人说，你看人家国外，大夫多贴心，看病环境又好、大夫又认真，护士陪同全程……其实在国外你想要看病，见大夫更难。比如说要预约看病，一个专家号几百元、还可能排到半年发后；预约一个核磁共振，甚至也要排到好几个月之后。

而在北京，患者直接可以到医院，可能用不了一周，三五天时间，甚至于马上就可以做非常权威的检查。这在国外是不可能的。

在我们国家，只要你想看病，总是可以尽快挂到号，专家号也仅仅只有 7 元，还要说我们的医院不好、我们的大夫们不好，这，你觉得公道吗？

"从我进了诊室，大夫就给了我 10 分钟，开了一堆检查单，就让我出来了！我们费了那么大的劲来北京看病，10 分钟就把我打发出来了。"一个外地患者满眼失望地跟我说，手里抖着几张检查单子。

他们好无奈，满肚子的疑惑，可是你想一想，您 10 分钟、后面还有 100 个病人，大夫没有时间和你好好聊聊你关心的问题。如果大夫对每一个患者都多说几分钟，他手上的病人就看不完。再说，大夫的确诊和治疗方案是基于检查结果而定，在没有结果之前，他们什么也不能告诉你。所以初诊大夫不会告诉你什么。

患者初诊的时候，医生会告诉他，不需要去见专家大夫，就挂一个普通号；假如患者是外地来的，需要跟初诊大夫说清楚病情，提供病情相关的单子，大夫会根据一贯的常规检查，给患者开出检查单，患者需要去把检查全部做完。

经过初诊，患者可以轻易拿到复诊号，他可以去见复诊大夫。针对患者的病征，已经形成的病灶，复诊大夫会选择适合的治疗方案，这个方案大夫可能没工夫从头到尾跟每一个患者解释清楚，但会很快进行处理。患者该手术，大夫就会安排手术，应该化疗，就安排去做化疗。

也不怪他们从来没有经过这样的事。忽然家里的一个人宣判为癌症，他们根本就无法接受，也不知道如何对待，就觉得家里房顶塌了，每一天都生活在痛苦之中，每一天都生存在恐惧的生活状况里。

他们千辛万苦跑到北京来看病，直接就挂专家号，其实初诊时你什么正规检查都还没做、根本不能确诊，你让专家大夫跟你说什么？大夫没有说什么，他们就想，这是不是大夫怠慢了我？或者专家根本就没有用心看我们的病？也没有告诉我们这个病是怎么回事，又该怎样治疗？所以，恨大夫、抱怨、委屈、骂中国医疗……

终于，检查做完、大夫给你开了住院的单子。然后，住院也是要等床位空出来了，你才能住进去，才能开始治疗。

他们可能不知道，但我是知道的，医院的床位有多紧张，你能住进来已经很"幸运"了。事实就是这样的，等不到床位的时候，我也去住过三环医院，而不是董大夫的化疗病区，人人都是一样的。

患者和家属常常很焦虑。他们不理解医生，更没有想到医生也是人，而把医生当成一个不吃不喝的机器了，或当成一个无所不能、能起死回生的神，就应该有求必应。他不是来问病问诊，好像是来问神。

他总在想，"我"怎么样——医生对"我"不好、不公道，"我"等的时间太长了，"我"挂不上号，就给了"我"5分钟，……什么东西都在"我"字上边。

"我"是上帝，你对上帝什么态度！你们见上帝就这样吗？我们家钱都花光了，我们不是上帝吗？我们当然是上帝了！理所当然就应该享受最佳的服务。

否则，你们就是错的！我就恨你们、我就杀你们……

这是多混蛋的逻辑！

整个社会是一个庞大的机器，社会需要每一个个体是和谐的、讲道理的。别让自己像我们身上的癌症似的，成为一个社会的癌症细胞、成为坏人。成为一个凶恶无理的人？！

有些老人总是怀念过去的医疗体制，觉得过去看病不贵，医生也热情。那时候才几亿人口，后来就成了十几亿。而且，随着人口的老龄化到来，病人也是呈几何级地增长。

可是医生呢？医院呢？一直以来并没有按比例增长，还是那几家医院、几个疲于奔命的大夫，面对每天悄然增长的病人，他们也力不从心啊！

做大夫真好，可以救人

很多人在说，现在的中国医疗还不如过去！——可是，真要和过去的年代相比，根本无法可比。三四十年前，中国医疗的落后，老一代的人是会记得的，流行一根银针治百病、流行打鸡血，医院一开门，门口排起长队、人人抱着一只大公鸡……那是用不了多少钱，可也治不了什么大病。

那时候享受公费医疗，只能应付一些相对简单的疾病，对于一些重症，也只有听天由命。而那时，大夫，在社会上地位很高，人们敬重医生。为什么现在的医生能做到得更多、治疗水平也同国际接轨，医生的地位反而下降了呢？

其实，现在的医生除了工作更专业、技术更完善，真的不比原来的医生付出得少、投入的真心真情完全是相同的。

那时崇尚知识下乡、医疗下乡、地段医疗服务等等，好的医生需要下基层去轮换，为工农服务。这一点确实暖心。

我妈妈就是当年的医生，在北京铁路医院工作了一辈子。我记得她下地段跑的那一趟火车线在门头沟区，有一年时间，她一直在跑地段，一大早5点天还黑着就要起来，坐第一班火车出发。她要在一个个的小火车站、工区，给那里的工人和家属看一天的病，晚上随过站的火车回到城区的家，非常辛苦。

我妈妈真的是用真心真情去工作的，她被工区的所有工人欢迎和爱戴。

但她随身带去的，只有一只药箱，药箱里，也只有听诊器、血压表、体温计和一些常用的药品，她能装下整个医院和药房吗？是那时候人们都真诚善良吗？他们奔走相告："大夫来了！"——他们的节日就是来了大夫，他们恨不能拿自己的心掏出来给你。那时候的大夫真的很神吗？一只药箱，就装下了所有医学、带给他们生的希望？

缺医少药的年代，大夫也有自己的骄傲和成功。

我妈妈说，那年是一个特别炎热的盛夏，她救了一个铁路工人。那个工人很健壮，每天检查轨道，要走很远的路。有一天特别炎热，他像每天一样巡轨，走了很远回来的时候，就倒在站台上了。当时他口吐白沫、昏迷不醒。我妈妈说，他的体温已经到了40多度，是中暑了。

很严重的中暑是会要人命的，如果救治不及时，他就真的没命了。那天幸亏我妈妈正好在车站看病，立即就过去实施抢救。她剪开了两支藿香正气水，同时给他灌进去，不到十几分钟，病人就苏醒了，然后赶紧把他抬到通风的大厅，让他大量饮水。病人起死回生，边上的人们一片欢呼，都称赞妈妈是好大夫！

还有一次，我妈妈救了一位两个孩子的母亲。也是在火车站给工人看病的时候，村里抬来了一个因家庭矛盾喝农药自杀的妇女。我妈妈立即着手抢救，但灌药水洗胃的时候，这位妇女就是去意已决、紧咬牙关不配合。

我妈妈急了，叫来了她的两个孩子，趴在妈妈身上哭求。孩子声声哭喊让妇女心有松动，我妈妈又声色俱厉地在她耳边喊："你今天张嘴配合我就能救你，你孩子就有妈妈，你要不张嘴，我为你孩子，打碎你的牙也要救你！"

妇女终于张开嘴配合我妈妈的抢救了。后来成功地救了她，一家人和好如初，一起感谢我妈妈。……我喜欢我的母亲是医生，觉得医生很伟大，自己也很希望能做一个像母亲一样的医生。

那个年代的医生在人们心目中似乎很神奇，发自内心的敬重他们。那时候的大夫也确实亲民，能够走到民众中间。我记得我妈妈常会去工人们的家里，给他们的家人看病，一些老人卧床不起，我妈妈就会被请去。

总是在下班以后，天全黑了，母亲骑着自行车，后边带着我，穿过黑乎乎的、纵横交错的铁道，去黑暗的小村，给工人家庭的病人看病。那些黑路上无灯，如果我不陪着我妈妈，她一个人应该也是会感觉害怕吧？她还是答应了，去了。

我觉得我的母亲真的很好，她是那么美丽、那么优雅，我们去的是工人家庭，都是农家小院，很穷，房屋低矮，她只是为了病人去救治他们。

在我们住的小区里，母亲也救过人。因为谁都知道，那边住着一个大夫。有一天，忽然我家涌进来一大群人，哭着抱着一个全身发软的孩子，已经没有了呼吸，进院就喊：大夫救命！

原来是老人给孩子喂煮鸡蛋，喂太急了，噎着了！母亲正在洗衣服，冲了一个手就接过了孩子。顾不上别的，先救孩子要紧！她让孩子倒扒在腿上拍打，完全没有作用，只好把中指直接插入孩子的食道一点一点地把堵死的鸡蛋给捅了下去，孩子哇地哭了出来。一家人抱起孩子又哭又笑地走了，连句谢谢也顾不上说。

我放学回家，我妈妈很得意地又来跟我说，她救了一个小男孩儿。看她高兴我也高兴，但我故意气她，我说妈您抢救规则不对吧？你手没有消毒是吧？这个是没什么可说的，没消毒！

她说，在那个时候还说什么消毒，命是第一重要的。

我妈妈作为一个好医生，被派到地段去查访，因此能救助好多无助的人，一些病人家属，不认识的农民出现危险，我妈妈都会出手相救，还救助成功。

我妈妈常跟我说，做大夫真好，做大夫可以救人。这是我从小就体会过的，她对病人从来都好。那时，我最不高兴跟妈妈一起出去会遇到的一件事，就是跟我妈妈走在路上，忽然就会出来一个认识她的患者，说杨大夫你好啊，好久没看见你了……特别热情，然后就跟我妈妈寒暄，说个没完没了，把我烦的！我拽着我妈妈的手，想让她别说了，怎么也结束不了这些热情的谈话。

每次都这样。

那个时候的大夫，有他的亲民性，人人都喜欢他们。

是不是那个时候的医生很伟大，现在的医生就不伟大了？事实并非如此。那个年代有多少人口？今天的医院内外拥挤着多少人？尤其是大病小病都要拥挤到人满为患的大城市大医院，那个年代人们的饮食情况、空气和饮水如何？得的是什么病？今天人们生活在一个怎样的环境里？又得的是什么病？

人怎么就那么忘恩负义呢？

我妈妈挽救噎蛋窒息的孩子这件事，在现代人看来，太不科学了，这么粗糙的抢救，我不告你就是好事儿了！这是你救过来了、要是你失败了没救过来呢？不是全成事儿了吗？！

别跟我说现在的大夫不如以前的好，以前的病人呢？社会环境呢？人的思维方式呢？那时候，同样是好大夫、好人，他用得着担心会有生命之忧、法律的严惩的风险吗？现在的大夫生存环境和那时候一样吗？你还想去当医生吗？还愿意让你的孩子去报考医学院吗？

回想2003年的非典吧。倒在一线的是什么人？倒下最多的是医生护士！他们年轻的生命，他们美丽的笑脸，全部都消失在一种大义面前，倒在一种天使般伟大的情怀之中了。

在非典这样残酷的现实面前，我认识的好些医生都主动报名，穿上那一身特别厚的防护服。我有一个解放军医院的医生朋友，那段时间，他进入了全封闭隔离的非典专区，不能出来，我一直用短信跟他沟通，去鼓励他。

他们真的好伟大!

他活着出来了,可好多医生没能回来。

面对非典,如果那个时间不在那个现场,他们不会付出自己
年轻、美丽的生命,他们不会终止在自己不应该终止的时间段里。
即便穿着那么厚的防护服,那么强大的防护设施,也不是万无一
失的,非典病毒无孔不入,死神无孔不入,谁有勇气说我拿我的
死来换千万人的生!?

在这个时代,也有理想主义者,或者也在说当年雷锋时代的
口号。然而,有多少人做到了?不是没有,也不是独一无二,是
无独有偶吧。我觉得,有两个部分的人是伟大的,应该被我们永
远感恩!

他们是危急时刻第一时间出现的救援队,比如发生强烈地震
的时候,第一时间赶到的两种人:一个是军队的军人,一个是医
生和护士。他们的生命之光永远闪耀在这样的关键时刻。

作为一名医生,在关键时刻突然焕发一种大义,置自己的生死
和家庭于不顾,直冲生死第一线,这样的人不值得信任,不值得我
们去尊重吗?

大家说患者是上帝,凭什么是上帝?!就因为花钱了就是上
帝了?这是个多么荒谬的理论。

所以,说到医患矛盾,这不是一个简单的事情。换一个角度
来看,这是把人的自我极度放大,把自我放大成不可一世、唯我
独尊,甚至于比肩于上帝这样一个东西的结果。

当一个人变成这么一个东西的时候，脑子肯定是昏了。

平下心来，静下气来，想一想医患矛盾的双方，如果把医生当成一个人，一个亲人，他是一个儿子，他是一个丈夫，他是一个妻子，他是一个姐姐、哥哥甚至于表兄表弟。他们一直奉献着自己的生命，那么劳累，没有怨言在工作，为病人活着而活着，我们才能学会感恩。

如果做不到感恩，就真是一个彻头彻尾的自私的人。

在这个见老人倒地都要想想扶还是不扶的时代，没有道理、不合逻辑的一些事情，一旦变成一种社会认可的东西，就太可怕了！

人怎么就那么忘恩负义呢？

我讲过海淀医院碰见的那个老人，我当时想，他的行为可能造成两种结局：第一种可能，他的子女在他病重的这段时间，不停受到这种很奇怪的对待，他们已经快被逼疯了。他们对于父亲的爱应该还在，毕竟全体都陪着他来到医院了嘛——然而在治疗过程中、在等待过程中，当他们觉得医生或护士，对他们的父亲不是特别好的时候，他们的"上帝感""上帝病"就发作了：他们在生活当中承受的压力，家庭成员互相之间关系，子女出钱多少等等，生活中各种各样原因可能产生的种种怨气、种种不满，很可能会在跟医生或者护士接触时突然爆发出来。

那样的父亲，传给他们的就是这样一种不讲理的习惯，这种不讲理的习惯已变成他们做人的方式，有点火花就爆炸，蹭鼻子上脸，医患矛盾随之爆发。

也有另一种可能，这样的父亲闹得太过了，大家在一段时间甚至很长一大段时间里面，都心力交瘁又无可奈何，等老人真的走了，他们如释重负，或许不会成为医闹的另一半。

或许正是这样，当作人都成为问题的时候，所有的事情都会成为问题。

这看似和医患矛盾没有特别直接的联系，貌似只是人的个性和人对自己的认知，比如对自己地位的认知，出现了偏差和错误。其实并非如此。

患者医闹还有一顶大大的保护伞：患者是弱势一方！既是弱者，又是上帝，一方面是委曲求全，一方面是唯我独尊，那医生做什么、怎么做都对不起"我"了！

有这样一个思想做基础，从根本上别人就没有对的时候，这不单是说医患会产生矛盾，他干什么都会产生矛盾。作为上帝，行使着上帝的权利；作为弱者，拉来法律做自己的保护伞。

有时候就是觉得很奇怪，怎么坏人在法律面前不用低头呢？怎么好人一到法律面前就瑟瑟发抖？一旦发生医闹事件，专业机构或社会舆论首先会质疑医生，直接把医生视为施害者、医患双方里的强者，患者举起法律这把大伞，去挑战医生的专业性。

我妈妈如果还在，还在做大夫，我想我会不会担心她？有时候，我担心董大夫和王大夫，我真的希望他们平安，希望他们一生平安永远平安。他们带给这个世界太多太多的美好，带给那么多人获得生命重生的价值。

然而，在今天许多医患冲突面前，医生救了那么多人，有些人不懂感恩不说，救的稍微有点不好，招来一大堆的埋怨，整不好还可能招官司。这法律大伞太可怕了，在这种时候我会非常恐惧。

如果我母亲这个时候做医生，去农村给病人看病，可能被说成挣二手工资。那个年代是没有这种事的，也没有这种怀疑。

我记得最清楚，我见到过我妈妈拿回家的唯一一样东西，是一包蛋糕。那是带我一起去给病人看病，走的时候，病人硬要送蛋糕。妈妈不要，病人一家子都不干，大概有十几个人，堵在门口，一个劲说，求你了杨大夫！真的感激你，你就收下吧！你不收下我们良心上过不去！

一包蛋糕而已。

我母亲拿回来，说："这怎么办呢？传染病人家里送的东西，很为难。"那也是很节俭的一个时代，我母亲把这个蛋糕放在高温蒸锅里边蒸。最后我吃到的，是蒸了很多遍的，变得很小很硬的怪东西，有点像热太过的馒头，底下稀软，也不好吃了。

所以，如果我母亲活到今天，依然是一名大夫的话，我觉得她也会很恐惧，我会很害怕的。我会担心她今天会不会安全回家，有没有一个患者跟她吵起来了，有没有一个患者堵在门口，要用刀杀了她！

这是太可笑又太恐怖的事情。但这就是现在存在的境况，每

237

一个大夫和护士都面临这样一些患者，一个很奇怪的服务对象。无论你做多少，无论你怎么做，无论你为他做了什么，你为他抢回了多少生命！

我相信，上帝可能会在天上看到，看到这一代的医生的委屈。

我真替他们感到委屈！

不是因为我是医生的女儿才会这样说，但正因为我是医生的女儿，我更理解医生，我更理解他们在挽救生命的过程中所付出、所承担的心理压力。

现在有多少父母让自己的孩子去学医呢？医学专业要学八到十五年，才能去挣钱。

干吗要这么费劲！实事求是说，修一辆车比修一个人挣得多吧？

一辆车不能跑了，搁点油又跑了，修一辆车的费用比找大夫看一次病的费用要高得多，但没有谁不高兴，没有任何人不高兴。

再说养宠物，大家现在都养宠物，我觉得我要养了一个宠物我也爱它们，我也喜欢，猫呀狗呀！但我没养，没那个时间，也没那个精力，不愿意去养活的东西。但我很爱动物，去了有猫有狗的人家里，我会摸它们的毛，我会抱抱它们。

如果养一个名猫，或者一条名犬，它们的洗澡费一次要多少钱？它们的医疗费要多高？它们一次的挂号费可能2000块钱！人去看病，用得了2000块钱做挂号费吗？谁是上帝呢？狗是上帝，猫才是上帝，什么心肝儿宝贝、什么儿子等等都亲得很。

在人生的很多路口，都可能一走就错，但人自己并不知道，没有意识到。之所以意识不到，首先因为人太自我了，太爱自己。

太爱自己的人，都是不可爱的。

有人问我，你遇没遇到过不喜欢的医生或者护士呢？当然遇到过，肯定有。在这样的时候，我也会在一瞬之间想，你怎么这么对我，你是医生就应该这样吗？受到不近情理的对待，可能会有很多原因，只要平心静气，就像要跟癌症讲和一样，要跟生活里很多的不如意讲和。

我相信，这是每一个人做得到的。

一个人，不可能看到全天下人的笑脸，不可能是任何人的上帝，在丈夫或者在妻子面前，在家人面前，都不能居高临下。得了癌症，并不因此为尊为大了，可以任意哭闹撒野，什么全是赖你！

越闹离生越远。为什么？因为他是在消耗自己，同时也在消耗身边人的能量，把身边人的能量加上自己脆弱生命最后的一点能量，全部消耗光的时候，死亡就站在前面了。

我现在常说，我不怕死，为什么不怕呢？活，说到底没有一个标准。一个人努力活到100岁以后也不会永生，即便活到200岁也得死掉，这是人的寿命，寿数到了就得离开。

假如我的寿命是40岁，如果没有遇见王大夫他们这样的医生，我在40岁可能就没有了。这没什么话好说吧！——无论我怎么对待这个事，追问怎么这么短命之类，我在那个时间就没有了。

　　可是，他们为我抢回了十多年的生命。这是个恩德！我怎么能不记在心里，怎么能不把他们看成天上的太阳，温暖着我，普照所有癌症患者——更多的人在他们那里得到重生的机会。

四、生命是一个奇迹：我的治疗传奇

前几天还有人在跟我说：你病那么重，活十多年了，真是太伟大了。

我说哪是我伟大，我一点都不伟大。

我也是平均两三年发生一次转移，然后就回到医院放化疗；如果没有王教授和董梅医生，还有一些像张萍教授，还有我最初遇到过的蔡建强教授等等，还有很多很多我叫得上名字和叫不上来名字的大夫，还有护士们，他们给我生命当中注入能量，使我多次走过生死，我哪里还能活着，我真的觉得我的生命是大家给的，我的那份感激是在心里的。所以我会很珍惜。

再造生命，就在濒死的边缘

我接着讲我因为误食毒汁后发生的事，那是我人生遇到的最为黑暗的时刻，但王维虎医生又一次救了我。

我丈夫开车把我接回市里之后，我基本上已经陷入昏迷，那之后发生的事，也基本上不记得了，生命完全就是在濒死的边缘。

到家后，我丈夫马上给王维虎大夫和董梅大夫打电话，他就说文昕状况不好！快不行了。他们俩非常吃惊，因为没有听说过我之前有什么问题，怎么可能忽然一下就坏到这种程度？

在那之前，我本身确实也没有什么问题，而且，在我不出大事的时候，几乎没有主动地去找过这两位大夫，我觉得大家都很忙，自己身体的那些小事情干吗要总去麻烦别人呢。所以我当时的状况发展到那种严重的程度，他们就觉得很吃惊，说怎么会突然成了这种样子？我们怎么不知道？为什么不早点儿来找我们？

他们哪里知道，这个误区太大了，当时我是根本不可能有什么办法走出这个魔怪的圈。董大夫和王大夫特别着急，很快就从东二环开车到西四环的我家。好远的路，他们那么累、事情那么多，只为一个患者家庭的求助电话，他们就开车来到我们家。

我丈夫后来问我，你还记得吗，王维虎教授亲自蒸的鸡蛋羹，是董梅教授亲自喂你吃的，记得吗？好像是有点印象有人喂我吃什么东西，但确实不知道，那就是他们！这份恩情之重，我真的都没有办法去报答。常说，人到了生死，才知道医生的伟大，他们的恩情是如此深厚，他们的心地是如此的善良，我真的不知道用什么言语来形容这份恩情，而我只能将这一切难忘的记忆珍存在心里，记忆深深。

因为当时总医院床位非常紧张，他们先把我安排到了三环医院。北京的三环医院是中国医学科学院肿瘤医院的民间合作医院，那边的床位是完全可以提供给总院住不下的患者的，也有班车每天往返于两医院之间，治疗上也是总院一边的主任医师或者专家，去负责三环医院的技术把关、专家会诊。

送我到三环医院的整个过程，我什么记忆都没有。那个时候我已经是连水都喝不进去了。

我丈夫特别着急，就问三环医院的大夫：您觉得这病人还有希望吗？那大夫看了看说："我真的不知道怎么说……"我丈夫说："您跟我照实说没关系。"那个女大夫犹豫了好半天说："我感觉没有太大的医疗的价值了……"（所谓治疗价值，指的是这个生命是可以抢救回来的、是能够有生存希望的，才会去医治）

到了现在这样的境地，已经太晚太晚了，正常情况下，就是神仙都没有回天之力了。所以大夫很为难，我丈夫追着问大夫：她还会有多少天？她说大概三四天吧，或者这星期。

医生并没有错，她觉得这样的一个病人都已经是处于肝昏迷的状态，整个的肝脏肿大、肿大了的肝脏上边就像花豹的皮一样全部长满了转移灶，谁也没有见过这么严重的肝癌患者，根本就没有办法。

我觉得王维虎教授真的很伟大，他依然没有放弃我。怎么用"伟大"这个词形容他呢，我甚至觉得这个词不足够形容他作为男人的决断和担当，还有他的那种坚决。

他说能行，还能救。

他请了肿瘤医院最棒的一个化疗专家，张萍教授。为什么我一直心里边记着这个名字呢？我觉得张萍教授的一个选药，救了我的一条命。

我当时转氨酶非常高，已经到了 680（正常值是 25）；转氨

243

酶到 680，那基本上是不可以承受化疗药的，肝脏已经完全损伤了，没有了解毒功能，完全陷入瘫痪状态，人也进入深度昏迷。

结果张萍教授说还有一项不高，可以打！马上上化疗药。

这次治疗真的是太大的惊奇和惊喜，我这么从开头就抵触化疗的一个人，会在这次化疗后彻底转变过来！

化疗药打完第一次，第二天我就完全清醒了，可以吃饭了，整个人精神大为改观。虽然那时候身体还很虚弱，不能走路，但是癌细胞就此被彻底控制住，最后我居然奇迹生还了。肝脏上所有的转移灶全部都被钙化，肝脏渐渐恢复了正常。

我被眼前的结果震惊了！过去，我是一个最怕化疗的人，避之唯恐不及，才知道，化疗是可以救命的！

过去是不了解化疗效果的。比如说做了手术然后会让你化疗一下，杀死你体内其他散兵游勇的癌细胞；这些工作非但你看不见它什么成效，相反你倒受到很大的伤害：首先你会掉头发、你形象很难看，你变得像一片枯叶一样，脸色焦黄，你迅速地衰老。

更多的时候，化疗是为了去除一些身体里潜在的危险，消灭在人的身体内一个脏器、一个脏器地游走、潜伏的癌细胞。只有用化疗，没有比这更合适的办法。但却是很多人包括我最不愿意接受的……因为，总而言之，这个过程，你看到的都是不好的东西，觉得那是强加给你的多余的一件事。而我当时的病情已经到了完全没有救治价值的情况下，命悬一线，化疗，就在此时显现出了巨大的威力，救命于水火，让我直观地看到它的重要性、看到了它威力的真实存在!

我也感动于我遇到的王维虎、董梅大夫、张萍大夫,他们在任何情况下,都在对患者出手相救。我只能说这一切好伟大,在这个肿瘤医院,有那么多的好大夫,他们拯救了多少像我一样的患者的生命。可他们并不记得,这辈子见过的病人太多太多了。像张萍大夫,她可能并不记得她曾经救过一个人,那个人对她满怀感恩之心,她不知道。这就是她的工作。她就觉得我做的这个决定就是适合你的,而适合你的就给了你生命。

然而这一切对于我却是再造之恩。因为他们的平常心,更显示出伟大的意义。

我在三环医院打完了第一个疗程之后,董梅大夫那边的床位就腾出来了,董大夫亲自把我安排在她的病房里,在她的内6病区里继续完成了下面的化疗。

他们把我从死亡线上拯救回来,使我再一次得到了到现在为止5年的生命。5年,是一个生存期的坎儿,医学上,总是要说到5年生存率。可是就这样一次空前危机、几乎站在死亡的边缘了,没有什么可能被救活的情况下,我居然被救活了。

如果说生命是一个奇迹,那么化疗在我来说,也是一个奇迹。王维虎、董大夫、张萍大夫,他们,才是真正创造奇迹的人。

止疼药，不可以无限依赖！

我想说一说一些药。因为在治疗中对一些药不够了解，曾经引发了我生命中一个天大的危机，为此，我曾经主动放弃了生命。这是我一定要对读者说的，希望大家不会因为对用药的错误和疏忽，发生和我同样的情况。

这是我书中的最重的一个部分，也是最艰难的！千回百转地走到了这里。这是我留到后面才想说的一个部分。

经历过一次生与死，原本我应该珍惜重新开始的生命；而在生命被抢回来之后，另一个错误，却使我决定主动放弃生命。

我一向觉得生命是要有质量的，如果有一天我的存在既对社会无用，又对家庭成为沉重的负担，而自己又经历毫无意义的漫长痛苦，这样的生命对我无用、我宁愿主动放弃。

我推崇安乐死，我觉得那是一种有尊严的生死观。虽然世界上没有几个国家能够通过安乐死的法律规定，但越来越多的声音都在呼吁它的合法化。一个人完全没有了康复的希望，他活着除了消耗社会资源、亲人的生命时间和精力，自己还要付出痛苦的代价，却一定要活到最后一刻，我觉得没有必要，这会是一件愚昧的事！

我很早就曾经和王维虎大夫说过我的想法，他沉思着，赞同了我的说法。他说，真的要是瘫痪或特别的痛苦，那生存质量就太低了，真的也没什么意义。我记得当时我快欢呼了，为王大夫的伟大和先进思想！一个大夫，也能这样说，真的是太难得了，这就是王维虎这个人与众不同的地方！他只说真话，他是真正懂得生命的人。

从我患病的那天起，就开始托人弄到大量安眠药，以备不时之需。我直到今天都是一样，不惧生死，但不愿意没有尊严地活着。那样每一分钟地活着，都是对社会资源的浪费、对自己尊严的损害，我不愿意要没有价值的生命。

我当时面临的问题是颈胸段脊柱的骨骼转移压迫到上肢神经。最为严重的是第 3 节胸椎已经全部都被肿瘤蛀空了，椎体压缩变形，除了高位截瘫的风险之外，还有剧痛。疼痛已经到了非常严重的程度，双臂始终又麻又痛，甚至于想把这两只胳膊切掉！那种痛苦很难形容。

而且，不能够自己起床、不能自己坐起来，需要花很长的时间和力气去尝试怎么才能从床上爬起来。那是非常可怕的一件事，而且如果真的在 3 椎高位截瘫，那么只有头是活的，这样的情形是我无论如何也不能接受的——想给自己安乐死也做不到了……

王维虎大夫说，可以通过放疗解决颈胸段脊椎的转移灶问题。而此时，我的化疗刚刚做完 1 个疗程。

化疗、放疗同时进行，是有风险的。可是我当时病情确实危急，如果化疗肝脏上的问题得以解决，高位截瘫也是我不能够接受的事情。王大夫经不起我磨，他也替我着急。于是，放疗和化疗同时进行。

247

我确实想得简单了。当时的身体状况根本顶不了两项同时进行，极强烈的反应、很大的副作用，我没有想到我根本就顶不下来。放疗是全部完成了，但是化疗只做了4个疗程。

我后来很后悔，我的错误可能就错在这了，是我心太急，我要是把6个疗程的化疗全部打完、稍后再去做放疗，可能我的身体就能顶得下来，那么可能我获得的效益就会更好，可能现在的转移就不会发生。

张萍教授当时给我开的化疗药，是非常有效、非常管用的，我特别特别后悔，当时没有把这个药打完。可是，当时我身体已经不行了，不仅是巨大的副作用、严重的消化道烧伤、口腔溃疡，什么东西都不能吃。然后各种疼痛，无法抵挡。

在医院，有一个疼痛调查，入院的时候，护士会问你是否身体有疼痛，如果有，是会得到止痛药的。

后来我就开始服用止疼药，我特别要说的，就是这个药！它是我犯下的又一个错误，其后果，使我曾经不得已为之放弃了自己的生命。所以我一定要告诉读者，警惕这个药，它并不是绝对安全、并可以无限依赖的！

整个癌症病房有疼痛症状的病人，都有可能服用这种药，它叫"氨酚羟考酮"。它是一个被认为没有什么副作用的、中至重度疼痛的专业止痛药，在市面上是不可能买得到的。在市面上可以买到的止痛药，最多也就是轻到中度级别。

"氨酚羟考酮"很多人都在吃，他们都没有严重到像我一样到了不能承受的程度，那么严重的副作用，是因为他们服用的量没有我那么多。

如果一般性的使用，就和我们熟知的一些普通止痛药一样，它是安全的，但就怕是遇到我当时的那种全身巨痛的情况，你会下意识地不断追加用药的量。它是会有药物依赖的，尽管说它是最不产生药物依赖的止痛药。

这个药，刚开头吃一片就可以很好止痛，管 4~5 小时；那我一天三片就够了。大夫说可以加量，我就开始自己加大了用药量。我还问了一下别的患者，大家也说："还行，我也吃这个药。"

当然也听到有患者跟大夫说，吃完这个药便秘得很厉害，然后大夫就会给患者开一些看上去像果汁一样、喝着也挺好喝的通便的药；然后别人可能就很管用，我也没有引起重视。

我当时全身的疼痛太厉害了，加上打化疗全身肌肉都在痛，我就在不停地追加这个药的服用量。我用各种机会，去镇痛门诊开这个药，我也从董大夫那儿拿了不少这个药。达到什么程度呢？就那种塑料袋，我可能存了两袋子吧。

因为我此时已经离不开这个药了，如果不吃，从心里就会很恐惧，就觉得无法忍受全身的疼痛。于是，我就一直在偷偷地加量吃这个药。

严重的药物依赖！从刚开头是一天要吃一盒，从一片涨到两片，从两片涨到三片，最后到五片，才能止住那个疼。你越这么追加，它的副作用积累就越大，最后就是不可逆地陷入了必须得每天吃两盒、否则就没法活的这样的境地。我已经产生严重的对"氨酚羟考酮"的依赖，而我又不能从中摆脱出来。

它的副作用，就是人们所说的便秘，此时才显现出了非常恐怖的一面。可能别人也没有吃这个药吃到我这种程度的，或者吃到这种程度的人也没有人会说。想一想就能知道，止痛药之所以止痛，它是靠麻痹了人的神经，让你不感觉到疼痛。

但它同时也在麻痹人的全部的内脏，使内脏呆滞不动。你的整个肠道是不蠕动的。那么你吃进去的任何东西，它就变成了黑色的石头；你肚子里全是那些无法排出的黑色的石头，整个人被黑色的石头困着，真的出不来了。

那个时候我就跟我丈夫说，我说："哥哥我真的活不了了，让我活我也不想活了，这太痛苦了！我真的觉得我都没有办法去承担这些痛苦，我也没有办法解决这些痛苦，也没有人能够帮到我解决这种很尴尬的，很难堪的痛苦！就是找大夫去也是没有用的，我知道他们开的药，那些药根本救不了我！你把我接回家吧。"

我要让自己很尊严去死

我出医院后，一直住在我二姐家里。她每天给我做饭，每天愁得不知道怎么办，做了什么东西端到我面前，我看了看，就趴在桌子那，说我不想吃，什么东西都不吃。

我自己也仔细考虑了这件事，我不吃这个药，就一直在疼，我要吃这个药，就是这样的结果。我已经无路可走、彻底绝望了。

我丈夫接我回家后，我就认真地跟他谈。我说："哥，咱俩从我得病那一天起，就说好了，不要让我有一天特别痛苦了还活到最后，承受很多不必要的痛苦，要允许我实在活不了的时候，你让我走。"

我说《非诚勿扰2》你也看了，那个孙红雷演的角色我们都记得，他发现了他自己脚背上长了黑色素的癌，他的生命不久于人世，然后他给他自己开了一个告别会，所有的好朋友都来参加，然后他求葛优（饰演的角色）："你我是朋友，你应该理解我的选择……"

告别仪式之后，他选择了一个游艇，开到了大海的深处，在蓝蓝的碧波面前，他摇着轮椅就在那个船头消失了。

这个故事特别感动我、震撼我，这是人面对生死的最智慧的选择，有什么必要非得留住没有价值的生命？然后切开喉管插进无数管子，然后抢救，完全没有任何意义！人们真有几人愿意这样呢？亲人觉得抢救很重要，哪怕最后一分钟，最后一秒钟他们都愿意让他在那里呼吸，可是我觉得真正的亲人、好朋友，就应该像《非诚勿扰2》电影里那样帮助、支持自己爱的人的选择。

《非诚勿扰2》传达了一个非常伟大的一个理念，人可以选择命运由自己安排，用不着非得等到最后一刻、经历所有痛苦，浪费社会资源和时间。我们是可以随时停止这件事情的，没有必要去承受更多更多的痛苦，也毫无意义地长时间拖累你的亲人和

251

家庭。

人总是要死的，为什么不可以死得痛快一点、有尊严一点儿？我的观念，连王大夫都赞同过。安乐死是社会很高级的发展方向，或者很高级的一个人对生死选择的进步方式，让自己很尊严地去死。

我用了十多年的时间和我丈夫在说这件事，渐渐让他接受我的安乐死的观念。我也一直跟朋友们说，安乐死是一个非常尊重人、非常人性化的做法，现在也有很多很多人都在支持，为什么人一定要活到最后一口气呢？我们眼前看见过，无数的经验告诉我们，那一刻真的太痛苦了，你愿意吗？我不愿意。

但是中国没有安乐死立法。

所以我保存了很多安眠药，我要替自己安排好我的最后一天。

我跟我丈夫说："我真的到了最后选择的时候了，哥你早就答应我，如果我到了不能坚持的时候，你放手让我自己走。"真到了这一天的时候，他就犹豫了，反复地说："还有希望的，我再去找王大夫……"

已经存了300片安定，完全都是在有效期之内的，这些药我就是留着自己去安乐死的。但是在中国是不可以的，如果我要做了这件事情，我的丈夫可能会被警方或者法律等判有罪。这对他也太不公道了，是我想死，怎么会连累到自己的亲人呢！

我就跟他说，我说你看连电影里的人物，朋友之间都可以做到，你是我的亲人，你怎么能够愿意我承受这些痛苦呢？如果我承受得了，我一定承受，如果我能看到生的彼岸，我一定愿意去朝那个彼岸走，我为什么要放弃呢？是因为我真的承受不了了！

这样，我跟我丈夫谈了一个星期吧，就是这样反复地、不停地每一跟他说："你今天让我走吧，你不用管我的事情，我都安排好了，也和我姐姐交代好了，她会配合你，不会被我牵连。"

我很心疼我丈夫，他真是无辜，我做的任何一件事情都可能牵连到他，因为他跟我生活在一起，会成为第一个嫌疑人。我选择这样的路，就要考虑好对于我周边人的影响。所以我遗书写得很详细，我对安乐死的这个选择，是我自己的个人意愿，是一个很理性的事情。

我不敢跟他眼光相对，总是尽量低着头跟他说话，生怕带出感情来影响我们在谈话的内容，影响最后的结果，我不能让他受到感情的困扰、阻碍我的决定。

后来他跟我说，女人的心真狠。

我丈夫是个开通的人，绝对不愚昧地看待生死，让他逼着我去活，我太受罪他也不愿意。后来他终于点头同意了。

我真不公道，后来我才知道那对他来说是多么残酷。

我换好了所有的衣服，走的时候要有尊严。我说，你在 24 小时之内不要找我，我上我姐姐家去，如果警方要问到你，你就说，那个时候她说她去姐姐家，我已经安排好了，你后天给我大姐打一个电话，我是跟我两个姐姐都说好了的，如果我发生任何问题是我个人的意愿，她们也都是很清楚的，她们会说没来过，我都帮她们编圆了整个的应对，然后你们就可以一起找我了，或报警。警方情况调查她们会帮你，而且我身上有遗书，里面说得很清楚，不会有问题。

我已经写好了四份遗书，一份是给我丈夫，一份是给我儿子的，一份是我的财产的处理，还有一份是给王维虎、董梅医生的，我向他们俩道歉，辜负了他们对我的努力救治，他们的恩情我牢记在心，下世一定来全心报答。他们把我的生命再一次从死亡线上抢回来，在肝脏弥漫性转移的情况下，他们花费心血全力救我，可这种时候，居然我自己选择了安乐死。这简直是太荒谬了，我是再没脸见他们了，我真是到死都没有脸见他们！我怎么跟他们解释这个原因？

我带着这四份遗书，就离开我们家了。

我为什么让我丈夫24小时之内不要找我呢，因为24小时足够我自然死亡了。我吃了300片安眠药，24小时肯定是没有救的希望了，这样即使有人发现了，也没办法救，我就成功了。

当时关于最后的地点，我曾经困惑了很久，想了很多年。当然最好的睡具就唯有我自己的汽车了，假如我把汽车开到一个没有人的山崖，或者是无人的地方，看到的人必定觉得好奇怪，这么漂亮的一辆汽车里面，会有什么情况，肯定会有人趴窗户看，所以你可能会在这当中获救，那太可怕了！

我是坚决不能获救的！我在遗书里面也说到了，就是不要抢救！这是我自己的自愿的选择，如果谁抢救我，你们就是在害我，是对一个生命的不尊重。而且，这些话我也曾经跟董大夫和王大夫说过，主要是跟王大夫说吧，我说我要真到了那时候，千万不要抢救我！而且我丈夫也是很接受我的这个观念，插管、切开喉咙、然后上呼吸机等等，这些我都坚决不要！对我来说什么什么都不要，完完整整地、安安静静让我走，就是对我最大的好。

我早已想好了一个最好的地方，我们的地下车库。那里是很黑暗的，我的车停在车位上不会有人想到车里会有人。车是最安全的地方！

我打开车门，从后车门进入，然后在前门手动把整个全车锁死，车钥匙也在汽车里，外人是打不开的，除非有另一把钥匙。然后我就在后座上放了一个绵软的小枕头，那个小枕头是我小儿子给我买的，我就躺在那个小枕头上。那枕头特别毛茸茸的可爱，他说妈妈你不是喜欢这个嘛，放在车里的，你要累了，可以在后面睡觉。我的车里一直都有那个小枕头。

我把所有的遗书和那些文件压在了枕头底下，非常平静地、就像平常一样，心无波澜地吃下了 300 片安定，躺在车后座位上。

整个过程十分平静，我唯一没意料到——后来想，不知道那是错误还是命运转机？我说不清楚——平时我的车里边会有很多水和饮料的，结果我吃药时发现触手可及的地方只有一瓶杏仁露露。

好笑的是这似乎跟"维生素 B17"扯上了关系，当然那是没有关系的，实在是两件事。

我当时就是用车里的杏仁露露，吞下小盒里的 300 片安眠药，然后就静静地躺在那个后座上，好像平时的任何一天一样。只是心里多少有点儿奇怪的感觉，真的要走了。就像我明天还会醒来一样，心里没有任何的恐惧，也没有什么多余的向往，一切很平常。

想起我先生说的话，女人，心真狠。真的吗？

"上天不要你，就是让你活的！"

后来听我丈夫说，他当时的状态很惨。

他说一扇大门在他面前突然轰然关闭了，忽然觉得，他和这个女人的一生，就这样结束了？

那个一瞬他想从沙发上站起来，结果他站起来就摔倒在我们家中厅的地上了；然后他就想爬起来，但是腿完全无力、在发抖，就是爬不起来。费了好大的劲爬起来以后，他第一件事就冲到窗边，我们家有一个可以看到车库出口的那个窗户。

他就趴在窗户上面看我的汽车是不是开出去了，他并不知道我要去哪儿，这些事情我也不会告诉他，我不愿让他短时间后悔了轻易找到我。我想他根本就猜不到。

谁知道他破案的意识那么强，他一个小时之后还是找到我了，找到了我的汽车，然后他就趴在汽车上面的窗户往里看，发现后座上是我在躺着，我那个时候已经没有了意识。我丈夫就冲到楼上去拿我们家的另一把汽车钥匙。

车门打开了以后，他的第一件事就是打电话给王维虎大夫，他就跟王大夫说了发生了什么事；王大夫当时听了以后就说，你别处理这件事，你处理不了，你开不出死亡证明！马上把她开车送到医院里来，我在综合病房等着，这事我来处理。

于是我丈夫叫上我小儿子一起送我去肿瘤医院。

正是北京的晚高峰时段，拥堵的北京南二环的路上，费了好大的劲终于到了医院。我小儿子从来没经历过这种事情，他很害怕，本来我丈夫是让我儿子过去在后边抱着我。他没有经历过这种事情，吓得都不行了，就坐在了前面。然后刹车的时候，我就掉到了前排座椅和后排座椅之间的缝里了。我丈夫就一直在骂他，就骂他没用。我儿子又害怕，又被训，真的想想也是很惨的样子。与他无关的那么一件事，居然把他也给连累到了，真是抱歉。

到了肿瘤医院，天已经全黑透了，那时候我完全没有意识，4个保安也不能把我从座椅的缝隙中抬出来。我先生说，他那时候就知道，我死不了，他没有感觉到我会死，他说他知道。他怕我活过来而腰断了，他就自个来，用一只手臂从我身体下面把整个人托举起来，成功地抬出了我。

他那条手臂后来几个月都是疼痛的，恢复不过来。

因为王大夫一直知道我的意愿，而且我丈夫给他也看了我的遗书，他知道我的意愿不抢救、不上呼吸机等等。他完全满足了我的心愿。我觉得他是伟大的大夫，他不光是伟大的大夫，他是伟大的人！

从来这个世界上没有这样的一个人，伟岸到了就是可以理解人的生，也可以理解人的死，可以去救助人的生，可以让你满足地选择有尊严的死。而你有幸有了这样的朋友，你当如何去报答！真的知道你根本无以为报！心里边的那种温暖，那种感动，和你对他的敬佩，无以言表，没有一种语言可以形容这种人性的光辉。

　　王维虎是一个性情中人，有点天真、有点浪漫，他的这种情怀是与他的职业无关的，但却恰恰显示出了这个大夫的与众不同。我确信，这才是大大夫、这才是真正的大夫，他不被污染的天性属于自然，他听从自己的内心。

　　我后来才想明白我给王维虎带来了什么啊！他不仅救助我，然后到末了他还这样的善良地支持我去做我想做的事。他尊重我的意愿，而我只是一个原本和他萍水相逢的病人。这个大夫太伟大了、这个人太伟大了，你想象不到，这个世界上会有一个人可以做到这一点，但王维虎医生却做到了！真心敬佩！

　　我像看一个特别高大的神一样去看待他，只有他具有这样的理解力，他能够包容你所有所有的错误，因为他是伟大的医生，他也是伟大的心理学家，他甚至于是一个可以包容世界、有博大胸怀的真正男人。他真的好厉害，这是我对王维虎教授非常非常惊讶的认识。

　　为了成全一个患者的意愿，他押上了他自己的职业生涯。

　　我后来每一次想到这点都会冒冷汗，他已经是国内放疗界名副其实的大牌专家了，并且还是医院管理层的领导干部，他应该很好地保护自己，原本没有必要负担这么重的责任。他看了我的遗书以后，就跟其他的大夫说，这个病人肝昏迷，不用抢救，接一个心脏监控仪，先观察观察。然后暂时把我放在一个药品储藏间，加了一个心脏监控仪不做任何抢救，不洗胃，不上呼吸机，也不做任何处理，就静静地等待我最后的结果。

但是很奇怪的是，我的心脏跳得特别好。这时候我姐和我家里面的人已经赶到了医院，王维虎大夫因为我，下班了而不能回家，一直等到深夜。他隔一会儿进来看一眼心脏监控仪，跟我姐姐说："太可惜了，这么好的心跳！你看这心跳一直这么好，太可惜了、太可惜了！"他一直在这样说。

然后过一会再来看，依然是跳得那么好。那天晚上他在医院本来是没有值班的任务的，结果那晚上他一直在医院。

整个过程是很奇怪的事，不是死了吗？那么死就应该死得很彻底。

可是特别奇怪，在我服药大概 6 个小时以后，我自己醒了。真的是一个很奇迹的事情，我醒来并且能认识周边的所有人，也记得所有我做的事情。我怎么又醒了呀？我只感觉特别无奈，那 300 片安眠药怎么会没有帮助我？王大夫当时如释重负，他说："好，就这样，转病房吧，我回家了。"

他很高兴，因为我能够自然苏醒，那就说明这个药没有威胁到我的生命，暂时没有危险了。

我吃了那么多片安眠药，结果竟然是这样。我后来非常愤怒，总以为我丈夫他们抢救了，还是做了什么！我姐姐证实，真的大家只是按我的意思去做，什么抢救措施都没有用。

我后来问过董梅大夫，董大夫说300片足够量，很多人30片就承受不了，我也不能解释这么大药量为什么你没事儿，也是很奇迹的一件事情。

药是绝对没有过期的，因为我一直存、一直以旧换新的淘汰前面的，十几年来我一直在认真地做这件事。我没有想到，这么大的量，居然没有走成！真的是特别不解、也不甘心。

其实我要说的另一个感动就是董梅教授，真的，我觉得她也是特别伟大的人，像董大夫这样性情中的女人是很少的。她跟王大夫两个人很像，就本性里而言，有很一样、一致的东西。他们的性情里都有一种与世人不同的、本真的东西，这种超凡脱俗的品质，使他们有了一种职业之外的神圣和美丽。

他们非常尊重患者自身的选择，就算他们不同意我要干的这个事情，他们也能够理解；而且不用他们手上的医疗权利去阻挡我。其实很简单，只要抢救，他们和家庭就没有风险，可是他们尊重我的选择。我觉得最伟大的人还有董大夫，试想，当自己的丈夫这样去做的时候，是给整个的家庭带来了多少沉重压力和风险！

如果要是一个家庭里最主要的顶梁柱，莫名其妙卷入了因一个患者个人行为而使这个家庭面临风险，那么妻子会怎么做呢？如果我是董梅医生，我甚至于会去阻拦自己的丈夫："你不要这么干，你这么干，我们家怎么办？"

可是董梅医生从来没有这样去埋怨过王大夫，相反她特别安静，就像个小孩子一样那么天真，那么理解别人。他们为什么是这么干净的人呢！

她第二天一上班就到病房来看我，她说："文昕你不要再干这种事了，你看上天都不要你！上天不要你，就是让你活的！"后来她多次对我这样说。

一分钟4次自主呼吸

我现在想，这可能是真的，为什么上天不要我？

因为我经历了这么多的事情，而我是作家，我有自己的头脑，我可以体会这个疾病，我可以说出这个疾病；我可以说出病人内心的感受，可以说出患者的心声。这些东西是没有任何的润色、或者是夸张的，就这样平平常常、曲曲折折地走过来了。

这些第一手的经验、很多感悟，如果不写出来，让需要的人看到，实在是一种浪费。上天希望我用自己的思想和智慧把这一切写成书，让大家看到真实一切。

我不是抗癌明星，也不愿意鼓动别人努力为活命而战斗，那不是我的本意。我只想让我的这本书，像你的朋友一样，陪伴着你，让你看到我的快乐、我的失败。真实地告诉你，活着的时候，我和你一样遇到很多很多麻烦，也给自己和家人朋友找了很多麻烦。但是，我尽可能地做好我自己，尽可能地为别人着想，完善我自己。

261

我服下 300 片安眠药被上天拒绝之后，第三天我丈夫接我回家了。

虽然一直在睡，但也能醒一些时间，意识是半清楚的。又过了三天的时间，我还在昏睡，不吃不喝，我丈夫就又着急了，去给王大夫打电话。

我丈夫真的是，一旦觉得什么事情自己处理不了的时候，就去找王维虎，他说他永远像兄弟一样站在你的身边。他还说："我到任何时候，都永远认王维虎是我的兄弟！"我其实一直在内心里感激王维虎医生的另一件事，就是他在，我丈夫就有了心理依靠。我丈夫虽然是一个顶天立地的大男人，但是他内心里也有男人的脆弱，王维虎大夫，是他第一个可以去求助的人，只要有王大夫在，他就什么都不用怕；或者他无论碰到什么问题，他就只要跟王教授一说，这个事就解决了。

他打电话说："王大夫你想办法找个医院行不行？要不然她在家里一直昏睡，什么东西都不吃。长久下去也不确定会如何？"王大夫很快联系了海淀医院，离我家很近。

海淀医院说起来也是很大、很漂亮的一家综合医院，它也有肿瘤专科，有 VIP 病房，用王大夫的话说，比肿瘤医院的条件还要好。我后来在这里认识了宁军大夫和孙大夫，他们给我留下了特别特别美好的记忆。宁大夫后来还救过我一次……

我丈夫把我送到了海淀医院，我完全是没有意识的状态。消化那 300 片安眠药，是一个相当漫长的过程。

在海淀医院，真正的凶险才到来。

我到了那里之以后，就开始输液。可能输液稀释了我体内没有被释放完的安定成分，突然就来得很凶险。

先是高烧，然后是一分钟只有 4 次自主呼吸。这个状况一直持续——一分钟 4 次自主呼吸——人的大脑会因为缺氧而发生脑死亡，即便这个人醒了，他也应该是一个脑痴呆的结果，也就是植物人。

这些事情我都是不知道的，自己睡得蛮好。但医院报了病危，我家里的人，我的姐姐们都以为我的生命也就在一天之内了，租了宾馆，等着。

我大姐后来跟我说，我先生特别可怜。她说，象征每天就坐在病床前的一把椅子上，只要他一有时间，就坐在那里，一声不出地坐着，他说，我陪陪文昕。我姐好感动，这世界上这么好的男人太难找了。

那时候他已经签署了所有的家属需要签字的文件，以及病危通知书，他依然尊重了我的意愿，不插管、不抢救……我想他那个时候已经很平静了。

他就坐在椅子上，他说："我就跟她待一会儿就行了。"他隔几个小时就回来，只要忙完他的事情，他就一直坐在那。我丈夫后来跟我说，到这时候，他依然不认为我会走。

因为，他还能在心里跟我说话。

在这种状况下，我到了第六天彻底清醒、完全清醒，就像从没有发生过一切坏事那个样子。最奇怪的一件事是什么呢？——上天给了我一个最大的惊喜！我彻底戒断了止痛药！！从那以后，我只要一沾这个"氨酚羟考酮"，就会吐，沾一片都不行！那个药就跟我之间彻底地、永远地绝缘了。

所以我觉得就是上天不让我死，那我就感谢上天吧，完成它交给我的使命。我想，上天就是这样的意思，否则，我能够在换了别人都可能成为植物人的状况下清醒过来，居然还可以保留所有的记忆，而且还保有正常的语言功能。

我所有的记忆，一切的一切都在，难道真的是上天给我的任务吗？

这时候我才开始想，我真的应该写一本书了。这个念头开始冒出来，一次一次地，是不是老天让我把这些东西说出来了？让你经历这么多，让你经历得这么全，让你经历所有痛苦，甚至于让你连自杀都做了，然后你还是不能死，那是不是有一个任务在那儿？

你没有完成，是不可以走的。

五、疼痛中清凉的风，是一双拉住你的手

"你活一天，我就有一天的生活"

海淀医院，是我的重生之地。我从内心里深深地记着，也很感激这个医院的医生护士；她们后来跟我说，真没想到你现在能够好起来，那时候，你都快没有呼吸了。

我彻底清醒了以后，有一天傍晚，董大夫和王大夫专程到海淀医院来看我，他们特别激动，董大夫抢着跟我说话，她还说王大夫："你闭嘴，你不要说，让我先说，我先把我的话说完了！文昕你不要再干这种事了行吗，你看老天都不要你，以后再也别这么想了，有什么事，你跟我说行吗，你别再干这种傻事了！"

我说我当时是觉得真不行了，实在是不得已……她说："你别管什么原因，什么都是可以解决的，为什么这么点儿事情都不跟我说呢？"

我真的挺无奈的，我觉得我又错了，而且错得那么离谱。

要命的是我实在是对不起他们两个人！他们只是为我着急、并不责怪我，这让我更觉得自己错得无法解释。后来我是哭着跟王大夫和董大夫说："我真的从来没想过，会遇到你们这样的大

夫，无论是你的生、你的死，他不仅救过你、还送你到最后，这个世界上没有人可以做得到！我怎么去感激你们？我连感激这个话我都不能说，因为太轻了。"

确实，这完全不是感激的事，真的不只是感激！是一种敬重，我像看神一样看他们，他们太伟大了，他们真的不光是医生，他们是大写的人。他们能够包容这个世界上的所有人，甚至于患者的各种无理要求、各种矫情、各种不懂事、各种自我为中心，他们作为大夫，每一天都那么忙、那么累，还要花自己的时间去关心额外的病人，关心一个原本跟他们不相干的人。

这种恩德，不是可以用"感激"二字表达的。

在海淀医院我住了一个多月，有一个宁军大夫，她是我的主治大夫，我觉得她有点像外国的大夫，性格安静、温暖；她也有点像董梅大夫，非常优雅的外表，从内到外透出来的一种美感。她们在自己的职业里，显现出性格里的美丽和修养。

宁军大夫经常坐到我的床前跟我聊天，对人生中遇到的问题，给我很多建议，包括我跟我丈夫的关系如何处理这类的苦恼，我都会去跟她说。她温厚的性格让我信任。

我告诉她，我想早点出院，回家我要做的第一件事，是要去跟我丈夫办离婚。她说不要吧，为什么就非得要做成这么决断？她一有时间就来陪我说话，其实，这远不是大夫的责任，她有点儿像国外的医生，对病人更多心理关怀。

我决定了这件事：我要放开我丈夫，彻底放开他，让他自由，不能再去拖累他，跟我一起在这个事情里边没完没了。我想让他选择自己的生活，去寻找一个可以一起度过后半生的伴侣。

其实没什么用，现在，我就是放开了他，他依然还是被我拖累得没完没了，真的是一个很沉重的事情。

我出院的时候，我跟我丈夫谈，我说你接我回家，咱们有一个条件：要去办理离婚手续；你如果不跟我办理离婚手续，我不跟你回家。因为我觉得做人要有尊严，就像人的生死要有尊严是一样的道理，我到了这个时候，还在拖累你，我对我自己很看不起，我觉得我在害别人，你要如果放了我、你让我自由，我以后活的每一天就不再有压力；我释放了我内心的压力，再活一天是为我自己，而不是害人、拖累你，否则我会背着一个沉重的负担。因为拖累你，我就觉得很自责，这是我不能够承受的事情。

我丈夫说，你一定要这么做，我就为你同意这件事，我们在一起一生了，不是一张纸可以限制的，那张纸什么时候都可有可无，但是我们之间的这种感情，你曾经给过我的这些爱，还有我们共同的孩子，这些真的不是一张纸所可以限定的；你真的要觉得那张纸那么伤害你，那我可以同意跟你去办理手续。

结果那天我们俩准备了所有的东西，出院的当天就去了街道办事处，办理了离婚手续。我才发现离婚好容易啊，很多人互相之间就是为了一张纸打了很多年，甚至想拿那张纸都有可能拿不到。我现在才知道办理离婚，社会不会那么阻碍你了，甚至于离婚的理由都不怎么问。

我说我是癌症患者，我现在病情已经很严重了，我不想拖累我先生。工作人员又问："有财产纠纷吗？材料填一下，行，好，你们把这些文件签了吧。"我们就签了，两本的离婚证就到手了，前后不过十几分钟。

然后我把两本离婚证都扔给我丈夫，说我没用，反正我又不会跟任何人结婚，结婚是你自己的事，都给你吧。我就很高兴地跟他回家了。

真的，我那一刻放松了我自己，我放下了我心里一个沉重的包袱。因为我丈夫也有自己的朋友，还有家人，他在这样在苦海里挣扎了十多年，大家也是同情他的，而且他的朋友会更替他着想，会说："你看她老是这样拖你，一年一年的，你都快老了，你以后晚年怎么过，你一个人，也没有人照顾你，找一个年轻点的女孩子，或者是你喜欢的，重新开始吧！"大家都跟他有这样的建议，或者他更好的朋友，会挺恨我的。他的家人心疼他、又会怎么想我？也是可想而知了。全家人肯定会觉得，他真的太不容易了。

我一直后悔，我觉悟得有点儿晚了，我应该早些年放手我们的婚姻。十年，我还是拖累了他，如果早一点儿放手，他年轻得多，新生活就有可能开始。

但是他这个人，其实一生都挺纠结的，他总是良心不安。内心里，他是一个极重情意的人，你放了他走，他也不忍心丢下你。他现在成了我的心病，真到有一天，应该走的时候，有他在这个世界上，我会不忍离去、我会担心他孤零零的一个人，从天上看他，我会伤心。

所以我一直说，如果这世上有一个女人安慰他、照顾他，这个人就是我的恩人。

我做错的事情我后悔。还是因为自私心吧！悟透做人，需要成熟，但我确实对不起他，我放开我们彼此、是真的有些晚了。我庆幸我还是做到了，至少那代表我的真心。而且说良心话，如果一个人就死站着那个位置，坚决不撒手，对待自己的亲人都可以这样，这个人的其他做法可想而知。

我现在真的可以很骄傲地说，我活得很坦然。他一直是我的亲人，在我需要帮助的时候，依然是最亲的人在我身边，而我特别希望他能够获得人生的幸福。

"帅大叔"老晋（本书以下就这么称呼他了吧），经常被同龄人"看走眼"，说："你这么年轻，当然不懂得我们 50 岁人的烦恼……"确实，他还那么健壮，每天的必修课是强度不低的锻炼，他是努力保持自己的工作状态的，也是努力扛起我的癌症给全家造成的影响。

然而，十几年下来，我看到了的是他坚韧的性格，默默承受给他的生活带来的影响。我是能看出他真的有点儿"老了"。当年，他的英武一直是我自豪的，而他也是众多年轻女性的追逐目标，不管为了钱也好，为了别的什么也好，但不可否认的，她们欣赏他是枚"暖男"！他也深受她们的喜爱和信任，是我占据这个位置太久了。

269

我们正式办理离婚手续的时候，其实对他来说，我已经晚了，在他苍凉的心里，一切皆无意义。后来老晋常说的话是：我老了，我没有心情去做这样的事，别再催我，我想了，那对我未必是一件好事。

可是，真的想到当我离开这个世界之后，看他拖着苍老的身影，孤独无助、形只影单的情形，想想我就心如刀割，真的心好痛！

……但是，老晋没有离开，尽管我要求他为我租下了房子，从我们的家里搬了出来；尽管这些年，从一开始我常以为我的摄影模特"找工作"为由，把我认为可爱的女孩子送入他的公司，其中也不乏对他"有好感"的女孩子，他却始终没有这方面的打算。他成了我的心病。

他说，你活一天，我就有一天的生活，尽量多陪陪我吧，你在，我就有心情做事，心里就能踏实。别再想不现实的事，你的想法可能对我不合适，反而害了我。

说来，我和老晋并不是一种人，他其实是一个比较严肃的人，甚而有点儿忧郁，而我却是嘻嘻哈哈的快乐性格，一开始，他是很气恼我这种性格的，但我们本质里都有一种天真，或是他受到我的影响，所以我们在一起的时候，还是快乐多一些。

当年遇到他的时候，我从相机的取景器里看他，他很帅气，而且也还是很温柔的那么一个暖男的外表形象，印象相当得好。为此我没少给他拍摄照片。结婚后才知道，我"上当"了，他脾气其实是很暴的。

我跟我的两个儿子说过这件事，我说，我当年是当暖男找回来的……大儿子笑得要命，说："妈这你也信，世界上是没有暖男的！"我说："那你们是什么？"儿子说："骗子，装的呗！"说完他们笑得要命。

　　当年打动我的其实是他的强大有力。他做侦察兵的时候就身手矫健，他跳起来，两个手抓住房顶的外檐，然后一个倒卷，就能到了房顶上，他年轻时有非常好的体能，就是现在，也少有人可比。他会翻一串一串的串跟头，翻得很漂亮，他是挺棒的一个男人。就那时候我的体重是127斤，我记得清清楚楚，他能连举我十下，气都不喘。

　　居然拖累了他这么多年，我就觉得要有一个女人能够爱他，在他的晚年能够陪伴他，那真是我的欣慰了。

　　他每次都特别不高兴地跟我说："文昕，你别再安排我了好不好，真的我旁边不可能再接受别人了，我现在适应性很差，过独了，不愿意再去适应新的人，我现在特别喜欢一个人，不愿意有人打扰。"

　　其实老晋是一个最怕孤独的人，他强悍的外表下深藏着内心的脆弱。

　　我跟他一起生活了这么多年，我清清楚楚地了解他，所以有的时候，他也是我内心最软的地方，在做什么事情的时候，老想不伤害他。可是我干的每一件事都伤害到他，我这个人真是很成问题！

我想他给我的一辈子，而我却根本做不到，中途就丢下了他。

老晋最让我感激的地方，是他养我母亲养了一辈子。就算我们两个人之间有发生什么矛盾的时候，一想起他对我母亲的好，于是也就心平气和。有多少亲儿子尚且做不到，我当然感激他！

他给了我太多的东西，而且他从来没有要求过我给他回报。跟这样的一个人在一起生活是安全的，你不用去防范他会来侵害你，无论什么样的问题，生活当中即使有什么矛盾是非，相互让一让也能过去，何况是亲人。

真到了生死关头，心里只剩下了牵挂，才觉得我能够给他的，实在是太少太少了。我们之间的这种美好和快乐的时光，已经少之又少，我还能给他做一点儿什么？一个比我大 5 岁的男人，他的心真的很暖很暖，这种也是一种恩情吧，我们相伴了大半生，我非常非常珍重这种恩情。

然而，他也会有一天老了、需要有人照顾，我害他在半途中，谁来珍惜他、陪他到晚年？

这是我走不出的困局。

我果然可以"挺胸做人"了

我从医院回到家之后，我的状况逐渐好了很多。但还是面临着一个严重的问题，就是脊柱上第 3 节胸椎的那个椎体被肿瘤侵蚀破坏后，导致它的压缩性改变，已经不能支撑我的上半个身体，我不能够长时间坐起来，也不能站着很长时间。更难受的是无法抬头挺胸直视正前方，如果发生胸部以上的高位截瘫，那对我就是灭顶之灾了。

老晋又想到了这个世界上，他最相信的王维虎教授，他相信王大夫一定有办法。他又给王教授打电话说："你有没有什么方法能让文昕可以直起身子来？"

王大夫说："我研究研究，过几天给你答复。"

几天以后，王大夫就给老晋回了电话。他说，我们医院就可以做这个手术，是一个微创手术；他说，我们这儿有一个骨科专家于胜吉教授，他做的骨水泥灌注手术，是会很有效的。这个手术虽然会有一点点痛苦，手术嘛，都是要有痛苦的，但是它会给你获得长期的，就是永久性的安全支撑。

后来王大夫亲自带着我就去见了于胜吉教授，那是我第一次见到于胜吉教授，很信任的感觉。后来常接触中了解到，于教授也是一个性情中人，不仅医术高明，而且喜欢文学、艺术，对文学界的事情也清清楚楚。

我住进于教授的骨科病房以后，于教授总是在下班后查房时，在我的病房坐一会儿，当然最初是因为王维虎大夫介绍来的病人，于教授总有些特别关照，还给了我唯一的单间。但后来发现，我们特别聊得来，于教授思想宽广、学识渊博，对文学很有见地，他有很多闪光的思想，常让我有"听君一席话胜读十年书"的感觉。

我当时就说，手术做完了，我要采访您！您要给我讲一讲骨科手术、讲一讲骨癌，我要写下来，肯定能让更多的人受益！

同于胜吉教授的约定，后来真的完成了，在成功实施手术之后，我们谈了多次，完成了这本书的后篇。我是想，从于教授专业骨科技术的角度，有一篇能让读者真正了解骨癌及骨转移的文章，让患者对骨癌有个初步而全面的了解。

我本人脊柱上的转移发生在 9 年前，我还记得我当时的恐慌，直到后来，对这件事也不是十分了解。对于骨转移，患者中很多人都很惊慌失措、如临大敌，正好有于胜吉教授的采访，可以打消人们很多顾虑。

我庆幸王大夫让我去做了这个手术，这个手术后，我果然可以"挺胸做人"了！

但是这个手术让他们两个人又忙又累，我好抱歉，又让王维虎大夫为难了！

当时于胜吉教授的这个骨水泥灌注术，还有射频消融的手术技术已经很成熟了，但并非完全没有手术风险。因为两个教授太重视了，生怕出现一点意外，他们决定在可视的仪器监控下半麻完成。

原本我接受的这个微创手术，也可以在全麻下完成，整个手术过程，患者是没有知觉的；但是局部麻醉状态下做这个手术，我却整个过程知道得清清楚楚，因此也付出了一些痛苦的代价。后来我想，这也是老天的意思，他让我用自己亲身的体验去了解这个手术的全过程。

手术安排在 CT 室，就在 CT 机的监控之下，开始了这台手术。

由于是在局部麻醉状态下，又是在 CT 室做手术，不敢加打特别重的麻药，所以我不仅能一直能感觉到手术部位的疼痛，并且对整个手术过程我都一清二楚。先是用两个锥子样的工具，从皮肤上钻个小眼，再用一把小锤把锥子一点一点地砸进骨头里，那锥子看上去就像两根水牛儿的犄角似的。于胜吉教授很小心、很小心，他凿上几下，就要走出去到 CT 的监控上看一下位置，就这样反反复复无数次，做得非常精细。

确定好第 3 节胸椎的位置后，首先做的是射频消融。什么叫射频消融呢？我也是后来补的课，就是通过一根连接到射频消融机器上的导针发射出的高温到达病变椎体内部，将这节椎体里存在的活体癌细胞全部杀死。那个高温（可以达到 90—100 度）确实很烫，我能感觉到后背发热，所以那个过程就很疼，但当时麻醉师说，已经是麻药的上限了、就不能再打麻药了，我就咬牙忍受这个过程。

因为是于胜吉教授的手术，对大夫的信任本身就是止疼药，我也还算是坚强的吧，至少是努力坚持、做到自己对手术的那一份支持。

王维虎大夫一直守在监控室，直到手术结束。

手术毕竟是并不简单的一件事，何况于教授是在 CT 监控下做这个骨水泥灌注术，做得很扎实、很精细。射频消融之后，就开始一点点向里灌注骨水泥，但从椎体的一侧灌注骨水泥不够平衡，于教授又再换位置，从另一侧重新加注。骨水泥固定之后，手术终于结束了。

整个过程历时 4 个多小时。手术过程中，当于教授一趟一趟地走出去、再一趟一趟地走进来，你听得到和他的脚步声一起进出的还有很多人，他们都在认真地完成自己的工作，在为一个陌生的生命而工作。你会从心底涌出对医生护士们的敬意。他们把自己真心、热心，甚至是自己的健康，付出给这个世界上的病人，他们是把自己生命里的智慧注入你的身体里，然后你重新复活了。用现在的话说是"满血复活"了；他们得到了什么？你的感谢、你的报恩？他们从来没有指望过，可他们每天都做着同一件事。

我记得手术中，有一个温暖、美丽的声音，她一直在夸我坚强。

我知道，我不够坚强，我怕疼，但她在我耳边一直说："你看你多棒啊！再坚持一下，就快好了！"那是疼痛中清凉的风，是一双伸向你、拉住你的手。

虽然她不知道我是谁，手术结束，我也不知道那个声音来自谁，她根本没有想要从患者那里得到一声感激。而且，类似的话，她一定对无数患者说过，她帮助过无数的人，这只是她善良美丽的心灵使然。但是你如果是我，你可以忘记这个声音吗？

做完这个手术，坐轮椅回病房的时候，我已经能够试着直起腰来了。没有全麻，手术的过程还真是挺痛苦的，但因为我一直是清醒的状态，整个过程都知道，也让我了解了于教授的工作过程、了解了射频消融骨水泥灌注术是怎么回事。

再结合我手术后的实际效果，我想我可以在我的书里告诉大家：这是一个可以让你摆脱截瘫风险的手术，让你可以直起腰杆重新做人的方法，它会让你新生。

做完手术我回到病房，我就马上可以站起来。从那以后我可以坐着、可以站着很长时间，胸3椎再也没有给我找过麻烦。在后来的5年的时间里，我一直都可以自己开车、可以过正常人的生活，生活质量真的是大不一样，心情也是大不一样的。

手术解决了我最严重的一个问题，就是我可以不用再担心高位截瘫了！这是多好的一件事啊，所以我一直是幸运的、我人生总是遇到好人。

感谢上天，让我遇到了他们，这些好医生。

骨水泥灌注微创手术，过去也偶然听说过，但并不是很了解，社会上知道的人并不多。这是非常好的一个手术治疗方案，特别是对那些只发生了一两节胸椎或者腰椎转移的患者，最适合去做这样的手术。

在一节病变的椎体里，可以用射频消融的方法，直接高温杀死这节椎体里存在的癌细胞或者隐患，同时灌注骨水泥，使你的脊柱获得强力的支撑，保护神经束不被压迫、远离疼痛的困扰。然后你就获得了新生，那节骨头不久就像自己的骨头一样。

虽然是微创，但手术过后，那个手术过的位置，你会觉得有点麻木，骨头上锥子穿过的地方麻药劲儿过后也是会疼的。但相对骨破坏造成的骨痛和可能继发的后果就完全可以忽略不计了。

再过一段时间，你就会完全适应加固后的椎体，你所经历的整个过程和你获得的收益相比，身体受的罪实在是微乎其微，它融入了你的生命，你永远不用担心你有一天会截瘫，彻底地走出了这个阴影。

这是一个伟大的工程，骨水泥灌注微创手术，能够拯救很多发生脊柱骨转移的患者。真的，如果你还不知道有这样一方式可以改变你的命运，那我告诉你，现在很多医院都在做这样的手术，只是我不了解那些医院的情况，我经历的是于教授做过的这个手术，这是我了解的。

我跟于教授做了一个专访，放在"后篇"，关于一些学术的问题，于教授有很多具体的论述，对患者会有更多的帮助。这也是我写这本书的希望，希望能够帮助到每一个出现类似问题的患者，或者以后可能遇到同样问题的患者。

世间有路可走，你们可以去肿瘤医院骨科，挂一个于胜吉教授的专家号，你可能获得你自己原本不知道的惊喜。

你的生命和命运可能完全地不同，我觉得这是一件很伟大的事情。

这个反思，是要永远有的

我想说的，其实还有另外一些事情。

比如说，在我生命当中遇到的几个非常重要的药，一个是氨酚羟考酮。我前面讲的故事说到的就是氨酚羟考酮，它给我带来过一些负面的生活状态吧，大家在以后遇到类似我这种情况，是需要非常小心的。就是不要走我原来的路。其实还有其他的解决办法，那实在并不是一个很难的事情，不要那样轻易去选择。在关键的时候你可能选错了路。

当然我那个事情，说实话，可能是歪打正着，我居然在300片安眠药之后，全面地戒断了止痛药，从而不能沾它。我就觉得这也是老天的意愿才可能。我不能说它不是一个个例吧，应该有些人也会遇到我类似的情况，那么，换一种方法大家还是要想办法接受它，或者用其他的解决方案去解决它。不要像我似地去躲开那些治疗，或者躲开治疗它的机会，然后去逃避、去自杀。

我不知道我在这个事情当中获益，包括使用安眠药，是不是正确的一件事；说起来应该是不正确的。我觉得老天让我回来就是要告诉大家，这个选择是不正确的，非正确的！

如果我要是成功了，我首先对不住的就是王大夫和董大夫，他们花了那么大的代价把我从死亡线上给抢救回来，让我在喝各种汁、肝脏完全毁坏了以后，还把我抢回来了，真的，我就觉得这已经是非常非常不容易的事情。

而我还去做那样的事情！这个反思是要永远有的，而且不要再自弃。当时觉得不能抵抗的疾病面前，可能换一个方式就过去了。这样的时候，你就放弃自己的生命？

这个放弃也许时间点不对，为什么？我后来想想，人生好奇怪，会有人跟你说，你的寿数未尽，把你扔回活着的世界上来；

你到阴曹地府转了一圈——我好像是那样，但我确实没有看见阴曹地府，我也没有看到别的。相反我确实看到过美丽的、像虚幻的世界一样。

我是爱摄影的人，我看到的画面很美丽，天上好宽敞、好明亮，然后你的心情很放松、很畅快。但同样你的内心里面很忧郁。

为了什么忧郁呢？你不知道你在想什么、想谁。但是你知道你爱着一些东西，或者是一个人。我在我内心梦里，我是看见了老晋的。我跟他说我看到一条美丽的河，里面游着大鱼，好大的鱼。

后来我查了一下，什么网上很可笑的一些小解梦之类，据说看见大鱼是生病的象征。我还真看见了大鱼，我跟我丈夫走到一条河边上，河水基本上跟我们腰那么深，我们走在比较低洼的堤岸的上面，可以看到水面上游动着特别长的、像人那么大的鱼，有红颜色的，还有其他颜色。然后我就一直跟在我丈夫后面，我很忧郁，我忧郁得不行。

这个我是知道的，很清楚，这个梦经常做。

我还看见过什么呢？那种宽敞明亮的大房子，好大好大，就像旅游团似的，像青少年旅游小分队似的，孩子们打着小旗子，很欢快；然后你走在那个环境里，你觉得很美，看到特别漂亮的山水，水很清澈，里面游着各种各样的鸟，那些鸟好美丽好美丽。

我觉得好像真的，死不是一件好可怕的事情，真的不太可怕。你们不要觉得死是一件可怕的事情，那就是我们生命当中的一件事，只不过今天来和以后哪一天来，我们不知道，对吧？我觉得我们没有必要害怕这个过程，害怕这个过程也没对任何事情有益，你害怕死又有什么用呢？人是有生就有死的，能生也能死。这个我觉得很正常，多好。

能自己选择面对死亡，真的，我觉得这样的生活好自在。不要去特别较劲，有很多人不像我这样不较劲的，他们特别在意他们的生死，他们生命每一分钟，非常惧怕死亡；而我真的觉得我没有这个压力，一点点都没有。为什么要有这个压力呢？

我就觉得再有压力，你还是会走到生命的另一侧；而且你到那儿才会发现，其实也没什么好可怕的。好自然的一件事，真的。所以大家不要把生和死当成一件很严重的事情，也没有必要去闹自己的家人，去作嘛，一直在作。

我看到这样的患者太多，我觉得好遗憾。有一些患者，你跟他说了没几句话，你什么病什么的，眼泪哗就下来了。为这么点儿事值吗？我真的很惊讶。我说我就不这样啊，我从来觉得这生死就是很简单的一件事情，就是我们生活当中碰见了，这事来了，来了我们就小心一点，对吧？如果我们能够应对，这个事情就过去了，如果我们遇到了好医生，我们可能就一直活着，对吧？没有什么可恐惧的。这是我要在这本书里告诉大家的。

我还要提及有一种叫双磷酸盐的药物，这是一种用来治疗或预防骨转移的药物，它被很多人所接受。比如说当时一直在用的博宁、唑来磷酸等等。它还有进口的，医保也是可以报销一部分的。一个月左右打一次，这个药有什么好处呢？对一些小的骨转移引起的轻微骨破坏和疼痛，它还是非常有效的。

它作用原理主要是抑制骨吸收，修复被肿瘤破坏的骨组织，确实可以缓解骨转移引起的疼痛，所以，发生骨转移的病人都会应用，然后就会一直不停地打这种药。而且，双磷酸盐作为调节骨代谢的药物，也经常应用于老年性骨质疏松的治疗。

当时我还没认识到这个药还是有副作用的。但是后来发现，过度使用之后，产生问题了。

你感觉这种药一直是在帮你的，你用它就像有这么一座靠山，就不会担心骨痛。我说过，我曾经骨痛很严重，坚持用这个药一段时间后疼痛减轻了。忽然有一天，我发现我的牙齿不对劲了，感觉有类似骨头硬硬的东西刺痛口腔的黏膜，我就很奇怪，难道还横着长牙吗？它又刺舌头，吃饭很别扭；然后就感觉到牙齿开始松动了，它太影响我的生活了。

我就去看牙科诊所。诊所的大夫处理不了，又把我介绍到了301医院。301大夫看完本来是要准备给我做手术的，他们也不知道我用双磷酸盐这件事，所以也没把两者联系到一起。

突然，在海淀医院遇到的宁大夫给我打了一个电话，他说文昕你是不是在做一个什么手术？牙的手术？我说是。他说，你的牙会不会是双磷酸盐造成的事啊？

这个提醒，真的救了我了。

他说你赶快去跟你的主治医生说明这种情况。我就立即去找了那个手术医生，一个挺高大的军人大夫，他也挺好的，特别善良。后来，他就跟我说，我开始也一直在想，怎么整个下颌骨会坏死呢？你的提醒，我就明白了原因。他问我打了多长时间的双磷酸盐？我说断断续续地大概用了不下五六年吧，甚至可能更长。然后他就说，这种情况造成的下颌骨坏死就不适合做手术了。

他说，我一旦切下来这块坏死的骨头，就会殃及旁边正常的骨头，而且这个手术是不封口的，它的血会一直不停地流。这是多么可怕的事情！他说，曾有个病人，整个下颌骨全坏掉了，那简直无法修复，是非常严重的问题。

下颌骨全都不在了，你没有下颌了！好奇怪啊！这个事情想想都是恐惧的事情。当时幸亏及时叫停了那个手术，我只住了一天就出来了。

我才知道这个问题很严重，我就跟董梅大夫说了，这次我再不敢私自做决定了。董大夫说有一个一起开会认识的同行，我们一起讲座，要不然你去找他问吧。她给我写了张纸条，让我去找这个大夫。

在北医口腔医院，我找到了这个大夫。大夫说，我认为这个手术真的没必要做，一是因为它坏死的部分很小，而且现在也没有办法拿掉它；关键是双磷酸盐过量造成的，如果进行手术，确实在一段时间之内会造成很严重的后果，出现不封口、流血不止，确实不值得。

他说，你如果能忍着你就不要去做这个手术。

后来，那个坏死的骨头露出来一点，我就只好到牙科诊所去磨掉刺我舌头的那一部分，过一段时间又露出来就再去磨。再后来，我觉得太麻烦了，自己买了一堆锉刀，我自己对着镜子磨，它不停地往外长，隔这么几天就需要磨。我这个方法坚持了很长时间，虽然麻烦了点，但是还不错，自己在家里就可以解决了，这个也是挺好的。

我在下颌骨坏死的惧怕和担忧中忍了一年多。因为左侧的下颌骨有两个牙的位置全部坏死，那两颗牙也就自己消失了。

剩下这块坏死的下颌骨，经过了一两年之后，它居然自己破皮而出，被排挤了出来。它是一块死去的、不属于你身体的东西，你身体的抵抗力和健康的骨骼在不断往外排挤它。突然有一天，它整个掉出来，那里就慢慢自然封口了，这个事情结束了。人体很是奥妙，有好多自我修复的能力。

当然我也以为这个事情就永远结束了。我后来再也没有使用过含有双磷酸盐的任何治疗药，我已经知道自己再不能用它了。其实我右侧下颌也曾经出现有轻微的双磷酸盐坏死的征兆，但是它没有继续发展。我就觉得这个事情肯定已经消失了。

然而这一次我发生脑转移，再一次住院时，才发现它还是一直存在的。

"天儿也不热，你怎么满头的大汗？"

我说说我这一次的脑转移住院。

我基本上经历了人体重要脏器的转移，最后的一项就是脑转移。这个事情是在预料之中的，我要是这么坚持地往下走，它肯

284

定会继续转，转移到什么脏器我确实不知道。

我当时做的化疗，才做了 4 次就离开了。做完化疗大概一年之后，在检查肿瘤标记物的那个单子里，就发现肿瘤标记物很高，涨到了 900。董大夫说，那你还是坚持再做一个疗程，再做一次化疗。我同意了，然后继续去做，她说这样可能基本上就安全了，因为上次没做完。

然后我又打了 8 个疗程的化疗，居然坚持了下来。因为可能有信念吧，这次对化疗也没那么反感了。我还非常的运气，董大夫给我选的那个药，保留了我的一半的头发。我就从这个事情里出来了。

这个化疗结束之后，我又获得了——就是从 300 片安眠药到现在——大概 5 年的生存期。

这个"5 年生存期"是医学上非常非常注重的一个术语，一个是 5 年生存期，一个是 10 年生存期；我已经超过 10 年，又获得了那么多生存期，我觉得是奇迹了，很不错了。所以，这一次我做了 8 个疗程的化疗，还是蛮有决心的。我有了那么多的知识，也见过于胜吉教授，也跟他有过谈话。也跟王大夫和董大夫有过一些生活上的更多的交流。

打完这 8 个疗程的化疗之后，我以为又走进了坦途。

大概经历了一年半的时间，这一年半的时间，相对来说是平静的。但是我一直在打一种叫氟维司群的内分泌治疗药，这个药要打满 7 个疗程。它的费用也很高，一万一千多块钱打一针；将近一个月使用一次，也就 28 天打一次这个药，就这个样子。

我不是很讨厌吃那个内分泌治疗药吗，董大夫说你有转移，看来这些药对你没有作用，那就试试氟维司群吧。我就开始试这个药。

这个药是不能报销的，打了 7 针之后，在你的检查报告一直没有出现问题的情况下，你就会获得慈善机构的赠药。这个赠药是继续打 2 针后要做一个检查，如果通过了，就赠你第三针、第四针，这样一共赠你 6 针。就等于说是打半年送半年，这么个概念。

可是我去打这个药的过程中，我发现我还是越来越不对，很高的肿瘤标记物，还没有降下来。那肿瘤标记物大概好几百吧，也好像到了 900 多。

这么高的标记物的出现，就相当于你的血液里有着很多很多散兵游勇的癌细胞，癌细胞不停地在威胁你，它会去找地方寄宿下来，会形成集团，那就是肿瘤了。所以我这么高的肿瘤标记物，肯定是要转移的。

但我已经没地方可转了，双肺转过了，肝脏转过了，最容易想到的就是脑了，那是最后一步。

这一次，就是发生脑转移之前，我不太清楚这个，但我一直在担心这件事，在跟很多人探讨这件事。我说你们觉得脑转移之前有什么症状吗？或者说脑转移会发生的症状？网上也有一些说法，说你会出现视物不清、走路不稳，但没有谈到血压，如果谈到血压我可能还警醒一点。网上说，如果发生喷射性呕吐、头痛，这个事情就很清楚了，但我一直没有这种情况。

实际上它是循序渐进的，我给大家提供一个经验吧，发生脑转移之前怎么早一点知道它。

脑转移之后，它第一个反映给我的是什么呢？是高血压。我的血压达到160多，甚至到168，忽然变得那么高。

我这个人又有爱自己吃药的坏毛病，而且根本就不求实效。这个不求实效的坏毛病，我希望大家别跟我一样，不要再重新去走这条路。如果一个症状出现以后，在一段时间里你要不重视它，用一些药物去掩盖你的症状——掩盖症状的结果就是贻误病情。要是你能早一点发现，可能就不会有那么严重的恶果，或者治疗起来不会那么费劲，你的时间可能就会赢得更多一点。

我是这样的，刚开始发生的是高血压。高血压我又不到医院去看，要去看病的话，大夫也不会往你脑子上面想；大夫也可能会给你一些高血压的治疗药，这些药在最初的时候是帮助你解决这个问题的；因为头痛的最重要的原因就是脑压高，甚至于眼压高。

吃了降压药之后，它降压了，然后你的大脑就不那么疼了，它就掩盖了你的症状，耽误了判断病情。我开头就是头疼，然后降压药很管用，一天吃一片就没有任何问题了。

大概这种情况持续了有半年的时间，后来发现疼痛在逐渐地加剧，我就用一些止痛药去止痛；止痛药也还是管用的，比如说芬必得，很有效，真的是无须忍痛。但是它又掩盖了你的症状的出现，使你能够过得相对比较容易，你就继续不去查。

最后我到了什么状况？今年（2016年），我忽然觉得这个夏天怎么这么漫长，而且怎么这么炎热？好像我冷也不行，热也不行，我就一直在中暑的状态里。我又认为是中暑，我把那个头疼理解为中暑。

有一天去打氟维司群的药，在解放军304医院，遇到了我必须要见的朱建华大夫。他跟我说，这天儿也不热，你怎么满头大汗？我还不停地喘气。他说你这样子太危险了，你干脆在我们这办住院吧，你先打几天营养液什么的，肝脏有问题的话，打打营养液就好了。

我也好像就是出现了比较重度的反映，包括一些肝脏的反映，什么肝区疼等等，头疼等等。他就把我留在医院，留院一周时间，我一直在打营养液；打完了之后症状也缓解了。可能在医院的那一段休息对我很重要。

一个星期之后我出院了。可是出院往家走的时候，我觉得不对劲。其实那些天我一直是打完针就走，一直自己开车。出院的那天，走到地下车库之后，发生特别严重的撕裂般的疼痛。怎么那么疼呢？就像裂开了似地，脑子疼得很厉害！

其实这种情况已经是第二次出现了，在那天里我忽然觉着不对了。这个会不会是脑转移了？我去做个核磁共振吧。

我又回到304医院，挂了一个普通号，开了一张核磁共振的检查单子，去到楼下交费。304医院不像在肿瘤医院，可能会给你预约两天到三天以后，前面有很多很多患者。那一天好像很轻松的，很快就进到核磁共振室，做了这个检查。

大夫当天就把片子给我了，可我看不懂，但是我看不懂也能看到脑室里面一个一个的白点，那是多发性的——假如它这个白点不是好东西的话，我就觉得那是多发性的，一下子我就清楚了——很多，它不是说一两个、两三个的样子，有点像我肝脏的转移，它是密布的，也没有那么严重，没有肝脏那么吓人。但它是比较多的、多发的点。

我只是怀疑这个事，当时报告出不来，要到星期一才能出报告。这个过程我是需要等的，星期六做的检查，中间有两天的时间要等报告。我就拿着那个片子，要是董大夫或者王大夫近，我就把片子给他们一看好了。可是他们很忙，也不见得自己是真的得脑瘤了，我没有去找他们。

等到了星期一的下午，我才去取报告单。其实我就没把这个事情当成一个很重要的事，我只是觉得就是一件很小的事，看看是不是有这个事——还真有。我看报告上面说是多发性的脑转移，马上打电话给老晋说，怎么办啊？

老晋的第一法宝就是找王大夫，王大夫就是他的真神了，一有情况就去问他。王大夫就说赶快把片子传到我这来。

真的，那么热的天，我大儿子就拿着那个片子，打了车去找他爸爸。我说要不然我开车带你去，他说："得了妈，您在家待着吧！"他爸爸拿到片子，马上就去找王大夫；王大夫看了一下片子，说，这个太严重了，这得立即治疗。

别把这个事太当一件事

你到肿瘤医院去看看，你遇到的病人，并不都是很倒霉的人。他们很大一部分可能是来进行5年、10年复查的，也有活了20年的、30年的，50年的都有。他们回医院只是按照大夫的嘱托来做定期复查的，他们中的相当一部分人并没有发生转移。

我不知道他们是不是因为听话了，或者是把所有前面的事情都做完了，结果获得很好的健康情况，没有像我这么麻烦的。

我这么麻烦！好多的事情，我不知道是上天给我的任务，让我必须经历这些呢，还是我就是这么坎坷，就是这么麻烦。反正我每一次都弄得惊天动地、九死一生的样子，然后每一次都想死也死不掉，还老赖在这里，赖在我们的社会上，我觉得这也是挺奇怪的一件事。

但是很多特别努力活着的人，却恰恰死了，我真的很奇怪。这也是一个很困惑我的事情，怎么有的人就可以从癌症的魔爪下逃出，是他们改变自己了吗？我不知道。这个答案可能需要读者，或者跟我一样的癌症患者去想，根据自己的情况自己去想。

我确实不是一个抗癌明星，我真的不努力，相当不努力。而我仅有一点儿努力是因为亲情、友情，真的，是因为这些东西。或者是上天不让我放弃，让我处在一种很被动的状态，也还算平和的状态吧？这样也算不错。

现在的医学真的很发达。可以挽救成千上万的患者的生命。我的朋友当中有人得脑瘤病亡的，我总觉得他们找错大夫了，或者是他们选错了方法了。我现在很疑惑的事件之一就是他们怎么没治好呢？我会很奇怪。

比如说像姚贝娜，那么好的歌手，唱着那么好听的歌，而且长得那么漂亮，像一朵花一样。她那么年轻，怎么就会抢救不回来了呢？我有点怀疑。我有时候想，找错医生了？选错方案了？还是她自己怎么回事。

后来我想可能还是个人的原因多。为什么说个人的原因多呢？他们可能太不注意保护自己了，比如说减肥或者别的什么，有一些东西有副作用。有一些经历类似的人，如果他们能自我反思，在自己的状态里面，能不让自己不断地往那个泥坑里滑，即便每一次的深滑，可能拼尽全力都逃不出来。我觉得他们自身的问题可能更多一点，为什么那么不注重休息呢？依然那么破坏性地使用自己的生命，而生命就是那么脆弱。

这可能是他们永远想不到的。我这么年轻，我这么好的年华，我怎么就会死于癌症呢？

他们可能不太信，不太相信癌症是一个挺讨厌的东西。有人说得癌症得了绝症！实际上并不完全是那么回事，但癌症是一个很讨厌的东西，它黏着你，老跟在你后头，你好烦它。当然也有人去生态治疗，比如说真的到那个山里面，可能还会获得很好的休养；或者自己的家庭、或者自己的生活状态得以改变，比如说过去很劳累，那我现在我不劳累了；比如我过去很爱生气，那我现在不生气了——通过调整自己，有很多人活得很好。

　　我有很多的原因、有些事情是可以借鉴，也可以反思的。错的，希望大家别学；对的，大家听我一点劝。心态首先放平和，别把这个事太当一件事。我对自己最好的评价，就是我不拿这事当事，我的朋友传递给我的信息也是这样，最好的是我的家人从来不拿这事当事。我觉得是一个健康的、首先是一个心理健康环境，这个太重要了。

　　有时候很多的家属都不懂，爱人忽然得癌症了，天就塌了！其实癌症现在真不算一个要命的病，它是一个慢性病，甚至于是可以治愈的病。科学越来越发达，也许几年之后，药物会更成熟，治疗方式更多更多，更加科学。像原来患上必死的脑瘤，我现在也得了，我也没觉得这是一个多么恐惧的事情。

　　荣挺进[1]曾经介绍给我一个小女孩，她也看了我前半部分的7万字的书稿，她很喜欢我的书，当时也遇到了同样的问题；她就是我前面说到过的小女编辑。她发生了严重的脑转移之后，治了这么多年，她还好好的。

　　这说明一个什么事情呢？你只要治疗，你只要不放弃，相信科学，总有一天会有一些攻克的机会。新的技术会带领你走进新的时代，你当时觉得是不可战胜的、完全绝望的东西，你可能找对了大夫去问一下，你就解决了。

---

[1] 文昕好友，本书特约编辑。

比如说我当时的第 3 胸椎，我没有必要去承受瘫痪的风险，对吧？我要等着、我躺在床上等瘫痪，我为什么要干这件事？我为什么不去肿瘤医院的骨科，挂一个骨科号问一问大夫呢？大夫可以给你最好的建议。大夫会给你说，这个骨头的修复我们是可以做的。你就可以直起腰来做人了，不是很好吗？

真的，很多的情况是信息不通，我们这个社会不了解癌症的人实在太多太多。

我说的这个，包括很多的家属，一听说得癌症了，人肯定快死了，这个家没法活了，家的房子快塌了，人心也全塌了。于是就不行了，全家都陷入这种状况里了，焦头烂额。

你经常会在肿瘤医院的大厅里，或者病室看病的地方，遇到很多一大家子的人，甚至五六个、十几个，就陪着中间有一个人，那人得病了，那人快死了，那人得了绝症了！我觉得好可笑，我真的觉得好可笑。因为不懂癌症，所以才说癌症是个可怕的事情，然后人们老在说癌症，不能治愈，大家都觉得很恐惧。

当然，确实有很多人死于癌症。但是我不知道他们所选择治疗的方式和途径是否正确，就像我刚才说的，很多著名的影视明星、电视主持人，我有时候很奇怪，他们怎么会没成功？现在医学这么发达，只要治疗就可以，他们掉在那个泥潭里怎么就没被强有力的手拉出来呢？我真的觉得这是需要我们大家反思的事情。

首先，心态要平和，无论病人还是家人。家人的状态很重要，要是一个人得了癌症，他自己本身惊慌得不行，家人也惊慌得不行；甚至于病人还没怎么着呢，家人哭成一团，我觉得这就好荒谬。一个健康的心理环境太重要了，我走过这么多年，能够逐渐地越来越平静、越来越坦然地面对这些风险，或者说即将到来、已经到来的这些麻烦。

我面临它们的时候，我周边没有一个人跟我说，文昕你好可怜，你怎么样！？当然要有这样的人，我第二天就不会再理他了，我肯定会找一个适合自己的心理环境。要是一个人，周边的人不停在提醒你坏事，那你的生活会快乐吗？真的要远离那些"太关心"你的人！

我觉得这也是一个忠告，对吧？您太关心他了，结果您感同身受，没有给他带来任何的好处和帮助。

这样的人，只可能有一次机会，第二次我就不会再见他；或者第一次见他的时候，我就告诉他，你不要再跟我谈这个话题，这个话题是我不喜欢的，不要再跟我提癌症。

我会遇到特别好的，原来的同学、朋友或者什么，不断地给你发一些信息，怎么治癌症、怎么养生，看这种东西我头疼之极，我非常讨厌。当然，我有时候也会偶然地看一看养生的东西，当很好玩、或者说很轻松的那样去看；当成一个很了不起、连篇累牍的大理论推销给我的，我真的就特别特别不喜欢，我认为心理环境很重要。

你在得了癌症之后，你恰恰最需要的就是心理环境。

我为什么在书里要写威子弟弟呢？他第一个告诉我，人要冷静下来，要去坦然地面对你自己的事情；就当生活中的麻烦，都是可以解决的麻烦。在他的这种心态的指引之下，我一直就是这么过来的，形成了我自己——后来十多年患病的历程、整个过程的当中——这种坦然的心态。

这是非常好的朋友和亲人给我的帮助，包括老晋，他扔给我两件衣服说，文昕你帮我把这个衣服洗了，要手洗。真的，我那时候觉得，他没有把我当个病人，我觉得好可笑，觉得他天真得像孩子。这种东西，恰恰是我觉得最需要的一个心理环境，我不需要周边的同情，也不需要周边的关心，过多的关心和过多的同情，都是非常可怕的事情，是给患者加重负担的一种方式。

这是我要提醒病人家属和朋友的，你不要表现得多么同情、你痛哭流涕，病人就获得了好的方面的正能量！恰恰相反，你给他的全是负能量。

凡是负能量的人，不可以在我的生活当中留太久。

这应该是我最后的日子

现在，我觉得所有的段落基本上都说完了，包括到今天所经历的事情。算起来，从2004年查出乳腺癌，我这么一个不努力的癌症患者，居然就这么摸爬滚打地过了这么多年。

我自己觉得，我真的生命不再了，这应该是最后一次了吧，所有的治疗这应该是最后一次。

我到现在依然持着这个观点。我还在医院里，我还有两天的放疗没做完，但是我已经挺释然的了。我在做全脑覆盖的放疗，5次全脑覆盖和15次精准放疗，还没有做到15次，现在是第13次精准放疗之后，我还有这样的语言能力，我就觉得医学好伟大，王大夫他们真的好伟大。

王大夫请的是肿瘤医院肖教授给我做的方案。我虽然没见过这位教授，但她的那个方案确实见效，做到现在，我剧烈性的头痛消失了，还可以有很好的语言能力。只感觉舌尖有一些异常，这是由于放疗的过程当中，整个的脑子会发生水肿，虽然有那个甘露醇的药物，帮助脱掉脑子水肿的水，你就不会头疼，但你会发生嘴干，嘴里干得就像沙漠一样。

放疗做到现在，我还可以照样写书——这个事情我后面再说。这个写书的方案，由我对着电脑打字，这次换成了语音口述。语音录音之后，去找专业人员转换成文字电子版这样的过程。我就可以很容易的，不用去打每一个字了，真的给我减轻了很大的负担。这个方案是谁提的呢？是我的编辑荣先生。他真的是一个很好的朋友，待后面会说到他。

我想说的就是，放疗能让我们的语言功能完全没有受损，是完全可以信赖的、一个非常棒的医疗手段。

人们认为，得了脑瘤，结果就是生存率为零。我上网查了生存率多少？一查说为零，太奇怪了。我知道这个零生存率其实也有点不靠谱，应该说会很短。过去如果得了脑瘤，生存期真的就很短，也没有什么特别有效的办法。而现在我这么多发性的脑转移，却还能够控制住。

王大夫他们给我做完了治疗之后，跟我说让我放心，说以后不会有问题的，脑子这块可以不考虑了。就是放疗之后，它好像就不长了，或者可以获得相当长的时间，比如说一两年、两三年等等，就这样相对比较长时间的安全。

那我又一次跟死亡擦肩而过。这是我最后的日子，这应该是我最后的日子，不管它多长，一年也好、两年也好、三年也好，我觉得我都高兴，我都为这个事情感到欢欣鼓舞。

后篇

对中国医学科学院肿瘤医院于胜吉教授的采访

（访谈于2015年9月至10月）

倾听（文昕 2011 年 10 月 24 日摄于新西兰）

一、关于骨癌和骨癌治疗

　　文昕：于胜吉[1]教授，对您的这个访谈是在我成为您的患者、并得到了您成功的手术治疗之后产生的想法，也许很唐突，但很意外的是得到了您的首肯。今天，终于如愿以偿，您在百忙之中抽出自己宝贵的休息时间，给了我这个机会，真的非常感谢您。

　　不过，这一回，我想换一个身份对您做这个访谈，因为您的手术给了我新生，让我重新回到健康的生活状态。所以，我要以作家的身份和您探讨一些我本人（也会是读者）普遍关心的问题，我会将这个访谈放在我正在写作中的《生死十二年》一书的后篇，希望得到您的同意。

　　您作为专家学者的理性认识，可能会帮助患者和读者，包括我本人了解更多的知识、并更加信任医生、配合治疗。这对很多的人是很有帮助的事。

1　中国医学科学院肿瘤医院骨科专业主任医师、骨科主任，骨医学专家、学者、教授。2005 年开始，在肿瘤医院创建骨科，开展直接针骨肿瘤和软组织肿瘤的专业外科手术、化疗等研究和治疗，并取得专业应用方的科学突破，填补了肿瘤医院骨科专业的空白。11 年来，从无到有，救治了大量的骨科肿瘤病人。

在医院治病，和您相识，我们有过一些交谈，都不单纯是治病的，而更多的，是广泛的、更社会性的话题。您是骨科的专家，您有最专业、先进的骨科治疗技术，最主要的是您能够告诉大家如何面对骨癌这种顽固的病症。而且最终，是您坚定了我的一些想法，让我会把一些东西强化起来，使我想去完成这本书的写作。当然仅只是我的书从具体细微的患者角度来写作，这是远远不够的，更需要您这样的专家学者，用更专业的解读从理论上告诉人们，如何面对骨癌和一些相关的癌症。和您的交流给我的感觉是每一次都使人增长知识、建立信心。

包括现在，我跟您探讨问题的过程，都使我有一种动力，想把这一切整理出来。您点燃了我做这件事情的愿望，给我的思想找到了一个突破口，引发我想要写这本书的动力。我觉得，我们的交流如果整理出来，会很有意义，对更多的的人、更多患者和不幸有癌症病人的家庭都会有很大帮助。

最为重要的是，您用一台微创手术，就成功地使我重新获得了正常人的生活状态，您给了我新生的同时，这活生生的事实也会给其他的骨转移病人带来新的希望。当然还有您运用的专业骨科技术，如何早期发现、早期治疗等问题，相信不只是我、也是很多被癌症所困扰着的家庭希望具体了解的。

骨癌患者还有活下去的希望吗？

文昕：首先我想要替骨癌的患者向您提个问题：关于骨癌的治疗，社会上的人们了解并不多，我也不是很了解。只知道过去如果患上了骨癌，截肢的可能性很大，现在的医疗技术发展很快，您有哪些先进的技术正在工作中运用？都有哪些特色？

于胜吉：这些问题比较具有专业性，目前普通百姓对骨癌了解确实比较少，或者说不了解，因为发病率低，也容易被误诊误治。这个我在电视台上做过一两期节目，你可以上网查查中央电视台 10 频道有一个《走进科学》栏目，那是两年以前做的一期节目。还有一期是前一段时间在《健康之路》上做的节目，就是关于骨癌的一些普通常识，和一些比较专业性的东西，在央视网站上可以搜到。

文昕：现在骨癌的治愈率是多少？

于胜吉：老百姓通常所说的骨癌，从专业角度来讲，主要是指骨肉瘤，是指原发于骨头上的一种高度恶性肿瘤。由于现代医学的发展，患者来医院时候如果没有发生转移而且经过正规、系统的治疗，其 5 年的存活率可以达到 60% 到 70%，10 年的存活率能达到 20% 到 30%，相当一部分病人能存活下来。但老百姓对此还不了解，一听说得了骨癌就很恐惧，因为在以前，骨癌治疗绝大部分都要截肢的，而且有些人还活不多长时间就转移了。

文昕：您给患者做过截肢手术吗？

于胜吉：做过。有的病人来的时候很晚了，瘤子很大，化疗也不缩小、效果也不好，实在留不住，有些人只能截肢。但是现在，绝大部分都不截肢了。现在采取的治疗方法，就是对确诊为骨癌的病人先进行化疗，如果化疗有效，一方面可以使肿瘤缩小，另一方面可以消灭看不见的微小病灶，然后再把得癌的骨头切掉，换上一个人工的关节，或者是异体骨关节，就是用别人的、经过处理加工过的骨头。

文昕：那没有排异反映吗？

于胜吉：有的人是有排异，但是我们要想办法把排异降到最低。

文昕：如果是别人的骨头排异，人造的也会排异吗？

于胜吉：人造的不排异，最常见的是金属的关节，把骨头截掉以后，换一个金属的植到体内，恢复以后，病人会正常走路，如果病人发现比较及时的，90%都能保住肢体，不用再截肢了，所以现在很大程度上也改变了老百姓对骨癌的恐惧想法，尤其加上化疗，病人的生存率还是很高的。

文昕：看来，骨癌，也不是那么可怕，是可以有希望完全治愈的。

孩子，你感到一种怎样的痛？

文昕：接下来，我就替读者和一些关心这些问题的家长，多问您些关于原发骨癌的问题。

我听说过，小孩儿长个子时，腿也会痛，骨癌也会痛，两种痛如何区别？骨癌多发生在孩子身上，所以做家长的无论如何都难以接受，如何去面对这个现实，配合医生去积极治疗？而且，怎样才能做到早期发现？一般原发癌多发生在哪些年龄阶段、需要警惕？

于胜吉：原发于骨骼的恶性肿瘤如骨肉瘤，也就是老百姓常说的骨癌，多发生于 10~20 岁的青少年，常见部位为四肢，并且以膝关节周围为最多见。

首先表现出的症状，就是疼痛。很容易与青少年时期的生理性生长疼相混淆。我在中央电视台 10 套做过的两期节目里，说的就是要警惕儿童骨痛与骨肉瘤的发生。在临床上，我确实也遇到不少类似的病例，孩子腿疼，家长没有当一回事，还以为自己的孩子长个儿呢，是生长疼；还有人以为孩子是不是摔倒了、碰到哪儿了？压根儿就没往骨癌那儿想。所以，很容易拖到很晚，甚至有些基层医生也认同，不去做进一步检查，等到孩子腿上长出包块儿才开始着急。

要是家长能够引起重视，就能挽救好多儿童的生命、保住他们的腿，不会因为来得太晚而不得不面临截肢。

这两种疼痛如何区分呢？首先，生长疼多见于 3~10 岁这个年龄段，孩子无法准确描述疼痛的部位，可能今天小腿肚子疼、明天又换成另一条腿了，生长疼有时也会表现为两条腿都疼，即疼痛部位不是很固定。

下面我再说一说区别生长疼与骨癌的疼痛，都有哪些要点：

第一，骨癌的疼痛往往固定于一处。

第二，生长疼多发生在夜间，孩子入睡前，也有入睡后出现腿疼的情况。白天活动时，孩子感觉不到疼痛，或者由于转移注意力了，孩子忘记疼痛了，也就是说，这种疼痛往往不严重。骨癌的疼痛也常表现在夜间或休息时为重，但白天照样疼，甚至活动后加重，疼痛较为严重。

第三，生长疼的孩子，家长给孩子疼痛部位按摩或热敷后，疼痛会减轻或消失，有的不用处理，过几天就慢慢好了。但骨癌的疼痛会越来越重，按摩或热敷也不会减轻。

第四，生长疼发生在下肢，但骨癌除了多见于下肢、还可发生于上肢等其他部位。

第五，最关键的是生长疼的孩子肢体永远都表现正常，看不出、也摸不出异常，但骨癌的孩子疼痛部位的皮肤会发热，皮肤上的静脉血管充盈明显，慢慢还会长出一个包来，也就是腿或膝盖周围出现肿块，这时疼痛也表现得更为严重，孩子走路会一拐一拐的，甚至会摔倒。有的家长会因孩子摔伤了去医院检查，才发现得了骨癌。往往这时也不是早期了。

所以说，作为家长一定要慎重对待孩子诉说的这里、那里的疼痛或不舒服，无法确定疼痛是生长疼、还是其他的原因，一定到正规医院进一步检查。骨癌最基本的筛查方法其实很简单，花费也很少，就是拍个 X 光片。有经验的医生仅凭 X 光片就能判断骨骼是否正常。如果怀疑或初步诊断是骨癌，就需要到正规的三甲医院或肿瘤专科医院进一步诊断和治疗，以防贻误病情。

文昕：您的这些话对大家会非常有用，了解了这些，可能会对很多孩子和他们的家长很有帮助。作为患者和他们的家人在遇到这类情况时，就能够知道应该如何面对这种潜在的或已经发生的风险，您的工作太伟大了，拯救着无数生命，让人从内心感到敬佩。

警惕你身上黑色的痣

文昕：还想问您，什么样的病人适合挂骨科的号就诊？或者说一说您的骨科都治疗哪些疾病？

于胜吉：骨科的诊疗范围，包括以下几个方面：

第一，各种原发于骨骼的良、恶性肿瘤及骨的类肿瘤疾病；

第二，继发于骨骼的恶性肿瘤，如各种肿瘤转移到骨头上，称之为骨转移瘤或骨转移癌；

第三，各种发生于软组织的良、恶性肿瘤，如发生于肌肉的、血管的、神经的、滑膜的、淋巴管的肿瘤；

第四，各种皮肤癌，如黑色素瘤等。

尽管上述某些肿瘤发生率比较低，但由于涉及的面比较广，所以病人选择到骨科就诊也是适合的。

文昕：黑色素瘤是不是根本没救？这让我想起了《非诚勿扰2》电影里男主人公的悲剧，那个剧情，让人感觉得了黑色素瘤就死到临头了，真的是这样吗？

于胜吉：这是一个误区，也是电影故事情节对男主人公悲剧命运的艺术渲染，确实给很多人带来了恐惧感。电影上映后的那段时间，来我们医院找我看"痣"、或身体表面皮肤上黑色东西的人特别多，都十分惧怕黑色素瘤，甚至不管好坏，都要求切掉，生怕恶变成黑色素瘤。

文昕：那么，我想问您，身体上长黑色痣或斑块儿的情况，是否需要警惕？

于胜吉：需要警惕。其实，电影《非诚勿扰2》也是给人们提了个醒，对那些身体上突出的黑色痣或斑，特别是有长大、扩大倾向的，应该尽快去正规的医疗机构请医生确诊。

我就遇到过一些病人，他们倒是知道身体上长黑色的痣应该尽量去除，更多的人主要是觉得黑色的东西影响自己形象的美观，所以对身上的斑、痣乱治一通，去一些美容院一类的地方，听从非正规医疗机构的建议，用例如冷冻、激光或化学药物烧灼，甚至自己用刀子、牙签等利器搔刮，结果刺激并造成了痣恶变成黑色素瘤，或者使早期的黑色素瘤变成中、晚期的，失去了治愈的机会。其结果就很可能真的会像电影中男主人公的命运一样。

文昕：我有一个十几岁时就在一起的女性朋友，她上唇上有一颗黑痣，多年未见，前几天我们又见到了，我感觉她唇上的痣从小时候的绿豆粒大小，长大到黄豆粒大小的样子，我想起正和您做的这个采访，就告诉她，要尽快去医院切除。

这么多年，她之所以没有切除，是因为一直有个迷信的说法，说她唇上的这颗痣给她的家带来财运，是一颗"好"痣。但我感觉这颗痣在长大，非常担心，劝告她一定快去正规医院请专家诊治。她当时答应了，但我刚刚和她通了电话，她还拖着、没有当一回事，像她这种情况，是不是有必要立即去医院切除？

于胜吉：很有必要！一定让她尽快去医院！提前预防，非常重要！生命是宝贵的，很多迷信的说法没有科学根据，却很可能造成不良的后果，但切忌非正规治疗。

文昕：您的这个提醒太重要了，早期预防、早期发现、正规治疗。我会把您的意见告诉我的朋友。我还有一个问题，患黑色素癌，如果早期发现，还能治吗？

于胜吉：实际上黑色素瘤如果在早期被发现，治愈率很高。主要的治疗方法还是要尽可能手术切除干净，还要结合对病变淋巴引流区域的淋巴结状态的评估。对中晚期病人除了手术，还有生物治疗、细胞免疫治疗、化疗和靶向治疗等方法。所以说，黑色素瘤还是能治的，经过治疗，患者还是会有生存机会的。

有些人求生愿望很强，他明知自己的时间有限，也不愿去面对这个事实，当然这也是人的本能和对生命的热爱。得肿瘤的病人心理都有一个曲线，刚开始先否定，后肯定，再否定，再肯定，第一时间先否定自己得了肿瘤，甚至认为，我这么好的人为什么会得癌？

我就曾遇到来自内蒙古阿拉善右旗的两口子，太太脚底长了黑色素瘤，找我来治。我很快就把她收住了病房，那时还是住在三环医院，住上院后她就跟我讲："于教授，我们两口子都是好人。"我说："怎么了？"她说："你不知道，我们两口子资助了很多人，收留了儿女二十多个，都叫我们爸爸妈妈。"他俩都是工薪阶层，居然这么省吃俭用，供出好几个大学生。

她说："我们一生做了善事，为什么不幸就落到我们夫妻两个身上？"我就跟她说："得这个肿瘤的病，与行善没有什么关系的，这是人自身的一些基因，或者身体条件的改变形成的。"我跟她谈了以后，她就放下思想包袱，在我这儿积极配合治疗，还遵医嘱定期来复查。到现在一切指标正常。面对肿瘤患者，我们有的时候必须做他们的思想工作，或安慰工作。

那位女患者在我们医院经过手术、生物治疗加化疗，到现在已经9年了，她还活得好好的。她这个人很有主见，在当地医院检查，初步诊断为黑色素瘤以后，她竟然从很偏远的沙漠，坐火车两天两夜跑北京来看病，而且专门挂了我的号找我看。我后来明白，她为什么到这儿来治，不单纯是因为打听到我是这方面的专家，而是因为她丈夫十多年前患了胃癌，就是在肿瘤医院治好了。

文昕： 信这个医院？

于胜吉： 对！

肿瘤骨转移也没那么可怕

文昕： 另外，我还想问您一些骨转移病人关心的问题，什么是骨转移？病人会很快地面临生存危机吗？

于胜吉： 原发于身体其他脏器或部位的肿瘤，在晚期转移到骨骼上，叫骨转移。即使发生骨转移，也不会很快就面临生存危机。肿瘤在发生发展过程中，有相当一部分患者会发生骨转移，

309

其原因是，原发脏器的肿瘤癌细胞通过迁移渗透到毛细血管。然后进入血液循环系统，借此，可以到达身体的任何部位和器官，如肺、肝、脑和骨骼等。当癌细胞在骨骼内停留下来，并在此生长繁殖，破坏骨骼的正常结构，就形成了骨转移灶。

首先必须明确的是：

第一，并不是所有癌症患者都会发生骨转移。但由于许多肿瘤患者经过系统治疗后，大多长期带瘤生存，骨转移癌呈上升趋势。我遇见过一例乳腺癌患者，都已治愈20年了，竟然也会发生骨转移，实属罕见。所以，有肿瘤病史的病人，不能放松警惕性。

我在骨科门诊遇到更多的情况是，病人就诊时，全身多发骨转移，其中大部分是知道自己原来患什么癌，在例行检查中发现骨转移，或出现疼痛、甚至骨折后才被发现；其中还有一小部分，就是因为身体某个部位的疼痛，去医院检查时发现了骨转移，但还不知道原发癌在哪里。我就会时常遇到这样的病人，第一次看我门诊时是因为全身各处多发骨转移，然后再进一步检查，才找到原发灶。当然，也有10%左右的骨转移病人怎么查也找不到原发灶。

第二，如何去发现骨转移呢？首先，病人本人和家属要有警惕性，既然原发癌已经手术切除根治了，并且进行过放化疗，就有可能放松下来，甚至误以为彻底好人一个了。其实不然。有一部分的癌症患者，在手术以前已经发生了隐性转移或微转移，这种转移，目前在临床上无论什么先进仪器或血液检查都无法检测到。

所以很多患者对此很不解，认为自己癌症是早期，并且手术都很彻底，甚至连整个器官都切掉了，怎么癌细胞还会跑到别处呢？不但患者和家属麻痹大意，而且就连相当一部分肿瘤科医生也不以为然。其实，肿瘤病人无论是否手术切除、是否进行了放化疗，也不论是早、中、晚期，都应该定期进行全身骨扫描检查，其阳性检测准确率几乎能达到98%。

一般来讲，每年查一次比较合适。如果癌症得到很彻底的治疗，且存活10年以上了，2~3年查一次即可。但如果出现身体某个部位的疼痛、麻木、无力甚至骨折，就应随时检查、不可拖延。

第三，即使确诊骨转移了也不要恐慌。有很多患者和家属甚至包括部分基层医生，把骨转移看得很严重，主张别治了，让病人回家吃点儿好的就行了。这是一种落后及片面的认识，和不负责任的做法。世界卫生组织早已把癌症作为一种慢性病去认识、去研究，肿瘤的发生、发展是缓慢、渐进的，即使发生骨转移也是要经历一个缓慢的发展过程，并不是发生骨转移就要人命了。我在临床上见到许多癌症患者发生骨转移十年、二十多年了，仍然活着。

目前，针对骨转移有很多治疗方法去控制、减缓它的发展，除了对原发癌细胞的药物治疗、靶向治疗，对骨转移癌病灶的放疗、手术切除、微波治疗、射频消融和骨水泥注入、粒子置入等等，有许多方法可以选择。针对不同的情况和骨破坏的程度，还需要包括肿瘤内科医生、放疗科医生和骨科医生在内的多科会诊和及时沟通，推荐病人进行恰当的治疗，从总体上会减轻病人的痛苦，提高病人的生活质量，延长生存期。

这种多学科的协作非常重要。对单发一处的骨转移灶主张骨科手术切除，对多发、多处的骨转移灶需要内科、放疗科去控制，对骨破坏严重、有骨折或压缩风险、甚至已发生神经压迫情况的患者，则需要进行骨科处理，不能拖到已经骨折了、甚至已经截瘫了再找骨科医生，处理起来就比较棘手，有时无法弥补。

由于我们骨科这些年来所做的大量工作和影响的扩大，院内各科牵涉到骨转移的病人都会请我们会诊，以决定是否适合骨科技术处理，极大减少了因为骨转移带来的相关不良事件的发生，为病人后续的治疗保驾护航。

文昕：您说得真好，让人不仅增长了知识、还能全面地做到心中有数。今天，让读者和我一样从您这里了解和学会一些专业知识，当遇到骨转移病情发生后，懂得如何应对，这太重要了！您能不能再说一说，骨转移一般发生在什么部位？

于胜吉：一般骨转移多发生在肋骨，还有脊椎骨、四肢骨骼上。发生在肋骨上的转移，对患者生存影响不是太大，即使是发生骨折，因为有胸廓支撑，也不会出现太大问题。最多就是发生错位，引起一定的疼痛，不会对人体功能造成很大影响。而发生在脊椎骨上的转移，因为肿瘤会造成骨质受到破坏，从而变软、失去支撑力度，而脊椎的骨骼因为承重，会发生压缩性改变，甚至引起压迫神经，造成下肢疼痛、影响患者行动能力，严重的时候还会发生骨折造成截瘫。

文昕：我曾经有一个好朋友，是中国著名的书法家，叫韩绍玉。他因为肝癌发生了脊柱的骨转移，但他当时自己并不知道，只是因为感觉腰部疼痛，就找了一个按摩师给他按，结果是把腰椎上的肿瘤按破了。他那一晚上疼痛得非常厉害，第二天就去了医院，还是走着去的，但到了医院就瘫痪了。然后就转院到您现在的这个肿瘤医院。那时候，您还没来这个医院，当时医院没床位、也不收，一直待在综合科的大病房。没办法，我先生给联系的一个部队医院，转过去，也没有什么治疗办法，不到一年，人就走了……

我现在在想，要是遇到了您，他那种情况能救他吗？他的情况还有治疗价值吗？

于胜吉：有治疗价值！至少，我可以做到让他在有生之日不会瘫痪在床上。我给一个年近90岁的老人做过一个脊椎骨置换手术，患者后来活得很好。我父亲的情况也是，他原发是膀胱癌，很多年了，后来就发生了腰疼，很严重，已经不能走路了，站不起来。我就怀疑是肿瘤转移到腰椎了，在地区医院做了检查，发现他的腰3椎完全被肿瘤吃掉了，那一节全是空的。我就做了个决定，带他回北京做了脊椎骨置换手术，手术后半个月他就能下地了，后来又活了10个多月，这10个多月他能站立、能走路，这个心情就大不一样。

文昕：真的要能那样，那我当年的那个朋友韩先生，如果当时遇到您，他就一定不会走那么早了！他一定可以有力量战胜肝癌，因为肝癌不是还可以做介入吗？

于胜吉：是的，现在通过介入治疗，有的肝癌患者可以生存

5年以上、甚至 10 年的也有。何况现在又有靶向药物的应用。

文昕：那我就太心痛了！韩先生当年就是这种情况，肝癌，骨转移到腰椎上，然后瘫痪在床上，一年不到就走了。要是遇到您该多好！他可以站起来，只要能站起来，一切都会不一样了！您太珍贵了，现在患者能有您这样的好医生，我真的是替现在的病人感觉到太幸运了！

于胜吉：我治疗过的病人中，有一个河南的小女孩儿，她父亲带她来到我们医院时，就发现她的骨癌已经转移到肺部了。我就跟她父亲说了，这个孩子的病情已经比较晚期了，希望很小，就不考虑给孩子做骨头的手术了，但我们可以尽最大努力挽救这个孩子。她的父母不愿意放弃，要求我们一定想想办法。我们唯一能做的，就是给她做化疗，先把肿瘤化小，甚至可能化没有了。我们就给她做了 6 个疗程的大剂量化疗，这个孩子很听话，也很配合，一直在坚持。

6 个疗程做完以后，这个小孩儿腿部的肿瘤明显地缩小了，几乎摸不到了，检查也证实肿瘤的痕迹也不明显了。她肺上的肿瘤也几乎缩小到看不到了。本来我还想给这个孩子继续做 2 个疗程的化疗，巩固疗效，但她的父母就说，我们已经没有钱了，村里能借到的钱都借了，就这样吧，我们还要带她出去打工还钱。

他们走后一直再没有消息，事隔 8 年，也就是前不久、过春节的时候，孩子的妈妈来到我的办公室，边上站着一个亭亭玉立的姑娘，她妈妈我认出来了，可边上的姑娘我不认识，那姑娘着急地说："妈妈，妈妈，你看他不认识我了！"当她妈妈告诉我姑娘的名字时，我眼前一亮，再努力寻找 8 年前的影子，当年的小女孩儿已长成漂亮的大姑娘，现在跟着她妈妈在通州做服装生意，21 岁了。完全是一个健康的孩子、治愈了。

化疗长出的新头发更漂亮

文昕：您讲这个河南小女孩儿的例子，真让人开心。这证明，化疗真的是有效的，可以挽救很多看上去已经是晚期的病人，这个暂时的痛苦代价是值得付出的。我想了解，您所用的骨科化疗剂量是内科的多少倍？

于胜吉：针对骨肉瘤的化疗方案中，其中之一关键药物的剂量，最少是内科常规用量的 3 到 5 倍。

文昕：这么大剂量，那是不是患者的反应也更重呢？

于胜吉：有极个别的患者承受不住，我曾经遇到一例病人就是打化疗导致肾衰，没抢救过来。因为化疗剂量大，毒性也会成倍增加，对肝、肾等内脏器官和造血系统的损伤会很大。

文昕：如果这样的话，为什么还要用这种大剂量？

于胜吉：大剂量才能提高他的治愈率，而且用这种方法的不是我一个人。

文昕：就是两害相权取其轻的道理？

于胜吉：对！并且这种大剂量的化疗也不是说我个人发明的，是现在国际上已经认可和普遍采用的一种方法。知道其中有

315

风险，就是明知山有虎，偏向虎山行。因为你做多了，怎么也会碰上耐受不了大剂量化疗而出现严重并发症，甚至导致死亡的病例。但是绝大部分病人会从中受益。这也是为什么我在肿瘤医院承担这么大的风险，还要去做这个化疗的原因，实际上就是为了病人能得到更好的治疗。

还有就是老百姓都知道的，许多癌症转移到骨头上，有相当一部分老百姓会觉得，转移到骨头都成骨癌了，很可怕，就没救了。我在门诊接诊就遇到很多这样的患者。其实对这种转移癌的治疗，除了刚才讲的全身化疗把肿瘤控制住，还可以放疗局部止疼。这种方法你都经历过了，对放疗化疗解决不了的问题，例如脊椎骨塌陷、或者骨头破坏严重，已经骨折、或者将要发生骨折，就需要骨科的修复、重建了。还有，像你经历过的射频治疗，如果骨头里面还有肿瘤，用高温射频的方法也能把肿瘤烧死。

文昕：这个方法能代替放疗吗？

于胜吉：不能完全代替，但对部分病情是行之有效的快速方法。

文昕：所以各科应该沟通。

于胜吉：我跟王主任一讲这种方法，他就特别认可。承受人体重量的脊椎骨，还有大腿的骨头发生了病变、转移，面临骨折的危险，通过这种技术对转移灶先进行射频消融，把肿瘤灭活以后，灌上骨水泥，或者打上钉子给它加固起来，像钢筋混凝土一样加固了，然后病人就可以放心地去做其他治疗。我跟王主任讲完后，他说应该早早跟他说，因为有大量这样的病例。我说，这种新技术是近几年才刚刚开展，可能也宣传不够。所以说像你说的学科之间的交流也非常重要，我在医院是不愿意张扬的，我做的事情别人可能也不了解。

文昕：我还是觉得您这个射频消融新技术需要宣传，否则大家都不知道。它能够造福多少患者啊。

于胜吉：这确实是一项行之有效的医疗技术，对很多单一病灶的脊椎骨转移病人，是很适合选用的一种新的治疗方式。

文昕：真好。相信这是很多患者的福音！

您刚才说的大剂量的化疗，我有种担心，会不会反应也比较大呢？

于胜吉：化疗反应是因人而异的，有相当一部分人反应很轻、甚至没有反应，和正常人一样，耐受力比较好；有的人反应重，也不是什么大问题。不像人们想象的那样，打上化疗就生不如死。没有那么恐怖。还有就是掉头发，掉了还会长出来，而且长出的新头发更漂亮，这只是一个时间过程而已。

文昕：是啊，我第一次打化疗就是。一天早上，我洗头发，因为掉太多，得用盆洗，好捞出来。结果一盆都是头发，我当时哇地就哭了，我就跟我先生说，没法活了！头发都没有了！——现在我是不会了，经过了，也知道再长出来更多更好看，全是卷花儿，和烫过的一样，还又多又密。

于胜吉：是啊，女性一般都会很在意自己的形象，一看到打化疗头发打没了，就连病也不想治了，会觉得头发都没了，活着还有啥意思?

文昕:您说得太对了,我当时就是这么想的。真的是觉得活着都没意思,不治也行。

于胜吉:其实化疗没那么恐怖。化疗过程中的各种药物反应,现在都有应对办法。并且可以做到提前预防,所以身体反应也没有原来的化疗那么大了。比如一些止吐的药物,提前就给病人用上,就很有效果,而且医生会根据患者的情况随时调整用药的剂量。

如果有的患者反应特别大,那就要停止、或减小剂量。因为化疗也是一把双刃剑,杀死癌细胞的同时,也会损伤正常的好细胞。所以还要注意,如果杀伤力过强,也不利于调动正常的抵抗力来对付肿瘤。所以化疗期间,还可以结合生物治疗或细胞免疫治疗,提高和增加自体的免疫防御系统功能。这样结合起来,就能收到一个比较好的效果。

文昕:您说到这些,就让我想起第一年我在西肿瘤医院的经历。当时我就是因为西肿瘤医院采取的是先化疗、后手术的治疗方法,结果我从那里逃走了。我这样做,是不是不对呢?

于胜吉:这也是你对化疗恐惧的结果,这种新辅助化疗方法已广泛应用于骨肉瘤、消化系统肿瘤、乳腺肿瘤等等。在手术前应用化疗,可以使这些原发的肿瘤有效地缩小,可以使它有一个清晰的边界,然后再做手术,这样可以避免肿瘤周边遗留残存癌细胞,那么患者的复发率就降低了。同时,还可以消灭临床影像上难以发现的、隐藏的微小转移灶,从而大大地提高了手术的成功率，保证了手术的效果。所以说，术前化疗，可以大大提高病人的 5 年、10 年生存率，和治愈率。

打个比方，可能更容易理解。好比打仗，如果我们只去炸了敌人的碉堡、那些散在的敌人或特务没有消灭，他们可能潜伏下来，等你的大部队过去以后，这些暗藏的敌人就可以组织力量，再出来做坏事儿。那么癌症就还会复发，甚至转移到别的地方，就是这么个道理。

有些部位的肿瘤，尤其是对化疗不敏感的肿瘤，则采取先手术、后化疗的方法，或者单纯采取手术治疗、放疗等方法，也是可以的。而有些肿瘤，像淋巴系统、造血系统肿瘤则不需要手术，放、化疗就能达到治疗目的。就骨科来讲，大剂量化疗下的保肢技术是近年来治疗骨肿瘤的一个飞跃，这种大剂量的化疗对患者确实是有帮助，但也不是完全没有风险，也有的人会发生肝损伤、肾损伤等，甚至危及生命。这种情况要和患者家属提前沟通好，确实是存在着潜在风险。

文昕： 于主任我还有个问题，就是我在病友中看到，很多的人都是来自边远地区，他们都是自费治病，家里的经济条件不太好。除了治病，他们吃的也跟不上，我看到他们吃的东西有时候很简单，医院里卖的甲鱼汤、乌鸡汤他们从来不舍得买。这种情况，会不会影响他们的身体？吃得不够好，他们能够顶下来化疗吗？做了手术、或者打了化疗，怎么保证患者的营养呢？吃些什么好？怎么才能让身体可以扛得住？

于胜吉： 打化疗也不用特别补充什么营养，只要能正常吃

319

饭，没必要一定要吃海参、鲍鱼什么的。只要保证每日必需的碳水化合物、蛋白质和脂肪的摄入即可，如馒头、米饭、肉类、鱼类、鸡蛋、牛奶、新鲜蔬菜和水果。这些花不了多少钱，只要有这些正常的营养就没有问题，也不会影响化疗效果。相反，买一些这个那个的口服液、营养品，可能不见得对病人好。特别是那些几十元、上百元一小瓶的什么营养品、保健品，上面写得很全面，也很神奇，不要轻信那些。

文昕：我感觉您刚才说的这一段是很重要的，患者都会比较关心这个问题。比如自己的身体体质不是很好的人，就担心自己是否可以承受化疗，会不会因为化疗反而使自己本来就弱的生命更雪上加霜？有些人会很害怕化疗，或者很抵触。我也有过类似的状况，中途，就自己决定不再坚持。所以想问您，这种担心有必要吗？

于胜吉：我这些年治疗的病例中，偶尔也会遇到一两例病人化疗打不下来的，坚持不下去了。绝大部分都能坚持下来，相当一部分病例达到了非常好的临床效果，有些病例，甚至没有通过手术，仅只是化疗，就治愈了。比如刚才我说到的那个患骨癌的小女孩儿。

文昕：那确实是一个很有代表性的病例，孩子来时已经是晚期了，但您只用化疗就成功地挽救了她的生命，而且她还健康地长大成人。我不仅为您的成功感动，同时也觉得，读者会从这个病例中增长认识、并可能得到良好的启示。

还有一个问题，作为一名癌症患者，我曾历经了从手术、化疗到转移、又化疗、放疗、手术的艰难过程，同大多数患者一样，对肿瘤的复发与转移感到很困惑，您能否就此简单介绍一下。

于胜吉：到目前为止，医学界对癌症的确切发病机制还没有突破性结论，从这一点上来说，癌症的发生、复发和转移的确是一个世界医学上的难题，也是肿瘤研究人员一直在努力攻克的难关。

对于肿瘤患者来讲，对待身患肿瘤要像面对"敌人"一样，在心理上要藐视它，但在治疗上要重视它，既不能惶惶不可终日，也不可以掉以轻心。有相当一部分患者认为，已经手术把身上的肿瘤甚至肿瘤所在的器官都切掉了，就误认为万事大吉治愈了，再也不到医院检查和复诊，把出院时医生告知的定期复查当耳旁风，等到肿瘤又复发了或转移到别处了才来找医生，悔之晚矣。

我就遇到一个20多岁的女孩，性格上有点大大咧咧那种人，因为大腿上的一个肉瘤，我给她做了彻底切除后，再也没见到她来复查。3年后她来看我的门诊时令我很惊奇，问她这关键的几年怎么没来复查，她说切完不就没事了吗，她说在老家忙于结婚生孩子了，怀上孩子前肿瘤就在大腿原手术区域复发了，但当时很小，又为了怀上孩子就没在意，等到了怀孕期肿瘤就开始迅速增长，但她还是坚持要把这个孩子生下来再说。等我给她检查完，不仅发现复发肿瘤长得很大了，并且发现肿瘤已扩散到双肺，实属晚期了。我记得当时很生气地批评她不该这样把自己的病不当回事，如果她能够重视自己的病情，就不会拖到危险发生。

由于肿瘤的特异性和个体差异，有的肿瘤会多次复发并不一定影响到生命。例如我诊治过一位内蒙古病人，后背长了一个低度恶性的肉瘤，9年之内反复复发了10次，其中4次是我亲自主刀手术的。放疗可以减少这种肿瘤的复发率，但无论医生和家属怎么劝说，病人本人也不接受。

　　还有的肿瘤即使早期彻底切除了，也会在一定时间内发生远处器官的转移，通常肿瘤的复发和转移多发生在手术后的2~5年内，所以，肿瘤患者一定要遵从医生的医嘱和建议，需要放疗、化疗等辅助治疗的，一定不要自以为是，并且要按期复查。

　　文昕：我还有个问题，您除了用您的手术去救人以外，对一个高龄的病人，是否可以给他一个相对简单或单纯的安慰治疗，而不一定做这种风险很大的手术？

　　于胜吉：这需要根据不同情况区别对待。骨转移有很多治疗方法可以选择，手术只是针对那些保守治疗无效的病人。当然，由于新技术、新方法的出现，这种开放式的大手术做得越来越少了。例如给您做的骨水泥注入和射频消融术，就是一种微创手术，术后第2天就可以出院。还有，对高龄或高风险的患者，选择姑息或保守的方法去缓解痛苦。

二、关于医患关系和医闹现象

医闹是可以避免的吗？

文昕：前一时期，全国各地都有发生医闹恶性事件的报道，甚至很多医护人员被患者或患者家属杀害在自己的工作岗位上。这些案件，虽然激起了全国民众一致的反对和痛恨，但为什么还会一再发生？

我有一个问题想问您：这种消息，在医生群体引发了怎样的反响？从医生的角度，您是怎么看待这些恶性的、惨无人道的事件？应该如何看待这些恶性案件的频发现象？您认为应该如何避免、是否可以避免？当医生已经是拼尽全力地工作、却依然不被患者和患者家属理解认可的时候，您是怎么想的？

于胜吉：医闹现象，以前也有，但没有发生这么多，现在感觉不足为奇了，这也成了现阶段医疗体制下发生在中国医院内的奇怪现象。医患关系这么紧张，外国人都觉得不可思议，在国外工作生活的华人也很不理解，他们认为这些中国人都疯了，这是干吗呢？怎么能够对拯救其性命的医生、护士拳脚相加、大动干戈，甚至刀光血影呢？原本是一个战壕的、本来应该是共同面对

323

疾病的，为什么反过来医生、护士成了受害者？

我认为参与医闹事件的人，思想很混沌，也丧失了基本的道德伦理，没有信念去定格、去控制这种不良行为的发泄。在国外信奉上帝，还有教会的清规戒律约束人们的言行，做错了事，会得到上帝的惩罚，甚至死后在天堂都没有位置。而在现阶段的中国社会，正是缺失了信仰，也缺失了人与人之间的相互信任。

引发医闹的原因也错综复杂。如何处理医患关系，已经成为每一位医务工作者的必修课和悬挂在头上的警铃，其造成的影响，已经超越医学范畴、成为社会学的一部分，很难用几句话来概括。我个人认为，彻底改革现行的医疗体制，重建与增强医患双方的相互理解和信任是改变医患关系的根本。

现行的医疗体制下，一方面政府对医疗卫生行业的投入严重不足，使本来属于社会公益性的医院变成了自负盈亏的单位，经济增长指标，如年创收，说得好听一点就是工作量如门诊量、出入院人数、平均住院天数、手术量等等成了上级主管部门考查院长、院长监管科主任、科主任督促最基层医生的一个重要考核指标，并依此作为医院维持生存和发展的重要途径。

其实，目前医生的工资收入极低，即使加上奖金的收入，对这样一个劳动高强度、工作高风险的群体也是杯水车薪。我的老师已经是院士，老两口都是协和医院的顶级专家，谁会相信他们如今还住在单位分的、连电梯都没有的三居室楼房里？

所以说，对于网络或社会上传说的大夫开豪车、住别墅，即使有也是极个别的现象。是这种现行的体制把医务人员推到了尴尬的境地，这也是导致医患矛盾的一个非常重要的原因。既伤害了老百姓的利益，也伤害了医务人员的尊严和白衣天使的形象。

另一面，老百姓并不明白，他们普遍认为的看病难、看病贵，事实是医疗成本中的药贵、检查费贵，而医生诊疗费并不贵！

医生治病的各种收费价格都是由政府部门制定和监管的，每个医生都不敢乱收费，否则就会面临高额的处罚、甚至降职处分，而且病人的各种收费都是直接入了医院的财务账户，一分钱也不会落到大夫的口袋里。想想看，一个手术需要五六个医护人员同时工作数小时，还不包括前前后后的准备和后续工作，手术费也就是几百元到上千元，还比不上一个4S店汽车修理工的工时费。一个专家号也就是7~10块钱，比一斤黄瓜都便宜。一个理发师理个发都要十多块，如果染发、烫发，动辄就几百元、上千元，多少年来流传的"拿手术刀的比不上拿剃刀的"的局面至今还没改变。

到过或生活在北美的人都知道，在私立医院的资深医生问诊费，几分钟的时间就需要几百美金，到专科医院做检查、做手术都需要预约排队几个月以上，其费用更是高得离谱。而在中国一个医生的劳动价值都根本无法得以体现，就更甭提其技术价值了，但是他们仍在忍辱负重地努力完成着自己的使命，无偿地加班加点为病患服务，还总是在关系到人民生命安危的时刻冲到最前面，置自己的一切于不顾。

从哈尔滨杀医事件，到后来出现的温州等多地接二连三的杀医、伤医事件，医患矛盾早已成为社会的焦点，个别媒体不恰当的过度渲染，也同时起到了推波助澜的作用。

这种现状让很多医生都很惧怕了，心理上有了阴影，不敢给病人开刀了，担心有朝一日悲剧发生在自己身上。有的医院都用上了心理干预，请了心理医生来给医院的大夫做心理辅导，排除大夫心理压力，和大夫共同探讨怎么去面对患者群体、怎么去释放压力、改变郁闷情绪等实际问题。因为长期处在高度压抑的状态之中，时间长了以后人的精神会崩溃。

这些情况，确实对咱们国家的医学界造成了极大的混乱，这个混乱就代表了医患双方更加的不信任。

患者方面，某些病人和家属从一踏进医院大门、接触医生，就开始带上过滤镜，甚至心存戒备地接受诊治，看病时总是紧盯着自己的腰包，花了钱就觉得吃亏。更有极个别的病人家属偷偷给主治大夫或治疗、抢救过程录音、摄像，作为以后告大夫、打官司的证据，这种不信任和不尊重极大伤害了大夫的自尊。

从医生方面，不得不考虑去学会提防并观察病人了，看这个病人的言行是否正常，如果一进门就表现得情绪急躁，或者面带怒气、甚至神经质的人，肯定要小心。这样的人，大夫肯定不敢收。所以，现在大夫被逼迫得去避险、去察言观色，如果这个病人来了一看就带着凶神恶煞的面目，说话也是咄咄逼人，对于是否对其继续治疗，大夫也会三思的。而最终带来的结果对病人有害无益。

对此，作家六六的几句话概括地恰如其分：

> 在中国，像点坐台小姐一样地点医生，像使唤佣人一样地使唤护士，像大爷一样地要求服务，却不愿意掏钱。顶尖医生就这么些，每个医生一天总共 24 小时，不吃不睡都贡献给病患，撑得住 13 亿人的需求？中国人用全球范围都算低廉的医疗享用着全球最高效的服务，身处其间却全然不知。

医学科学是在发展中前进的。没有哪一种治疗是百分之百绝对安全的，所以失败的可能性是客观存在的，包括打针、吃药。任何药都会有一定的副作用，有些药物的副作用，甚至可能是在临床应用多年后才被发现和证实，一些药物会因发现了严重副作用而被停止使用，或被新的药物替代。所以说，治疗疾病的同时，也可能出现不利的一面，患者和家属应该多了解并理解治疗带来的风险。尤其是手术治疗，风险更大，作为主刀医生，其实与患者家属的想法和愿望始终是一致的，就是力争手术能够百分之百的成功。

大多数人都会问，这个手术的成功率是多少？医生就会解释，就算这个手术的成功率是 99%，但正好碰巧不成功的一例发生在你身上的时候，对个人来说，就是 100%。当然谁也不希望这个 1% 的概率落在自己身上。但手术中和术后可能会出现各种各样不能预料的风险，一旦发生这种情况，大部分人还是能够理解和接受的。

但是，也有一部分人不会接受，更不愿去正确面对，并积极配合医生去努力解决出现的问题，而是马上去质疑治疗过程中的每一个环节。其实，任何技术本身都可能存在着缺陷，而每一个人都是独立的有机体，彼此的生理结构、功能各不相同，即使承受相同的麻醉和手术创伤，但表现出来的反应也各不相同，因此治疗效果也是因人而异的。

当然，医生也应该换位思考。当一些病人和病人家属出现了不理解、甚至冲动的情况，首先要理解对方，要有耐心，做好解释工作；而且还要全力去救治病人，不能回避，要尽到医生的责任。不是有那句话吗：医者仁心。我相信，只要本着这个精神去做，绝大部分患者和患者家属还是能够理解的。

文昕：做医生真的很辛苦，有时候，看到你们那样拼命地工作，可是还会有患者、患者家属对此视而不见、并不理解。特别是出门诊的时候，诊室的门外，永远堆满焦虑的患者和患者家属。对于一个家庭来说，其中的一个成员身患绝症，是塌天的大事。可是，在肿瘤医院里，这样的病人多到永远人满为患，这么多人急切地等待就医。

可是医生也是人啊，看病也是需要时间的。中国的医生，已经是很厉害了，一天中要诊治几十号病人，自己忙到吃饭的时间都没有、下班都很难准时，还在坚持工作，真的很敬佩！您出国技术交流的机会多，在国外，这样的医院大致是一种什么情况？能说一说吗？还有，您对此是怎么看的？有什么体会？

于胜吉：咱们国家普遍的问题，就是病人多医生少、知名医生更少；再就是医疗制度不完善，无论大病小病都是要往大医院跑，造成医疗资源的过度浪费。大医院总是人满为患，让每一个病人都得到及时的救助确实很困难。例如，全国各地找我来看病的，一两天能挂上号应该说是幸运的，大部分人必须提前一天来排队，才能挂上号；好多病人可能等到十天半月也挂不上。有的人说，我十天半个月都没挂上你的号，能不能给加个号？对这样的请求，我通常会加快看病的节奏，争取下班以前能把挂号的都看完，后边这部分就给他加号。

但是也有好多情况，就是到了下班时间，护士要关门了，实在看不了了。有的时候，我下午还有手术，或者中午有会，病人再求我我也解决不了。我也不能耽误其他的工作，只能说对不起，只能将人拒之门外。现在这种情况，应该说大医院都是如此。这个问题要想解决，只能是通过医院增加门诊量、增加知名教授的数量。

但在国外并不这样。在国外，相对人口偏少，而且大医院的大夫都是预约制，想看病，先预约；不预约的病人，对不起，医生拒绝给你看。国外看病，先是要通过家庭医生，家庭医生也叫全科医生，都是医科学院毕业后在大医院培训过的大夫，得病了先要找家庭医生；家庭医生给你诊断完了以后，他认为你这个病最适合去某个医院、找某个大夫去治疗，他会给你联系这个医生，介绍患者的情况，然后这个医生的秘书才会给你排号。有的人想看一个大医院的医生，需要两三个月甚至半年的时间。其实，国外看病比国内更困难。

我在多伦多大学时跟的那个教授，世界各地的患者都慕名来找他看病，需要手术者时常会排到一两年后。在国内，尽管说病人看病难，但不用等那么长时间。

提前让患者预知风险

文昕：大夫提前向病人细致地解释一些问题，真的很有必要。比如说，像我这样一个算是明白的人了，我术后第四天，居然给您发信息，问您，为什么还一直感觉疼痛？我自己后来都不可理解。不就两天晚上睡不着觉吗，就会去问大夫这是否正常？！手术部位怎么可能不疼啊，伤筋动骨100天，仅仅才4天，疼不是很正常吗？但是就像这样的事情，患者可能都想不到。

于胜吉：是的，主刀医生大都是专家，可能没时间亲自去跟病人和家属交代病情和手术有关的各种意外以及并发症；如果助手也没解释清楚、没解释得很到位，那么一旦出现不好的结果，病人和家属就不理解、甚至误解，产生纠纷。

文昕：其实对病人多一句解释就可以：手术后，你可能会有一段时间不适应，有可能症状会加重，手术过后有一段疼痛时间，那个疼是正常的，我们尽量帮你控制，你自己也要忍耐，这个过程肯定会有。

于胜吉：对。肿瘤大夫需要做的解释，或治疗有关的谈话，需要更加仔细和耐心。何况我们骨肿瘤大夫，不仅要手术，还要负责化疗，同时还要考虑到病人的经济条件。这就是中国医生的特色，不能只考虑治病，还要根据病人的经济状况选择既经济又有效的方法，也可能是因为骨科肿瘤病人大都来自农村，经济条件普遍差的原因。

文昕：在中国做医生太不容易了！但不这么做也不行，做完手术还要给病人继续化疗，又花钱，又受罪，最后家里没钱了，还得卖房子，一旦病人对结果不满意就会想：要早知道这样，我就不治了——他就会产生埋怨心理。我认识的一个病友，她说，"我都两个月，还疼呢，还没长上。"我说你才多少天啊？两个月，你两个月就想长上啊？俗话说伤筋动骨100天。后来我就从她才开始觉得，我是五十步笑一百步了，其实我是术后四天就给您发信息，这也是需要反思的。但是作为患者，没有做好思想准备，都不知道。就像您跟我说24小时你就可以下地，我理解就是——

于胜吉：完全一点事没了，就好人一个。

文昕：是，好人一个了，其实我不知道我还要有一个反复。

于胜吉：其实每一个手术后的病人都需要有一个康复的过程。

文昕：对，如果疼痛每天会增加，疼得夜里睡不了觉，我会……

于胜吉：你会想是不是手术失败了，是不是这个手术没做好，甚至说可能就是不适合做手术？

文昕：对对，有可能是这么想。

于胜吉：有时不但病人有意见，家属意见更大。他就是因为没有预期后果的严重性，他觉得病不但没给治好，家里的钱也花完了，没有得到一个满意的结果，有时人还没了。

文昕：对，人财两空。

于胜吉：有些患者和他们的家庭由于长期病患带来的痛苦，加上经济上的拮据，使他们产生了心理上的扭曲，甚至发展到对他人、对社会的仇恨。一些家庭在经过艰难的求医问药，花光了积蓄、甚至债台高筑，而亲人也没有留住之后，无助绝望，使他们把这种怨恨直接发泄到医务人员身上，甚至是救治病人的主管医生成了直接受害者和被告，很可悲。

医患关系本来双方属于同在一个战壕，如今却成了矛盾的双方。其实，绝大部分医生是出于一种职业的本能去救助病人，当然有一些确实没有治疗价值的，可能像晚期这种情况，大夫就拒之门外了。但是对可治不可治的情况，如果病人和病人家属积极要求，医生一般也会选择给予治疗的。像你说的情况，有些治疗可能价值不是太大，但是有时医生难以去把握这个度。所以医生必须严格掌握每个疾病的治疗规范和适应证，也显得尤为重要。

文昕：我觉得在病人手术前，有些具体情况要详细地跟他们交代清楚。

于胜吉：一般都是我的助手负责交代。但对一些复杂病例我再忙也要抽空亲自补充交代。

文昕：我觉得这个交代很重要，是不是可以加强？例如，手术过后，患者会有一个不适期，但是患者本人和他们的家人根本就不知道，也没有人告诉他，他是没有任何思想准备的。他认为我打完麻药，然后我手术就做完了，我顶多疼个 24 小时，OK，这个时间给我打点止痛药我就顶过去了，48 小时之后我就可以下床了。他想得真的很简单。包括我本身在没有经过手术的时候，也想得很简单，不知道恢复期会是一个相当长的时间。在经过十几天的等待之后，如果依然感觉很痛，我也会开始有想象，有时候会往坏里想。

但是如果事先大夫告诉我，你将要面临这样一个不适期，比如我后来体会是 48 小时之后，麻药劲彻底消失了，那个时候疼开始返上来了。但这个，一般患者也能理解，因为麻药劲儿消失了。可是如果患者算了一下，已经好几天了、十几天了，那个疼还在加剧，我觉得一般人就会承受不了，脾气坏的就可能开始骂人了。

我自己是会上网查，术后疼痛是什么，比如在搜索栏里打上"骨水泥术后疼痛"，网上就会跳出来很多很多的信息。大部分都说是可以通过一两个月的时间缓解，还有人是半年之后仍然不缓解，我也会很担心，担心坏事儿了，开始嘀咕、开始瞎想。人都是一样的，因为我经过了、全好了，回忆那个过程，才会知道恢复正常的时间至少要在一两个月，骨骼的手术，不会特别快就长好，俗话说，伤筋动骨 100 天嘛。骨头要基本上恢复正常，连 100 天都不到，患者自己不是瞎着急吗？我也有过性急的时候，觉得半个多月了，怎么还这么疼呢？后来我怎么明白过来的呢？是因为我在肿瘤医院被蚊子咬了，结果回到家半个多月，表皮都没长好。我忽然觉得自己很可笑，怎么让骨头15天之内就长好、直起来呢，不是那么回事啊！它是有一个恢复期的。

　　但是，如果大夫没有非常强调这一点、没有告诉患者，你将要忍受一个恢复的过程。这个过程患者事先是不知道的，患者家属也是不知道的，大家完全没有思想准备。包括我如果感觉特别疼、或者特别难受，我也有可能跟我家人说：怎么会一直疼？特别疼，为什么会疼得睡不着？在那个过程里，患者是会想多的。如果这个患者病中性情不好，就会跟他的家人发泄、跟他的家人闹，他的家人也不懂，就想当然地以为大夫给他们治坏了、他们就要去跟医院闹，找医生、甚至于动手打人。

　　就像那天王维虎教授跟我说那个患者似的，王维虎教授说："我都给他治好了，可他家里的人要揍我。"王大夫是多好的人啊，真的，他是太阳光一样的一个人了，对患者怎么可能不好呢，我太了解他了！正常情况，他不可能招来这样的事。我和王维虎教授的接触时间很长了，他恰恰是性格非常柔的这么一个大夫，对病人好得让人感动。而现在他又是部门领导了，自己不可能不以身作则给下面的医护人员做好榜样，却和患者发生矛盾。

　　我理解王大夫所说的"给他治好了"，那意思是他的癌症病灶成功封杀了、不会再危及患者的生命了。但患者自己不知道的是他还要忍受一个历时两三年的恢复期——王大夫跟我说过，一般是三年，放疗过的骨骼才会达到最佳状态——患者就看到，放疗结束后，自己甚至还不如不放疗的时候，骨头可能压缩性改变、可能压迫神经，可能伴有不适和疼痛，他就想当然地认为，你给我治坏了，我跟你没完，我得让你赔我。

其实，患者是非常爱戴你们这些医生的。可能你们医生不知道，但是我们知道，你们在患者眼中就像神一样、像阳光一样，你们带来一片光明和希望。真的，正常情况下，患者是不愿意、不可能跟大夫过不去的；但是，当他有一天忽然误会了自己身体的不适，他承受不了那个痛苦的时候，他会把这种误判发泄成仇恨。其实大多数人都不愿意做一个恩将仇报的坏人，去打大夫，去伤害大夫，去把大夫杀死，我觉得这些正常人都是不会做的。

但是恰恰有一些人，他就可能这么做，是什么原因呢？是因为这些人品质很邪恶、没有文化素养，自私自利、以自我为中心，这些人没有受到过良好的教育，却学了一身坏毛病，在社会上，他们横行霸道，对别人不懂得尊重，一旦觉得自己吃亏，就要暴跳如雷。恰恰是这样的一些人，现在越来越多了。这真的是我们这个社会的悲哀，应该引起大家的重视了。

我还想说的是，第一，大夫一定要学会避险，保护自己。我不能够做的、我一定不做，我不给我自己找麻烦，我也不给医院找麻烦。

第二，要提前让患者预知风险。现在医院让患者签字的那些"知情书"，其实并不够细化，那仅仅是因为法律原因产生的程序，并没有起到别的作用。我所说的预先知情，是前面说过的原因，应该让患者提前做好心理准备，去承受治疗带来的伤痛和改变。别事先没说、事后发生了解释不清。

所以我认为，应该是有一个术前交代（治疗前交代），让患者和患者家属对手术或治疗有可能带来的好的和不好的两方面，甚至想不到的意外发生，都有一个思想准备。

于胜吉：怎么说呢，有时候难以准确把握这个尺度。何况在大夫眼里只有值得同情、值得救治、一律平等的病人，无法、也不可能把病人分成三六九等地区别对待。还有病情，有的时候觉得他可以挽救，有的时候结果却难以预料。包括脊椎手术，每种手术都有一定的瘫痪率和并发症，或失败率，和医疗上的不良事故、甚至死亡率。最后，你认为的提前告知，确实很重要，老百姓平日对健康的忽视、患病以后对医学不合理的期待，使他们很容易对最终的治疗效果产生异议和误解。实际上当今世界很多的疾病是无法治愈的，这不是医生的无能，而是人类的无助。

当然了，谁都想要百分之百的成功，但任何手术都不会是百分之百成功的。

是否需要给快塌了的楼修窗户

文昕：我觉得有一些手术，您可以拒绝。您要学会拒绝别人，不能您做了很大的努力、付出了很大的代价，其实病人的生命只有这么短暂。如果我是这个病人，我一定不会干这件事。您知道您的助手曾经跟我说过一句话，我问他，干吗要让我去做那个骨扫描，不做那么多检查好不好？他说那不行，我们是大夫，我如果弄不清楚，你楼整个都快塌了，你让我给你修窗户，修的再好看又有什么用？——这句话，我觉得是非常经典的一句话，虽然我作为患者可能当时不会太喜欢，但他说的这句话非常正确。

我觉得，要像类似前面说到的一些情况，就是拒绝也是对的。因为您是我熟悉的医生，我有点儿身临其境、替您担心。或者，您要把这份风险和付出留给更需要的、能够存活期更长的病人，改善他的生存质量，您顶着这样的压力都是值得的。

我是这样想的，如果我的生命本身已经成了定局，我不会强求。有价值的事情，我一定会努力，有多大的痛苦我都可以承受。但是，如果没有价值的，我一分痛苦都不承受，因为那没有意义。所以我就觉得，您可以别给自己那么大的风险，因为这个风险确实让人心理能承受都非常不容易，真的很敬佩您！

在您讲这些之前，我根本不是很了解外科大夫是怎么回事。我也想象过，外科大夫面临的那些涌流的鲜血和人体精细的组织，然后去成功完成手术，得需要具备多么大的定力。我知道这种手术的风险其实非常大，您就不能对您自己多一点保护吗？为什么一定让自己经历这样大的风险？我作为朋友跟您说一句话：爱护自己才能够帮助更多的人。

于胜吉：实际上，现在我们行业流行着一句话：医生要学会保护自己。保护自己，一方面是保护你的身体，不要过度透支，最近发生的中青年医生过劳死的几个例子很令人痛心，过度透支，是医学界目前普遍存在的问题。另一方面，要保护心理健康，免受现在这种医闹事件的伤害。

文昕：对，这就是那个问题了。如果手术中发生了意外的情况，病人家属要是追究法律责任，这种情况其实很多，患者和患者家属强烈要求医生救人，但真的发生了意外，他们的态度可能大变。没有人关心您作为医生，在手术台上站了多少个小时、做了多大的努力、承担了多么大的心理压力、又有着怎么样的体力透支，他们只论结果。

其实这个风险没有必要由您个人去顶，他的生命本身处于危险，他走到今天已经是错了的。得病的人，肯定是错了——我不是指他犯了什么具体的过错，而是他对自己的身体已经犯下了某种错误。这个错误并不是您造成的，您拼命去纠正，也许您纠正的这个错误的过程当中——

于胜吉：引发了其他的后果或错误。

文昕：——他出事了，变成了您的错误。我觉得就不值了，真的不值了！

于胜吉：但是在更多的时候，医生是出于职业的本能去救治病人，而不是先去考虑值不值得的问题，甚至于自己的性命都不顾，更何况名利得失了。

实际上，跟病人打交道，也是做人的哲学，也是跟人交往的哲学，有时候并不在于你技术有多高。你技术做得再好，有的时候你给病人做完了，可能手术挺成功，但是有的病人不认可你。

文昕：您行医 30 多年来，您认为一个好医生除了精湛的技术和良好的道德外，还应当具备哪些能力？

于胜吉：首先与人的沟通很重要，不管是跟病人沟通、还是跟家属的沟通。医学本身就是一个很深奥、很专业的学科领域，具体到每一种病、每一种手术的前因后果，都是需要专科医生才能解读，何况是一窍不通的患者及其家属了。大夫交代了大半天，有时越听越糊涂、越听越害怕，干脆签完字走人了之；更有甚者，对病情和手术风险交代很不耐烦，等真出了事就翻脸不认人，说你们没交代清楚，要是早知如此，我们就不如何如何了等等。然后就要想方设法开始索赔，如难以满足，就开始无理纠缠、拒绝出院，直至停尸医院、大闹天宫。关键的是在对簿公堂时，术前签署的谈话协议书又不具备法律效力，为此，出现了很多外科大夫面对高风险的病人和手术，为了避险只好救助于公证，这也是现阶段医疗体制下的奇怪现象。

我来肿瘤医院后，为了求生存、谋发展，时常警告自己和下属：平常工作中要谨小慎微，一步一个脚印地前进！虽然 10 年来，我所带领的骨科团队未发生一起医疗纠纷或医疗事故，但是遇到一例由于沟通和理解出现偏差的病例，至今还让我惊魂未定。虽然最后也化险为夷，没有发展成医闹或纠纷。病人家属对手术没有达到预期的效果很有意见，曾经恐吓过我，要带人来荡平我的病房，并扬言病人要是站不起来，也让我将来永远当一个轮椅医生，甚至连轮椅都坐不了，让我的医学生涯也到此结束，等等。句句都是狠话。

文昕：太可怕了。大夫做的实在太有风险了。为什么出现这样的情况，您是怎么想呢？

于胜吉：当时我很烦恼，甚至很无奈。面对接二连三的恐吓，我都报了警，出门上下车都要紧张地环顾四周，看有没有人跟着。但是我对这个病人一直是不离不弃。因为我了解这个病人的病情，虽然中间有反复，并且刀口发生感染，只要控制了感染，病人神经痛的症状就会慢慢消失。只要病人来医院打针，来化验血，我就一直提供全方位的服务，甚至包括上门服务，就像对待自己的亲人一样，而把家属之不满和恐吓抛在脑后。

我的努力不但改变了病人家属对我的看法，也终于使病人回归正常生活，令我十分欣慰。但是这种长时间的纠缠和恐吓留下了沉重的阴影，令我很久都不再涉及这类高风险、高难度手术，甚至有一个时期我遇到来自与这个病人同一地区的患者，也会再三考虑是否收治，我也知道这种想法对其他病人并不公平，但还是因为这件事造成的心理伤害太深，令我很长时间都感到心有余悸。

患者就像盼望阳光一样盼大夫

文昕：我看到您带领助手查房的时候，用英文向助手提问病人病情。为什么要求助手用英文汇报？感觉您对他们的要求很严格、很正规。

于胜吉：最重要的是，要培养医生的英文口语表达和交流能力，让他们将来在国际医学大舞台上能够与同行交流。我尽可能地鼓励他们做科研、写文章，积极参加各种学术活动，培养他们积极进取的精神，给他们创造更多实践机会。

文昕：现在病人都不愿意让年轻的实习大夫给他们做手术，

我本人可能也是。那么，他们是不是能够得到更多的机会上台？

于胜吉：的确，好多病人是奔我来的。但如果全病房的手术都是我一个人主刀，如何培养年轻大夫呢？每个专家都是从生手慢慢成长起来的。所以，我会把一些相对简单的手术让给年轻大夫做，或者在我的指导去下完成。要保证手术效果，不出现任何偏差，要尽可能做到让病人满意、让病人放心。做医生，光有技术是不行的，你得让病人相信你。

文昕：这对我们病人来说非常重要！

于胜吉：所以我经常对我下边的医生这么说，病人到这儿来，就是相信我们。不是说一定是唯一的希望吧，最起码他信任你；病人把一切交给你了，咱们要尽量满足病人的要求。大多数病人要求并不太高，你每天去查一次房，一个微笑，可能病人就觉得很满足了。

文昕：对，特满足。病人都盼着大夫查房，就像盼望阳光一样。

于胜吉：你不是也说这句话吗？我有这个感触。以前在三环的骨科病房，我不是每天去查房的。那儿也有做化疗的病人，大人小孩儿都有，也不是天天有手术，我一般一周去查两次房。但是，我发现一个特别有趣的事儿，我一去查房，当我走到楼梯下面的时候，听到病房里叽叽喳喳，说笑的什么都有，等我一上了楼层以后，病人都跑到自己房间悄悄待着，鸦雀无声了。

后来他们一些病人家属跟我讲，说："于教授，我们等你像盼星星盼月亮一样，你一星期来两次，我们见你一面都不容易。"

他们觉得能见上我一面，不是说我能给他们带来什么好药，觉得我能来看看他们，就给他们带来了希望，和战胜病魔的勇气和信心。就这么简单，就满足了。

文昕：是这样，病人看见医生一眼，就觉得他这一天可以过得很踏实。对病人来讲，就这么简单。

于胜吉：所以那时候我就深有感触，病人心里很需要医生，这么强烈。好几天来一趟，见他们一面，他们心里就能安稳几天。我觉得这是精神的力量。并不是说你的技艺多么高超，而是给他们带来的更多的是一种安慰。

文昕：他信任您，配合就会好一些，他承受痛苦的能力也会增加很多倍。好比说您如果没有跟我有过那几次术前的谈话，我可能半道走了，真有可能就不做了。就是因为信任您这个大夫，其实，后面我无论碰见什么情况，哪怕是后来没办法再打麻药了，那么疼我也忍了。因为我知道，是您在给我做手术，那是一种绝对的信任。

当时旁边有一个女性的声音在跟我说："你多棒，你看你多坚强！"其实我知道我特不棒、特差劲，但是我真的感激那个声音。我没有见过那张面孔，但是她的那个声音永远让我记住了，那份好心，非常珍贵。

回忆起来，我甚至觉得没有全麻，也挺好。因为我经历了那个过程，我感觉到，那么多的人进来操作一下再出去，从仪器上确定后再进来，我特别能够体会您的那个手术的精细。如果我全麻了，我就什么都不知道。所以我就觉得，那份感动是从那时候起就埋在心里的。而且您的声音给我信心和安慰，包括后来，在我下手术台的时候，您还说了好多特别鼓励我的话。我都觉得，那真的是一个医者的仁心，是善良的，那么美好的记忆，会永远地记在心里。

于胜吉：我说了啥？自己并不记在心上，我查房时对病人最多就是问长问短的："今天好些了吗？""今天看上去脸色不错。"甚至吃喝拉撒都问。

文昕：我知道。就包括那个女大夫，不知道是个护士还是麻醉师？她跟我说的那些话，其实对她来说，可能作为医生对患者说过了无数次，或者她说过就忘了，她就是那样一种善良。但是她给我的那份心理支撑，我会觉得再要说"我承受不了、我太疼了、我不想做了"，肯定说不出来，多难也得忍下去。

那个手术，您一趟一趟走出去、再走进来，三个多小时。我在心里算着、想着，那个一趟进出要用多长时间，我觉得你们会很累。您最多砸十几下就停下来，我在数着，每一下，我都知道您的小心，也知道稍微地过一点，可能风险就出来了。就砸那么几下，然后就要出去用仪器看，一点一点地砸进去，用了三个多小时的内力，做这样的手术，一般人真的很难做到。我觉得您是英雄，我是在您的感召下才具备那样的承受力。

要是换一个别的人给我做手术，他手术有多高明，我半道上可能就不干了。我可能承受力会很差，因为确实后来很痛。恰恰是因为您用沉着的声音在跟我说话，我体会到您所做的一切非常

343

不容易，我如果不能坚持，其实是很对不起您的。正是您始终沉着和镇定地跟我说话，让我为这个医生也愿意坚持。

于胜吉：没想到医生的感染力这么重要。

文昕：真的、真的，非常重要。我觉得上天让我体会这些痛苦，还让我能够健康地活着，这件事情本身，就有意义。它的意义在于，别的人可能写不出来，或者别人经历了这些东西，他心里有多少都说不出来；有人看见大夫，心里不知道有多少千言万语，却永远不会表达。可是恰恰上天给了我语言、文字的表达能力，又有理解力，所以我就觉得上天是委派我来做这件事的，这是我的任务，所以我这本书一定写好，一定好看。

于胜吉：有的时候我也在揣摩，以前做普通骨科大夫没有这种感觉，到了肿瘤医院感觉越来越强烈。病人得了肿瘤以后，求生的欲望特别强，我碰到好多病人和他们的家庭，孩子得病了、家人得病了，挂不上号，看不上病，有人就急得给我下跪，或者追到病房来，给我下跪，那种无奈和求助的心情真的很让人震撼。

有的时候我在想，我为什么解决不了这个问题呢？有时候也在纳闷。以前我们也说了这个问题，我在三环医院开病房的时候，在门诊见病人就收，因为病人太多了就很忙。我白天在这边忙完了，下了班，晚上接着去做三环那边病人的手术，做到很晚。有时候一做就做到八九点钟，很经常的。当然，一方面是为了积累我的工作，也是当时为了申请专业。后来就刹不住车了，病人越来越多，我就为了人家是投奔我来的，我就必须给人家解决问题。

文昕：那您累死也不可能救那么多人。

于胜吉：后来想一想，我又不是"菩萨"，谈何容易普度众生啊！全国这么多病人，都来找我，我也不可能都给他们提供及时的治疗，毕竟我一个人的精力是有限的。

文昕：好比我们遇到很多穷人，我们帮不了那么多穷人，是一个道理。

于胜吉：我即使不吃不喝不睡觉，那么多病人都来找我，我实在是难以满足每一个病人的要求。病人来了就想马上住院，我那点儿有限的床位，周转不过来啊！我那几年干到什么程度呢，没有一点儿休息时间。同事和朋友就开始劝我："于胜吉你不要命了，你都快 50 的人了，要注意身体，你的路还长着呢！"我后来才开始放慢了脚步，再不像以前那样白天晚上都干。

文昕：现在，您的病人要排队多久才能看上？

于胜吉：一般来讲，平均两三周都能看上我的门诊，当然也有宁愿受累提前一两天在那排队的，也能早些看上。可能好多病人挂不上我的号就高价买票贩子的号。这也是咱们国家的一种奇怪现象，就是票贩子，票贩子把票给搞去了。但是，第一次看完我的门诊，并非就一次解决问题了，在我们医院，做检查都要预约，检查做完了还要等结果，如果需要穿刺活检，最快也得一两个星期才出结果。看结果还要再挂我的号，这就更难了。

文昕：现在王主任不是说想要改变这个状况，有一个复诊号的方法？

于胜吉：是的，现在医院实行的预约转诊制度，极大地方便了病人。对这种已经看过的病人，要实行预约制。比如两周以后，

345

这个病人出结果了，就提前给他预约，通过预约或者直接转到需要会诊的科室。这样这个病人就不用再经过那么漫长的排队了。现在这个预约制，能给病人解决好多问题。

每一例手术都是精心雕刻的作品

文昕：刚才您讲那些的时候，我脑子里在想一件事，也许您不能用手术救助的人，您可以用心理安慰救助。就好比说，我已经病入膏肓了，就像那个大夫说的，我整个楼都快塌了，我现在偏要让您给我修窗户，您可怎么办呢？您可以跟我说，这种病有很多办法去缓解；然后您就找病人的家人跟他们沟通，说："我不是不可以给他做手术，但这个手术是有风险的，你们求生愿望这么强烈，我勉强把这个手术做了，如果出现了一系列的问题，第一我自责，第二我觉得患者有没有必要再承受手术带来的痛苦。"

假如说他的人生就只有半年，他就没有必要去承受这么大一个手术，对吧？该拒绝别人的时候，要用一种方式拒绝，让他们自己选择放弃。不是还有止痛门诊吗？您可以劝家里人走别的路，而不是说一定要用您的手术、用您自己的时间、精力和自己的健康，全部压在上面，赌一个没有结局的结局。其实这个特别重要。

于胜吉：你这么说我也想过。比如说现在发生这些医疗纠纷也好，或者杀医案件也好，有时候想，要真是为了一个不成功的一个病例，或者这病人和他的家人的心态有问题，你受到了伤害；可能因为这一个病人，而影响了、耽误了你的前途不说，可能耽误了成千上万个病人的救治，你说你值得吗？这是一个问题。

其次，你还得考虑考虑，由于病人的过激行为你受到了伤害，你的职业生涯到此结束，你的小家庭为此受到意外伤害，损失更大。所以有的时候也在思考这个问题。当然，还不全是单纯的怕医闹的问题，而是对失败病例会有一种内疚。责任心很强的人，他希望每个病人都是一个很好的作品，完美，他不希望出现偏差。所以为什么说我的承受能力也不是很顽强。

曾经有一个病人家属，她说，像你这种心态的人不适合当医生，或者当医生是不是得经常看看心理医生，跟心理医生沟通。怕我承受不了。我说也有可能吧，这是我这个人的特点。

文昕： 因为您太善良了。

于胜吉： 但是，也有可能因为这个特点拯救了我，也让我有今天，我能做这么多手术，能积累这么多经验。而且病人还没有说跟我怎么过不去的，因为我是用一颗像患者家属一样的心对待患者。我知道病人需要什么，就算是真的出问题了，我也不是袖手旁观，我也会真正像他的亲人一样对待他，解决实际问题。确实是那样，有的时候我跟他们开玩笑，病人笑我就笑，病人哭有时候我也哭，真有那种情况。

有一个病人的女儿，就是我刚说的那个病人家属，她父亲因黑色素瘤去世了，她经常跟我沟通。因为给她父亲治病，和病人已经挺熟的，那位老人后来走了，我觉得很悲伤。我说为你父亲感到痛苦，当时在那个心情下，就给她发了个短信。后来她给我回了一个短信，她说，当医生不应该有这种心情，碰到这么多病

347

人，你都这么伤感，对你身体不利，像你这样，应该经常看看心理医生。她怕我心理有问题，我说你放心吧，我心理很健康，我只是希望我的每一个病人都能活下来，并且能够好好地活着。

还有一件事曾经让我很痛苦，是我刚来医院不久，遇到一位74岁的老人，原发肾癌转移到腰椎，压迫到神经，腿走不了路了，拄拐都走不了了。他女儿信天主教，心地善良，她带他父亲去了北京好多家医院，都不给治，她不知道怎么听说我能做这个手术，就来看我的门诊。因为他这么大年龄了，而且转移到腰椎那个地方，手术特别难做，我说你去放疗吧。结果放疗专家说，这个情况解决不了，因为骨头都已经变形了，压扁了，并且在压迫神经了，只有做手术才能解决问题。因为我刚到医院不长时间，我想这么大手术，万一做了出事怎么办。当时为谨慎起见，我劝她带父亲去别的医院看看。她说，北京多家医院都去了，都不给做，如果你不接收，我父亲真的没希望了。我看那个女孩特善良，她父亲也是很忠厚的一个老工人，病人也确实是很痛苦，拄着拐来的。我决定收治这个病人。

当时医院还不让我动骨头手术，我就把病人转到三环医院那边做。我是下午开始做的，做到晚上10点，出血越来越多，这时我已经把腰椎转移瘤切下来了。我一看病人血压下降、快要休克了，这时如果再给他换上腰椎，我估计，这个老人再出血就恐怕不行了。我当机立断，赶紧把伤口给他填上纱布，立即把他送到肿瘤医院这边抢救。当天晚上我没敢回家，担心老人醒不过来，我就在值班室守了一整夜。

到了凌晨的时候，我看血压就有点向上升了，我又回到办公室。联想到自己刚来医院不久，万一这个人要抢救不过来，那我就"出名"了，我在心里祈祷老人一定要坚持、一定要坚持下来。那时候压力真是很大，又想起院长提醒我说的"做手术要悠着点儿"那句话，很明白，不管出现什么问题，我得自己一个人扛着！所有手术只能成功，不能失败。但是，做了这么多年外科医生，我知道，失败随时可能发生、没有绝对的百分之百。就这个病例，是我压力最大的一个，各种思绪都涌上心头，想到我何必到肿瘤医院来受这个罪？

我从来没跟任何人提起过，男子汉大丈夫，想着想着，突然放声大哭！哭了一阵以后，想了想不行，还得镇静下来，哭有什么用呢？难受有什么用呢？只有自己一个人扛到底。那一夜一直到早上五六点，我隔一会儿就去看看病人。那是12月份，夜里挺冷的，家也不能回。7点多的时候，我一看血压已经正常，但是不知道老人是否清醒，我就过去摸摸他的手，并喊着他的名字。结果没想到老人紧紧地抓住了我的手，并睁开了眼睛，点了点头！哎哟，我心里的这个石头终于落地了，老人没事了。

一周后，我又给他做了第二次手术，把椎体安装上了。病人情况很稳定，半个月后开始下地，竟然扔掉了拐杖。我一直希望这个老人能够就这样好好活着，为那个手术我拼尽了全力，他活着，我就从心里感到高兴。可是，手术后老人家坚持了4年，最终他还是走了，所以我才会感到不同以往的悲伤，那是我的一件生命的作品。他女儿后来曾多次劝慰我，在她父亲活着的有生之

349

年里，他一直不是瘫痪在床上的，她说，我父亲和我们全家都感激您。

文昕： 听您讲这个病例，真是惊心动魄，特别是那个手术的过程。为什么那么大年龄人的手术您还会接呢？把自己置身于险境？

于胜吉： 可能出于对病人的同情，还有对这个孝敬老人的女儿的感动。那天晚上，在抢救室门口，这个女儿也一直站在那儿没有回家，默默给她父亲祈祷。我从抢救室出来，跟她交代她父亲随时有生命危险时，或许她感觉到了我的疲惫和无助，她就安慰我说："于教授，你不要想什么，你给我父亲开刀我就挺感动的了，挺感激你了，好多人都是拒之门外，没有接受的，你敢于给我父亲承担这个风险，已经足矣！至于我父亲是走是留，就在于命了，就在于上帝了，你一定不要有任何压力。"当时一股暖流涌上心窝，我被她感动得无法用语言表达了。后来，这个女孩不知怎么知道了我的生日，许多年，每一次我过生日，她就给我寄一份礼物来。她那句话也感动了我好长时间。

文昕： 这样的病人家庭的确让人感动，要是所有的病人和病人家属都能这样理解医生，就不会发生那些杀医伤人案件了，关键的，还是在人。我常在想，您作为外科医生面对着很多形形色色的病人，当您站在手术台上的时候，您会想些什么？

于胜吉： 我每次不管是做什么手术，只要站在手术台上，我都会全身心地投入，抛开一切私心杂念，每时每刻在想眼前这个手术应该怎么做。

文昕：手术中，您有没有对可能出现的失败感到恐惧的时候？您会想到这样的问题吗？

于胜吉：从来没有恐惧过，但手术过程中有时非常紧张，尤其面对险情或出现意想不到的问题时，要是恐惧可能就完了。

文昕：就做不了外科医生。

于胜吉：是的，胆小怕事的人永远做不成一名好外科大夫。就像一个要在晚上去打更的人，他如果害怕黑夜，他就不敢出来打更。他既然能举着灯笼半夜三更走街串巷，那说明他有胆量。所以作为一个外科医生，需要具备好多素质。

文昕：心理素质是第一重要的。

于胜吉：作为一名外科大夫，除了具备良好的心理素质，还要拥有一颗爱心，因为你的病人是有血有肉的一个生灵。其次，要把每一例手术雕刻成你的一个作品，就像一件工艺品一样，要力争把它做得很完美。也就是说，只有把这种心灵和技术结合在一起，才能达到一个境界，而不是把病人当成一个单纯的物体。

文昕：我脑子里想了一个什么词，这个词是"英雄"。因为什么呢？因为我想到了，如果是我做一名外科医生，我爱心足够，责任心也足够，追求完美性也足够，但您恰恰有一种品质我永远不能具备，这就是您能成为外科医生、而我不可能成为的原因。假如我的人生改变，——医生，这是我最欣赏的职业——我都可能做不了，因为什么？因为您是英雄。什么是英雄，就是可以承受失败。面对失败，自己内心能够调整、能够消化失败。当您拿起手术刀的时候，或者您的手术还在那个台子上继续的时候，您没有被前一个失败压垮，我觉得这就是英雄。

有的时候开玩笑说选错行了

文昕：有没有一种中间的状态？就是有一个安慰治疗，我觉得安慰治疗还是挺有意义的。

于胜吉：安慰治疗，在国内开展得还不是很好，包括心理暗示治疗，也是治疗的一种方法。随着癌症病人的增多，在晚期往往需要临终关怀，但在国内这方面的医院还远远不能满足需求。

现在国内，许多医院所缺少的最为重要的一个方面，就是人文关怀。也许中国人太多了、病人太多了，难以体现这种人文关怀。但是我想，在人的一生之中，不管他得病也好，不得病也好，这种人文的关怀，比你给他物质，甚至有时比单纯的手术治疗，更为重要。

像你刚才讲的，我以前也没太注意，没想到肿瘤治疗的后期，病人会有这么复杂的心理和长期的精神折磨。一般医生想不到，治完就治完，剩下的事与大夫没关系了。牵扯到癌症病人后期的康复和治疗，心理康复和肉体的康复两个方面，包括手术、放化疗所导致的各种后期副作用，都应该引起各方面的重视。

另外，也有一种情况，有些人很有钱，在外面买这买那，名包什么的，丝毫不犹豫，几万、几十万的就拎回来了。可是一旦到医院花几万、十几万做个手术，或者治个病，觉得哎哟好心疼，怎么花这么多钱治个病？太不可思议了。

文昕：他们来治病，大夫救了他们，他们也怨天尤人，因为他的钱没了，可是他们的医疗费并没有装到大夫的兜里。大夫也过着普通人的生活，并没有像一些歌星、名主持、名嘴挣那么多钱。我知道有些主持人，成名后，他们会跳槽跳到另外一个媒体，月薪都是十几万、二十几万。

于胜吉：我们有的时候开玩笑说选错行了。像我一个主任医师、正教授，一个月基本工资拿不到 1 万块钱，加上奖金，扣完税最多一万五六。基本就这个水平维持到退休了。而且每天都在起早贪黑、加班加点，节假日也要搭上，从来没有加班费。近十年仅休过几天公休假，其余全贡献了。所以，现在好多学医的或者当医生的，不愿意自己孩子再从医了，这个影响很大。我从大学到硕士、博士、博士后、出国，40 岁以前一直在学习、积累知识的过程中，这种大量的投入，全是在付出。

说到这儿，我想起十多年前在国外学习很尴尬的两件事。一件是我在多伦多大学时，一位从非洲来学习的骨科医生，得知我在国内早已是副教授时，问我有几套别墅？我说一套也没有，只有几十平米的楼房，还不属于自己的。他不相信，说我开玩笑，因为他不但有自己的别墅，还有豪车。另一件，是我在美国华盛顿大学时，私下很不好意思地问了一下医学院刚毕业 6 年的一位年轻华裔骨科大夫的年收入（因为在国外忌讳打听别人的收入），当他开口说完 30 万美金时，我立刻傻了，马上找借口溜了，无颜被他问及我的收入。

我在多伦多大学时，利用我的休息时间，自告奋勇报名参加了一个隶属于大学附属医院的骨库"取骨小组"，为的是学习国外如何处置捐献的骨关节，和异体骨移植的先进技术。也想趁在国外学习的时间里，体验一下义工的感觉，可没想到一到月底，我的账户上会多出很多钱。后来问骨库的负责人，才知道我不是白干的，都是按每小时90加元给我发补贴，还是从我离开住处出发时间开始计时、到我返回住处为止。算下来，一个月的补贴比我在国内当教授挣得还多啊！

文昕：没想到国内外医生收入是天壤之别！而且我知道，学医这一行一生都需要充电，不像别的行业，学成就完了；学医的人一生都在学新的东西，跟国际接轨，而充电也是需要花钱、花精力、花时间的。

于胜吉：如果你要做别的行业，你可能20多岁就开始挣钱了，到了40多岁就可以享受人生了。而学医的30~40岁以前都在投入，40岁以后才开始有些积累。休闲度假之类的享受，对中国绝大部分的在职医生来说几乎是天方夜谭。

文昕：就是像那篇文章里说的，白大褂一脱，到图书馆去了一天。现在还是这样。

于胜吉：对，不仅是要跑图书馆，更多的是在夜深人静时审阅医学文章、撰写著作和阅读国内外文献。好不容易盼到周末了，还要去参加各种讲习班、学术会议，为了不影响正常工作，这些活动都安排在周末。

文昕：我跟王维虎教授认识10年了，住院的时候我的车停在医院，他那时候每周都要好几次去一个电教馆，在建国门桥那边，我说我给你当司机好吧？我就把他送到他去学习的地方，他经常要去学习，在电教馆的机器上学。全部都是自己在投入，用的全是自己的休息时间。

于胜吉：自己掏钱就不值一提了。很多人都是在牺牲自己的休息时间和家人团聚的时光，甚至以自己的健康为代价，去学习、加班，去为病人工作。

文昕：当大夫真的很不容易，没有可以停止学习的时候，其实很多的东西都是给自己在充电。

我还忘了问您，您做了这么多手术，有没有觉得做完记忆特深的？回忆起来很美好的？

于胜吉：应该说，这样的病例比较多。有一位来自南京的中学女教师，因为患骨肉瘤在南京和上海做过两次手术，后来转移到腰椎，并出现骨折，就不能走路了。她去过上海北京多家医院，要么治不了、要么交不起昂贵的治疗费，被拒之门外。开始她哥哥先带资料来看我的门诊，问我能不能给他妹妹治，并让她站起来？我说能，并把他们收到了三环医院我管的病房。当我去三环医院术前查房，第一眼看到她那文静又沉默寡言的样子，感觉患者情绪很压抑。

我把她哥哥叫到医院谈话，并告知换一节腰椎需要十多万元手术费；她哥说自己只是摆摊卖香料、瓜子，家中没有什么钱，为给妹妹治病，东拼西凑了 3.5 万元，多了一分也拿不出；否则就把他妹妹拉回家。

我找遍北京所有的医疗器械公司和厂家，都没有这么便宜的人工椎体，怎么办？为了给患者省钱，我只好又想办法，从外地调拨了一个不锈钢的人工椎体，最终成功地给她完成了手术。手术半个月后，她能下地走路了。出院回南京以前，她跟我讲起了从患病到求医一路走来的艰辛：因为得了这个病，她丈夫提出来跟她离了婚，还把她孩子也要走了；当时她就心灰意冷，想自杀。尤其这次倒在床上，年纪轻轻地变成了一个废人，她哥哥还要摆摊养家糊口，不能让他整天伺候着；她说生不如死，一直想去死，没死了，也吃过安眠药，被人发现了，后来由于卧床不起再没有办法去死，她说见到我以后，尤其是成功为她做了手术，使她重新点燃了生活的希望。

她出院时，在三环医院还跟我一起照了相、合了影。后来每次回北京化疗也好，或者路过，都来见见我，每次呈现在我面前的她，都是那么阳光快乐，让我感觉无比的欣慰。

文昕： 您讲的这个病人的故事让我很感动，她遇到了一个好大夫，是这个大夫救助了她，让她又重新站了起来，她的心会很温暖。

我觉得咱们的交流有一个好处，就是患者和大夫有了一个沟通的机会，我们各代表一方，所碰的情况对医患双方都有意义，大家可以走近对方的世界，增加一些相互的理解。

三、关于于教授和他的骨癌治疗学科

人有时候活的就是一个追求

文昕：您从事骨外科医学工作有多少年了？我知道您是中国医学科学院肿瘤医院骨科专家、教授，从事这项专业工作的经验很丰富，年富力强，处于事业的巅峰时期，最有创造性、最有活力，思想也最为成熟和开放。

据我所知，通过您的治疗，很多患者重新恢复到了基本生活状态（我就是个实例），有些人还重新获得了健康，成功地生存了很多年。我想，您一定有很多的体会和工作经验，也会有很多思考。我想知道，您是如何创建这个科室的，很难吗？

于胜吉：我从事骨科工作有 30 多年了，这些年来一边工作、一边读学位，2005 年从北京协和医院完成博士后工作后，来到中国医学科学院肿瘤医院。在此之前，我们医院没有骨科专业，大量的一些骨肿瘤，包括转移癌——也就是转移到骨骼的肿瘤，还有软组织的肿瘤，这些患者，都要转到别的医院进行治疗或外请专家来诊治。当然了，其他科的医生有时也会做一部分有关软组织肿瘤方面的治疗，例如肉瘤的切除或截肢这种比较简单、一般外科大夫都能做的手术，真正像现在这种比较复杂的手术就做不了了。由于技术的发展和时代的进步，都要求有专门的、正规的医生来从事骨肿瘤的临床工作。

在我来以前，医院的老领导和一些专家，就希望我们医院能有这么一个学科，这样，能给来院就诊的骨癌病人解决很多骨科方面的实际问题。所以，就把我从协和招聘到这家医院，到现在接近10年的时间了，这个学科可以说是从无到有，到现在已经是初具规模，虽然还不是很庞大，但是一步一步，也开始发展起来了。

我当初想到肿瘤医院来的一个重要原因，是想可以按照我的思路建立一个属于自己的团队、建立一个新的学科。我们医院是全国最有名的、是亚洲最大的肿瘤专科医院，我想，能够在这个大舞台上有个施展自己拳脚的地方。

我感觉这是一个宏伟的目标和一个长远的追求，关键是能够给病人解决一些实际问题。我们医院的病人，大部分是从全国各地来的，能够让病人来到医院就能就医、不用转院，就是对病人最大的安慰。从医院的发展来说，建立健全应有的学科是非常必要的；我个人非常愿意给骨科的病人解决实际问题。至于骨科的病人呢——也不单纯局限于骨癌病人，骨科包括骨骼、肌肉、血管和神经，这些系统的肿瘤都属于骨科专业范围，一些软组织的、皮肤的肿瘤，比如黑色素瘤，也属于我的这个学科。在其他地方或医院，有时叫作骨与软组织肿瘤科。

文昕：那在您来肿瘤医院之前，这些病人都在哪里就医呢？关于骨癌的治疗，人们了解并不多，我也不是很了解。只知道过去如果患上了骨癌，截肢的可能性很大，现在的医疗技术发展很快，您有哪些先进的技术正在工作中运用？都有哪些特色？

于胜吉：在我没来之前，骨科方面病情比较复杂的肿瘤病人就被转走了，简单些的就留下来在大外科治疗。现在的肿瘤切除，不是一个单纯的切下去完事，就像你知道的，过去得了骨癌就是简单的截肢。但现在已经改变，很多骨肿瘤的问题可以通过修复技术得到解决，例如皮瓣的修复和人工关节的修复和重建，重建后肢体还是完整的，人也可以正常行走。生存时间和效果跟截肢后的病人一样长，而人体可以避免残疾，从而大大地提高了病人的生存质量。所以说这是一个革命性的发展，也是国际上骨专科的一种成熟的技术。

文昕：我越来越对您所说的这种专业骨科技术感兴趣了，过去真的不了解。我相信很多得了骨癌的病人也和我一样对此并不知晓，这导致他们病情的延误和走了治疗上的弯路。您的这些介绍真的是太有必要了，听了让人感觉很振奋，对骨癌病人来说，真的是大大的福音。要是可以不用残疾地活着，不仅仅是个人的生存质量大大提高，也是给社会和家庭减负。您的这项工作实在是太有意义了。

于胜吉：就是我前面跟你说的，这项技术不是我个人发明创造的，而是从国外先进的医学技术中学习借鉴而来的。

这个学科要求它的医生具有一种综合的素质，首先必须具有

359

熟练的骨科技术，比如人工骨与关节的置换；还有就是要能够做一些修复重建，把皮肉从另外一个地方搬到肿瘤的切除的位置，带着神经、带着血管，这叫组织移植，也是显微外科技术的应用。是国内外已经比较成熟的一些医疗技术，现在要把这些技术运用到骨肿瘤患者的治疗上。

除此之外，还要懂得肿瘤的理念，比如，这个肿瘤要切多大范围、是否需要放化疗等等。普通的骨科手术，例如骨头断了，接上就行了；关节坏了换个关节，就能解决问题，病人就能走路、就能生活下去。但是肿瘤患者不一样，既要保留他的一些功能、提高患者的生存质量，又要想到肿瘤的全身性，他的情况是不是适合手术，或者他做哪种手术比较好，真正能给病人带来多长时间的受益？所以说，肿瘤医院的骨科大夫和普通骨外科大夫就有很大的区别。

文昕：我知道，您为了专业技术的精益求精，留学国外并把国外医学界先进的骨外科技术带回来，成功地运用到了如今的工作之中，您能不能说一说您在国外的求学经历？

于胜吉：我在来肿瘤医院之前，虽然也从事过创伤、关节骨科和显微外科，但后来兴趣转向骨科中难度最大、最富有挑战性的脊椎外科。在协和、在国外，我专业学的是脊椎外科和脊椎骨重建技术，把一个椎体切掉了、换一个人工的脊椎骨，从颈椎到骶骨，中间的这些椎体，换一节、换两节、三节，都可以做到。同时，保护中央的中枢神经不受损伤，换完以后，像好人一样能正常行走，没人知道他的脊椎骨换过。像这种换脊椎手术，属于高精尖的技术。

我在国外，专门学习了这项技术。在多伦多大学时，为了学习这项技术，我专门跑到美国，去了圣路易斯的华盛顿大学医学院，在那里，我幸运地拜师世界脊柱外科学会的主席 Dr.Keith Bridwell 教授，他做脊椎外科全世界是第一名的，非常厉害。以前我看过他主编的书《脊椎外科学》，我在多伦多，有一次去蒙特利尔，参加一个国际的脊椎外科学大会，他是那个大会的主席。在大会中场休息也就十几分钟的时间里，我就挤上去跟他说了几句话，我说："我是从中国来的，现在在多伦多大学学习，非常渴望能有机会到你们那里去参观，向您学习学习？"没有想到就说了这么几句话，他那么大的名气的学者就能真的理会你啊，他当时就给了我一张名片，说："可以的，你跟我的秘书联系吧。"说完就又去和别的那些教授讨论问题了。开完会，我就用他给我的名片给他的秘书发了一封电子邮件，结果就收到了华盛顿大学访问的邀请信。我在有限的时间内，跟着这个世界级的大师，学到了脊椎外科学的高精尖的技术和方法。所以说，在国外的这些经历对我来说是很宝贵的。

回到国内，来肿瘤医院以后，我做这方面的手术就可以说是得心应手了。这种高难度的手术，风险非常高，要求医生要有娴熟的技术，还应具备强大的毅力和果断的处理问题的能力，以面对很多复杂的情况。因为很多重要的中枢神经，都在脊椎骨里面，它像网络一样散布到全身，手术不能伤到这些神经，把患病的脊椎骨切除掉，然后换上人工的，再固定在上下脊椎骨上。

文昕：听起来都是有点儿惊心动魄的！您经常做这样的更换脊椎手术吗？

于胜吉：一开始，这种手术我做得比较多。后来，我总结了一下，因为有些病人来时就比较晚期了，他的转移病灶不是局限在这一个骨骼部位，可能还会合并转移到肺或肝脏，和一些其他重要器官。因为手术本身的创伤比较大，即使切除了发生转移的脊椎骨，并做了置换，他也可能会在恢复过程中，出现别的并发症。这就要求在手术适应证的把握上越来越严格，要选择那些生存时间相对较长的患者。

经过手术治疗的大部分病人，都获得了非常好的生存质量。我们医治的这些病人，由于肿瘤转移到脊椎骨上，造成骨破坏甚至骨折，压迫神经，病人疼痛很严重，有的病人只能拄拐杖或坐轮椅，走不了路。手术后，他们可以站起来走路，像好人一样，让他们获得一个很好的生存质量。从肿瘤治疗上说，也能帮助他们延长一定的生存时间，他们可以走路、生活能够自理，心态就会好得多，来接受其他的治疗。

文昕：于主任，您想过没有，像您具有这么好的骨外科技术，如果是在一个普通的骨科医院做手术，比如是给一些腰椎间盘突出的病人、骨折外伤的病人做同样的手术，而这个病人不是肿瘤患者，他可以长时间的存活，那么您的作品相对来说就保持得更长久。

而您现在救助的都是癌症病人，他们的生存时间是不确定的，就像您刚才说的，您的骨科手术很成功，但他们有可能会被肝、肺等内脏转移癌带走，很可能是您花了很大的心血和努力，结果他们还是走了，您会怎么想？是不是会感觉去做一个普通的骨外科医生会比现在更有成就感？您为什么会选择在肿瘤医院做骨科大夫？您到肿瘤医院以后，您的患者都是一些骨与软组织肿瘤的病人，您如何做到转变思路、适应新的患者人群？

于胜吉：这个问题问得特别好。我刚到肿瘤医院的时候，有一个时期确实是非常苦恼和彷徨。因为我以前在综合性大型医院做骨科大夫时，做过手术的病人，都活得很长，可以长期生存。因为病人不是肿瘤患者，绝大多数病人是因为创伤、骨折或关节劳损，甚至是骨质疏松等等这些病，我给他做了治疗以后，这种病人可以长期生存，不影响他的生命，所以很有成就感。病人可以十年八年还会打电话或回来看看你，永远记着你。

而在肿瘤医院，感受就完全不同了。在这里，我面对的多是癌症病人，给他们做了很成功的手术，有的病人活不了多长时间，可能半年，或一年、两年，有的人甚至可能更短暂，恶性度特别高的黑色素瘤、尤文肉瘤，成活率非常低。所以给他做了手术，可能一年两年后，长些的三四年，这个人就不见了。这个病人可能跟你很熟悉了，有的还成了朋友，有时令我很伤感。但每逢这种情况，尽管知道手术效果不会保持很长久，还是全力以赴去做最大的努力。

文昕：您很希望能给他治好，或者延长他的生命。

于胜吉：对，很希望这个人一直活下去。作为一名外科医生，我喜欢把手术当成自己的作品一样，我希望这个作品永远在

363

我眼前摆放着，我能去欣赏他，就很有成就感。但是，当你拼尽全力做成了一件作品，却被人偷了，或丢了一样，就觉得很失落，心情就会很糟糕。确实，我当初有段时间很彷徨，我也在想，为什么我要来肿瘤医院？不来肿瘤医院，做一名普通的骨科大夫多好，真有这样的想法。

文昕：从您的语气中流露出，您来肿瘤医院后也曾经动摇过？

于胜吉：的确曾有想走人的念头。最让我头痛和不安的是学科迟迟发展不起来，我刚到肿瘤医院时，给我的床位太少了，说要建立骨科，可是才给我 5 张床位，而且还是从大外科里给我挤出来的 5 张床位，我就在这仅有的这 5 张床位上开始起步。

前来就诊的病人越来越多，很快就无法满足住院需求了。我开始经常找院长谈判，就是谈要求，我说能不能增加床位？我说床位的限制已经影响了学科的发展了；既然要我来建这个学科，就是为了团队的发展，不是为了我个人——要是为我个人，早就不在这干了。院长说他也没办法，现在就这种状况，没有任何一个地方可以让你去发展。我那时的确感觉，作为一名骨肿瘤专业大夫，无论是从学科上来讲、还是从专业上来讲，都没有在综合性医院做骨科大夫的成就感强。

那一时期，我的心情错综复杂。还有我在北京工作这些年，手头紧张，凑不齐房款首付，错过买房最佳期，一直没有自己的住房，是地地道道的无房户。正巧北京有两家医院要聘请我去当骨科主任，不仅科室、人员、设备是现成的，去了就能开展工作，而且还要给我一百七八十平米的住房。非常有诱惑力的条件，对比之下，真是动了想走的念头。跟院里谈我的去留问题，我的内心很矛盾，看不到任何发展前景、外面又有这么大的诱惑……我也去协和，跟我老师说我的苦恼，我老师都说，你为什么不去这么好的地方啊？多好的待遇啊！你在肿瘤医院干一辈子也只能挣一套房子，如今现成的房子都给你了，又有位置，还有骨科病房，为什么不去呢？再说这么多年来，就只给你5张床位，把自己的专业都荒废了。说得我都想立刻走人。那段时间，还真受那两家医院的邀请去参观、实地考察过，医院的条件也让我满意。

文昕：为什么后来您留下来了呢？

于胜吉：说说我当时为什么没走的原因吧！我有一个心结，主要是我来肿瘤医院牺牲了这么多年，我又是抱着把这个学科建起来的心愿来的，虽然事与愿违，但我要走了——打一个比方，好像自己生了个孩子，把他养到了五六岁，然后不要这个孩子了，又再去改嫁——虽然嫁进了豪门，衣食住行都不用愁了，开始享受生活，但过得心里可能并不踏实。再说了，我从研究生到博士后，又出国留学，奋斗了这么多年，是为了能在事业上达到一种高境界，否则为之拼搏和付出就显得毫无意义。就是这种感受。所以我宁愿不去改嫁，也跟这个孩子在一起。

文昕：理解。也很感动。

于胜吉：人有时候活的就是一个追求，就是一种精神。所以我媳妇说，你就是一个苦命，我说可能，我这个人一辈子就愿意吃苦。当年留在协和也一样当我的教授，或者我也可以选择到其

365

他待遇更好的地方去，我想，既然是自己选择的道路，就不后悔，就要勇敢地走下去。

我来了以后，最开始只有我一个光杆司令，且不说，最起码的骨科设备都找不到，做手术，连个助手都没有。后来才一点儿一点儿地发展起来。我有时候给年轻医生上课，我说你们要愿意跟我干，必须要有这思想准备，可能你们年龄小，没听说过北大荒的故事，尽管肿瘤医院这么高的平台，但是作为骨科要白手起家，就像开垦北大荒一样，要有一种吃苦的精神。每年我招聘大夫、招研究生，来面试的时候，开始有好多人想来应聘，我跟他们第一次面谈，就是谈这个，结果谈完后，绝大部分人都打退堂鼓了。甚至就连我精心培养的学生，也不愿留下来，宁愿回到自己所在的省级医院，改行做骨科其他专业。

咬牙实干，不能永远等下去

文昕：年轻医生是不是也有这种困惑，他们的作品将存在于这个世界上的时间，相对来说不会太长？

于胜吉：这个倒不是主要的，因为年轻大夫都是刚毕业的学生，还没有从事骨科的工作经验，所以他们没有这种认识。但是我跟他们谈的什么呢，我谈学科现在是在发展中，需要吃苦耐劳的自我牺牲精神，并不是像其他靠几代人创建起来的成熟学科。从肿瘤医院建院到现在，已经过去半个多世纪了，需要几代人的锤炼和贡献，这个学科才能发展壮大。任何一个科室的发展，都会经历这种步骤，都要经历一段艰难的路程。

文昕：现在什么情况了呢？

于胜吉：现在来讲呢，病床是比以前增多了，但也就是从以前的 5 张床增加到现在的 17 张床了，应该说也是一个进步——虽然似背负重担的蜗牛艰难地向前爬行着，还远远落后于我的预期。在肿瘤医院这个地方，为增加一张病床，大伙儿都会你争我夺的、毫不让步，甭说给你一个病区了，那几乎是不可能的。就像当年困惑的我去找院长要床位，我说："院长，您就给我这么几张床，让我怎么干活啊？"院长就说："你还想我把骨科病房给你建好了、人也给你配齐了，叫你来当大主任，有这种天上掉馅儿饼的好事吗？"当时院长就跟我来了这么一句。当然，院长也用他亲身的经历跟我谈，他是从协和"空降"来做的院长，他说当年从国外取得博士学位回协和的时候，他的情况比我现在差远了，科里就给他 3 张床，一个大教授就给他 3 张床，分别在三个不同的地方。

在北京就这样，越大的医院，床位会越紧张，一个教授就那几张床。他用切身的经历跟我谈了一个多小时。我说："院长，既然您这么语重心长地教育我，我也很感动，我也知道在肿瘤医院建立一个学科也不容易，我可能一开始想得比较简单，既然您言传身教，我会以您为榜样，以后不管遇到任何困难挫折，我都要坚定不移地走下去。"当时我给院长就做了这样的承诺。在给骨科增加病床以前，这也是我最终选择留下来的另一个重要原因，我决心坚持下去，不辜负老院长当初对我的殷切期望。

367

文昕：现在他还是肿瘤医院的院长吗？

于胜吉：他两年前已经从领导岗位上退下来了。

文昕：新任院长对骨科怎么看？会不会多一些支持？

于胜吉：怎么说呢，支持肯定是有的，但它牵扯到全院很多学科的发展。就我个人来讲，可能只看到本专业学科的发展，我当然希望学科能尽早独立出来，发展得越大越好，在国内同行中立于不败之地。但作为一个医院来讲，院领导却要看到全院的发展。他在全盘考虑的时候，把骨科能放到什么位置上，把它发展成一个多大的规模，就是领导的思路了。

实际上，当时跟院领导谈判要走人，我是想给他们施压。如果你们再不给我发展空间，不给我一个明确答复，我不能永远沉默地等下去。因为有其他的医院要我去，给出了很好的条件，不是没人要我。所以跟他们最后谈判，谈判的时候，院领导跟我谈话，说："你走了，不是你个人的问题，这是全院的损失。你来了这么多年，这几年发展得非常好，救治了大量的病人不说，给肿瘤医院解决了很多实际问题，很多骨科的病人不用再转院了，病人都留下来了，很有成绩；所以，你不能走。"我说："不能走，你们得给我一个发展的机会和空间啊！我现在好像是站在这个大舞台的一个角上，一只脚站在肿瘤医院这个舞台上，另一只脚还悬空着，双手拼命抓着幕布的一个角，随时有要从台上掉下来的感觉；你想想，人在这种夹缝中生存多么艰难，你们当领导可能体会不到，但我有这种深刻的体会。"说实话，那几年对我来讲背负着沉重的压力，我有时候睡不着觉，真快得抑郁症了。刚进医院时，院长还说了一句话，就像大刀架在我脖子上的那种感觉。

文昕： 院长是怎么说的？

于胜吉： 院长说："于胜吉，你做手术'悠着点儿'，我不懂骨科，无法为你负责，你老师在协和，远水救不了近火。"很明显，这是让我掌握一个度。对一个外科大夫来讲这是难度最大的，对我更是如此，身边不但没有老师，连一个可以请教或商量的骨科大夫都没有，一切靠自己把握。院长这么说，我刚开始还不完全理解，后来我慢慢明白了院长的良苦用心，是要让我学会自我保护，一旦出了问题，当然一切自己负责，没人替你承担或分担。没这个提醒，可能我早就夭折了，何谈什么带领学科发展。

文昕： 您在这种仅有 5 张床位的情况下，一年完成多少台手术？

于胜吉： 一年 200 多台手术。

文昕： 那么多？

于胜吉： 嗯。

文昕： 现在呢？发展到现在 17 张床位，一年会有多少台呢？

于胜吉： 现在只比以前能多做 100 台，是由于这 17 张床位中至少有 1/3 是做化疗的病人。我们骨科在肿瘤医院也是个特色学科。因为骨肿瘤病人的专业化疗都是由我们亲自完成，而其他的外科是不允许做化疗的。

文昕： 为什么您要在您的骨科做化疗呢，看到骨科也有病人在打疗的时候，我也不是很理解，是不是有一些骨科的化疗所针对的病症用药是不一样的？

于胜吉：对，是的，骨肿瘤的化疗有其特殊性，包括它的治疗方案、它的用药跟治疗其他的癌症是完全不一样的。

文昕：您这是为患者负责任，所以才会增加这一项内容？

于胜吉：对，主要是为患者能得到及时、正确的治疗。化疗本身是有一定风险的，因为骨肿瘤的化疗跟别的肿瘤的化疗不一样，它需要一种大剂量的化疗药，杀伤力特别强劲的药。而这种高浓度的药，打在身上以后风险非常大，有的时候能把白细胞打没了。所以打这种化疗，有时候会造成感染、器官衰竭，甚至导致死亡。

文昕：我理解了，骨癌的化疗是一套独立的治疗方案，有其特殊性，所以一般的化疗科大夫也不愿意承担这么大的风险。但是，您在院内开展化疗顺利吗？

于胜吉：并不是很顺利。刚来肿瘤医院的那几年，就给了5张床位，手术病人都排不上队，哪有床位做化疗？医院还规定，外科大楼里除了妇瘤科，其他科室一律不允许做化疗，因为妇瘤科建科时的老前辈就创立了手术加放、化疗的特色。何况那时给我的5张床还是在其他科室的病房里，怎么会让我去搞化疗？所以，我只好想办法。首先，在我们的下级合作医院开展这项工作，这些年我一步一步这么走下来了，还在坚持着。尽管有一部分人持不同看法，个别领导直到现在还跟我谈话，说："你能不能不做化疗了？你能不能交给内科去做？"我就跟他们解释这些原因，我说："这些年明知有危险还这么做，就有一条，为了病人，为了病人得到一个很好的治疗。"

坚持做化疗也是为了骨科这个学科的持续性发展，与国内同行保持一致，便于学术交流。因为全国的骨肿瘤科大夫都是自己在做化疗，包括所有的肿瘤专科医院在内，如果我们自己不做化疗，反而成了另类。

文昕：刚才我还想劝您放弃这件事，因为这对您来说，实在是在手术之外，又多了一重风险。但是，要想保住手术成果，让患者病情从内到外都得到控制，是需要这样做的，总要有人来做这件事。我真的很敬佩您，现在人人自保第一，医生好心救人性命，却可能引火烧身、被人告上法庭，甚至还有好多医护人员治病救人，却身遭不测，谁还会愿意为了控制患者的病情而给自己惹是生非。像您这样自己顶着压力做医生的人，真的太让人感动了。终于理解，什么叫作"医者仁心"。

于胜吉：毕竟骨癌比较少见，远远不及其他部位的肿瘤，一百万个人口里面，每年的发病率也就三五个。你想想，发病率多低？但它的治疗却很复杂，除了化疗以外，还要进行复杂的保留肢体手术，这牵扯到一个学科的全面性发展。

我经常跟科里大夫讲，我为什么坚持这么做？第一，为了把骨癌病人的治疗规范化；第二，我这么坚持下来，你们还能继续做。如果我现在不做了，交出去了，就不知道下一步这个治疗能不能衔接起来，单一的手术效果就没有了保障。

我们的病人是这样：来了以后，一看是骨癌，先给他做活检；活检完了证实是哪种类型的骨癌，然后给他开始制定化疗方案，马上把他收进病房来；化疗完了以后，接着给他做手术。这个衔接是一步一步来的。我们只有把它做下来，前后连贯起来，病人才会得到及时的治疗。我们承担了风险，但最终受益的是患者。并不是显示我自己有多能，自己搞化疗，有些人可能不理解，但是这个工作就这么做下来了。

包括我刚才说的学科和团队，前前后后走到了现在，应该说已经初具规模。虽然比较起我刚来肿瘤医院时的理想，还是有大的差距，我当时计划是想在五六年时间内，把这个学科团队、一个科室真正建立起来，至少是一个病区，结果是——

文昕：结果是，您现在还是在过程里？

于胜吉：还在过程里，而且现在是半个病区不到。所以为什么说我那段时间想走呢，就是那时候没看到希望，我想在这儿奋斗，什么时候是个头儿啊？现在想来，那次我和领导的谈判也挺好，否则，就连现在这个条件都没有。在我想走的时候，院长召集了全院领导班子和学术委员会在内的讨论会，表决骨科是否给予发展空间，如果不给增加床位，我会断然走人。

文昕：——结果大家说，老九不能走。

于胜吉：您说得太对了，大家都说："不能走啊，你走了，自己牺牲这么多年不说，关键医院需要！"最后表决结果一致同意给骨科增加床位。所以，从仅有的 5 张床位坚持了 7 年，过渡到现在的 17 张床位。

我经常跟我们科的大夫说，我做的事情就是一个铺路石，或者奠基石，我想着把大楼的基座给你们打好、打稳了。你们好在这个大楼上增砖、添瓦，最后把这个大楼真正建好，建设起来。

我做的工作就是这样。

失败的病例却永远都记得

文昕：您是很好的医生，真的觉得您挺棒的。听您的这些话，非常感动。您一周大概有多少台手术？身体是否吃得消？

于胜吉：我周一、三上午出门诊，二、四、五全天手术，一周最少有三天手术，通常每天都排得很满。最近一般都是晚上八九点、或者十点才能回家，这是很正常的情况。有的时候偶尔做大手术，比较难做的，可能要做到更晚的时候。这么大的工作量，你说身体能不能吃得消？我在做手术的过程中不知道累，手术一旦结束了，就会觉得全身疲乏，有时腿、脚麻木得都不会走路了。这时候特别想找人给按摩一下。

文昕：有吗？定期地给自己保健一下？我知道，您每天的工作量都很大，一天三台手术、一个手术三四个小时，是您很正常的工作节奏。工作强度如此之大、需要手术的患者永远排得满满的，还要每周出专家门诊，我看到您每天几乎都是没有按时下班的可能，这么大的工作量，您有没有为自己的身体健康考虑？

于胜吉：哪有这个时间，没有。手术做完往往太晚就回家了，而且还有好多事情要去做。但是为了坚持能长久的耐受大的手术量，我实际也有些方法，比如说锻炼，但是难以坚持下来。我喜欢游泳，有时候去健身，也通过这个方法增加自己的体力，有的时候两三个星期也不一定去一趟，我也想能坚持下去，这样将来年龄大了以后，体力能保持得更好一些。

文昕：您有过失败的教训吗？

于胜吉：有啊，任何一个外科医生都有。没有失败就不可能有成功，而且只要是失败的经历，都会历历在目，记忆犹新。成功的病例我记不住几个，但失败的病例或者我认为不很成功的病例，我却永远都记得。

文昕：为什么失败了？您能告诉我们吗？

于胜吉：失败当然有多种原因，除了患者自身的因素，如术前就已存在的高龄、内科并发症，肝、心脏、脑等重要器官有毛病，特别是还没表现出来的潜在疾患，都会增加手术的危险。手术本身也是一把双刃剑，首先麻醉就是一大难关，麻醉医生的责任心关系病人的安危，也有部分病人或者是对麻醉药物过敏，或者麻醉后身体机能发生了改变。

当然，作为手术医生的技术，对病情的准确把握，和对术中病人出现各种情况的应急处理，都是主导手术成功与否的关键。命悬一线，就是这个道理。关键的是需要全体参与手术的医护人员的通力配合，而不是把责任全部推给主刀医生；任何一个环节出错，都可能直接或间接地导致手术的失败。

上述各方面原因所导致的手术失败病例，甚至病人瘫痪或死亡，我从医 30 多年来都遇到过，现在回想起来都触目惊心，并且都会给我留下很长时间的痛楚、甚至心理上的阴影。我对这些患者及其家属心存敬重，感激他们的理解。也正是由于这些案例，使我能够总结经验教训，使我在医术上不断成长和提高。

374

文昕：于主任，我很感动您会这么毫不避讳地跟我谈到失败，虽然我知道，在任何国家、任何医疗机构，失败都是允许存在的，任何手术都没有百分之百的成功。但是我感觉当您这么坦率地说到失败的时候，我很敬佩您，因为您是一个"真"人，做人真实。最重要，只有承认失败的人，才是最可信赖的人。我觉得您在手术台上的感觉特别沉着，我相信，能够这么沉着的人，才会是优秀的外科手术医生。

于胜吉：不沉着不行。你说到这个问题，让我想起了有一次我去外院会诊了一例病人，那个人是肝癌转移到腰椎上，如果要切掉这个肿瘤，出血是很猛的，也很难止住血。

文昕：先做放疗是否会好一些？

于胜吉：分什么肿瘤，如果是乳腺癌、骨肉瘤、淋巴瘤等骨转移，对放疗很敏感，但肝癌、肾癌骨转移对放疗不敏感。因为这个肝癌晚期的病人已发生瘫痪，任何治疗对他都很难奏效。那个年代，还没有出现如今的靶向治疗，我当时考虑是否有必要做这个手术。但我想，即使他站不起来，神经有可能不能恢复，但他最起码能够坐轮椅，能把腰挺起来。他们家人说，如果能达到这种状态也满足了。因为那个人又魁梧，又高大，家属给他翻身，需要五六个人。

当时是在一个县级医院做这个手术，由于事先考虑到手术出血量会很大，我跟他们医院讲，最好准备 1 万毫升血。当时出到 6000 的时候，那个血还没止住、瘤子还没切完，风险离我越来越近，我当时就想，是不是赶紧停止手术？又一想，这时候要匆忙结束手术不仅是前功尽弃，很可能病人能坚持到出了手术门，但很快这个人就完了，这样太可惜了。

我从手术台上下来，坐在边上的一个凳子上喘一口气，感觉心理压力非常之大，担心病人下不了手术台。我马上给自己鼓了鼓劲，再困难也要拿下来！就这么定了定神又上去了，经过 8 小时的奋战，最后终于把肿瘤切下来了、也保住了病人的生命。

文昕：后来他真的坐在轮椅上了？

于胜吉：是的，本来预期病人最多能活三个月，结果后来这个人坐在轮椅上活了接近一年。

要像开垦北大荒一样

文昕：从无到有，从 5 张床发展到 17 张床，要经历这么长的时间和磨难，真是创业难啊！

于胜吉：也是远远超乎我的想象。刚进院的时候，我也想得过于简单，刚回国不久思想很单纯，以为凭自己的满腔热血和一身硬本领，来了以后就可以热火朝天地干起来，也没问清楚床位多少、人员和设备配置等等，并且也没有向医院提出任何附加条件和要求，签了合同就马上来医院报到上班了。结果上班后才知道，不用说骨科病房了，连一张骨科病床都没有，并且就我一个光杆司令，手下没人。

文昕：手术总要有人配合啊，既没有床位，也没有助手，怎么做手术啊？

于胜吉：是啊，后来真碰上这个难题了。哎呀，你这么说突然提醒了我，我跟王维虎教授为什么说有缘分呢，我来肿瘤医院后的第一个手术就是他的患者。

文昕：我知道他的放疗专业也包括骨转移的治疗，所以跟您的骨科实际上是有对接的。

于胜吉：对，我为什么印象这么深刻呢，第一例患者就是他的一个病人，后续治疗找我协作。那时刚来医院不久，还在跟院长要床位。院长说，你先熟悉熟悉情况吧！这里跟你原来所在的协和综合性医院不一样，你先去各个科转转走走，学习学习肿瘤的治疗理念。我说行啊。我就开始到处转科。王维虎就找到我了，还给我写了一个会诊条，王维虎签的字。后来他给我打电话，那时候我们还没过见面，他说你是不是协和来的那个于教授？我说是啊，他说他们病房有一个患者，股骨颈病理性骨折，有什么解决办法吗？我就去会诊了。会诊后我说换一个人工的股骨头就行了。他说行，你安排给做吧，我说手术没问题，可问题是我现在没床位啊。

文昕：手术配合大夫呢？这时不是也还没有吗？

于胜吉：没有。我马上就去找院长，院长说有一个腹部外科的博士生马上毕业分到你那儿，可以临时配合你干。我说行吧，只要他会拉钩就行。助手找到了，可是没床怎么办呢，还需要把病人从放疗科转到外科大楼才能手术。那时候我正转到腹部外科，因为每个教授对自己床位都看得很紧，所以我就心怀忐忑去找所在病房的袁兴华教授，我厚着脸皮问，放疗科有一个急诊病人，想给他做手术没床位，能不能占用你的床位？他说行啊，这个教授二话没说，就答应了。

文昕：开天辟地第一回，您这第一台手术顺利吗？

于胜吉：手术是很成功，但是第二天，院里的主管部门就给我打电话，说："您是协和来的那个于教授吗？你昨天做了一例关节置换？"我说："是。"我以为要表扬我呢，因为病人是急诊，我马上安排给做了。结果人家说："你为什么做骨科手术？"我当时很纳闷，我说："我就是骨科大夫，为什么不能做骨科手术呢？"他说："你不知道咱们医院没骨科吗？"我说："是啊，这我知道。"

文昕：有骨科要我来干吗呢？

于胜吉：我说对啊，叫我来就是做骨科。他说："是，叫你来做骨科是不错，但是，咱们医院执业范围里没有骨科这个专业，你如果要做骨科手术，等于超出执业范围，出问题要个人承担全部责任。"

文昕：明白了，无经营许可证。

于胜吉：当时我听了这话，如五雷轰顶，马上就去找院长。要床没床，要人没人，竟然执业许可也没有，就把我调来了！我跟院长说："这不是坑我吗？"院长说："别着急，想办法解决。"让我去找有关部门帮助解决。我去找了，得到答复是：你有几个人、有几张床啊？就想申请骨科，这是根本不可能的事！我想这下彻底完了，走进了死胡同。还好，准许我做软组织手术，就是肉瘤之类的手术，因为在我来之前，本来肿瘤医院的大外科就一直在做这类手术，否则我只能走人了。

文昕： 做肉瘤手术那也没法发挥您的专业特长啊？

于胜吉： 那也没办法，先生存下来再说。再者，凭我的骨科基础和能力，做肉瘤更专业。所以，请我会诊帮忙做手术的大夫逐渐增多，慢慢得到了周边大夫的认可，来找我的病人也越来越多。

文昕： 那5张床是怎么来的？

于胜吉： 是在我转科熟悉情况3个多月后，院长利用一位外科大夫调班的机会，从一名大夫的名下争取了5张床，就转给了我。5张床陪了我7年多，并且一直在腹部外科的管辖之内，备尝了"寄人篱下"的滋味。院长一直不停地提醒我："你可是在别人的碗里捞肉吃，知道该怎么做吧？"我说："院长您放心，我知道先要生存下去。"我想，如果无法求得生存，还谈什么发展壮大。还好，我活了下来，虽然7年来默默无闻，也没有任何名分，当然也不敢奢求，总感觉是后妈养的。

文昕： 怎么听起来像灰姑娘的故事？您这7年来一直只做肉瘤吗？

于胜吉： 我要是一直做软组织肿瘤，也就不会有我的今天。如果不把骨科专业申请下来，就是自取灭亡，必须啃下这硬骨头！我这人有点儿偏，明知山有虎，偏向虎山行。但我也深知"以卵击石"的道理，经过再三考虑，我选择了我们医院的合作医院——三环肿瘤医院为突破口，把门诊涉及骨骼手术的肿瘤患者转过去治疗，同时也解决了医院这边等待住院患者的难题。

我找到三环医院院长，说明我要过来发展骨科的意图，他一听我要在三环建一个病房，很高兴，然后就跟我说："我们全力配合啊！你需要多大的病房？"我说："我不需要多大，先给我解决 10 张床。"院长说："没问题，你需要多大就给你多大的病房，病人多了住不开，我们可以把院长办公室腾出来；都需要什么器械？你列个清单。"我第一天列的器械清单，第二天全买来了，然后马上就能开展工作。我在肿瘤医院只有 5 张床，但在三环医院最后发展到整个外科病房都住满了骨科病人。

文昕：那比现在床位还多呀！就你们两个人怎么忙得过来？

于胜吉：我通常白天在总院忙，下班后去三环医院查房、做手术，还有周末也搭上。经常晚上手术，忙得不亦乐乎；后来大夫增多了，我也轻松点儿了。说来奇怪，我那时有用不完的力气，有一个奋斗目标，就是必须尽快拿下骨科批文！我想上边要来评审后才可能有批文，要派专家来考察你到底能不能做骨肿瘤，你这个人到底能不能承担起来。这事说起来真不容易，我在三环那么小的医院，开展了所有的骨肿瘤手术，包括脊椎置换这么大的手术，都是在那里做起来的，而不是在肿瘤医院本部开展的。

文昕：后来骨科批文顺利拿下了吗？

于胜吉：说来话长，不是很顺利。那时候医院风言风语，传到院长那儿去，说于胜吉这个人光知道发展自己、不给医院做贡献，在医院本部做小手术，光割个肉瘤什么的，把大手术全转到三环医院做了！他们不知道我的苦衷啊！我冒那么大风险，在那个小医院做这种大手术。

有一次手术到半夜，病人大出血，那边没有血库，病人需要输血怎么办呢，要从我们医院电话申请，转过去以后再给病人输上。三环医院就只有一个手术房间，手术做了半道，电刀又坏了，很快止血纱布也用光了，一共就有两三盒止血纱布；因为癌症病人出血多，刀口不停地在那流着血怎么办？我就用手在那儿按着压着，同时立即给总院这边打电话求助，从手术室借来电刀和止血纱布，把血止住了；为了保证病人的生命安全，我们又赶紧拉病人回总院……

那几年，就这么样冒着风险坚持下去，我在三环医院做了大半年的骨科手术，同时自己还得找关系去跑卫生局立项。只有正式拿到许可证，才能从根本上解决问题，才不用在下面的医院再冒这样的风险。时机成熟之际，市卫生局组织专家来评审，结果来审察的专家都说，你们就这几个人，不但开展了骨科所有手术，而且脊椎骨都能换，我们那儿还换不了呢。并且是在这么大医院的平台上立项，当时就通过了专家评审。没几天，卫生局红头文件就下来了，我现在一直留着呢，珍藏着。为此，我也很感激所有帮助过我的人！

所以，当时我想走的时候，把苦恼一块儿跟院领导谈了，院领导很吃惊，说这个事怎么你自己去跑？我说我不跑谁给我去跑？都不让我做骨头手术了，我还不跑啊？否则早走人了；我坚持这么多年，几乎每天都在拼命，每时每刻都感觉脖子上架着一把刀，有谁理解我呀……这些我都不想说了。领导说抱歉，我们关心你不够、不到位，不知道你吃这么多苦，本来应该医院做的事，成了你自己的事。

文昕：太艰难了，一步一步走过来的。

于胜吉：应了我那句话，来肿瘤医院建骨科，真是要像开垦北大荒一样，好像是在一片丛林之中披荆斩棘趟着血水走过来的。我既然这么艰难地把这个学科，从卫生局给申请下来了，在肿瘤医院成功立项了，我再做骨科手术合法化了，所有的工作都可以开展了，你说到这种程度我要走了，不实在太可惜了吗？都是自己的心血啊！我知道去别的地方肯定会很享受，但是我就不舍得，因为创业的过程实在是太不易了。

所以我经常跟科里的医生讲，一定要踏踏实实做事，忠厚老实做人，我来肿瘤医院就是先做人后做事。我经常教育年轻医生说，医生的本职工作就是为病人服务，以人为本、以病人为中心，尊重病人，是最起码的一个底线。我还会用亲身体会跟年轻的医生讲，病人是你的老师，每个医生的成长都离不开病人，但凡是成名成气的医生，都是从失败中走出来的，都会有好多经验教训。

我属于……怎么说呢，应该说相当于老牛，只知道埋头拉车，有时候不知道看路的人，一年到头也不到院长办公室去一趟，也不会主动向领导汇报工作，总觉得没必要去跟院长说我做了什么手术、治好了多少病人。而我的精力也恰恰不在这个地方，我的目标就是脚踏实地做好我的分内的工作，能为我的病人解决点实际问题。病人出院的时候能给我一个微笑、一声谢谢，我觉得就很满足了。我追求的目标就是做一个称职的医生。当年选择这个职业的时候，是我父亲帮我选的，我父亲说，咱们祖祖辈辈也没有学医的，当医生吧。那时候17岁考大学，就这么当了医生，既然当了医生，治病救人就是一种使命，别的也没想，为了想当官、为了想赚钱，我不会走这条道路。

文昕：听您讲述了您创业的艰苦过程，实实在在地体会到了从医这条路真的是十分艰难啊！您能一步一步地走下来，并且让肿瘤医院有了今天的骨癌专科治疗，是给我们患者造了福。您让很多患有骨癌的病人看到了希望、走向了光明，有些人还恢复了健康，远离了病痛，我也是这些病人中间的一个！

如果没有王维虎教授带我找到了您，我就算现在还活着，也是很痛苦地活着，不能长时间站立、行走，大多数时间只能躺着，什么也做不了。不能过正常人的生活还在其次，高位截瘫的风险，每时每刻都在威胁着我。正像您前面说的那样，由于肿瘤蛀空了我的脊椎骨，压迫神经，造成持续的疼痛，我只能靠大量镇痛药维持……我曾经因为不能忍受这样的生活状态、不想给亲人增添负担，选择义无反顾地离开这个世界。

是王维虎教授跟我说，我们医院有一个骨科专家，他治疗的方法可以让你的脊柱重新获得支撑，治好后，就像好人一样了。我相信了他，他是最好的医生，也是我因病十年成为朋友的亲人，我最信他。于是，他亲自带我去了您的诊室，我见到了您！您用您的专业技术、一台微创手术，让我重新像正常人一样拥有健康的生存状态。您的伟大、您的医疗技术的神奇，都是我亲身体会到的。重获新生，让我可以再次从事我热爱的写作和摄影，沉重的相机也重新回到了我的手上，一切的一切，就像做梦一样。

走过一场长达十二年生死劫，让我对肿瘤医院拯救了我生命的医生们有着深深的感动。如此恩德，岂是语言文字可以形容的！你们是医生，虽然你们自己觉得这是你们的工作，你们只是从事着自己选择的职业，但你们平凡而伟大，是大写的人！

我写这本书的动因

为什么要写这本书？太简单了，这是上天赋予我的一个使命吧。它给予我这样的经历，让我把我经历的和我所想的，以平和的心态告诉大家，无论将来哪一天，我是否存在于这个世界，这种思想应该是有用的。在大家惊慌无措的时候，希望我的书能给大家一点提醒，给大家一点心理支撑——虽然这个生命消失了，但她活着的时候，她一直快乐。没有哪一件事情是不快乐的，她的人生没有非常遗憾的事。

我爱摄影，我爱文学，这是我一生的艺术追求，也是我的价值所在。我既然有头脑，既然活在这个世界，我曾经来过，曾经历过这么多的事情，曾经受过这么多的苦，如果不把它说出来，告诉现在和将来想知道这些事情的人们，是很遗憾的事情。这本书的写作，起源于一句话：我想要写一本书。于是，我写下这本书。

有一点要特别说明，更早的时候，我有一种义愤填膺的心态，看到社会和网络对医生护士的不公正的评价，这些东西一直刺激我。我觉得这样的社会是可怕的社会。当医生护士遇到不公正对待的时候，那么多的网评，居然一边倒地赞同并声援它们。舆论真的很可怕。

要是有一天，没有人去愿意去从事，或让自己的孩子去从事医学事业，会怎么样？医务人员——医生和护士——他们很艰难，没有多少快乐，也没有个人空间去享受生活。仇视大夫是太古怪的一件事，为什么当下的中国会出现这样奇怪的现状？仇视大夫成了一种时尚！这是我有冲动写这本书的一个缘由。

我以一个几度死里得生的癌症患者的身份，想跟病患说说怎么样去调整心态，对付我们的疾病；我也想跟我们的家人说说，一个家庭如何联手去对付一个疾病——它是一件出人意料，却很简单或者很平和的事情，接受它，跟它讲和。我还想跟我健康美丽的朋友说说，生命如此美好，即便走进了痛苦和不如意的树荫，也身在一个阳光普照的世界。

任何事情，当你成为一个矛盾集合体时，会发生什么？需要反思。就这几个原因，于是我想把这本书写下来，而且坚持到底、思考到底的原因。

还有一点，我真的很爱文学。这可能是我最后一本书。无论如何，我会努力地做好其他的事情，我的生命只要还在，只要我快乐，我可以写作，我可以摄影，我可以过着特别快乐的人生。我觉得，这里有人生非常重要的意义。

顺便，我说说我喜欢的文字吧。我喜欢相对来说比较平和、比较自然，不太激情、不太幻想、不加入太多自我的情绪化的东西。我的理想是这样的，但我所写的东西，还是会有一点情绪化。怎么说呢，人还是有感情的，有好恶的，这一点总会表现出来。

其实，我很欣赏书中我写到的威子弟弟的写作方式，他不在文学圈中，并不是搞写作的人，但是你会在他的一篇游记、一次欧洲旅行见闻之类文字里，看到非常精美、精准和平和的东西，平铺直叙，娓娓道来，这样一种自然。我甚至跟他有差距，而不是他跟不上我，尽管我一辈子自称是搞文学的——我是北京作家协会会员，称得上是这个行列的一员——我去看他写的文字的时候，我一直有一种脸红，我一直在我的文字里纠正。纠正什么呢？纠正的是情绪，我的文字有情绪化的东西，我想尽量剔除这种东西，让文字变得干净和平和起来。这一点，他给我的提示很重要。

这里我摘录三段威子弟弟的文字，取自他自驾游呼伦贝尔大草原、中俄边境所写的《寻梦万里走三骑》：

"想象一下，丘陵起伏、山路蜿蜒，心中满是对阿尔山的期待，眼前憧憬的都是阿尔山秋日壮丽的辉煌，突然在不经意间稍稍回头一望，一条巨大的蓝色的缎带挂在天边秋日的金黄，这就是第一眼看到查尔森水库的感觉，它真美，那是洁净的美、安静的美、浩瀚的美。我等不禁欢呼起来，迫不及待地掉回头，下了路，冲向这一滴地球的晨露。"

"贝尔湖太美了，一池没有边际的碧水在蓝天白云下静静地看着我们，我们也呆呆地看着她，湖边飞翔着洁白的海鸥，细碎的沙滩一点点渗入湖中，一叶小舟在水波中翩然起舞，还能再美一些吗？不，贝尔湖不是静止的，透过浩渺的波纹，你能感觉到她在轻柔地流淌。我们就这么痴痴地看着她，看到的是湖水透着底的清澈，感到的是微风拂面的徐徐，听到的是 CD 里动人的乐曲。此时此刻不知道是乐曲宛如湖水流淌还是湖水宛如乐曲流淌，实在是每个人的心都醉了，那是我们的心在流淌，像天籁之音徜徉在宽广的天地间，如小河潺潺流淌在豪迈的草原上。风尘仆仆的我们几千里外寻觅而来，清清澈澈涤净心灵而去，不留一丝凡尘俗埃。至此，我们彻底爱上了贝尔湖，爱上了呼伦贝尔大草原，爱它需要理由吗？不需要吗？也许这个问题根本就是多余的。多余吗？"

还有一个朋友对我的影响很大，我非常喜欢他写作的方式，就是顾城。他文字非常的干净美丽，那种美丽并不是做出来，而是自自然然流露出来的。他的那种美丽精致到了什么程度？每一句都是大白话，而大白话告诉你的东西，叠加在一起，你会发现，它美丽到脱俗，超凡脱尘。他有一首小诗，我觉得是很好的：

青青的野葡萄，
黄黄的小月亮，
妈妈发了愁，
怎么做果酱，
我说别加糖。

在早晨的篱笆上，
有一枚甜甜的红太阳。

朗朗上口，美不胜收，这个境界，在顾城所有的诗里面，我觉得唯一的，一下子就背得下来，就是它了，我最喜欢的就是它。他给我留下的这种境界，特别完美。那么干净，一个孩子的语言，完全不是诗，每一句都不是，但叠加在一起它是最完美的诗，最干净的诗，最真实的诗。这真的是非常伟大的地方。我在写作上也很崇尚他的一些写作方式。

　　当渡船驶出海湾，就是在太平洋上航行了。远处星星点点小帆，据说那是一年一度的新西兰帆船环岛大赛。不过在这洋溢着夏日光彩的巨大洋面上，你根本弄不清它们努力着是在前进还是在倒退，只是看着它们时隐时现，在波浪的起伏闪耀中间。

　　我从甲板转进客舱的瞬间，感到眼前一黑，有一阵好像什么也不能看见。在那个昏蒙的时刻，我仿佛又回到了岩石湾回转的山路上，我并没有走多远，G就在前边，好像采些花草给木耳，哄他；花一摘下来，那片竹子就绽开了——

　　对面山谷叠嶂起伏绿蒙蒙的，独一无二的鲜花大树触目鲜红；这时G停住脚，对英儿说：

　　得从这儿看，我们的家越远越好看。

这是顾城小说《英儿》结束处的一段描写，在空旷的大海和起伏的山谷之间，鲜红的大花多么明艳和骄傲。

　　另外，我想说一说我的编辑荣挺进。我跟他认识是通过顾城的书，他一直在做顾城的书。因为我写过顾城，但他们都不在了，我觉得这个事情已经结束了，不想再谈论。但荣挺进作为一个编辑，有史学家的眼光，他看重这件事情的史学价值，希望能够掌握和了解事件全貌。已经十年过去了，他还在做这个工作。

　　我愿意支持他，因为我了解他，一个棒棒的人，一个非常好

390

的人。他来自农村，是他母亲生的七八个孩子里最小的一个，他母亲已经不想要孩子了，结果他又来了。于是一直养，没想到，他还跨出农村去读大学。他的学问很深，对于文学、历史、哲学、文献这些的研究，相当精深。他的知识都是他不断努力积累的结果。他做过高校教师，跑到北京来做了编辑，还有其他好些事情等等。

我就觉得，这样一个人挺难得的，从一个小地方出来，敢闯敢拼，变成一个专家，这就是我心目当中一个可以欣赏的人。

他有一个特别微小的地方感动我，微小到简直没有人去关注。他加入我创办的一个摄影网站，注册的头像，使用的是他母亲的像。这样的人很少，我也做不到。他母亲已经九十多岁高龄，在十几年前就老年痴呆，不认识人，根本不认识他这个儿子。尽管这样，他每年冬天都要回老家去探望母亲。那个老家非常冷，完全没有暖气。他妻子跟我说，在家要铺要盖好几床被子，和衣而眠，在被窝里还发抖。母亲不认识他们，他照样回去陪她，他爱她爱到不行。一回家就守着她，给文盲妈妈录音录像整理口述历史，他跟她讲话，听她讲话，因为这个声音很亲切；夜里他抱着她的脚给她暖脚，白天牵着她去活动，走两步做做操什么的，像哄孩子一样哄着她。我觉得这里有人性的高度在，这样的人，是你一生可以信赖的朋友。

所以，这本我人生最重要的书要由他帮我编辑，这是一种信任，也是一种郑重的托付。人生得一知己不易，得一好友真的很难，感谢荣挺进为我编写了全书顺序及拟定了小标题，不是作为编辑，而是作为朋友。深深感谢！

我的这本书，是两种写作方式完成的：

　　第一部分，7万字是我手写稿打进电脑的；第二部分是口述整理的。为什么我换了这个写作方式呢？当时，我已经得脑瘤了，体力很差，我的时间也变得金贵些吧。为完成上天交给我写这本书的任务，荣挺进编辑提议，在我力所能及的时候，口述录音，找专业公司整理，转换成电子版，回到我的电脑进行删改和整改，包括文字润色，补充遗忘了的小段落等。

　　我的工作量得以明显降低，我原来以为完成这本书的后续内容，至少需要三个月，还得每天五千到六千字的进度。口述方式，使我在两天的晚上，就把后边的书稿用语音的方式留存下来了，完成了草稿。

　　但在录音整理稿上修改其实也很费力费时。是王大夫的治疗支撑了我的这个事情。我已经欠了太久的笔债，这是我必须要还的。上天给了我这么多的恩惠，让我一直活着，王大夫他们付出这么多次的努力，也是为了我活着，而且活得明白一些。

　　这都是我的机缘，我不能够放弃这机缘，不能把这本书终止在不应该终止的地方……